Arena-Taschenbuch

Band 2844

Max Kruse,
geboren in Mitteldeutschland, ist der Sohn der Puppenmacherin Käthe Kruse. Er schrieb zahlreiche Bücher für Kinder und Erwachsene, u. a. die *Urmel*-Bände. Viele von ihnen wurden in mehrere Sprachen übersetzt.

Der Autor hat seine Toleranzideen in eine gut geschriebene Abenteuergeschichte verpackt . . . wobei die Spannung bis zum Schluss erhalten bleibt.
Süddeutsche Zeitung

Max Kruse

Der Ritter

Nach Motiven von
Sir Walter Scotts *Ivanhoe*

Arena

In neuer Rechtschreibung

1. Auflage als Arena-Taschenbuch 2002

Umschlaggestaltung: Frauke Schneider unter Verwendung
eines Fotos von © akg-images, Berlin
Gesamtherstellung: Westermann Druck Zwickau GmbH
ISSN 0518-4002
ISBN 3-401-02844-8

Inhalt

Erstes Buch
Flamme und Ring

1

Die Sonne stand über uns am Himmel. Sie stand unverrückbar, wich nicht, senkte sich nicht. Sie war das Feuer, die Flamme, die uns verglühte. Das Wams, das ich unter meinem Kettenhemd trug, war nass, war kein Schutz mehr, klebte, scheuerte. Meine Haut war wund. Das kleine goldene Kreuz, das Amulett meiner Mutter, das ich an einem Kettchen auf der Brust trug, schien zu glühen. Mein Mund war ausgedörrt, meine Augen blind, blind vor tödlicher Helligkeit, vor Glanz, der alles auslöschte. Mein Herzschlag dröhnte in meinem Helm.

»Das ist die Stadt!«, sagte mein König. Ich schaute kaum hin. Die Stadt zog sich über einen Hügel. Sie floss daran hinab, nach allen Seiten. Sie floss daran hinab wie Lehm, lehmbraun war sie auch, niedrig die Häuser, mit flachen Dächern. Ich wusste nicht, wie sie hieß, und ich wollte es auch nicht wissen. Es war eine jener unzähligen Städte unseres Weges. Viele hatten wir erobert, viele hatte man uns wieder entrissen, an vielen waren wir vorbeigeritten. Ich wusste nur, dies war nicht Jerusalem.

»Aber wir müssen sie nehmen und wir müssen sie halten«, hatte mein König gesagt. »Wir sind zu schwach, um weiter zu reiten. Wir müssen hier auf Nachschub warten.«

Unsere Schar war klein geworden. Waren wir noch ein Drittel, waren wir nur noch ein Viertel des stolzen Heeres, das aufgebrochen war, damals, vor Monaten, nachdem wir in heiliger Begeisterung das Kreuz genommen hatten? Geblieben waren davon Müdigkeit, Enttäuschung, Ernüchterung. Ein Wundsein der Seele.

Über der Stadt lag die Zitadelle. Wie eine Krone die Wölbung des Kopfes in sich aufnimmt, verbirgt, beschützt und erhöht, so tat es die Zitadelle mit der Schildkrötenform des Hügels: noch einmal Wälle, noch einmal Türme, noch einmal Befestigungen! Aber auch die Kuppeln von Moscheen. Minarette, schlank wie Zeigefinger.

»Absitzen!«, befahl mein König.

Die Reiter glitten aus den Sätteln. Es war mehr ein Fallen. Manch einer blieb zuerst liegen, bis er sich mühsam wieder aufrichtete. Unsere Fußtruppen rückten nach. Schilde, Speere, Lanzen, Bögen, Pfeile, Schwerter. Die Männer wankten. Die Pferde dursteten.

Wir hatten nur noch Wasser für wenige Tage in unseren Schläuchen aus Ziegenhaut. Es war warm, sumpfig, doch jeder Tropfen war köstlich und kostbar.

Auf den Stadtmauern Sarazenen. Sie sahen uns, wir sahen sie. Würden sie einen Ausfall wagen und uns angreifen? Konnten wir uns ihrer noch erwehren?

Doch nichts geschah an diesem Tag und in dieser Nacht. Sie ließen uns auch an den folgenden Tagen und in den folgenden Nächten in Frieden.

Vielleicht hofften sie, wir würden weiterziehen. So vermuteten manche.

»Wir müssen die Stadt nehmen«, rief mein König noch einmal. Und er brauchte nicht zu erklären, warum. Wir durften die sarazenische Besatzung nicht in unserem Rücken lassen. Aber wir hatten weder Rammböcke noch

Schleudermaschinen, nicht einmal Holz für Belagerungstürme.
Wir schlugen unser Lager im Wüstensand vor der Stadt auf. Wir hatten nur noch wenige Zelte. Wir harrten tags in der Glut, nachts in der Kälte aus.
Viele Monate hatte unser Zug in das Heilige Land gedauert. Wir waren durch die Steppen der Ungarn gezogen und hatten geraubt, was wir zur Ernährung brauchten, bis unsere Anführer sich mit dem König der Ungarn verständigten. Wir hatten Konstantinopel gesehen, die Goldene Stadt, die Stadt des Glanzes und des unausdenkbaren Reichtums. Vor ihren Mauern mussten wir im Freien lagern, bis wir endlich ins Land der Sarazenen übergesetzt wurden, über die See. Es mögen Dutzende von Schiffen gewesen sein, teils mit Segeln, teils mit Galeerensklaven. Wir waren umgeben von schimmerndem Licht, so sah ich die Fläche des Meeres. Zugleich war ich von heiliger Freude erfüllt.
Endlich näherte sich unser Heer dem Land, dem Heiligen, in dem unser aller Herr und Heiland gelebt hatte und ans Kreuz geschlagen worden war.
Rückblickend erschien uns freilich unser Zug als eine einzige Pein. Wir zogen durch öde Wüsten. Wir litten Hunger und Durst. Die Heere der Heiden brachen aus dem Hinterhalt hervor oder lauerten uns auf engen Gebirgspässen auf, dort, wo unsere gepanzerten Reiter ihre Kraft und Schnelligkeit nicht entfalten konnten. Unsere Verluste waren unermesslich. Die Ebenen und Berge hinter uns waren bedeckt mit Erschlagenen.
Doch wir Christen standen ihnen in nichts nach. Niemals in meinem Leben zuvor hatte ich so viel Roheit erlebt. Benutz-

ten wir die abgeschlagenen Köpfe unserer Gegner doch sogar als Geschosse.
Ich schreibe dies nicht gern. Doch es ist die Wahrheit.
Dabei war unser Zug sogar noch einigermaßen geordnet und gesittet gewesen. Noch unbegreiflicher hatten die Pilger gewütet, die Jahrzehnte vor uns, vielleicht ein halbes Jahrhundert früher aufgebrochen waren. Einfache Leute. Bettler, Bauern, Tagelöhner, verarmte Ritter – und wie ahnungslos sie gewesen waren! Schon in ihrer Heimat hatten sie hinter jeder Flussschleife, hinter jedem Hügel die Heilige Stadt Jerusalem vermutet. Die Ungläubigen wollten sie vernichten. Ungläubige aber gab es auch dort, in den friedlichen, christlichen Städten: die Juden!
So wüteten sie in den Städten an ihrem Wege, machten die Gemeinden der Juden nieder. Mann und Kind und Frau. Sie trieben die Unglücklichen in ihren Synagogen zusammen und verbrannten die Gebäude mit den Menschen. Überall, wo wir durchzogen, waren wir auf die Spuren ihrer schrecklichen Taten gestoßen.
Wenn ich eines gelernt hatte, auf diesem Zug, so dieses: Frömmigkeit und Fanatismus wohnen eng zusammen. Immer wieder züngelt die grelle Flamme des Hasses auch aus der milden Glut des Glaubens hervor.

2

Das Wunder, um das wir gebetet hatten, kam. Ich weiß nicht, wer es zu Stande brachte. Es war in einer Nacht, kurz bevor der Morgen graute. Mein König weckte mich: »Auf, Leon, das Stadttor ist offen.«

Das Wunder hieß Silber. Die Sarazenen begehrten es mehr als Gold. Einer der Wächter hatte sich endlich bestechen lassen. Er ließ eine Strickleiter an der Mauer hinab. Einige unserer Männer kletterten hinauf. Die meisten Sarazenen schliefen. Sie fürchteten uns nicht. Die Wachen hinter dem Stadttor wurden überwältigt. Wir drangen ein.
»Frauen, Kinder und Greise werden verschont«, hatte mein König befohlen. Und hinzugefügt: »Wir brauchen ihre Hilfe.«
Der Kampf war kurz, der Lärm am Tor gewaltig. Die Sarazenen waren überrascht. Die meisten von ihnen verbrachten die Nacht in der Zitadelle. Die anderen flohen dorthin. Wir kämpften uns durch die dunklen Gassen empor. Dann standen wir wieder vor verschlossenen Toren. Doch wir hatten die Stadt. Die Verluste waren gering. Der treulose Wärter wurde noch in der gleichen Nacht erstochen. Es wurde nie geklärt, von wem.
Doch wir hatten die Stadt.
Wir blieben zwei Jahre.
Der Bevölkerung war kein Leid geschehen. Die waffenfähigen Männer waren in der Zitadelle. Doch in der Stadt ging das Leben bald wieder seinen gewohnten Gang. Mütter holten das Wasser vom Brunnen. Kinder spielten in den Hinterhöfen und auf den Plätzen. Alte Frauen saßen auf den Steinen vor den Mauern. Die Greise trafen sich, um zu schwatzen. Oder sie hockten unbeweglich wie flügellahme Vögel am Straßenrand, die gefalteten Hände zwischen den Oberschenkeln. Einzelne Kaufleute gingen ihren Geschäften nach.
Es gab in dieser Stadt einen Marktplatz oder Basar: unzählige Reihen von Läden. In den kleinen, vielfach gewunde-

nen, zickzackartig durcheinander laufenden Gässchen und Treppen war es nicht leicht, sich zurechtzufinden. Oft waren mehrere Häuser und Häuschen von einem gemeinsamen Hofraum umgeben.

Die Stadt bekam für mich einen Namen. Aber es war nicht der Name der Stadt. Es war der Name eines Mädchens: Zarissa.

Mein König bezog mit mir eines der größeren Häuser. Es lag ungefähr in der Mitte des Hügels, seine Tür – sie hing sehr lose in den Angeln und hätte dringend befestigt werden müssen – öffnete sich zur breiten Gasse, die vom südlichen Stadttor zur Zitadelle hinaufführte. Das Haus hatte zwei Stockwerke, blaue Fensterläden, ein flaches Dach, viele kleinere Zimmer im Obergeschoss, ein großes unten neben der Küche. Überall gab es Teppiche, Wandbehänge, bunte, weiche Kissen, Tonkrüge, Kupfergeschirr, es war dämmrig-kühl, abends sogar im schattigen Hof, in dem ein Orangenbaum neben dem Brunnen wuchs und sich in ihm spiegelte.

Das Haus gehörte der Witwe eines wohlhabenden Kaufmanns, Sohn eines Emirs, eines Befehlshabers. Diese, eine ältere, stille Frau, versorgte uns. Zarissa war ihre Tochter.

Zarissa war ein wenig jünger als ich. Sie hatte schwarze Augen, dunkle Augenbrauen und Haare. Sie ging nur in der ersten Zeit verschleiert, legte den Schleier aber – als wir uns besser kannten – im Hause ab und trug farbige Tücher, die sie im Nacken zusammenband. Zuerst begegnete sie uns mit Feindschaft.

Aber als sie verstand, wie viel Leid mein König von ihnen allen abgewendet hatte, änderte sich ihre Einstellung. Sie wurde freundlich und hilfsbereit. Ihre Bewegungen waren geschmeidig. Ihre Füße waren braun, oft staubig, denn sie ging meist barfuß. Wenn sie sich zum Sitzen niederließ, verbarg sie sie unter ihrem weiten Rock. Wenn sie still stand, aber auf ihre lebhafte Art auf mich einredete, stützte sie ihre Hände auf ihre Hüften. Sie gefiel mir. Ich freute mich, wenn sie katzengleich ins Zimmer kam, fast ohne jeden Laut, auf dem blauen Teppich, der auf dem fest gestampften Lehmfußboden lag. Hier verstand man sich auf das Teppichweben. Schaute ich im Vorübergehen in die würfelförmigen Häuser, so konnte ich die Frauen vor den Webstühlen sitzen sehen. Auch Zarissa lernte diese Kunst. Doch für mich war etwas anderes wichtiger. In unseren nördlichen Ländern ist es ja üblich, dass die Frauen der Edlen das Schreiben erlernen. Die Ritter lernen es in der Regel nicht. Es verwunderte mich also nicht, dass Zarissa, die Tochter eines Kaufmanns, der selbst ein Liebhaber der Bücher gewesen war, die Schrift ihrer Muttersprache beherrschte. Und ich konnte mit ihr sprechen. Das kam so: Mein Vater ist Charles de Fortis. In Fortis wuchs ich auf, umgeben von Wäldern. Als ich neun Jahre alt war, kam ein sarazenischer Sklave zu uns, Ahmad, so alt wie ich. Wir wurden Spielkameraden. Zum Spaß machte ich ihn in seiner Sprache nach, auch um meinen Vater und meinen Bruder zu ärgern, wenn ich mit Ahmad schwatzte und sie uns nicht verstehen konnten. Da setzte es oft Hiebe! Mit Ahmad spielte ich in den Scheunen im Heu, wir kletterten auf die Obstbäume. Wir schwammen in den moorigen Flüssen bei unserer Burg. Ich lernte es schnell, mit ihm zu reden, die Worte flogen mir nur so zu, ich hatte eine glückliche Begabung. Später kam ich in ein Kloster. Ich sollte Geistlicher werden. Bei den Mönchen unterrichtete mich Bruder Ansger in dieser Sprache weiter.

Er war selbst einige Jahre in Jerusalem gewesen. Er erzählte wundersame Dinge. Damals lebten die Gläubigen verschiedener Religionen in Frieden miteinander. Die Christen verkehrten mit dem Kreuz auf der Brust in den Moscheen ihrer muslimischen Freunde.
Doch ich musste das Kloster wieder verlassen. Mein Bruder, der ältere von uns beiden, verunglückte bei der Jagd tödlich. Ein Speer traf ihn. Jetzt sollte ich dazu erzogen werden, die Burg, den Hof zu übernehmen. Ich trennte mich schwer von Bruder Ansger. Ich wollte kein Ritter werden. Ich liebte das stille Studieren. Nun begann für mich eine andere Lehrzeit. Ich musste reiten, springen, klettern, ringen, steinwerfen und fechten. Ich bekam einen Fechtmeister und lernte auf dem Pferde zu kämpfen, mit dem Schwert und mit der Lanze. Oft musste auch Ahmad gegen mich anreiten. Er war kühn und gewandt. Ich weiß nicht, wer besser war. Dann, als ich kräftig genug war, wurde ich an den Hof des Königs geschickt. Ich wurde Page und später der Knappe des Königs. Nun war ich hier.
Unsere Boten ritten zum nächsten Hafen. Von dort auch kamen von Zeit zu Zeit Nachrichten zu uns. So erfuhren wir von den neuen Rittern, die aufgebrochen waren. Wir wussten aber auch, wie sie aufgehalten wurden.
Dass es zwei Jahre währen sollte, bis sie kamen, ahnten wir allerdings nicht. Zuerst war ich ungeduldig. Aber mein König lachte. »Oh Leon, lerne es, zu warten, wie alle hier warten. Bei den unsrigen daheim gab es Meinungsverschiedenheiten. Sie stritten um die Führung. Es gab Auseinandersetzungen mit dem Papst. Die Venezianer erhoben schier unerfüllbare Forderungen für die Einschiffung. Nun gibt es vor Konstantinopel Hindernisse . . .«

So blieben wir also. Zwei glühend heiße Sommer, zwei bittere Winter.
Doch in dieser langen Zeit der Besatzung entwickelte sich zwischen uns und der Bevölkerung ein Gefühl der Vertrautheit. Diese Schwestern, Töchter, Mütter und Väter der in der Zitadelle eingeschlossenen Krieger waren wie Geiseln in unserer Hand. Und die Frauen wollten uns gegenüber ihren Männern freundlich stimmen. Hatten diese zuerst noch hölzerne Kreuze auf der Mauer der Zitadelle aufgestellt und uns zum Hohne darauf gespien, unterblieben solche hasserfüllten Ausbrüche bald völlig. Ja, sie riefen uns sogar Begrüßungsworte zu, die wir erwiderten. Hatten wir, wenn ihr Muezzin auf dem Minarett der Moschee ihrer Zitadelle zum Gebet aufrief, zuerst geschrien und unsere Schilde aneinander geschlagen, um seinen Singsang zu übertönen, so unterließen wir das später. Im Gegenteil, wir verhielten uns eher stiller, so wie sie es hinnahmen, dass wir in der kleinen Moschee am Platz eine Kirche einrichteten und einen Altar aufstellten, auf dem ein ewiges Licht in Naphtha brannte.
Aber freilich, wir lebten im Schatten der Zitadelle. Wir sahen dieses trutzige Bauwerk Tag für Tag. Wir umschritten und bewachten es. Da war keines ihrer Tore, nicht eine ihrer Zinnen, auf die nicht ständig unsere Waffen gerichtet gewesen wären, die Spitzen unserer Lanzen, die Pfeile unserer Bögen.
Die Besatzung der Zitadelle dachten wir abgeschnitten von der Welt. Wir bemerkten die Tauben nicht, die über die Wälle flatterten, herein und hinaus, empor in die gnadenlose Bläue dieses Himmels.
Wie wir lebten? Je nun, ein jeder vertrieb sich die Zeit, so gut er es vermochte. Auf der Sandfläche vor den Mauern üb-

ten wir uns in Scheingefechten, um nicht ganz zu verweichlichen. Regelmäßig kamen wir zu Kampfspielen, zu Turnieren zusammen. Da warf ich viele Knappen aus dem Sattel. Später durfte ich sogar gegen den einen oder anderen Ritter anreiten. Meine Kräfte nahmen zu. Ich stand keinem nach. Im Gegenteil. Auch im Schwertkampf zu Fuß war ich vielen überlegen.

Die Mittagsstunden verbrachten wir meist dösend im Dämmerschatten der Häuser. Es war glühend heiß, unbarmherzig. Abends kam man zu Schach oder Würfelspielen zusammen. Man traf sich auf dem Vorplatz der Moschee, unserer Kirche, um miteinander zu reden und die Lage zu besprechen.

3

Ich liebte es, durch die Stadt zu streifen. Bald kannten mich viele. Es machte ihnen Freude, dass ein Fremder mit ihnen sprechen konnte. Ich ging auch in eine ihrer Moscheen, die mein König ihnen gelassen hatte. Wenn sich die Gläubigen nach dem Ruf des Muezzins zum Gebet niederwarfen, zog ich mich in eine dunkle Ecke zurück. Sie beteten fünfmal am Tag, auch in ihren Häusern, sogar auf den Straßen. Dann breiteten sie einen kleinen Teppich unter sich aus. Sie hoben die Hände bis zur Höhe der Ohren, sie standen, sie verneigten sich, sie erhoben sich, sie fielen nieder, sie saßen, sie fielen wieder nieder, sie standen auf.

Einmal sprach ich ihren Imam an, den Vorbeter. Er war ein weißhaariger Mann im schlichten, langen Gewand. Sein Gesicht war von der Sonne gebräunt und wir standen in dem grellen Licht vor dem Hufeisenbogen des Eingangs. Unsere Schatten lagen scharf und schwarz auf dem Boden.

»Herr«, sagte ich.

»Ich höre, Christ«, antwortete er.

»Erzählt mir etwas von eurem Buch der Bücher.«

»Du meinst den Koran?«

»Ja, Mohammed hat es geschrieben, nicht wahr?«

»Nein. Mohammed konnte nicht schreiben. Er war ein Hirte und Kameltreiber. Er hatte Erscheinungen. Allah selbst hat ihm das Buch durch den Engel Gabriel offenbart, alle seine Suren. Mohammed hat sie weitergegeben. Später wurden sie dann aufgeschrieben.«

»Das ist wie mit Jesus Christus. Auch er hat nichts geschrieben. Seine Jünger taten es, die Evangelisten. Wir glauben, dass Jesus Gottes Sohn ist. Glaubt ihr, dass Mohammed Gottes Sohn ist?«

»Nein! Mohammed war ein Mensch. Er ist ein Prophet Gottes. Der letzte der Propheten. Er verkündete die endgültige Wahrheit. Nach ihm gab es keine Propheten mehr. Auch euer Jesus ist für uns ein Prophet des gleichen Gottes. Mohammed selbst spricht oft von ihm, zum Beispiel sagt er: ›Wahrlich, der Messias, Jesus, der Sohn der Maria, war nur ein Gesandter Gottes . . .‹.«

»Das ist merkwürdig«, rief ich. »Wenn ich Euch höre, so haben wir ein und denselben Gott? Sagt mir eine Sure!«

»Höre die erste. Sie ist unser Glaubensbekenntnis: ›Im Namen Allahs, des Gnädigen, des Barmherzigen. Preis sei Allah, dem Herrn der Menschen in aller Welt, dem Gnädigen, dem Barmherzigen, dem Herrscher am Tage des Gerichts. Dir allein dienen wir und dich allein bitten wir um Hilfe. Führe uns auf den rechten Weg, den Weg derer, denen Du

Deine Gnade erwiesen hast, nicht den Weg derer, die Deinem Zorn verfallen sind und irregehen.«
Da ist nichts, was ich nicht auch sagen könnte, dachte ich. Sehr nachdenklich überkreuzte ich meine Arme vor der Brust, neigte mein Haupt und ging. Eine Katze strich um meine Beine. Einige Frauen hatten uns neugierig beobachtet. Ihre Umhänge wehten locker, lang und bunt an ihren Körpern herab.
Auch Zarissa trug so einen Umhang, meist einen in der Farbe der Orangen. Wir waren oft zusammen. Es machte ihr Freude, mich immer tiefer in die Blumengärten ihrer Muttersprache hineinzuführen. Ihre Augen glänzten vor Eifer. Sie lachte, wenn ich Fehler machte oder mich mit der Aussprache mühte. Dann blitzten die Perlenreihen ihrer Zähne. Wir sprachen über vieles. Über mein Zuhause und das Leben bei uns. Sie erzählte mir, dass auch sie einen Bruder hatte: »Er war ein wenig älter als ich, er wäre jetzt vielleicht so alt wie du. Er lief gern in die Stadt, zu den Kaufleuten und Handwerkern, oder er trieb sich bei den Karawanen herum, die vor den Mauern lagerten. Er war wohl neun Jahre alt – da kehrte er eines Tages nicht mehr zurück. Wir wissen nicht, was aus ihm wurde. Zog er mit einer Karawane? Ist er tot? Wurde er gar als Sklave verkauft?«
Rasch sprach sie weiter. »Ich mochte ihn sehr. Er war stark und fröhlich. Abends war er nie zur Ruhe zu bringen. Dann sang uns unsere Mutter in den Schlaf. Eines der Lieder hat mein Vater für uns gedichtet. Es geht so:

Der Mond ist eine schmale Sichel
aus Silber in die Nacht geschmiedet.
Der Abendstern daneben glänzt im Golde
wie eine Perle, die uns Allah fasste.

Sind Bruder sie und Schwester uns am Himmel,
so seid ihr es auf Erden, meine Kinder.«

»Das ist schön«, sagte ich. »Ich will es mir merken.« Und ich wiederholte die ersten Zeilen: »Der Mond ist eine schmale Sichel – aus Silber in die Nacht geschmiedet. Der Abendstern daneben glänzt im Golde – wie eine Perle, die uns Allah fasste ... Aber, Zarissa, sag, wer ist der Bruder, wer die Schwester? Der Abendstern oder der Mond?«,

»Das kannst du dir aussuchen, wie du willst«, antwortete sie und ihr Erröten war reizend. Sie senkte den Kopf und schaute zu Boden.

Ich sagte, vielleicht genauso verlegen: »Ich wähle dich als Perle, die uns Allah fasste ... Dann sehe ich dich immer. Denn wenn der Mond wechselt und sogar verschwindet, die Sterne stehen immer am Himmel.«

Dann schwiegen wir, indem wir beide die Muster des Teppichs mit unseren Fingerspitzen nachzeichneten.

Es sah aus, als sei Zarissa über sich selbst verwundert. »Seltsam«, sagte sie schließlich, »seltsam, dass ich es dir vorgetragen habe. Bisher kannten es nur meine Mutter, ich selbst und mein Bruder. Sonst niemand.«

»Ich werde es gut behalten, dein Lied, und gut bewahren«, antwortete ich. Und plötzlich zog ich das kleine, goldene Kreuz unter meinem Wams hervor.

»Du trägst es als Amulett?«, fragte Zarissa.

»Meine Mutter schenkte es mir. Sie gab es mir im Kindbett. Sie hatte ein Mädchen geboren, doch es lebte nur wenige Stunden. Und auch meine Mutter starb, am Fieber.«

»Das ist traurig.« Zarissa sah mich nachdenklich an. Dann sagte sie: »Wir haben auch Amulette.« Sie zog ein Schmuckstück aus ihrem Umhang. Es war ein Silberplättchen, ein auf die Spitze gestelltes Viereck mit ineinander verschlungenen Schriftzeichen. Ich wusste, was es war.

»Das ist euer Glaubensbekenntnis«, sagte ich. »Euer Credo.«

Zarissa nickte. Sie wog das Amulett mit dem Kettchen in ihrer dunklen Hand. Dann gab sie es mir, sie legte es auf das Goldkreuz und drückte mir die Finger zusammen. »Es soll dich behüten«, sagte sie leise.

»Aber . . .«, ich war verlegen. Doch ich war auch froh. »Aber du . . .«

»Ich bekomme schon wieder ein neues.«

Da flüsterte ich: »Ich danke dir.« Ich hätte gerne noch vieles gesagt, doch mein Herz verschloss mir den Mund. Ich öffnete meine Hand wieder, hob die beiden Amulette heraus, ließ sie an ihren Kettchen herabfallen und hing sie mir um den Hals. Dann schob ich mir die beiden Schmuckstücke unter das Hemd.

Plötzlich hatten wir es eilig, uns zu trennen.

Es war meine letzte Stunde mit Zarissa.

4

Es kam nämlich der Tag. Ein Tag, scheinbar wie jeder andere. Wie jeden Morgen rief der Muezzin auf dem Minarett in der Zitadelle zum Gebet. Die Sonne stieg mit jenem blendenden Glanz über die Sandhügel und über die gelben Häuser, der fast schon grausam zu nennen war. Wir Christen versammelten uns in der zur Kirche umgewandelten Moschee. Wir standen Reih an Reih und Kopf an Kopf im Dämmerlicht, Ritter an Ritter.

Plötzlich, mitten in das Gebet, ging die Kunde von Mann zu Mann, von der Tür her durch alle Reihen, erst leise und dann immer lauter: die unseren sind da! – Die ersten Reiter waren dem Zuge vorausgeeilt – die Heerschar war im Anmarsch, die gepanzerten Ritter, die Fußsoldaten. Da ergriff uns große Freude. Der Priester segnete uns in aller Eile und folgte uns aus der Kirche.
Ich möchte sagen: es war ein unseliger Entschluss – aber es war gar kein Entschluss oder gar ein Befehl: Wir rannten einfach dem Heerzug entgegen. Nicht einmal zu den Waffen griffen wir. Unser Haufen, wenn auch nicht mehr groß, füllte die breite Schneise der Gasse, hinab zum Tor. Nicht einer hatte die Besonnenheit, zurückzubleiben, nicht einmal König Bertrand.
Wir rannten aus der Stadt, durch das Tor. Alles war erfüllt von Stiefelschritten und Rufen, von Jubelrufen. Weit vor uns, auf der flimmernden Ebene, sahen wir den schimmernden Zug der Ritter, dahinter die Fußsoldaten, deren Waffen auch blitzten, die Schwerter und Lanzen, die Bögen – all die Panzer, die Eisenhauben und Helme. Es gab eine lärmende, eine freudige Begrüßung auf den Sandfeldern, auf denen wir so oft unsere Übungen abgehalten hatten. Doch da waren wir immer nur in einzelnen Gruppen gekommen. Noch niemals hatten wir alle zusammen die Stadt verlassen.
Die Posten in der Zitadelle beobachteten uns. Ihr Befehlshaber nutzte unseren unbegreiflichen Leichtsinn. Zwei lange Jahre, vierundzwanzig Monde, waren seine Männer nun schon in der Festung eingeschlossen gewesen, getrennt von ihren Familien und Frauen. Jetzt quoll die Besatzung aus dem geöffneten Tor. Auf der Hauptstraße uns nach – hinab zur Stadtmauer, begleitet und begrüßt von ihren Frau-

en und Kindern. Sie schlossen und verriegelten alle Stadttore. Als wir zurückkehrten, um das neue Heer hineinzuführen, zur Belagerung und Eroberung der Zitadelle, standen wir – waffenlos – vor dem geschlossenen Ring der Mauern, und oben, auf den Umgängen, tanzten die heidnischen Soldaten herum. Sie konnten sich umso mehr freuen, als sie durch ihre Brieftauben längst wussten, dass ein großes sarazenisches Heer nicht mehr fern war.
Wären wir – ich meine König Bertrands Männer – allein gewesen, so wäre es vielleicht zu einer Verständigung gekommen. Vielleicht hätten die Muslime uns ziehen lassen. Gewiss hätten wir keinen Angriff wagen können.
Nun aber fühlten wir uns übertölpelt. Als Erstes wurden unsere Ritter von den Angekommenen bewaffnet. Ihr Grimm war groß. Sie waren aufgebrochen, um die Ungläubigen zu vernichten. Sie hatten geglaubt, in eine bereits eroberte Stadt einzuziehen. Jetzt standen sie vor verschlossenen Toren. Ihre Anführer, Könige, Grafen, Barone, ließen sich auf kein Wort der Verhandlung ein. Sie befahlen sofort den Angriff.
Und die so lange eingeschlossenen Sarazenen hatten lange nicht mehr gekämpft. Auch waren sie uns jetzt an Zahl weit unterlegen. Daher gelang unser Sturm sofort. Es genügten wenige Leitern, und die Mauern waren von Stoßtrupps erklettert. Es genügten wenige Stöße mit dem Rammbock, und das morsche Tor brach. Hatten wir es doch – seit wir in der Stadt waren – niemals wieder in Stand gesetzt.
Zuerst war es ein Kampf Mann gegen Mann. Als das Tor offen war, strömten die Massen ein. Die unsrigen bildeten die Vorhut. Sie fochten in den vordersten Reihen, sie suchten sofort den Weg zur Zitadelle, kannten sie doch jeden Winkel, jedes Treppchen, jede Gasse.

Ich war bei denen, die später in die Stadt eindrangen. Ich sah meinen König von hinten auf das Pferd eines Ritters springen. Er rief mir zu: »Schütze Zarissa und ihre Mutter!« Dann war er in der Menge der Helme und Rüstungen verschwunden.

Zunächst verstand ich nicht, was er meinte. Doch schnell erkannte ich, was nun geschah. Ich kann es nur als das schlimmste Gemetzel bezeichnen, das ich bis dahin miterlebt hatte. Mit einer Gewalt und Roheit ohnegleichen schlugen die Nachrückenden alles nieder, was ihnen vor die Klinge kam.

Die Steine der Gassen wurden glitschig von Blut. Ich sah erschlagene Frauen und Kinder. Die Christen sprengten die wenigen Türen auf, die geschlossen werden konnten. Wer zu fliehen versuchte, wurde verfolgt und im Laufen getötet. Die Fußsoldaten brüllten und ihr Triumphgeschrei mischte sich mit gellenden Rufen. Es war eine gnadenlose Hetze.

Ich geriet in panische Angst um Zarissa und ihre Mutter. Irgendwie gelang es mir, mich durch den Tumult, durch die Stürmenden, die Rennenden, die Flüchtenden, die Stürzenden zu zwängen. Ich erreichte unser Haus. Hinein! An der Rückwand des Raumes, auf dem blauen Teppich standen die beiden Frauen.

Sie sahen mich mit weit aufgerissenen Augen an. Ich warf die Tür hinter mir zu. Ich stemmte mich mit dem Rücken dagegen. »Flieht, flieht, versteckt euch!«, rief ich. Es war zu spät. Schon splitterte das Holz. »Fürchtet nichts!«, rief ich und glaubte, was ich sagte. Ich versuchte, die Tür mit meinen Armen zu halten. Ich wurde beiseite gestoßen.

Da sah ich ihn, den ich nie vergessen werde. Ein Ritter, gewiss, aber besudelt die Rüstung, das Gesicht verschmiert

bis zum Nasenschutz. Und ihm folgte ein Templer, auch er mit dem Schwert, das rote Kreuz auf dem weißen Mantel, den er über dem Kettenpanzer trug.
Ich fiel, taumelte, trotzdem gelang es mir, mich vor die entsetzten Frauen zu werfen und meine Arme vor ihnen auszubreiten. »Nicht! Nicht!«, schrie ich. »Im Namen Jesu Christi und auf Befehl Bertrands, des Königs!«
Dass ich in ihrer Sprache zu ihnen sprach, rettete mir vermutlich das Leben, in meinem befleckten Hemd war ich wohl kaum noch von einem der Sarazenen draußen zu unterscheiden. Der Tempelritter stieß mich roh beiseite. Der andere schlug vor meinen Augen der Mutter das Haupt ab. Danach stieß er seine Klinge, den Griff mit beiden Fäusten packend, tief, tief in Zarissas Brust. Das Blut überflutete den blauen Teppich. Dann zog der Ritter sein Schwert aus dem Körper, der leblos niedersank, und sagte zu mir, mit einer Stimme voll kalter Grausamkeit: »Berichte König Bertrand, Baron Philipp de Drohorst und Victor de Firment, Ritter des Tempelordens, haben hier ihre Pflicht getan! – Die Sache mit Jesus, du Bürschchen, bringen wir ohne dich ins Reine!«
Der Templer lachte. Ritter Philipp stieß mit seinem gepanzerten Fuß nach mir. Dann rannte er mit seinem Begleiter aus dem Haus.
Philipp de Drohorst und Victor de Firment: Unauslöschlich brannten sich mir diese Namen ein. In diesem Augenblick gelobte ich den Gedanken an ein Leben mit Büchern hinter ruhigen Klostermauern aufzugeben und ein Mann des Schwertes zu werden, bis ich Zarissas Tod gerächt hätte.

5

Ich war wie betäubt. Draußen tobte der Kampf, der Lärm, da vermischten sich die Schreie der Opfer mit dem Jubel der Sieger. Das Klingen des Metalls! Das Jagen, Hasten und Laufen! Auch, dazwischen, und sonderbar es zu bemerken: das Blöken der Ziegen, das Schreien der Esel, das Gackern der Hühner. Doch allmählich verzog sich der Lärm, er brandete immer weiter empor durch die Stadt hinauf zur Zitadelle, wo sich das Ende des Dramas abspielte. Es war der sarazenischen Besatzung nicht gelungen, das Tor der Festung rechtzeitig zu schließen. Mit den letzten, aus der Stadt in die Zitadelle flüchtenden sarazenischen Soldaten stürmten schon unsere Ritter zu Pferde, den Fußsoldaten weit überlegen und dazu fast unverwundbar in ihren Panzern. Sie schlugen die Muslime noch im Laufen nieder, drangen gleichzeitig mit ihnen in die Festung ein und hielten das Tor offen.

Es war ein vollständiger Sieg. Von jenem Blutbad, das hinter ihnen in der Stadt angerichtet worden war, sahen und wussten unsere Ritter zunächst nichts. Auch nicht mein König. Ich weiß nicht, wie lange ich in der Stube blieb, neben den Ermordeten. Was dachte, was empfand ich? Ich hatte versagt, schmählich versagt. Und ich hatte auch den Befehl meines Königs nicht ausgeführt. Warum lebte ich noch? Hätte ich diese Frauen nicht mit meinem Körper schützen, selbst die Schläge für sie empfangen müssen? Ich war wie gelähmt. Doch langsam ordneten sich meine Gedanken. Ich erhob mich mühsam. Ich hob den blutgetränkten Teppich auf und zog ihn über die Toten. Mir war, als müsste ich sie noch in ihrem Tod beschützen. Ich fuhr mir mit dem Ärmel über das Gesicht, wie um etwas wegzuwischen, das doch niemals wegzuwischen war. Grauen war in mir.

Ich schaute an mir herab und es schüttelte mich. Langsam ging ich zur Tür. Meine Füße waren wie Bleigewichte. Den Anblick der Gasse will ich nicht schildern. Durch die Ruhe des Todes zogen die christlichen Fußsoldaten plündernd von Haus zu Haus. Sie schleppten mit sich, was sie nur irgend tragen konnten.

Eine Gruppe näherte sich auch unserem Haus, der offenen Tür. Ich versperrte den Männern den Weg. »Hinweg!« Ich schlug dem ersten ins Gesicht. Er taumelte. Etwas war an mir, eine finstere Entschlossenheit, die stärker war als ihre Gier. Sie wichen zurück.

Auch das Getöse in der Zitadelle ebbte ab. Ich bewegte mich langsam nach oben, ließ das Haus hinter mir, stieg zur Festung empor, ging durch die Menge der Ritter und Soldaten hindurch, drückte mich an ihnen vorbei, ohne sie zu beachten. Ich suchte ihn, meinen König.

Er stand in der Mitte des Hofes, umgeben von seinen Männern. Er hatte den Helm abgesetzt und hielt ihn unter dem Arm. Er bemerkte mich nicht, er warf den Kopf hintüber und schüttelte sich die Haare aus der Stirn.

Langsam trat ich näher. So wie ich aussah, blutbefleckt mein Gewand, mein Gesicht, muss ich wie ein Unheilsbote gewirkt haben. Man machte mir Platz. Der König wurde aufmerksam, wendete das Haupt, sah meine Augen. Das Wort erstarb ihm mitten im Satz. Er trat einen Schritt zurück.

Ich zeigte ihm die Innenflächen meiner leeren, blutverschmierten Hände. Langsam ließ ich mich auf ein Knie nieder. »Mein König!«

Er verstand sofort. Ja, er begriff alles.
Seine Miene wurde zu Granit. Er fragte nichts. Er stellte nur fest: »Sie sind tot!«
Ich nickte.
»Alle?«
»Alle!«
»Zarissa?«
»Auch Zarissa!«
»Die Stadt?«
»Die ganze Stadt, mein König!«
»Steh auf!«, herrschte er mich an. Ja, er schrie: »Steh auf! Was kniest du, wo andere im Staub liegen müssten!«
Seine Männer sammelten sich und ritten hinab. Was sie sahen, vermochten sie zunächst nicht zu glauben. Viele legten die Hand an die Griffe ihrer Schwerter. Es kam zum Streit, sogar zum Handgemenge und zu Schlägereien. Des Königs Ritter nannten die Neuankömmlinge Mörder. Diese antworteten, dass wir wohl vergessen hätten, weshalb wir ins Heilige Land gezogen seien, wir hätten den Heiland verraten und seien selber schon Ungläubige geworden.
Den heftigsten Streit gab es vor unserer kleinen Kirche. Es herrschte die größte Erbitterung. Man verstand einander nicht mehr.
Übrigens entdeckte ich weder Philipp de Drohorst noch den Templer Victor de Firment. Doch das besagte nichts, denn die Menge war unübersehbar. In ihren Rüstungen glichen sich die Männer alle. Und es begann zu dämmern, in jener raschen Art, in der die Dunkelheit im Süden einzubrechen pflegt.
Da überraschte uns die Nachricht, dass ein Ersatzheer der Sarazenen im Anmarsch sei, eine gewaltige Truppe. Sie nä-

herte sich der Stadt in großer Geschwindigkeit, teilte sich vor ihr und zog einen Ring um sie.
Die Absicht war klar. Ehe man uns angriff, wollte man uns den Fluchtweg abschneiden.
Einige Augenblicke überfiel uns alle ein lähmendes Schweigen. Ich erinnere mich den Flügelschlag einer aufschwirrenden Taube gehört zu haben. Dann erschollen die Kommandos: »Auf die Mauern! An das Tor! Schließt die Riegel!« Mein König befahl mir, ihm zu folgen.
Wie ganz anders eilten wir an diesem Abend die Straße wieder hinab als an diesem freudigen Morgen. Wie ganz anders sah auch die Gasse aus, befleckt und übergossen von Blut, an den Häusern aufgesprengte Türen und Fensterläden, leblose Körper beidseits. Verstreutes und Liegengelassenes, mit Füßen getretenes Beutegut. Zerfetzte Teppiche und Decken halb auf den Türschwellen, halb aus den Fensteröffnungen hängend, zerschlagene Töpferwaren, Zinngefäße und Schalen.
Mein König konnte sein Entsetzen nicht verhehlen. »Gnade uns Gott, wenn die Muslime das hier erblicken! Es wäre besser, wir wären dann nicht mehr am Leben!«
Da stand der Feind schon vor den Mauern. Unsere Lage war hoffnungslos. Das Tor, das schon heute Morgen zertrümmert worden war, bot keinen Schutz. Die Übermacht der Feinde war erdrückend. Je mehr wir uns zurückzogen, desto mehr wurde unsere Schande offenbar. Der Anblick der verwüsteten Stadt steigerte die Wut der Sarazenen ins Unermessliche.
Ich weiß nicht, wer das Feuer legte, vielleicht war es sogar ein christlicher Ritter. In der Nacht wurde der Himmel flammend rot. Nur wenigen gelang es, sich hinter Mauer-

vorsprüngen zu verbergen und aus der Stadt zu flüchten. Jeder sah zu, wie er sich retten konnte. Nur Einzelne, die am Morgen noch so siegesgewiss gewesen waren, irrten nun allein, zu zweit oder zu dritt durch der Wüste Finsternis, den Flammenschein hinter sich.

Auch meinem König und mir war die Flucht gelungen. Schon früh erkannte er, dass unsere Sache verloren war. Und um Verlorenes zu kämpfen, hielt er für sinnlos. Er ergriff meine Hand und zog mich mit sich fort, teils geduckt, dann wieder hinter einer Hausecke hervorspringend, meist in der Nähe der Flammen, deren anprallender Hitze die Sarazenen auswichen, sodass wir dort vor ihnen sicher waren. In unermesslichem Lärm, Getümmel, Getöse gelang uns die Flucht. Wir schlugen nicht den Weg durchs freie Feld, über die Ebene ein wie die anderen alle. Allzu leicht, meinte der König, würden uns dort bei Tage die Reiter aufspüren, wohl wissend, dass die meisten den kürzeren Weg zum Meer, zu den rettenden Hafenstädten wählen würden.

Wir bewegten uns dicht unter der Stadtmauer entlang. So kamen wir schließlich auf eine Anhöhe und hinter ein zerfallenes, kleines Gebäude. Es war das Grab eines für heilig gehaltenen Muslims, wie sie so zahlreich in der Wüste zu finden sind.

Rings um uns nur Sand, zerschlagene Steine, Felsbrocken. »Hier oben suchen sie uns nicht, das hoffe ich wenigstens«, sagte mein König. Noch nie war er mir, seinem Knappen, so nah gewesen wie jetzt. Er setzte sich auf eine kleine Erhöhung. Er zog mich nieder, sodass ich zu seinen Füßen zum Sitzen kam. Mit sanftem Druck zog er meinen Oberkörper gegen seine Beine. »Versuch zu schlafen«, sagte er.

»Herr . . .«, ich wollte reden.

»Nicht hier und nicht jetzt«, sagte er. »Ich weiß, was dir wehtut.«
Wir sahen hinab auf die Flammenhölle. Sie konnte nun auch den Sarazenen kein Aufenthaltsort mehr sein. »Was werden sie tun?«, fragte ich.
»Sie werden nahe auf dem Platz vor der Mauer ihr Zeltlager aufschlagen.«
»Aber morgen?«
»Ich weiß es nicht. Sie haben gesiegt. Sie haben Gefangene gemacht.«
»Was geschieht mit diesen?«
»Viele wird man enthaupten, zur Strafe für das Gemetzel, das wir angerichtet haben. Andere werden auf den Sklavenmärkten verkauft und sich danach auf Galeeren zu Tode schinden. Die Edlen, wenn man sie erkennt, wird man gefangen nehmen und gegen Lösegeld freigeben.«
»Und wir?«
»Man darf uns nicht finden«, sagte König Bertrand. »Morgen früh, noch ehe es dämmert, brechen wir auf. Wir gehen nicht auf dem kürzesten Weg zum Meer. Denn diese Gebiete werden die sarazenischen Reiter durchstreifen. Wir gehen dorthin, wo sie uns nicht vermuten. Nicht weit von hier führt eine Karawanenstraße durch die Wüste. Die Karawanen ziehen dort nach Al-Kahira, oder wie wir sagen, nach Kairo, nach Ägypten. Der Emir von Al-Kahira befindet sich im Kampf mit den Sarazenen. Wenn wir uns dorthin durchschlagen können, gelangen wir wohl auch nach Alexandria, in die Hafenstadt. Ich bin nicht ganz ohne Mittel. Ich habe immer Münzen bei mir, in das Innenfutter meines Untergewandes genäht. Das ist ein anderer Panzer, ein Kettenhemd aus Silber . . .«

Ich legte meine Stirn auf meine Knie. Zarissa! – Ich sah ihren Blick, als sie den tödlichen Schlag empfing. Diese großen Augen . . . Ich strich mir mit meiner Hand über die Wangen, um eine Träne wegzuwischen. Diese Hand wanderte an meinem Hals entlang in den Ausschnitt meines Wamses. Sie suchte und umschloss die beiden Amulette. Irgendwann übermannte mich der Schlaf.

6

Es war noch dunkel, als mich der König weckte. Unter uns gloste die Stadt. Am Himmel vor uns zeigte sich ein heller Streifen über der Wüste. Also wanderten wir nach Osten.
Ich reckte mich. Wir machten uns auf den Weg. Eine Stunde mochten wir durch die Felsenwüste vorangestolpert sein, als wir auf ein Erdloch stießen, das ein wenig Wasser enthielt. Wir reinigten uns von dem gröbsten Schmutz. Es war nun ganz hell geworden, der Himmel grell, und die Sonne brannte schon jetzt gnadenlos. Ich spürte, dass wir verloren sein würden, wenn wir keine Menschen trafen, die uns halfen.

Da bemerkten wir den ausgetretenen Pfad. Er zog sich von Nord nach Süd durch die Wüste, beidseits von Tierkadavern gesäumt. Das mussten einmal Esel und Kamele gewesen sein.

»Herr«, fragte ich. »Wie lange können wir es aushalten?«

»Wenn wir wieder Wasser finden, einige Tage.«

Die Karawane kam von Norden, klein und dunkel tauchten die ersten Kamele über dem fernen Hügel auf. Und dann floss es wie eine Schlange oder wie ein schmaler Bach in unsere Richtung. Wir erkannten die Tiere, ihre charakteristische Form, den vorausschauenden Kopf auf dem gebogenen Hals. Gleichmäßig war ihr Gang. Sie waren hoch beladen mit Säcken und Ballen, an ihren Seiten hingen Körbe und Wasserschläuche. Die Treiber waren in lange, dunkle Gewänder gekleidet, sie hatten Stöcke in der Hand. Anderen steckten Waffen, Krummschwerter oder Dolche in den Gürteltüchern.

Wir winkten mit beiden Armen. In einigem Abstand von uns hielt die Karawane an. Langsam schritten wir auf sie zu. Drei Männer kamen uns entgegen. Mit geschmeidigem Gang wateten sie durch den Sand. Wir neigten unsere Köpfe und überkreuzten die Arme auf der Brust. Ein hoch gewachsener Mann musterte uns schweigend. Auf Geheiß meines Königs erklärte ich ihm in seiner Sprache. »Wir bitten um Eure Hilfe. Wir möchten uns Euch anschließen, falls Euer Weg nach Al-Kahira führt. Wir werden dafür bezahlen.«

Der Führer der Karawane erwiderte: »Wenn Ihr um unsere Hilfe bittet, so tut Ihr das nicht vergeblich. Doch Ihr müsst essen und trinken. Da Ihr es nicht gewohnt seid, tagelang durch die Wüste zu ziehen, braucht Ihr Kamele, die Euch tragen. Wir wandern vom frühen Morgen bis spät in den Abend. Nur in der Hitze des Mittags rasten wir.«

Der König bot dem Anführer Silber an, einen Teil schon jetzt, den zweiten Teil, wenn wir unser Ziel erreicht hätten. Das war gewagt. Wussten sie uns im Besitz von Geld, hätten sie uns leicht ausrauben und töten können. Doch diese Beduinen waren stolze, ehrliche Männer. Sie betrachteten uns als ihre Gäste und Gastfreundschaft war ihnen heilig. Der Anführer nannte seinen Preis. Er war nicht unangemessen. Wir wurden handelseinig.

Unsere Kettenhemden und Helme legten wir ab. Sie hätten uns nur gehindert und wären – inmitten der Beduinen – von geringem Nutzen gewesen. Auf der Wanderung wären wir in ihnen verglüht. Von seinem Schwert trennte sich mein König nicht, obwohl der Anführer der Karawane seine begehrlichen Blicke darauf richtete. Nachdem dies geregelt war, gingen wir zu den Wartenden. Viele dunkle Augen beobachteten uns. All diese Männer hatten ihre Gesichter zum Schutz vor der Sonne verhüllt. Da blieben nur schmale Schlitze. Wir erwarben auch zwei dieser Umhänge und Tücher für den Kopf. Nun waren wir von ihnen nur noch durch unsere Sprache zu unterscheiden. Und ich dachte an Mohammed, der auch ein Kameltreiber gewesen war.
Der Weg erschien mir endlos. Wir schritten meist schweigend dahin. Oder wir ritten und wurden auf den Kamelsätteln nach vorn und zurückgeworfen. So kamen wir durch die Wüste, immer auf jenem schmalen Pfad, über den der Wind hinwegstrich und die Spuren verwehte. Oft verschwamm alles vor meinen Augen, die blind wurden durch zu viel Helligkeit. Doch unser Anführer kannte den Weg, er orientierte sich an Erhebungen und Felsspalten, die aus der Wüste aufragten, sowie an den Zeichen des Todes, an den Skeletten erschöpft zusammengebrochener Tiere, die ausgebleicht waren und ausgetrocknet.
Wie glücklich war ich über die Oasen. Sie lagen oft in Talsenken. Grüne Palmenwedel auf schlanken, anmutig geschwungenen Stämmen kündigten sie an. Da gab es klare, blaue Seen, in denen man baden konnte. Ein buntes Bild boten die Männer, die Tiere, die Waren.
Mein Herr und ich blieben von allen unbehelligt. Wohl be-

trachtete man uns oft neugierig, besonders ein hoch gewachsener Bursche in meinem Alter.
Dreimal am Tag hielt die Karawane zum Gebet an, wo immer wir uns befanden. Dazu kamen die Gebete vor dem Aufbruch und am Abend. Fünfmal also knieten die Männer sich nieder, richteten ihre Gesichter dorthin, wo sie die Stadt Mekka wussten, beugten ihre Oberkörper und erhobenen Arme hinab, ganz so wie in der Moschee, und sprachen dazu die vorgeschriebenen Worte: »Allah ist am größten.«
Mein König zog sich dann mit mir hinter die Tiere zurück. Einmal sagte ich leise zu ihm: »Und das alles sind Ungläubige!«
Er antwortete: »Wir lernen mehr im Heiligen Land, als wir erwartet hatten, und vor allem anderes.«
Abends, bei der Rast im Kranz der Feuer, erzählten die Männer Geschichten. Sie sprachen von ihren Frauen und manchmal sangen sie schwermütige Lieder, die nie zu enden schienen. Dann schlug der eine oder andere den Tamburin dazu und ließ die Schellen klingeln.
Auch der Nächte entsinne ich mich. Die Kälte stürzte vom Himmel hernieder. Sie kam mit schneidenden Messern. Dann drängten sich alle an die niedergekauerten Kamele. Ihr dumpfer Geruch war die Wärme. In der Dämmerung sah ich ihre stolz erhobenen Häupter und hörte das Mahlen ihrer Kiefer. Ihre großen Augen blickten ruhig, umgeben von langen Wimpern.
Wenn es nachtdunkel war, zogen wir unsere Decken über die Körper.

7

Einmal rasteten wir einen Tag lang in einer Oase an einem kleinen See. Tiere und Männer wollten ausruhen. Manche vergnügten sich durch Spiele. Es wurden auch Wettrennen veranstaltet. Viele der Kameltreiber waren gute, ausdauernde Läufer. Und der Bursche, der mich so oft schon schweigend gemustert hatte, forderte mich nun auf, mich mit ihm zu messen. Er nannte sich Sahid.

»Warum nicht?« Es wehte ein leichter Wind. Auch sank die Sonne schon. Schnell bildete sich um uns eine Gruppe. Mein König stand ebenfalls unter den Männern. Die Strecke war schnell bestimmt. Sie führte um den See herum, in einem Kreis.

Sahid entledigte sich seines langen Gewandes. Ich tat es ihm nach. Nur einfache Tücher schlangen wir um unsere Hüften, sie ließen die Beine und den Oberkörper frei. Da hing mein Kettchen mit den beiden Amuletten frei vor aller Augen auf meiner Brust. Das erregte Verwunderung. Auch mein König warf einen erstaunten Blick darauf. Doch ich verbarg sie rasch in meiner Hand. Dann nahm ich sie ab und legte sie auf mein Gewand, indem ich ein Stück des Stoffes darüber zog, wie um sie zu schützen.

Sahid war sehnig, schlank und fast dunkelbraun. Meine Haut war bleich daneben. Wir wurden durch Klatschen und Zurufe angefeuert. Auf ein Zeichen des Karawanenführers rannten wir los. Wir kamen gut ab und beugten den Nacken. Ich legte den Kopf ein wenig zur Seite. Sahid lief mit langen Schritten. Ich hielt mich neben ihm und sah, wie sein Gesicht glänzte. Er lief sehr ruhig. Als wir die Hälfte der Strecke zurückgelegt hatten, wurden die Stimmen der

anderen fern. Wir hörten nur unsere Schritte im Sand und unseren keuchenden Atem.
Sahid gewann einen kleinen Vorsprung, doch ich blieb dicht hinter ihm, immer mit meinen Füßen in seinem Schatten. Wir liefen hart an der Kante des Sees entlang, ich spürte Ruhe, federnde Gelassenheit trotz aller Anspannung, aber Sahid erschien mir kraftvoller. Sand sprühte auf und ich dachte, dass er siegen würde. Da spürte ich in mir eine Kraft, einen Willen, nicht aufzugeben, es war wie eine Feder. Ich trat kürzer und schneller, meine Arme, mein ganzer Körper wurde leichter, ich fühlte keine Anstrengung, ich sah schon die nussbraune Schulter neben mir und flog dahin und lief an ihr vorbei, und da hatte ich schon seinen Atem hinter mir und vor mir die freie Bahn und die Menschengruppe, das Ziel.
Ich wurde gefeiert, man schlug mir auf die Schultern, die Männer waren wie Kinder, auch mein König freute sich, und Sahid kam zu mir, reichte mir die Hand – und gleich sprangen wir nebeneinander ins Wasser.
Später, als es dunkelte, legte ich mich auf die Kuppe eines runden Hügels in den Sand. Unter mir war das Lager, der See, die Palmen, die Tiere. Die Feuer, an denen die Lämmer gebraten worden waren, glühten noch matt.
Würde ich ein solches Bild jemals wiedersehen? Eine dunkle Gestalt stieg zu mir empor. War es der König? Nein, es war Sahid, mein neuer Freund unter den Kameltreibern. Ich fühlte mich an Ahmad erinnert, an den Gespielen meiner Kindheit. Wäre der Knabe damals nicht aufgegriffen worden, zöge er wohl jetzt auch mit einer Karawane von Stadt zu Stadt, brächte kostbare Stoffe, Gewürze und viele andere Waren, wäre zu Gast in Karawansereien und wüsste Lie-

der zu singen, Märchen zu erzählen. Er wäre ein freier Mann. So aber verrichtete er auf meines Vaters Hof jede Arbeit, auch die niederste. Er trug unlösbar um den Hals geschmiedet den eisernen Ring, den nur der Schmied entfernen konnte.

Sahid legte sich neben mich. Er fragte: »Warum bist du in unser Land gekommen?«

»Um das Grab unseres Heilands zu befreien«, antwortete ich.

»Zu befreien? Von wem?«, fragte er erstaunt.

Ich wusste nichts zu erwidern. Hätte ich sagen sollen: von den Ungläubigen? War er ein Ungläubiger, der sich fünfmal täglich zum Gebet niederwarf? Ich ließ ein wenig Sand durch meine Finger rinnen. Um seiner Frage auszuweichen, wollte ich von ihm wissen: »Was glaubst du? Was wird sein, wenn du gestorben bist oder im Kampfe fällst?«

Er sagte ohne zu zögern: »Die Guten, Gläubigen und die für Allah Gefallenen, diese vor allem, werden in seinen Himmel eingehen. Ich hoffe zu ihnen zu gehören. Das Paradies ist ein wunderbarer üppiger Garten. Da gibt es silberne Bäche. Mächtige, weit ausladende Bäume spenden kühlen Schatten. Da fließen Flüsse von Milch und Honig und Wein. Die Seligen gehen in Gewändern aus Seidenbrokat, die mit Edelsteinen verziert sind. Sie ruhen auf weichen Lagerstätten, essen süße Früchte, die saftigen, weißt du! Sie werden von schönen Jungfrauen bedient, die Augen wie Rubine haben, und kein Alter, keine Ermüdung und kein Tod wird ihre Lieblichkeit zerstören.«

»Ich verstehe«, antwortete ich. Denn ich verstand nun, warum unsere muslimischen Feinde dem Tod nicht nur furchtlos, sondern sogar freudig entgegenstürmten.

Er lehnte sich zurück, auf die stützenden Arme und ließ seinen Kopf weit in den Nacken fallen. Ich tat es ihm gleich und wir schauten beide empor. Hoch über uns war der schwarze Himmel aufgespannt, die Kuppel, in der Gott wohnte. Sie war übersät von Sternen, von funkelnden Edelsteinen. Zarissas Schlaflied kam mir in den Sinn, »Der Mond ist eine schmale Sichel, aus Silber in die Nacht geschmiedet. Der Abendstern daneben glänzt im Golde . . .« Die Sterne erschienen mir über der Wüste klarer, strahlender und leuchtender, als ich es von daheim kannte. Hier, in eben diesem Moment begriff ich, dass dies wirklich Gottes eigenes, heiliges Land sein musste und kein anderes. Am Tag mochte ich das wohl vergessen.

Später gingen wir gemeinsam hinab in die Mulde am See. Die Männer erzählten sich Geschichten. Etwas weiter entfernt wurde ein Lied voll Schwermut gesungen.

Sahid verabschiedete sich mit einem kurzen Gruß. Er erhob seine Hand und berührte seine Stirn. Schon war er verschwunden.

Ich suchte meinen Herrn. Leise rief er mich an. Er saß im Sand, gelehnt an ein lagerndes Kamel. Er lud mich ein, mich neben ihn zu setzen.

Ich sagte: »Mein neuer Freund hat mir von seinem Paradies erzählt.«

»Und ist es anders als unseres?«

»Ja. Ich glaube schon. Aber wer kann es wissen?«

»Einmal, vielleicht, werden wir es schauen«, meinte er.

Dann schliefen wir.

In den folgenden Tagen zogen wir mit der Karawane noch durch ein kahles Gebirge. Nur Stein und Sand, eine gleißende Landschaft, Täler und Berge. Tödlich.

»Und doch ist auch dies geweihter Boden«, erklärte mir mein König. »Durch diese Wüsten sind die Juden gewandert, damals, als sie von Moses aus Ägypten geführt wurden, ins Heilige Land, damals, als Gott das Rote Meer für sie teilte, sodass sie hindurchziehen konnten. Dies ist der Sinai. Auf einem der höchsten Berge ist Gott dem Moses erschienen und hat ihm die Zehn Gebote verkündet.«
Ich schleppte mich mit meiner letzten Kraft vorwärts, unfähig, heilige Legenden in mich aufzunehmen. Auch war ich fern, sehr fern von christlicher Nächstenliebe. Ich war erfüllt von Hass, von brennendem Hass auf Zarissas Mörder. Ich wollte heim, heim so rasch wie möglich. Ich hoffte, dass auch diesen beiden Rittern die Flucht aus der Flammenhölle der Stadt gelungen war. Wohlbehalten wünschte ich sie mir beide, aber nur, um Rache an ihnen zu nehmen. In ritterlichem Zweikampf? Ja! Aber ohne Erbarmen! Freilich, noch war ich nur ein Knappe und den Rittern nicht ebenbürtig. Doch dies würde sich eines Tages ändern.

8

Ich war froh, als diese mühselige Wanderung zu Ende ging. Erst durchquerten wir einzelne, dann mehr und mehr Dörfer, Dörfer mit Hühnern, Ziegen und Eseln, Dörfer mit Brunnen, aus denen wir schöpfen durften.
Dann kamen wir auf eine Anhöhe. Steil stürzte der Abhang vor uns hinab. Unten breitete sich die Stadt Kairo aus, Al-Kahira, mit ihren Gassen, mit ihrem Lärm, dem Rufen, dem Schreien. Zahllos waren die niedrigen Häuser mit flachen Dächern. Aus dem Häusermeer erhoben sich die Kuppeln

der Moscheen, die spitzen Türme, die Minarette, von denen das »Al-lahu akbar, Al-lahu akbar!« erklang.
Jussuf, unser Karawanenführer, schlug die Hände zusammen, als ich ihm sagte, dass wir uns nun trennen würden. »Aber kommt doch mit in die Stadt«, rief er. »Kommt mit uns! Die Stadt ist voller Zauber, es gibt keine größere, keine schönere in der Welt, in den Straßen ist mehr Volk als anderswo. Ihr könnt dort die köstlichsten Gerichte essen. Die Köche stehen am Straßenrand, es gibt Hunderte, es gibt Tausende, die euren Gaumen verwöhnen mit Genüssen, von denen ihr bisher nicht einmal zu träumen gewagt habt. Viele Köche tragen ihre kleinen Küchen auch auf dem Kopf, auf dem verschlungenen Tuch, mit brennendem Feuer und siedenden Töpfen oder mit Bratspießen.«
Doch mein König schüttelte sein Haupt. Er lehnte alles ab, auch die Badestuben aus Marmorsteinen, wo sich die reichen Männer ihre Glieder massieren und mit würzigen Ölen behandeln lassen. Oh, wir hätten wohl nichts nötiger gehabt als ein Bad. Doch meinen König zog es heim. Und ich war froh darüber.
»Kommt mit in die Karawanserei«, wurden wir weiter bedrängt. »Verbringt dort die Nacht, wenigstens eine. Hier kommen die Karawanen zusammen, aus allen Himmelsrichtungen, aus den Städten des Südens mit Gold und Elfenbein; aus den Tälern des Westens mit Gewürzen und Spezereien; und weit, weit aus dem Osten, noch viel weiter, als wir gezogen sind, aus den sagenhaften Reichen der Seide. Sie kommen aus dem dunklen Afrika und aus den Wüsten. All die Männer erzählen Geschichten, wie ihr sie wohl noch nie gehört habt. Unsere Karawanserei ist groß, ihr könnt Gemächer bekommen, die kühl sind und mit weichen Kis-

sen. In den Höfen lagern die Kamele, die Maultiere, die Esel und Schafe.«

Doch König Bertrand schüttelte zu allem das Haupt. »Verzeiht mir, mein Freund«, sagte er. »Ihr habt uns sicher hierher geleitet. Wir danken Euch.«

Sonnenglast lag über der Stadt. Weit entfernt, dort, wo schon wieder die Wüste schimmerte, erblickten wir mehrere Kegel. »Was ist das?«, wollte ich wissen.

»Das weißt du nicht?« Jussuf staunte. »Das sind die Pyramiden. Sie gehören zu den größten Wundern dieser Erde.«

»Pyramiden?«

»Das sind die Gräber der früheren Könige, der Pharaonen. Das waren die mächtigen Herrscher über die Länder des Nils. Schon einmal gab es hier ein viele tausend Jahre währendes Reich mit unermesslichen Reichtümern und prächtigen Städten. Viele der Königsgräber wurden ausgeraubt. Doch niemand weiß, welche Wunder noch in den Tiefen der Berge ruhen.«

»Möge den Gebeinen der Toten Ruhe beschieden sein«, murmelte mein König. »Dieses Volk – welchen Gott hatte es?«

»Alle kenne ich nicht, Herr. Aber immer gehörte zu ihren Göttern die Sonne, die aufging und unterging und über ihren Himmel wanderte, so wie über den unsrigen. Sie nannten ihren Sonnengott Amun Re oder auch Aton. Doch alle Kenntnis darüber liegt unter dem Sand und alles war lang, lang vor unserer Zeit.«

»So ist es«, sagte mein König. »Denn nun erinnere ich mich. Im ältesten Teil unseres heiligen Buches ist es aufgezeichnet und unsere Priester erzählen davon.«

»Ihr wisst mehr, als ich dachte, ihr Ungläubigen«, meinte Jussuf.

Aber nun wurden die Männer unruhig. Sie wollten in die Karawanserei, in die Stadt mit ihren Brunnen und brunnentiefen Wundern, mit ihrem Zauber und ihren Geheimnissen. Sie waren wie verdurstet, aber nicht nur nach der Frische des Wassers, sondern vielmehr noch nach Gesprächen und Umarmungen und Liedern; nach den stillen Hallen ihrer Moscheen, in denen sie beten konnten.

Ein Knabe hatte sich uns genähert, kaum halb so groß wie ich. Er ritt auf einem mageren Esel. Er trug ein Hemd wie ein Sack. Seine Beine waren nackt und staubig. Er fragte, ob er uns führen dürfe. Sein Angebot war uns willkommen.

Wir verbeugten uns zum Abschied vor Jussuf, unserem Karawanenführer, und händigten ihm die Hälfte der vereinbarten Silbermünzen aus, auf die er noch Anspruch hatte. Alle seine Männer, eine lange Reihe, verneigten sich ebenso vor uns, Sahid unter ihnen. »Allah sei mit euch!«, riefen sie und wir hatten keine Bedenken, mit den gleichen Worten zu antworten.

Unser kleiner Führer hatte schwarze Haare und runde, dunkle Augen. »Ich heiße Achmed«, erklärte er stolz. Und ich stutzte. So ähnlich hieß mein sarazenischer Freund und meines Vaters Sklave daheim – nun Achmed oder Ahmad war ein häufiger Name. Ich sagte ihm, dass er uns zu den Pyramiden führen solle, und zwar außen um die Stadt herum. Er nickte. Er trieb sein Reittier an. »Wir müssen über den Fluss«, erklärte er. »Ich kenne einen Fischer, der uns hinüberfährt.«

»Meinst du, er könnte uns morgen auch nach Alexandria bringen?«, wollte mein König wissen.

»Es fahren täglich Boote. Viele. Ich weiß das. Achmed weiß alles!« Der Bub führte uns sicher. Wir wanderten gut eine

Stunde hinter ihm her, über öde Felder und Geröllhalden. Fruchtbar und grün war das Land nur zu beiden Seiten des Stromes. Noch niemals hatte ich einen so mächtigen Fluss gesehen. Dunkelbraun schob er seine Wassermassen nach Norden. An seinen Ufern wuchsen Palmen. Hütten waren in die Böschung hineingebaut. Wir sahen auch seltene Tiere. Sittiche und Papageien und Affen mit langen Schwänzen.
Zuerst wurden wir mit einem Schiffer handelseinig, der am nächsten Morgen nach Alexandria segeln wollte. Er brachte Holz und Früchte dorthin und einige Passagiere. Mir gefiel sein Boot, es glich der ausgehöhlten Schale einer riesigen Walnuss. Ich sah viele ähnliche Segelschiffe auf dem Nil kreuzen. Ihre geschwungenen Segel warfen lange Schatten auf das Wasser.
Dann kamen wir zum Fährmann. Dort entlohnten wir Achmed, den Knaben.
Unser Fährmann setzte uns in einem Boot über, das von zwei kräftigen Männern im Stehen gerudert wurde. Viele Menschen und Tiere wollten hinüber, und drüben warteten andere für die Rückfahrt, Männer und Frauen in langen, vielfarbigen Gewändern. Die Muskeln der Ruderknechte traten auf den nackten, dunkelbraunen Oberkörpern in lebhaftem Spiel hervor. Sie neigten sich vor und zogen den Oberkörper dann zurück. Die Tropfen perlten von den Ruderblättern.
Ich stand nahe der Bordwand. Einmal tauchte ich die Hand in den Nil. Doch ein Mann riss meinen Arm empor. Unwillig schaute ich ihn an. Aber dann erkannte ich, dass er mich gerettet hatte. Denn ein graugrünes Tier mit einem mächtigen Rachen schnappte nach jener Stelle im Wasser. Ein Krokodil, wie ich später erfuhr.

»Diesem Mann verdankst du, dass du noch eine rechte Hand hast, mit der du ein Schwert führen kannst!«, rief mein König. Und ich setzte in Gedanken hinzu: Philipp de Drohorst und Victor de Firment sollen einmal diesen Moment verfluchen! Denn wie hätte ich ihnen jemals mit einem Armstumpf entgegentreten können?

Als unser Fährboot an der flachsten Stelle des jenseitigen Ufers anstieß, sprangen die Fahrgäste über den Rand. Dort warteten auch Kameltreiber. Wir wählten einen mit zwei Tieren. Er ließ sie niederknien und uns aufsitzen. So führte es uns zu den drei Pyramiden, deren Mächtigkeit mich vor Staunen stumm machte. Wir entlohnten den Mann, indem wir verabredeten, dass er uns morgen in aller Frühe hier abholen und zum Fluss zurückbringen sollte. Dann entfernte er sich mit seinen wiegend schreitenden Tieren.

Nun waren wir allein. Es war still, die Stille der Wüste, denn von den Geräuschen der menschenreichen Stadt war hier draußen nichts zu vernehmen.

9

Die Sonne stand schon tief über dem Horizont, ein glühender, Flammen ausstoßender Ball, orangerot. Ich fühlte einen Schauder, wie ihn wohl auch die Menschen früherer Zeiten empfunden haben mochten. »Ich kann verstehen, dass man die Sonne als Gott anbetete«, sagte ich nachdenklich.

König Bertrand lächelte. Seine Gesichtszüge waren wie Leder, gegerbt. »Mir geht es genauso.«

Wir betrachteten diese drei gewaltigen Bauwerke aus

früherer Zeit. Wir staunten und waren voller Ehrfurcht. Vor den Pyramiden lagerte ein Riesentier aus Stein. Sein Kopf war wie der eines Löwen. Von seiner Bedeutung wussten wir nichts. War es das Standbild eines Gottes?

Es dämmerte. Doch da war noch ein Rest transparenten Lichtes in der Himmelswölbung. Unendlich waren die Sandfelder der uns umgebenden Wüste. Ich wollte mich niedersetzen, um mich zur Nacht an die schräge Riesenwand zu lehnen. Da sagte mein König: »Bleib stehen, Knappe Leon!«

Ich schrak zusammen. Es war lange her, seit mich König Bertrand so genannt hatte. Er fuhr fort: »Hier ist der rechte Ort und es ist auch der rechte Augenblick. Bald – so unser Gott will – werden wir wieder in der Heimat sein. Vielleicht trennen sich dort unsere Wege schnell, denn was mich in Venproce erwartet, wer kann es sagen? So will ich tun, was ich schon lange vorgehabt habe. Es gibt keinen besseren Ort dafür als diesen. Ein Ort der Erhabenheit . . .«

Was hatte mein König vor? Ich zitterte, und nicht nur vor Kälte.

Mein Herr – denn so erschien er mir jetzt mehr als je mit seiner mächtigen, auch im Dunkeln noch imposanten Gestalt – zog sein königliches Schwert aus der Scheide. »Knie nieder!«, sagte er mit metallischer Stimme.

Ich ließ mich auf ein Knie nieder. Er sagte: »Knappe Leon, du hast mir lange treu gedient. Du hast das Waffenhandwerk erlernt und ich wünschte, mancher meiner Ritter käme dir an edler Gesinnung gleich. Die Zeit ist nun gekommen . . .«

Sanft legte er die Spitze seines Schwertes mit seiner flachen Seite auf meine linke Schulter. »Leon! Hiermit schlage ich dich zum Ritter! Willst du alle Gesetze der Ritterschaft willig befolgen, die Jungfrauen und Waisen schützen, den unterlegenen Gegner schonen, immer und unwandelbar für das Recht und für den wahren Glauben eintreten und deinem König ein getreuer Gefolgsmann sein, so sprich mir nach: ›Ich will es!‹«

»Ich will es – so wahr mir Gott helfe«, antwortete ich mit bebender Stimme.

Der König beugte sich nieder, ohne die Schwertspitze von meiner Schulter zu nehmen, und ich hütete mich, mich zu bewegen, damit sie nicht versehentlich hinabrutschte. Er nahm etwas Sand vom Boden auf und wog ihn in seiner zur Schale geformten Hand. »Dieser Sand«, sagte er, »ist nur ein Symbol für die Erde unserer Heimat.« Er streute ihn mir auf die rechte Schulter.

»Ein Symbol für die Erde unserer Heimat«, wiederholte er. »Hiermit belehne ich dich in der Nachfolge deines Vaters, meines Kastellans, mit der Burg und dem Land, das den Namen Fortis trägt. Es soll dein eigenes sein, solange du lebst und deinem König treu dienst.«

»Dann ist es für immer«, brachte ich stammelnd hervor.

Der König hob die Schwertspitze von meiner Schulter, reichte mir die Hand und zog mich empor. »Jetzt bist du also mein Ritter, Leon de Fortis«, sagte er. »Und wenn auch die Zeremonie ein wenig anders ausgefallen ist, als sie daheim gewesen wäre, mit Reinigungsbad, weißen Gewändern, Nachtwache in der Kapelle und Gang zur Kirche, großem Festgelage – es sind noch nie die schlechtesten Ritter gewesen, die ihren Schlag auf dem Schlachtfeld oder im Feindesland erhalten haben. Und gewiss bist du der Erste und Einzige, der diese mächtigen Bauwerke der Vergangenheit zum Zeugen hat.«

Mich ergriff Jubel. Ich schwor mir ein rechter Ritter zu werden. Jetzt konnte ich Philipp de Drohorst und Victor de Firment den Fehdehandschuh vor die Füße werfen. Jetzt war ich ein ihnen ebenbürtiger Gegner.

Ich war nun ein Mann und erwachsen. Und ich sah die Burg Fortis vor mir, wo mein Vater lebte, mit ihren Mauern, dem Hauptgebäude, den Scheunen – und ein Schatten fiel über meine Seele und dämpfte die Freude. Doch wie könnte ich jetzt davon sprechen?

»Herr«, begann ich zögernd, »mein Vater . . .«

»Ich weiß«, antwortete er. »Er zürnte dir, und mehr als das, er hat dich verstoßen, verflucht und enterbt. Er war ergrimmt darüber, dass du das Leben am königlichen Hofe mit all seiner Buntheit dem kargen Dasein bei ihm vorgezogen hattest. Noch mehr zürnte er dir, weil du mit mir ins Heilige Land zogst. Du warst ja fast noch ein Kind mit heller Stimme. Sogar ich habe dich heimgeschickt. Doch dann kamst du mir nachgeritten auf einem ungesattelten Pferd.«

»Jetzt möchte ich gern wissen, wie der Vater über mich denkt.«

»Ich hoffe, wir werden es erfahren. Was er damals dachte, hat sich als klug erwiesen. Er war ja überhaupt gegen unseren Zug. Er meinte, man könne Gott auch in der Heimat dienen, und für einen rechtschaffenen Mann zieme es sich nicht, aus Abenteuerlust seine Aufgaben und die Eltern im Stich zu lassen.«

»Er fühlte sich alt.«

»Ja, er fürchtete, bald nicht mehr in der Lage zu sein, die großen Ländereien und das Gut zu bewirtschaften. Er brauchte dich, den Sohn. Und das Recht des Hausherrn war auf seiner Seite, er hatte die volle Gewalt, von dir zu verlangen, dass du bei ihm bleibst. Auch könnte es sein, dass euer räuberischer Nachbar Philipp de Drohorst . . .«

»Philipp de Drohorst . . . gerade er?«

»Gerade er! Er hat ein Anrecht darauf. Mein Vater gab es ihm mit Brief und Siegel. Sollte der Kastellan von Fortis – also dein Vater – ohne Erben sterben, sollte Philipp de Drohorst auch mit diesem Gut belehnt werden. Könnte Philipp sein Gebiet um das eure vergrößern, so würde er an Macht gewaltig gewinnen. Er wird seine Rechte geltend machen. Du weißt: Besitz ist Freiheit! Nur als Herr ist man frei. Für deinen Vater wäre es ein großer Kummer, dass – falls du nicht zurückkehrst – er nicht nur den Sohn verliert, sondern das Gut auch den Erben, den Lehnsherrn. Dass er also nichts weiterzugeben hat, wenn er zu Grabe geht, dass sein ganzes Leben wie umsonst gelebt wäre und dass alle Knechte, Mägde und Bauern an eine fremde Herrschaft fallen würden.«

Ich dachte mit Widerwillen daran, dass auch Ahmad dann der Sklave eines neuen Herrn werden würde, der Sklave Philipp de Drohorsts vielleicht. Ich verstand meinen Vater jetzt besser. Vieles hatte ich damals im jugendlichen Überschwang zu wenig bedacht. Aber ich konnte trotzdem nichts bereuen. Ja, für meinen Vater war mein Zug mit dem König eine Treulosigkeit gewesen. Er brauchte daheim jeden Mann im Kampf gegen Übergriffe und gegen räuberische Horden. Ein Gut, wie es Fortis war, mitten in den Wäldern gelegen, musste verteidigt werden.

Der König fuhr fort: »Dein Vater, mein Freund, dachte nicht nur an sich. Er dachte auch an unser Land. Er sah es offen daliegen, hilflos gegenüber äußeren und inneren Feinden. Und dies wiegt umso schwerer, als ja auch ich noch nicht die volle königliche Gewalt innehabe. Gewiss bin ich zum König ausgerufen worden und durch Geburt dazu bestimmt. Aber es fehlt noch der feierliche Akt der Krönung. Sie wurde verschoben, weil ich das Kreuz nahm. Wenn ich als Sieger und Befreier des Heiligen Grabes heimkehrte, sollte sie mit allem Gepränge vollzogen werden, in unserer Kathedrale von Lesar, wo all unsere Könige gekrönt werden. Es fehlt mir also noch der Segen Gottes. Und die Krönung sollte zugleich die Siegesfeier sein. Nun, es ist anders gekommen. Und dein Vater hatte sehr gute Gründe, als er unseren Enthusiasmus nicht teilte. Vor allem aber traute er meinem Bruder nicht, den ich als Statthalter einsetzte . . .«

»Es ist nicht Euer Bruder«, wagte ich zu widersprechen, denn ich mochte den Bastard ebenfalls nicht.

»Er ist mein Bruder vom selben Vater, jedoch nicht von der gleichen Mutter. Prinz Jean steht nun einmal nach mir dem Thron am nächsten. Trotzdem – gebe Gott, dass dein Vater sich irrte, denn sonst werden die Folgen auch für mich schlimm sein. Der Zorn deines Vaters galt also auch mir.«

»Das ganze Unglück war aber doch eigentlich, dass meine Mutter so früh gestorben ist und dass mein Vater keine Kinder mehr haben konnte. Deshalb will er wohl auch, dass ich bald heirate.«

»Ja«, sagte der König. »Dein Vater hat dir schon eine Braut ausgesucht. Ich zweifle nicht: Wenn du sie bald heiratest, wie er es wünscht, wird er auch zu versöhnen sein.«

»Ach«, rief ich. »Soll ich wirklich ein Mädchen zur Frau nehmen, das ich kaum dem Namen nach kenne? Anabel de Loon . . .«

»Ihre Mutter ist eine aufrechte und kluge Frau. Du weißt, wie wichtig das Gebiet von Loon für das Königreich ist. Es ist eines der größten, es liegt im Süden und hat Zugang zum Meer. Und es grenzt an Fords. Würden Fortis und Loon durch deine Ehe mit Anabel vereint, gäbe es nichts Vergleichbares in Venproce. Das könnte auch mir nützen, denn ich brauche die Unterstützung der Dame Loon, wenn ich heimkehre. Ja, die Dame Loon ist eine tüchtige Frau und mächtige Fürstin. Ihr Gatte ist tot oder verschollen. Sie zog Anabel ganz ohne Vater auf.«

Der König schwieg nachdenklich. Dann sagte er: »Ich sah einmal, dass du neben dem Kreuz noch ein zweites Amulett trägst . . .«

»Und ist es mir nicht erlaubt?«

»Geh keinen gefährlichen Weg, Leon! Doch heute will ich davon nicht sprechen.« Er löste die Schnalle seines Gürtels und nahm diesen mit der daran befestigten Scheide ab. Dann gürtete er mir beides um und steckte sein Schwert hinein. »Mein Ritter!«, sagte er, froh, wieder über etwas anderes zu reden. Dann umarmte er mich. Auch ich schlang meine Arme um ihn und legte meine Wange auf seine Brust. Nichts Fremdes, Hoheitliches war zwischen ihm und mir. Natürlich war auch das Umgürten des königlichen Schwertes nur eine sinnbildliche Handlung. Ich gab Gürtel, Scheide und Schwert wieder an ihn zurück. Und doch spürte ich sie immer an meiner Seite und wusste, dass ich nun ein Recht hatte, sie zu tragen.

Schwer schlief ich ein an diesem Abend. So vieles erfüllte mich, mit Freude, mit Stolz, aber auch mit Besorgnis. Ich dachte an meinen Vater und es fiel mir ein, dass ich auch mit Ahmad einen Streit gehabt hatte, als ich fortging. Ja, Ahmad war wütend auf mich gewesen, mit lodernden schwarzen Augen hatte er gerufen: »Du willst gegen mein Volk

kämpfen, gegen meine Brüder und Schwestern. Du willst dort Sklaven machen, so wie ich einer bin! Ich hasse dich!«
Ob er mir wohl verzeihen konnte, wenn ich heimkehrte, als ein anderer, mit Zarissas Amulett? Ringsum heulten die Schakale.

10

Die Nacht war sehr kalt gewesen. Ich hatte mich in mein langes Gewand eingehüllt. Ein wenig von der Wärme des gestrigen Tages gaben die Pyramiden an uns ab. Sie waren wie Backöfen, in denen das Feuer eben ausgegangen war.
Unbeschreiblich war das Gefühl, mit dem ich erwachte. Es war sofort da, als ich aus meinen Träumen auftauchte. Nun bist du ein Ritter, dachte ich. Nicht mehr nur ein Knappe, sondern ein Lehnsmann des Königs.
Ebenbürtig war ich den Fürsten, hatte Zutritt zu ihren Tafeln und Anspruch auf höchste Ehren. Da ich während des Zuges ins Heilige Land geweiht worden war, war ich sogar besonders würdig. Ich durfte ein Wappen tragen. Kämpfte ich mit einem anderen Ritter, so zollte ich diesem alle Rücksichten, auf die er nach seinem Stande Anspruch hatte. Ich durfte Gelübde ablegen, die von allen andren geachtet werden mussten, ich durfte meine Waffen in Kirchen aufhängen, wo sie meinen Ruhm verkündeten, ich durfte mein Banner auf feindlichen Türmen und Festungen aufpflanzen. Ich würde in den Wäldern an Jagden teilnehmen und mit den Edelfalken auf die Beize gehen. Vor allem aber würde ich Mut und Gewandtheit bei Turnieren zeigen, zu denen ich nun zugelassen werden musste – dort, wo ich den Sie-

gespreis aus der Hand einer schönen Dame entgegennehmen konnte. Einen Schildknappen würde ich brauchen, eine Rüstung und ein Schlachtross. Doch woher? – Nun, es würde sich finden.

Ganz kurz kamen mir auch die stillen Stunden in den Sinn, die ich in meiner Kindheit hinter den Büchern im Kloster verbracht hatte. Wie sehr war mir diese Zeit ans Herz gewachsen gewesen und wie weit war sie jetzt von mir entfernt.

Ich gab mich den kühnsten Träumen hin, die nur durch den Gedanken an den Zorn meines Vaters ein wenig gedämpft wurden. Wenn mich auch der König mit Fortis belehnt hatte, mit diesem königlichen Gut, so blieb doch mein Vater sein Kastellan und ich hatte eigentlich kein Recht, den Namen zu führen, solange er lebte. So konnte ich mir nur einen angenommenen Namen geben und mir fiel dieser ein: der heimatlose Ritter.

Der Morgen stieg auf mit klirrender Trockenheit. Ein Wind, der sich in Wellen erhob und abebbte, trieb Schleier feinen Sandes vor sich her.

Der Kameltreiber kam. Bald ritten wir dem Strom zu. Schon waren viele Menschen auf dem Schiff. Männer und Frauen in farbigen Gewändern. Die Leute lachten und gestikulierten.

Der lange Aufenthalt im Heiligen Land hatte unsere Haut gegerbt und uns auch äußerlich zu Sarazenen gemacht. Zur Vorsicht trug der König sein Schwert verborgen unter seinem Gewand. Es wäre in seiner andersartigen Form zu leicht aufgefallen. Die Männer hier führten zwar alle Waffen, doch waren das meist kurze Dolche oder Krummschwerter.

Mit langen Stangen wurde unsere Feluke vom Land abgestoßen. Immer schneller riss sie die Strömung mit sich. In der Mitte des Flusses wurde das Segel aufgezogen. Wir gewannen rasch Fahrt. Von unserem Boot aus sahen wir lehmbraune Dörfer und Städte mit schlanken Türmen, aber nie eine Stadtmauer. Geflügel und Ziegen waren überall und Palmenhaine. Der fruchtbare Streifen Land war nicht breit, er reichte nur so weit, wie der Nil einmal im Jahr über die Ufer trat und seinen Schlamm ablud. Dahinter begann schon wieder die Wüste.

Viele andere Schiffe fuhren flussabwärts mit uns oder auch, von Alexandria kommend, den Nil empor. Sklaven mussten sie ziehen. Sie gingen schwer nach vorne gebeugt, das Seil über dem Rücken.

Krokodile wirbelten das Wasser auf.

Um nicht aufzufallen, knieten wir uns fünfmal am Tag mit den anderen nieder und murmelten ihre Gebete mit ihnen. Ich sprach sie guten Gewissens. Aber es war doch seltsam, dass wir zwei christlichen Ritter als muslimische Beter auf der Heimfahrt waren.

Immer breiter wurde der Uferstreifen, immer flacher das Land. Wir fuhren in das Delta des Stromes ein. In den schilfbewachsenen Uferstreifen hausten Enten und andere Wasservögel.

Auf einer freien Stelle stiegen wir aus. Wir legten das letzte Stück des Weges zu Fuß zurück.

Dann sahen wir die ummauerte Stadt. Wenn wir Glück hatten, verließen wir nun bald dieses Land. Leichten Herzens nahm ich nicht Abschied. Ich hatte Dinge gesehen, von denen ich früher nicht einmal geträumt hatte.

Das Stadttor lag zwischen zwei Türmen und das Fallgitter

war offen. Bewaffnete hielten jeden Menschen mit Spießen auf. Wir entrichteten den geforderten Zoll, ohne zu handeln. Mein König hatte es eilig, weiterzukommen, ich möchte sagen: um jeden Preis.

Ich fragte einen Mann nach dem Weg zum Hafen. Er lachte: »Da müsst Ihr nicht lange suchen. Die breite Straße führt gerade dorthin. Hütet Euch nur vor den Seitenstraßen. Da seid Ihr bald in einem Labyrinth. Geradeaus aber kommt Ihr über den Markt. Geht nur immer weiter, an Kaufläden vorbei und an Badehäusern, und dann seid Ihr bald dort, wo sich die Bucht öffnet. Sucht Ihr ein Schiff?«

»So ist es«, antwortete ich.

»Ihr werdet mehr als eines finden. Und wenn Ihr bis zu seiner Abreise warten müsst, so gibt es am Hafen genügend Schenken, die einen guten Wein führen – ja, Herr, das tun sie wirklich. Staunt nicht! Ihr wisst wohl, dass wir Muslime keinen Alkohol trinken. Es sind aber so viele Fremde hier, denen es nicht verboten ist, Händler aus Venedig oder Genua, aus allen Hafenstädten, aus Sizilien oder Malta.«

Die Menschenmenge trennte uns bald von dem Alten. Alexandria war eine lebendige Stadt. Überall spürte man die Nähe der See. Wir sahen viele Fremde. Sie waren über das Meer gekommen. Vieh, Ziegen und Kamele schoben sich an uns vorbei. Auch Eselwagen, die mit Früchten beladen waren. Wir gelangten an den Markt, wo uns viele Stände lockten. Aber unsere Augen wurden von einem erhöhten Podest angezogen. Darauf standen Menschen jeden Alters, mit Ketten von Knöchel zu Knöchel gefesselt.

»Sklaven«, murmelte mein König.

Die Oberkörper der Männer waren entblößt, die Frauen waren in dünne Schleier gehüllt, unter denen man ihre Körperformen erkennen konnte. Hier wurden sie verkauft wie woanders die Tiere. Die Muskeln wurden mit Kennerschaft gedrückt, die Kraft geschätzt, die Jugend, die Zähne. Manches Mädchen wollte sich nicht berühren lassen, aber man zwang es mit Peitschenhieben dazu. »Schöne Sklavinnen!«, pries sie der Händler schreiend an. »Ich kenne meine Ware und betrüge nicht!«

Ich musterte die Gefangenen. Ich sah Gesichter von vielen, die nicht hier geboren worden waren. Das mochten Christen, vielleicht sogar Ritter sein. Was war ihr Schicksal? Das qualvolle Dasein als Galeerensklave oder die kaum weniger mühselige Arbeit auf den Feldern eines neuen Herrn. So sah die Zukunft der Männer aus, während auf die Mädchen vielleicht ein Harem wartete.

Übrigens wurden nicht nur weißhäutige Frauen angeboten, sondern auch solche von tiefschwarzer Farbe. Sie kamen aus Ländern dieses heißen Erdteils, deren Namen ich noch nie gehört hatte. Und um alle herum standen die Wachen mit Lanzen und Krummschwertern.

»So wäre es uns auch ergangen, wenn wir in Gefangenschaft geraten wären«, bemerkte mein König. »Zu denken, dass wir als Befreier ausgezogen sind und dass nun unsere Edlen, unsere Ritter und Soldaten die Sklavenmärkte der Ungläubigen füllen!«

Noch ein Stück führte die breite, von Menschen wimmelnde Straße hinab. Die Gesichter änderten sich, je näher wir dem Hafen kamen. Da waren viele Menschen mit blonden Haaren, Schiffer und Kaufleute aus dem Norden, auch Pilger. Dann mündete die Straße an einem großen Platz, der lichtüberflutet war, von doppeltem Licht, vom Licht des Himmels und von der Helligkeit, die das schimmernde Meer uns

entgegenschleuderte. Ich sah den Wald von Masten, ich sah die Segelschiffe, die Galeeren und Galeassen, die Kauffahrteischiffe und die zahllosen Segelboote der Fischer.
Nun trennte ich mich von meinem König. Allein wollte ich auf die Suche nach einem Schiff für uns gehen. So konnte ich mich rascher durch die Menge zwängen.
König Bertrand wartete in einer der zahlreichen Hafenschenken auf mich. Doch diese Trennung war folgenschwer. Ja, in dieser Stunde betrog ich meinen König, dem ich eben erst Treue geschworen hatte.
Als ich meinen Weg durch das Menschengewühl suchte, hörte ich auf die schreienden Knaben, die sich kleine Münzen damit verdienten, die verschiedenen Schiffspassagen anzupreisen. Man konnte diese dann in kleinen Holzhäusern, die entlang des Hafenbeckens aufgestellt waren, erwerben und erhielt dafür ein Papier, das einen dazu berechtigte, auf einem der Schiffe mitzufahren. Man trug dem Beamten seine Wünsche vor, bezahlte, wenn das Reiseziel entsprach und auf dem gewählten Schiff noch Platz war ...
Da traf es mich! – Schon von weitem sah ich sie: Victor de Firment und Philipp de Drohorst! Ich erkannte sie auf den ersten Blick. Eben bestiegen sie eine der größeren Galeeren, die auch ich auswählen wollte.
Sie trugen keine Rüstungen, sondern unauffällige Kleider – aber mit denselben hassenswerten Gesichtern, die da ausdrücken sollten: Wir sind die Herren der Welt, während sie doch in Wahrheit nichts anderes waren als Flüchtende, Geschlagene. Und wenn ich eines nicht wollte, so war es dies: für die Wochen der Seefahrt mit ihnen auf demselben Schiff sein, sie sehen müssen, mit ihnen reden – in einer anderen Sprache als in der meines Schwertes. Vielleicht mit ihnen

aus demselben Napf essen und aus einem Becher trinken? Niemals!
Aber diese ihre Galeere war die einzige, die das Königreich Venproce direkt ansteuerte. Und es wäre sogar noch Platz auf ihr gewesen.
Nein! Mochten sie alleine segeln, meiner Rache entgingen sie nicht. Ich entschied mich für einen kleineren Segler, der einen längeren Weg nahm.

11

Der Schiffer schaute mich abschätzend an, langsam, von oben nach unten. Fast so, als ob er mich auf dem Sklavenmarkt erwerben wollte, dachte ich. Er war ein derber, vierschrötiger Mann. Sein Gesichtsausdruck war verschlagen, die schmalen Lippen schief gezogen, die Augen fast nur Schlitze.
Um ihn günstig zu stimmen, erzählte ich von meinem Herrn: »Ein edler Mann – wir werden in Silber bezahlen.« Da hellte sich seine Miene auf. Er nickte.
Ich erledigte die Formalitäten in der Holzbude des Beamten. Ich entrichtete den Preis und bekam mein Papier. Die Abfahrt sollte am späten Nachmittag sein. Das berichtete ich meinem König. Welche Ritter ich gesehen hatte, verschwieg ich, ebenso wie die große Galeere. Er war zufrieden. »So bleibt uns noch Zeit«, meinte er. »Wir werden ein Badehaus aufsuchen und uns den Schweiß und den Schmutz vom Körper schrubben lassen.«
Gut so – waren wir doch in der vergangenen Zeit kaum einmal aus unseren Kleidern herausgekommen. Im Badehaus

entledigten wir uns der verstaubten Gewänder, tauchten in warme Becken, dann wieder in kalte, wurden in Räume geführt, die voll Dampf waren, herrlich, der Schweiß floss uns in Strömen vom Körper. Ich war froh, ja fast übermütig, alles hatte sich auf das Beste gelöst. Bald schon waren wir daheim, bald saß der König wieder auf seinem Thron.

Die Sonne neigte sich, auf den Minaretten ertönten die Aufforderungen zum Gebet, weit hallte es über alle Dächer. Nun war es auch für uns Zeit, an Bord zu gehen. Ich war froh, dass die große Galeere bereits ausgelaufen war. Wo sie gelegen hatte, war nun ein freier Platz, über den kreischende Möwen segelten.

Unser Segler war in der Mitte des Bollwerks vertäut. Ringsum ein Wald von Masten. Auf dem Kai stapelten sich Güter jeder Art. Wie Ameisen quirlten die Menschen durcheinander, Geschrei, Hundegebell und Flüche, Hölzer knarrten – und dazu das Geblök von Rindern. Durch offene Luken wanderten die Säcke, Getreide und Mehl, gesalzenes Fleisch; Fässer rollten, in endlosen Ketten wurden die Lasten in die Schiffe gebuckelt. Am Ufer saßen die Marktweiber hinter Körben und Kinder wieselten um alle Beine.

Der Himmel war hoch, nirgends stand eine Wolkenwand.

Viele Menschen stiegen mit uns auf das Schiff, lachend drängten sie sich aneinander vorbei, oft mit Vieh, mit Ziegen und Hühnern. Die Ziegen sollten unterwegs geschlachtet werden, die Hühner wurden wegen ihrer Eier geschätzt. Wir hatten zwar solche lebende Wegzehrung nicht, doch sollte der Kapitän für uns sorgen. Dafür hatten wir auch bezahlt.

Das Wasser leuchtete hellgrün, wir konnten vom Kai aus bis auf den Grund sehen, Fische gab es in Mengen – vor der

Bucht wechselte die Wasserfarbe in ein lichtes Blau, die Luft kochte.
In warmen Tönen prangten die Häuser, als der Anker gehoben wurde und wir ablegten. Sogar das Kastell im Hafen war wie von Glanz umgeben.
Der Wind war günstig. Er machte die Segel voll und rund. Straff gebauscht, schienen sie in eine glückliche Zukunft zu weisen. Vor dem Bug schäumte das Wasser, es sang seine unendliche Melodie. Wie viele Menschen hatten sie schon gehört – in wie vielen Jahrhunderten?
Mein König stand neben mir am Bug. Er sagte froh: »Bleiben uns das Wetter und der Wind so günstig, werden wir eine kurze Überfahrt haben.«
Unsere Lager befanden sich unter Deck. Hier hatte jeder seinen Strohsack, seine Decke oder seinen Teppich, hier legte jeder seine Habseligkeiten ab. Diebstahl war nicht zu befürchten, solange wir keinen Hafen anliefen.
Doch das Licht war düster, es kam nur aus der Luke, zu der eine schmale Treppe hinaufführte. Die Luft war stickig.
Ich hörte es knistern und rascheln: Ratten und Mäuse.
Mit dem Fortschreiten der Zeit belebte sich die See. Das Deck hob und senkte sich. Wir schauten zurück auf das Land: Nur schmale Streifen waren sie noch: die Türme, die Minarette, winzig die Häuser. »Es war eine harte Zeit«, sagte mein König leise. »Viel Hochmut ist von uns abgefallen. Wenn wir heimkommen, wird die Welt nicht mehr sein wie vordem.«
Die Heimat, was war das? Ich dachte an Venproce, das Königreich, sah die endlosen Wälder vor mir, roch den Duft des Lavendels, sah die Burgen und Höfe, die Felder, die Weinberge, hörte die Flüsse rauschen, dachte an unsere

Städte mit ihren hohen Mauern, an das königliche Casora, an all die vielen anderen Orte, deren Kathedralen von Türmen überragt wurden, dachte an die milden Nächte und klaren Tage, aber auch an die kalten Winter, an den Schnee und den Nebel.

Der Wind frischte auf. Ich verschränkte die Arme vor der Brust. Wie lange waren wir schon auf See? Waren es zehn, waren es zwanzig Tage? Ich hatte es versäumt, mir Kerben einzuritzen für die vergangene Zeit. So konnte ich nicht zählen. Lange schon war ich des Einerleis auf dem Schiff überdrüssig. Das ständige Wiegen verursachte mir Unwohlsein. Dabei ertrug ich das noch, solange die Wellen nicht hoch gingen und die Wassermassen nicht Woge auf Woge und Schlag auf Schlag auf uns zurollten.

War die See wieder ruhig, atmete ich auf. An schönen Tagen sahen wir auch andere Schiffe am Horizont, Schiffe mit hochgeblähten Segeln oder die flachen Galeeren.

Unser Kapitän schlug dann eine andere Richtung ein, wie wenn er ihnen ausweichen wollte. Einmal fragte ich ihn: »Was sind das wohl alles für Schiffe?«

»Weiß ich's?«, antwortete er knurrig, drehte sich um und ging.

12

Es gab auch Tage, da geschah gar nichts, sie waren bleiern. Die Segel hingen leblos, das Wasser zeigte keinen Kräusel, und uns verging die Zeit im Gleichmaß ereignisloser Tage. Doch einmal bemerkte mein König (und seine Stimme klang besorgt): »Ich bin zwar kein Seefahrer und könnte kein

Schiff über das Meer führen, ich kann auch die Sterne nicht lesen. Doch am Stand der Sonne sehe ich, dass wir die Richtung gewechselt haben. Wir steuern nicht mehr nach Norden, sondern nach Westen.«

Ich stand neben ihm auf Deck. Es war ein klarer Tag, die Sonne hing gelb und rund am Himmel. Möwen flatterten um uns herum mit ihrem Krächzen, stiegen empor mit ihren weißen Schwingen und waren wie Geschmeide in der Luft. Wir genossen diese Stunde, sogar das leichte Wiegen des Schiffes, mich durchströmte ein großes Wohlgefühl, weil ich glaubte . . . oder wünschte, nein, weil ich sicher war, dass sich unsere Reise dem Ende näherte.

Dabei war nirgends Land zu sehen, dieser schmale, dunkle Streifen. Weit dehnte sich das Meer – Leere! Am höchsten Mast in der Mitte stieg eine blutrote Flagge empor, fing den Wind, stand hoch oben, tanzte, zuckte, war wie eine Flamme.

»Wozu?«, fragte ich mit Herzklopfen.

Der Kapitän lächelte viel sagend. Er brummte: »Wir sind bald am Ziel!«

Also hatte ich doch Recht gehabt!

Der Kapitän nahm nun seinem Matrosen das Steuer aus der Hand. Auch der Matrose verzog seine Mundwinkel. Und heute weiß ich, dass diese Fahne nur ein Signal war, eine Botschaft dafür, dass sich reiche Beute an Bord befand.

Nicht lange darauf erschien ein Schiff am Horizont, nur ein schwarzer Punkt, eine Fliege am Rand einer Silberschüssel. Doch es kam näher. Es hielt auf uns zu. Es war eine Galeere, ein Wasserkäfer, der seine Ruderbeine im gleichen Takt auf und ab stieß. Es kam gekrochen, dieses Schiff. Und längst wusste ich, dass uns Gefahr drohte. Das Wasser perlte von den Ruderblättern. Im Bauch der Galeere saßen die Männer, an jedem langen Ruder drei, nackt bis zum Gürtel, mit eisernen Ketten an die Bänke geschlossen. Am Bug vorne drohte eine geschnitzte Figur, halb Drache, halb Vogel, mit scharfem Schnabel und spitzen Klauen. Und hoch auf dem Mast flatterte eine schwarze Flagge, ein Kreuz zwar, doch kein aufrecht stehendes wie das christliche, sondern quer liegend, ein Kreuz aus Skelettknochen und darüber ein grinsender Totenschädel.

Mein König packte mich am Arm: »Piraten!«, rief er. »Mein Schwert!« Ich stolperte die Treppe hinab ins Unterdeck, zog die Waffe unter der Decke hervor, zog sie aus der Scheide, trug sie nach oben.

Die Galeere kam längsseits auf uns zu, strich die Ruder ein, trieb nur noch mit gleitender Kraft, war nun wie ein Flugkäfer, der seine Flügel angelegt hatte. Mein König rief: »Das ist ein abgekartetes Spiel! Unser Kapitän und die Piraten arbeiten Hand in Hand. Sie teilen sich den Gewinn.«

Mir schlug das Gewissen. Ich war es ja gewesen, der dieses Schiff ausgesucht hatte. »Welchen Gewinn?«, fragte ich – wie zu meiner eigenen Entschuldigung – »hier sind doch keine Kaufleute mit großen Schätzen. Die meisten Leute haben kaum mehr als das nackte Gewand auf der Haut.« Das alles stieß ich keuchend heraus.

Genauso rasch antwortete mein König: »Du irrst. Manch einer hat einen Beutel mit Silbermünzen versteckt. Aber darum geht es am wenigsten! Seine Muskeln, seine Kraft sind der größte Wert! Denk an den Sklavenmarkt.«

Ich lockerte den Dolch, den ich im Gürtel trug, umklammerte ihn mit der rechten Faust. Lieber sterbe ich, dachte ich. Rasch schaute ich zum Kapitän. Breitbeinig stand er am

Steuer, die kräftigen Muskeln an den Oberarmen spielten im Licht und Schatten. Rings um uns hatten sich die anderen Passagiere versammelt, es war eine brodelnde Erregung. Rufe der Wut, Schreie der Angst, alles mischte sich. Einige Frauen wollten sich verstecken, doch die meisten stellten sich neben ihre Männer, suchten nach Gegenständen, die sich als Waffe verwenden ließen, nach Knüppeln und Stöcken, nach Holz, nach Seilen. Und unser Feind stand schon auf dem ankommenden Schiff, eine wild zusammengewürfelte Schar, in braunen, derben Hosen, grauen, zerfetzten Blusen, Reihe an Reihe, bewaffnet mit schweren Keulen. Die Enterhaken flogen, dumpf klang der Aufprall der angespitzten Eisen.

Die beiden Schiffe wurden Wand an Wand gezogen. Holz prallte auf Holz. Und schon sprangen die Piraten herüber, wie von Federn abgeschnellt, wie ein Schwarm von Bällen, gleichzeitig emporgeworfen.

Mein König drehte mir seinen Kopf zu: »Jetzt gibt es nur noch eine Frage: sterben oder auf den Sklavenmarkt . . .«

Ich weiß nicht, woher mein Gefühl kam, es war wie eine Eingebung, denn ich rief: »Weder das eine noch das andere. Es gibt noch eine dritte Möglichkeit!«

»Was meinst du?«, schrie mein König. »Meinst du, dass wir selbst Seeräuber werden sollen?«

Die Piraten stürmten heran. Mit leichten, fast eleganten, genau gezielten Schlägen krachten ihre Keulen auf ihre Opfer. Die Hiebe trafen die Schultern, die Köpfe. Die meisten sanken ohnmächtig zusammen oder sie ergaben sich in ihr Schicksal. Die Luft war erfüllt von den Schreien und dem Stöhnen der Überwältigten.

»Hoia! – Hoia!«, feuerten sich die Piraten gegenseitig an. Die

Menschen würden sie verkaufen, die Tiere würden sie schlachten, die Getränke genießen ... Mohammeds Gebote galten ihnen wohl wenig.

Mein König erwartete sie, die Beine gespreizt, das Schwert mit beiden Händen umklammert, an ihn wagten sie sich nicht heran. Zu drohend, zu mächtig war er. Die Sonne spiegelte sich im erhobenen Stahl, das Schwert war wie eine Flamme.

So umringten sie uns in einigem Abstand. »Herr, wehrt Euch nicht«, riet ich meinem König noch einmal. »Die Ersten werdet ihr erschlagen, die nächsten fassen Euch von hinten – es sind ihrer zu viele.«

Doch ich wusste, wenn es zum Kampf kam, dann überlegte er nicht. So war es ja schon in der Stadt gewesen, als er die Zitadelle eroberte und nicht an das Morden dachte, das hinter ihm geschah.

Ich wagte viel, doch was hatten wir noch zu verlieren? Ich sagte: »Lasst Euch gefangen nehmen. Senkt das Schwert. Ich werde mit dem Hauptmann reden. Zumindest gewinnen wir Zeit.«

»Als ob damit etwas gewonnen wäre«, antwortete er, ließ jedoch das Schwert sinken, setzte die Spitze zwischen seine Füße.

Gleich waren wir gefesselt, die Hände auf den Rücken. Ein Hüne von einem Mann, breitschultrig, bärtig, nahm die kostbare, königliche Waffe und betrachtete sie mit dem Blick eines Kenners. Er wog sie in der Hand und sein nachdenklicher Blick verweilte auf dem König.

Ich sah es mit Zuversicht.

Auf dem Achterdeck hatte man die anderen Gefangenen zusammengetrieben. Sie waren vom Boden hochgerissen und mit Wassergüssen wieder zum Bewusstsein gebracht worden. Wären sie nur tot gewesen, denn das Leben, das sie erwartete, war die Hölle.

Planken wurden von Schiff zu Schiff geschoben. Wir wurden alle über die Bordwand getrieben. Nun waren wir auf der Galeere der Piraten. Wir wurden von den anderen getrennt. Man band uns an den Fahnenmast. Die straff gezogenen Fesseln, das harte Holz, alles schmerzte.

Die Enterhaken wurden gelöst, Bordwand von Bordwand abgeschoben. Der Kapitän unseres Seglers zog die Leinwand auf, rasch entfernten sich die beiden Schiffe voneinander. Unter unserem Deck erklangen Kommandos und rhythmische Schläge von Holzhämmern. Wir spürten, wie sich die Ruder bewegten, eintauchten, gestoßen wurden, sich hoben und senkten.

Der Piratenhäuptling baute sich vor uns auf.

»Ihr Hunde«, beschimpfte er uns und spuckte vor uns aus. »Christen! Ihr sollt das schlimmste Schicksal erleiden, das Allah für die Ungläubigen in seiner Weisheit vorgesehen hat.«

»Das wirst du nicht wagen«, antwortete ich kühn, »denn mein Herr ist mächtiger, als du glaubst.«

»Was nützt ihm jetzt all seine Macht! Sieh nur, wie hilflos er ist. So wird er auch sein ferneres Leben verbringen, an die Bank einer Galeere gefesselt, wie du auch. Oder ihr werdet das Feld eines Rechtgläubigen bestellen, mit krumm gebeugtem Rücken.« Er sah mich finster an, unter buschigen Augenbrauen hervor.

»Wer steht über dir?«, fragte ich ihn. Er knurrte: »Mein Herr ist der allmächtige Kalif von Al-Arus.«

»Und dieser hohe Herr wird dir den Kopf abschlagen, wenn

er erfährt, dass du den König von Venproce auf einem Sklavenmarkt verkauft hast!«
»Woher soll ich wissen, dass du nicht lügst?«, fragte er.
»Glaubst du an Allah und den Garten seines Paradieses?«
»Ich glaube und weiß«, antwortete er.
»So glaube auch mir – und du weißt!«, rief ich. »Übergib uns den Soldaten des Kalifen von Al-Arus und du wirst eine hohe Belohnung bekommen, denn auch der großmächtige Kalif wird für meinen König ein Lösegeld erhalten, das weit kostbarer ist als alles, was du jemals zu Gesicht bekommen hast.«
»Mag sein, mag auch nicht sein«, murmelte er.
»Und wenn es nicht ist, verlierst du nicht viel«, rief ich. »Was ist schon die kümmerliche Aussicht, zwei Sklaven mehr auf den Markt zu bringen, gegen die Möglichkeit, vom Kalifen aller Gläubigen selbst belohnt zu werden!«
»Ihr seid beide kräftig«, murmelte er, »und wer weiß, ob du, kaum dem Knabenalter entwachsen, nicht noch einem Sultan zur Lust dienen könntest.«
Ich schauderte allein schon bei diesem Gedanken.
»Willst du die Möglichkeit, dein Glück zu machen, wegen einer so unsicheren Aussicht aufs Spiel setzen?«, rief ich erbost. »Und bedenke, auch der König von Venproce könnte dir noch nachträglich seine Dankbarkeit beweisen.«
»Habe ich auch das Wort dessen, den du deinen König nennst?«
»Was ich sage, ist, als ob er es selbst gesagt hätte.«
Mit kurzen Worten erklärte ich meinem König, was ich mit dem Hauptmann verhandelt hatte. Er nickte. »So soll es sein.«
Noch immer war der Pirat misstrauisch. »Hast du kein Zeichen, an dem ich erkennen kann, dass dieser Mann wirklich ein Edler ist?«, fragte er.

»Natürlich«, antwortete ich. »Du hast es ja schon betrachtet. Es ist das Schwert eines Königs. Du findest kaum eine zweite Arbeit, die dieser Klinge gleicht.«
Der Pirat nickte. Er zog die Klinge aus der Scheide, hielt sie gegen das Licht und prüfte die Schärfe, indem er mit dem Daumen fast zärtlich darüber fuhr.
»Betrachte den Griff!«, rief ich.
Er führte ihn vor seine Augen: diese feine, reich ziselierte Arbeit, mit Zeichen und Mustern versehen, in deren Mitte der feurige Rubin im Strahl der sinkenden Sonne aufflammte. Der Pirat hob die Waffe über sein Haupt. Sie funkelte und strahlte. Bewundernde Rufe wurden laut. Und ich wusste, dass ich dieses Spiel gewonnen hatte.
Der Pirat befahl, uns vom Mast zu lösen. Nur die Fesseln nahm man uns nicht ab, obgleich man sie lockerte. Wir wurden auf das Achterdeck gebracht, abgesondert von den anderen Gefangenen. Man gab uns zu trinken und zu essen. In der Nacht fielen wir sogar zeitweise in einen leichten Schlaf. Die Reise mit der Galeere war kurz. Schon am nächsten Morgen sahen wir Land. Wir wurden in ein einfaches, festungsartiges Gebäude an der Küste gebracht. Reiter ritten aus – Reiter kehrten zurück. Nach den Reitern kamen die Soldaten des Kalifen.

13

Auch die Soldaten des Kalifen waren Reiter – doch Reiter von Glanz und Kühnheit. Ihre Farbigkeit flog ihnen voraus, kündigte sie schon von ferne an, wie sie heranritten, in einer Wolke von Staub.

Sie ritten die verschiedensten Pferde. Diese Tiere, man sah es, waren ihre Lust und sie waren wohl auch des Kalifen Freude. Es waren Rappen, Füchse, Braune, Schecken, Falben, Apfelschimmel und Irisfarbene. Noch nie hatte ich schönere Tiere gesehen. Darüber vergaß ich fast die Pracht der Soldaten.
Sie zügelten ihre Pferde. Die standen mit feuchten, dunklen Augen, das kurze Fell wie ein seidiger Teppich. Es ging alles schnell. Der prächtigste Reiter sprang ab, wir wurden umringt, die Köpfe der Pferde waren auf uns gerichtet. Die Reiter saßen wie gemeißelt in den Sätteln, die Pferde atmeten noch schnell vom Galopp. Manchmal wechselte eines das Bein. Zwei Pferde waren unberitten, nur gesattelt, es waren sanfte Tiere, für uns bestimmt, denn da wir mit gebundenen Händen zu reiten hatten, hätten wir sie anders nicht sicher zu beherrschen gewusst. Sie wurden außerdem von Reitern an langen Zügeln geführt.
Wir waren Gefangene, aber man lockerte uns die Fesseln. Sie schnitten nicht mehr ins Fleisch.
Die Piraten wurden entlohnt. Das ging schnell. Sicher standen sie in den Diensten des Kalifen. Denn der Kalif war der Beherrscher aller Gläubigen.
Der Hauptmann unserer Leibwache nahm das Schwert meines Königs aus der Hand des Piraten. Er legte es quer vor sich auf den Sattel. Keine Sekunde ließ er es aus den Augen. Sein Gesicht war stolz und kühn, gebräunt die Haut, glatt rasiert, im Leibgurt trug er den Dolch und das Krummschwert. Doch ich konnte kein Auge von den Pferden wenden. Vor allem das des Hauptmanns erschien mir wie aus einer anderen Welt, sein Hals war edel und trocken, rassig der Kopf, sein Brustkorb gewölbt, die Füße fehlerlos, Rü-

cken und Widerrist hoch. Ich wünschte, einmal in seinem Sattel zu sitzen.
Der Hauptmann, der meine Blicke las, sagte wie zu sich selbst: »Sultan lässt niemanden anderen aufsitzen, nicht einmal an sich herankommen!«
Ich antwortete kühn: »Ich will es trotzdem versuchen!«
Er musterte mich erstaunt. »Ihr sprecht unsere Sprache?«
Ich nickte.
Dann ritten wir an. Die Pferde warfen im Gehen ungeduldig die Köpfe, ihre Hufe klopften den Boden. Wir waren auf dem Weg zur Hauptstadt des Kalifates, nach Medina Al-Arus. Die Männer des Kalifen behandelten uns wie Kostbarkeiten. Sie schirmten uns von allem ab. Es fiel kein lautes, kein hartes Wort.
Ich überfliege dies alles wie ein Vogel, der des Landes nicht achtet, weil er nichts anderes im Sinn hat als sein Ziel.
Wir ritten durch einen blühenden Landstrich. Reich waren die Dörfer, wohlhabend die Bauern, zufrieden die Menschen. Wie viele Tage ritten wir? Drei – oder fünf, im Ring der Soldaten. Das ganze Land leuchtete – und die Leute auf den Feldern winkten dem glanzvollen Zuge zu.
Wie anders war hier alles als im Heiligen Land, um das so viel Blut vergossen worden war. Leuchtende Minaretttürme, grün schimmernde Kuppeln, die Rufe der Muezzins, das Gackern der Hühner und das Schreien der Esel, alles wie überall und doch anders, wie mit einem hell klingenden Unterton. Hier war man sich seines Lebens, seines Landes und seines Glaubens sicher.
Wir schliefen in einfachen Häusern. Man unterwarf uns keiner Tortur. Überall wurden die Soldaten mit Achtung empfangen. Die Pferde wurden versorgt und immer kümmerte

sich der Hauptmann selbst um seinen Rappen. Dann nahm er das Schwert des Königs mit sich und legte es so ab, dass er es stets im Auge hatte.

Meinem König war das Recht. »Das Schwert gehört zu mir. Es wäre schlimm, wenn ich es verlöre. Es ist wie ein Teil von mir. Natürlich gibt es andere Waffen. Besonders dieses Kalifat ist weit berühmt für die Kunst seiner Waffenschmiede und für die Schärfe seines Stahls. Jederzeit könnte man hier die beste Klinge erwerben – und trotzdem! Das Schwert ist dem Ritter wie eine Braut, und untreu ist, wer sich von ihm ohne Not trennt. Es hat für dich gekämpft, dir dein Leben gerettet und anderen den Atem erstickt. Nie wird dich dein Schwert verraten, nie wird es sich gegen dich kehren . . .«

»Es sei denn, es wird von einer fremden Hand geführt«, warf ich ein.

»Dann allerdings«, sagte mein König nachdenklich.

Nach und nach lernte ich die Soldaten kennen. Ich sprach viel mit dem Hauptmann. Ich erzählte ihm von unseren Kämpfen, verschwieg aber viele Grausamkeiten. Ich berichtete von unserer Wanderung durch die Wüste, von Al-Kahira. Ich gewann sein Vertrauen. »Du könntest mein Sohn sein«, meinte er.

Wir kamen durch eine weite Ebene. Kein Dorf war zu sehen, kein Haus, nur Wiesen, Weiden, Felder. Wir rasteten an einem See. Wir saßen ab. Die Pferde wurden zur Tränke geführt. Nie konnte ich meine Blicke vom Rappen des Hauptmanns lassen – wie er den Kopf senkte, die edle Linie seines Halses, wie er schnaubte und die Tropfen von seiner glänzenden Schnauze perlten.

»Du willst Sultan reiten?«, fragte der Hauptmann plötzlich.

Ich nickte nur.

»Ich warne dich, er ist gefährlich!«
»Ich werde versuchen, sein Vertrauen zu gewinnen.«
»Du wirst nicht entfliehen?«
»Niemals! Ich würde nicht fliehen, weil es sinnlos wäre. Ich würde nicht fliehen, weil ich meinen Herrn nicht verlassen will. Und ich würde nicht fliehen, weil ich den Kalifen von Angesicht zu Angesicht sehen möchte.«
»Aber du bist ein Ungläubiger.«
Da fiel mir Zarissas Amulett ein. Ich bat den Hauptmann, mir die Fesseln zu lösen. Er tat es ohne Bedenken. Ich zog das Schmuckstück unter meinem Wams hervor. »Kennst du das?«, fragte ich ihn. Er nahm es in die Hand, dann führte er es an die Lippen. »Unser Glaubensbekenntnis: ›Es gibt keinen Gott außer Allah, Mohammed ist sein Prophet‹. Wo hast du es her?«
»Das spielt keine Rolle!«
»O doch!«, seine Augen funkelten zornig. »Du hast es einem erschlagenen Muslim abgenommen.«
»Beruhige dich«, sagte ich, »ein Mädchen hat es mir geschenkt.«
»So sei dir verziehen«, antwortete er und gab mir das Amulett zurück. »Du darfst es versuchen –«, er deutete auf seinen Rappen. »Aber ich warne dich noch einmal, Sultan lässt keinen an sich heran.«
»Achte auf dich, Leon«, sagte mein König. »Und lass lieber, was dir nur Schande bringt und schaden könnte.«
Sultan stand dicht beim See. Er stand ganz ruhig, zupfte einige Büschel Gras. Der Hauptmann ging zu ihm. Er kraulte den Hengst zwischen den Ohren. Ich kam näher. Das Tier wurde unruhig, musterte mich, schnaubte. Der Hauptmann warf mir den Zügel zu. Ich fasste ihn, ließ ihn locker.

Alle Soldaten kamen näher, ließen jedoch eine Gasse frei. Sultan spürte die Veränderung. Auch die anderen Pferde wurden unruhig, doch ich achtete nur auf Sultan. Der Hengst und ich standen einander auf drei Schritte Abstand gegenüber. Sultan entblößte langsam die Zähne. Er warf den Kopf zurück. Sein Leib war gespannt. Er warf einen Blick zur Seite, zu seinem Herrn, dem Hauptmann. Doch dann schaute er wieder mich an, den Fremden, den Unbekannten.

Ich dachte nicht an Zurückweichen, ich glaubte in der Miene des Pferdes die Aufforderung zu lesen: Los! Wenn du es wagst, werden wir kämpfen! Dabei zitterte Sultan jetzt und seine Ohren spielten.

Ich musste diese Herausforderung annehmen. Ich ließ mir ein Stöckchen reichen und stieß es dem Rappen in die Seite. Er machte einen Satz auf mich zu. Ich wich jäh zurück. Sollte ich nicht lieber aufgeben? Aber darauf warteten ja alle nur. Ich tat noch einen Schritt auf Sultan zu. Da keilte dieser nach hinten aus, sprang auf allen vieren in die Höhe, krümmte sich – und blitzschnell schnappte er nach mir.

»Die Zügel«, schrie mein König. Ja, ich hatte erschrocken die Zügel fallen gelassen. Rasch hob ich sie auf.

Ich zog am Zügel, Sultan zerrte zurück, wütend, stieg, fiel, stieg wieder, hieb mit den Vorderfüßen auf die Zügel, warf den Kopf hin und her.

Ich weiß nicht mehr, wie es geschah. Ich packte die Zügel noch fester, mit beiden Fäusten. So zog ich mich an den Hengst heran und ließ ihn nicht aus. Er spürte meine Entschlossenheit. Und ich spürte etwas in mir, das war wie ein Licht, wie eine ganz starke Gewissheit. Ich blickte das Tier fest an. Wir standen Aug in Aug und so ging ich auch vor –

und Sultan stand! Er stand wie eine Säule. Ich hörte die Männer um mich herum scharf atmen. Der Rappe stand unter ungeheurer Anspannung, die Beine leicht gespreizt.

»Jetzt!«, dachte ich, nichts anderes, keine Gefahr, kein Misslingen. Ich war ganz nah am Tier. Ich berührte den Sattelknauf. Das Tier stand. Mit einem Schwung war ich im Sattel. Das Tier stand immer noch – verblüfft. Es wusste nicht wohin mit der aufgestauten Kraft, es kaute am Mundstück, schnaubte, riss am straff gehaltenen Zügel, schlug die Grasnarbe mit dem Vorderhuf auf, schleuderte Erdbrocken hoch, wieherte und warf den Kopf.

Ich schlug ihm meine Fersen in die Seiten – da flog es davon. Es raste auf die Steppe zu mit so schnellen Sprüngen, dass man kaum erkennen konnte, wann es eigentlich die Erde berührte.

Laufen lassen, nur laufen lassen, dachte ich, laufen lassen, bis es müde wird. Die Sonne flog in Stücken um mich herum, das Licht wirbelte, Staub sprühte auf, Erde stob von den Hufen, der Leib stieg und fiel, die Steine klangen, der Atem keuchte, vorbei – ich weiß nicht woran, an Büschen, Bäumen, an Brunnen. Sultan bot den wildesten Anblick, steil nach oben durchgewölbt war der Kamm, gefletscht die Zähne, flach angelegt die Ohren, gesträubt die Mähne, der Körper wie beflügelt und von Schauern überflogen und der Hals vorgestreckt. Der Kopf berührte fast den Boden, der dichte, schwarze Schweif stand waagrecht ab.

Und nun jubelte ich. Ich fühlte mich sicher. Ich hatte unter mir das schnellste, schönste Pferd. Jetzt lagen die Hügel in dichterem Abstand vor uns, sie folgten aufeinander wie Wellen, über die wir hinwegglitten, Sultan war schon von oben bis unten mit Schaum bedeckt, er atmete schwer, mühsamer, verminderte aber die Gangart nicht – oder doch?

»Lauf! Sultan, lauf!«, rief ich ihm zu, und sonderbar, die menschliche Stimme schien ihm Ruhe zu geben. Ich lenkte ihn zu der nächsten Anhöhe und er gehorchte. Es ging steiler bergauf, er ging langsamer – doch da waren wir oben, oben war eine Mulde und in diese stürmte er hinein, sodass ich fast hintüber aus dem Sattel geworfen worden wäre. Dort, auf der Sohle der Mulde, blieb er plötzlich stehen, und jetzt war er wie ein Teufel, er meinte, jetzt hätte er mich – in rasenden Sprüngen begann er sich im Kreis zu drehen, er drehte sich um seine eigene Achse, gefährlich für Reiter und Pferd, denn das Pferd kann dabei stürzen, und wenn der Reiter dann nicht rechtzeitig abspringt, wird er erdrückt.

Noch einmal nahm ich all meine Kraft zusammen. Doch meine Kraft war auch Ruhe. Ich strich ihm den schweißnassen Hals. Ich erprobte den Druck meiner Schenkel – Sultan gehorchte, senkte den Kopf noch tiefer, schnaubte, warf den Kopf, wieherte und stieg empor aus der Mulde. Er jagte zurück. Denn unbeabsichtigt, bei seinem Kreisen, hatte er sich mehrmals so um die eigene Achse gedreht, dass wir jetzt den gleichen Weg wieder zurückritten, den wir gekommen waren.

Nun hatte er sich müde gekämpft. Er ging schnell, aber nicht mehr in Feindschaft. Es war ein rascher, schöner Ritt. Wir kehrten zurück zum See. Lautes Geschrei empfing uns. Die Soldaten jubelten. Der Hauptmann lief seinem Sultan entgegen, er fasste die Zügel am Maul, wir kamen zum Wasser, ich sprang aus dem Sattel, man umringte mich, klopfte mir auf die Schultern, ich war wie einer der Ihren.

Erschöpft sank ich auf den Rasen.
Der Hauptmann kümmerte sich um sein Pferd, nahm ihm den Sattel ab, rieb es trocken, ließ ihm Zeit, sich zu erholen. Dann ritt er es ins Wasser, da war er nackt, alle Soldaten ritten nackt auf ihren Pferden in den See.
König Bertrand sagte: »Das war gewagt, Leon, aber du hast es vollbracht!«
Später stand Sultan am Baum. Ich ging zu ihm. Er gab mir vorsichtige kleine Stöße mit der Nase an die Brust. Mit großen Augen sah er mich an und in den Augen war Licht.
Die letzte Strecke legten wir ohne Handfesseln zurück.

14

Endlich ritten wir in die Hauptstadt ein, in Medina Al-Arus, »Stadt der Braut« – ein so poetischer Name. Und wie Poesie empfand ich auch alles – weiß getünchte Häuser, saubere Gassen, Kirchen und Synagogen, die schlicht waren und keine Türme und auch kein prächtiges Kuppelwerk hatten, wohl aber geschnitzte Türen. Am zahlreichsten waren die Moscheen, spiegelnd und blinkend im Schmuck ihrer farbigen Fliesen und Kacheln und in den Hufeisenbögen der Tore.
Es gab Universitäten und Schulen, öffentliche Badehäuser, Bäume, die über Mauern wucherten, Zitronen, Palmen, Mimosen, ein Fest für die Augen. Und hier war Frieden. In den Straßen Lärm, Geschrei, Gelächter, Zurufe, Anpreisungen von Waren, Mitteilungen von Mund zu Mund. Und über allem lag ein Schimmer der Heiterkeit.
Unsere Soldaten ritten voran, sie machten uns den Weg

frei. So kamen wir als Gefangene, doch nicht ganz unglücklich, in eine der schönsten Städte dieser Erde. Wie konnte Gott der Herr, unser aller Vater, ein solch blühendes Land entstehen lassen, von einem Herrscher regiert, von einem Volk bewohnt, das nicht unseren Glauben teilte?

Immer breiter wurden die Straßen, weiträumiger die Plätze, quirliger und turbulenter das Durcheinander. Und die Kinder sangen!

Ich erwartete, dass man uns in eine Zitadelle bringen würde, in eine Burg mit Türmen und dicken Mauern, gefesselt vielleicht in düsteren Verliesen – aber es war ganz anders. Wir ritten hügelan, das Klappern der Hufe widerhallte in den Gassen, es war ein fröhlicher Laut, fast frühlingshaft, wie das Klingen heller Glocken.

So kamen wir vor ein Gebäude mit weißen Mauern und einem reich verzierten Tor. Unser Hauptmann sprang federnd von seinem herrlichen Pferd, meinem Sultan, er klopfte an das Tor. Wachen erschienen hinter dem Gitterwerk – einige Worte und die Flügel öffneten sich. Unser Hauptmann rief mir zu: »Ich übergebe das Schwert deines Herrn dem Ratgeber des Kalifen, dem Vertrauten des erleuchteten Lichts aller Gläubigen.«

Andere Wärter liefen aus dem Nebengebäude herbei, umringten uns. Der Hauptmann saß wieder auf, schnell ging alles, unser Hauptmann gab seinen Soldaten ein Kommando – und sie drehten auf der Hinterhand und verschwanden hinter weißen Mauern.

Farbiger noch waren die neuen Wächter, trugen rote, gebauschte Hosen, gelbe Blusen und ihr Befehlshaber war geziert mit einem weißen Turban, ein Edelstein über der Stirn und Pfauenfedern, die daraus hervorwuchsen. Wir wurden in den Hof geführt. Dort saßen wir ab. Hinter uns schlossen sich die Tore mit einem Klang, wie wenn ein Schwert auf das andere trifft.

Der Hof war von einem Laubengang umgeben, der von Säulen getragen wurde. Alles war reich verziert mit Ornamenten, mit Sprüchen des Koran, kufischen Schriften, Blumen, Blättern. In der Mitte des Hofes stieg ein Springbrunnen, kippte am höchsten Punkt, fiel perlend zurück. Und Orangenbäume – Kuppel neben Kuppel, dunkel das Grün der Blätter, goldfarben die Früchte.

Mein König und ich wurden durch den langen Gang geführt, danach eine Treppe empor zu dem Gemach, das unser Gefängnis wurde. Es war ein großer Raum, mehr lang als breit, die vergitterten Fenster hatten Hufeisenbögen, unter denen der frische Wind hereinstrich, geschnitzte Fensterläden, schattiges Licht. Der Raum war mit Kissen und Teppichen ausgestattet, mit weichen Lagern, die man hier Diwane nennt. Es gab runde Tische mit Intarsienarbeiten, Schüsseln mit Früchten, darunter Orangen wie kleine Sonnen. »Wenn Ihr Wünsche habt, braucht Ihr nur in die Hände zu klatschen«, sagte der Vorsteher unserer Wachen. »Die Türen werden sich öffnen und die Diener werden nach Eurem Begehren fragen.«

Da lächelte ich, denn das war nicht nur Höflichkeit, sondern auch ein Hinweis darauf, dass man uns belauschen würde. Das war alles, was der Mann im Turban uns zu sagen hatte. Er verneigte sich, drehte sich um, die Tür schloss sich, der Riegel wurde zugeschoben.

»So übel ist es nicht«, sagte mein Herr und ließ sich auf einem Diwan nieder, dessen Kissen in allen Farben leuchteten. Er strich sich über die Stirn, drehte die Arme und rief:

»Ich hoffe, dass man mir die Gnade erweist, bald mit dem Kalifen sprechen zu dürfen.«

Ich stellte mich an das Fenster. Gedämpft klang der Lärm der Stadt herüber. Er war mit seinen aufschrillenden Kinderstimmen und seinen lang gezogenen Rufen wie ein Zeichen des Lebens. Auch ich war begierig, den Kalifen zu sehen, den Mann, der über ein solches Paradies herrschte.

Wir mussten uns gedulden.

Diener, die niemals ein Wort an uns richteten, brachten uns die Mahlzeiten, Gerichte einer Küche, die nicht nur aus Knoblauch und Paprikaschärfe bestand, sondern den Gaumen mit zartesten Reizen kitzelte, mit Safran, Mandelduft und Rosenwasser. Sie brachten uns Getränke, vor allem Pfefferminztee, den sie in winzigen Gläsern servierten. Aber sie kredenzten uns, für die Mohammeds Verbot nicht galt, auch Wein.

Man ließ sich Zeit mit uns, viel Zeit. Manchmal hörten wir die hellen Glocken der christlichen Kirchen. Schon waren wir an den Schritt der Wachen gewöhnt, Schritte wie von Katzen, von Raubkatzen in Ledersandalen.

Waren unsere Fenster auch vergittert und ließen sie auch nur verschattetes Licht ein, so staute sich die Hitze doch im Gemach. Die Teppiche und Polster – wir begannen sie zu hassen! Alles hier war verschwenderisch, nur unsere Freiheit war es nicht. Gedämpft war das Licht, die Sonne wie ertrunken, der Schatten atmete, nur draußen spielte der Glanz.

Draußen, dort war die Freiheit, dort waren die Gärten, die Wasserspiele, waren Blumen in ihrer Pracht und in ihrer Schönheit des Welkens. Oft lehnte ich am Fenster, durch das die warme Luft strich. Ich konnte nur noch seufzen: »Endete dies alles nur!« Meine Stirn, meine Haare berührten die Mittelsäule, sie war aus Stein, mit Mosaiken verziert.

»Geduld«, mahnte mich König Bertrand. Aber auch er brachte sie kaum noch auf.

Endlich – eines Tages kam ein Mann durch den dunklen Torgang. Die Wachen stützten die Krummschwerter mit den Spitzen auf den Boden, der Stahl blitzte. Der Mann ging, ohne Eile, aber mit Bestimmtheit, er war mit edler Eleganz gekleidet, sein weites, gelbgrünes Gewand schwang bei jedem Schritt. Ich drehte mich um und sagte: »Wir bekommen Besuch.«

König Bertrand erhob sich und glättete die Falten seines Umhangs. Er trat neben mich und legte mir die Hand auf die Schulter. Der Mann stieg die Treppe zu unserem Gemach empor.

Der Schlüssel wurde im Schloss gedreht und der Herr im hellen Gewand trat ein. »Friede sei mit Euch«, sagte er und seine Stimme klang ruhig.

Wir erwiderten Verbeugung und Gruß.

Eine kleine Pause entstand. Dieser Mann hatte ein kluges Gesicht, das Gesicht eines Mannes mit Erfahrung und Wissen: »Mein Name ist Chasdai Ibn Schaprut«, sagte er. »Ich bin der Leibarzt des Kalifen, aber auch sein Sonderbotschafter. Ich bin kein Muslim, ich bin Jude. Man nennt mich hier ›Hasdeu‹. Verwendet auch Ihr diesen Namen.«

Mein König nickte. »Euer Name wird uns so wert sein, wie er es Euch ist«, sagte er.

»Das ist nicht viel«, antwortete Hasdeu mit feinem Spott. Ich spürte, dass er ein Meister des diplomatischen Spiels war.

»Und wer seid Ihr?«, fragte Hasdeu.

Mein König wollte aufbrausen. Doch er bezwang sich.

»Habt Ihr uns so lange hier warten lassen, um uns das jetzt erst zu fragen?«, rief er mit unterdrücktem Zorn. »Ihr wisst, wer wir sind. Dies ist Leon de Fortis, vor kurzem noch mein Knappe, jetzt mein Ritter. Und dass ich Bertrand, König von Venproce bin, ist Euch seit langem bekannt.«

»Ihr sagt, dass Ihr es seid«, antwortete Hasdeu, »und Ihr sagt es seit langem, das ist wahr. Doch könnt Ihr es auch beweisen?«

»Ihr habt mein Schwert gesehen. Es trägt mein Wappen, die Fliederdolde, und darunter den königlichen Rubin.«

»Wir sahen das Schwert und wir bewunderten es. Doch verzeiht, Waffen können nicht reden, sie können nicht bezeugen, wer ihre wahren Besitzer sind. Dieses Schwert könnte auch einem toten Mann abgenommen worden sein.«

Wieder unterdrückte mein Herr seinen Zorn. »Was verlangt Ihr als Beweis, außer mein Wort und das Zeugnis meines Ritters?«

»Wir hoffen, dass Ihr die Wahrheit sprecht. Denn den König von Venproce in unserer Hand zu haben ist viel wert. Unsere Gesandten sind unterwegs. In Eurer Hauptstadt Casora werden sie Prinz Jean sprechen. Von ihm erwarten wir Antworten, die alles entscheiden. Sollte es so sein, dass Ihr nicht der König sein könnt, weil dieser bereits zurückgekehrt ist und wieder auf seinem Thron sitzt . . .«

»Das kann nicht sein«, rief der König, »denn ich stehe hier!«

»Wenn der König hier steht, so werden wir ein königliches Lösegeld für ihn erhalten und ein ritterliches für Euren Begleiter.«

»Was aber, wenn mein Bruder nicht zahlen will?«

»Wir erwogen alle Möglichkeiten«, sagte Hasdeu. »Es gibt ihrer drei: Die eine ist, dass der König bereits zurückgekehrt ist. Dann könnt Ihr nicht die Wahrheit sprechen. Die andere ist, dass der König tot ist und Ihr im Besitz seines Schwertes seid. Auch dann sagt Ihr nicht die Wahrheit. Die letzte ist, dass Ihr zwar der König von Venproce seid, dass aber Euer Bruder kein Lösegeld für Euch zahlen will. Wir fanden es niemals klug, dass der König gerade ihn zum Statthalter erhob . . .«

»Das ist meine Sorge«, murmelte der König. »Was soll dann geschehen?«

»Wenn Euch der Prinz verleugnet, weil er den Thron nicht wieder räumen will, den er einmal bestieg, so seid Ihr Männer wie alle anderen auch – Gefangene, die unser Vertrauen missbrauchten, die uns betrogen. Für diesen Fall ist noch kein Urteil gesprochen. Doch es könnte auf Tod durch das Schwert lauten. Es könnte auch sein, dass wir Euch als Sklaven verkaufen, um wenigstens ein Entgelt zu gewinnen.«

Mein König nickte. »Nicht die besten Aussichten für uns, doch sie entsprechen dem Brauch.«

»Fasst Euch in Geduld, vertraut auf Gott und wartet ab«, meinte Hasdeu. Unsere Unterredung war beendet. Er wollte sich mit einer Verbeugung verabschieden. Da fasste ich mir ein Herz. »Darf ich eine Bitte aussprechen?«

»Fragt!«

»Ist es möglich, dass wir Eure Stadt kennen lernen? Könnten wir sie besuchen, ihre Straßen, ihre Plätze, ihre Gebäude?«

Hasdeu überlegte. »Das war nicht vorgesehen«, sagte er. »Soll ich Euch gehen lassen, damit Ihr entflieht?«

»Wie sollten wir entfliehen und wohin?«, rief ich. »Wir sind in Eurem Land, wir kämen nicht weit. Wir werden nicht zu

fliehen versuchen. Das könnte unsere Lage nur verschlechtern. Wisst Ihr nicht, dass ich es schon gekonnt hätte . . .?«
Hasdeu lächelte. »Wir hörten davon. Ihr seid ein Freund edler Pferde. – Nun, ich will Euch glauben. Wir werden es Euch erlauben. Zwei Wachen werden Euch begleiten, auch um Euch zu führen und zu Eurem Schutz. Das eine oder andere Mal kann ich selbst vielleicht mit Euch gehen, um Euch zu zeigen, was ich wünsche, dass Ihr seht. Denn dies ist mein eigentlicher Grund: Wenn Ihr König Bertrand und sein Ritter seid, so wäre es von Nutzen für uns, dass Ihr unsere Stadt, unsere Sitten, unsere Gebräuche kennen lernt. Aus diesem Verstehen kann Duldung werden, vielleicht sogar mehr. Es geschehe also, wie Ihr wünscht.«
Hasdeu neigte sein Haupt und verließ uns. Sein Gewand rauschte. Die Tür schloss sich hinter ihm. »Das war nun also der Vertraute des Kalifen«, murmelte mein König. »Auch von ihm hängt unser Schicksal ab.«
»Gern hätte ich mich mit ihm länger unterhalten«, sagte ich. »Auf viele Fragen könnte er mir Antwort geben.«
Mein König nickte. »Nun, ich denke, dass man deinen Wunsch erfüllt, ist kein schlechtes Zeichen für uns. Man will, dass wir die Stadt und ihre Bewohner schätzen lernen. Wollte man uns vom Leben zum Tode befördern, würde man so wohl nicht mit uns verfahren.«
Ich antwortete: »Es gibt auch eine Gnade des Henkergerichts!«
»Wenn es so ist, so wäre das eine sehr feinsinnige Art, uns die Schönheit der Erde erst noch einmal zu zeigen, ehe man uns ins Dunkel hinabstößt.«

15

Ich will unsere vielen Ausflüge in die verwinkelten Gassen nicht alle schildern. Medina Al-Arus war eine Stadt mit Gärten, Parks, Wasserspielen, Märkten, Tausenden von Menschen, eine Stadt der Moscheen, Synagogen und christlichen Kirchen. Seite an Seite, Wand an Wand.

Wir begegneten einmal einem Zug von Mönchen, sie zogen in ihren dunklen Kutten durch die Straße zu ihrem Kloster, beteten, sangen ihre Psalmen – und jedermann machte Platz. Unsere beiden Bewacher gingen meist hinter uns, manchmal voraus, um uns den Weg zu zeigen. Nie fühlten wir uns von ihnen bedrängt. Eines Nachmittags war's, da kamen wir auf einen Platz, geräumig lag er flach unter dem Himmel, an einer Seite begrenzt von der wuchtigen Stadtmauer.

Der Platz war ein brodelnder Kessel, er war voller Gaukler, Seiltänzer. Umlagert waren die Schreiber, die gegen kleine Münze Briefe verfassten und auf einen neuen, leichten Stoff schrieben, den man seit kurzer Zeit hier herstellte und den man Papier nannte. Hier war das Leben in seiner buntesten Fülle. König Bertrand sagte nachdenklich: »So heiter wünschte ich mir mein Volk!«

Plötzlich wurde ich aufmerksam. Nicht weit entfernt wurde ein Ring gebildet, darin ein junger Mann, braun, fast schwarz gebrannt. Er ließ seine Muskeln auf den Armen, auf den Schultern spielen. Breit war sein Brustkorb und er lachte, seine weißen Zähne blinkten. Sein Oberkörper war nackt, an seinem Unterkörper trug er eine sandfarbene Hose, um die Hüfte sowie über den Knöcheln geschnürt.

Dieser Jüngling rang mit den Zuschauern. Man hinterlegte

vorher eine Silbermünze. Unterlag man, so gewann er die Münze, unterlag er, so zahlte sein Vater – er saß an einem Tisch daneben – zehn Silbermünzen. So sicher war man seines Sieges. Dem jungen Athleten war das Ringen nicht nur ein Geschäft, sondern auch Lust. Alles an ihm strahlte vor überschäumender Kraft.

Was war an diesem Tage in mich gefahren? Was trieb mich, mich mit ihm zu messen? Meinem König war das nicht lieb. Er wollte kein Aufsehen. Aber es war schon zu spät. Der Ringkämpfer hatte meine Absicht erkannt. Schon war er bei mir, schon lockte er mich. Um mich herum entstand eine Bewegung, um mir Platz zu schaffen.

Unseren beiden Bewachern sah ich an, dass sie an meinem Einfall Gefallen fanden.

Mein König meinte: »Lass das, du machst dich zum Narren. Dieser Ringer kennt jeden Trick, er ist dir überlegen.«

Ich antwortete: »Was kann mir passieren, außer dass ich zu Boden gezwungen werde?«

Ich überstieg das Seil. Der Ringer lachte. »Komm nur! Zehn Silbermünzen kannst du gewinnen.« Nun sah ich, dass sein Oberkörper glänzte, nicht nur von Schweiß, sondern auch weil er sich mit dem Öl von Oliven eingerieben hatte. Ich würde an ihm abgleiten, wo immer ich ihn zu fassen versuchte. Gleichviel. Ich streifte das Gewand über meinen Kopf. Ich hörte erstaunte Ausrufe: Meine helle Hautfarbe und das Blond meiner Haare zeigten, dass ich ein Fremder war.

Meine beiden Amulette blitzten in der Sonne. Rasch nahm ich sie ab, umschloss sie, führte die Hand an mein Herz, machte die Augen zu und schaute nach innen. Dann gab ich die heiligen Schmuckstücke meinem König zur Aufbewahrung. »Ich hüte sie gut«, sagte er. Und jetzt lächelte auch er. »Sie sollen dir Glück bringen.«

Mein Gegner betrachtete mich mit Siegeszuversicht, er schob seine Lippen vor. Jetzt galt es. Es sollte so lange gekämpft werden, bis einer auf dem Boden lag.

Der Bursche bewegte sich rückwärts, danach zur Seite. Ich tat es ihm nach. Wir neigten beide die Oberkörper vor und hoben die Hände. Mein Gegner ließ spielerisch seine Schultern kreisen.

Aus der Menge ertönten aufmunternde Zurufe.

Ich wusste, dass das Ungestüm seiner Jugend, gepaart mit hundertfacher Erfahrung, meinen Gegner mehr als gefährlich machten. Wie sollte ich ihn packen? Warum hatte ich mich nur auf dieses Spiel eingelassen?

Ich sollte für mein Zögern bestraft werden. Mein Gegner hatte es gespürt. Plötzlich stieß er einen Schrei aus, den Schrei eines wilden Tieres, und gleichzeitig schnellte er empor, flog durch die Luft, war bei mir. Ehe ich es recht bemerkte, umschlangen mich seine Arme. Er versuchte mich emporzuheben, um mich zu Boden zu schleudern. Alles schien schon verloren. Aber ich widerstand.

Ich spürte seine warme, glatte, gleitende Haut, die Kraft seiner Arme, die Wucht seines Anpralls – all dies hatte ich schon früher erlebt, wenn ich mit Ahmad rang, doch nie mit gleicher Gewalt. Er suchte mich an der Hüfte zu fassen und hochzuheben, wir keuchten, wir wollten uns die Beine weghaken, eine Fülle blitzschneller Bewegungen folgte aufeinander und immer wieder neue Umschlingungen.

Mein Gegner wurde gereizt, ich spürte es, und schon hatte er mich im Würgegriff. Er presste mir die Luft ab. Ich stand ganz still, hielt nur seiner Kraft meine Kraft entgegen. Und

nun geschah etwas in mir. Ich war wie von einer Feder durchzogen, von einer Feder aus Stahl. Es war mein Wille, nicht zu unterliegen. Schon hatte er geglaubt, mich bezwungen zu haben, da ließ ich mich fallen, zog ihn mit mir, schlug auf dem Boden auf, aber so, dass er über mich hinabgewirbelt wurde und ich gleich wieder über ihm lag.
Der Staub hüllte uns ein und setzte sich auf seiner schweißnassen, öligen Haut fest. Ich glitt nicht mehr ab, drückte ihm die Arme auf den Boden, und zwar mit einer solchen Gewalt, dass er keine Kraft mehr zur Gegenwehr hatte. Er gab auf. Er blieb liegen, auch dann noch, als ich den Druck lockerte. Da stand ich auf, nahm seine rechte Hand und zog ihn empor. Und ich reckte meinen rechten Arm und alle erkannten, dass ich der Sieger war.
Die Zuschauer waren stumm, jedoch nur einen Augenblick. Dann erhob sich ein ohrenbetäubendes Getöse. Die Leute klatschten, schrien und lachten. Sogar mein Gegner lächelte, wenn auch mühsam. Wir umarmten uns, wobei der Jubel seinen Höhepunkt erreichte.
Meine Augen suchten den König, er stand in der zweiten Reihe. Seinen Gesichtsausdruck konnte ich mir nur schwer erklären. Er drückte sowohl Freude aus als auch Nachdenklichkeit.
Der alte Mann, der das Geld verwaltete, zahlte mir meinen Gewinn aus – mit großer Würde. Zehn Silberstücke legte er mir in die Hand. Ich ging rings am Seil entlang und verteilte sie an diejenigen, die mir am bedürftigsten erschienen. Hände von Kindern und alten Leuten reckten sich mir entgegen.
Auch mein Gegner sollte nicht leer ausgehen. König Bertrand winkte ihn zu sich und ließ ihm von unserem Wächter

ein Silberstück reichen, dessen Wert sichtlich höher war als derer, die ich gewonnen hatte. Er warf es in die Luft, fing es wieder auf und küsste es. Ich suchte einen der zahlreichen Brunnen. Im kühlen Wasser wusch ich mir den Staub und den Schweiß des Kampfes vom Körper. Dann kehrte ich zu meinem König zurück. Er kam mir entgegen. Er reichte mir die beiden Amulette: »Sie haben geholfen«, sagte er und jetzt lächelte er, »aber frage mich nicht, welches!«

Ich verschloss die Kettchen in meinem Nacken. Dann streifte ich mir das Wams über, das mir unsere Wärter reichten. Auch sie sahen vergnügt aus.

In den Gassen wurden die Schatten der Häuser länger, die Farben intensiver. Hitze stand noch zwischen den Mauern, doch war ihre wilde Kraft gebrochen. Wir kehrten in unser Gemach zurück. Nun war ich dankbar für die Kühle des Raumes.

16

Mit der Zeit wurde mein König immer unruhiger. Es war eine Unruhe des Herzens, die sich oftmals in Verdüsterung niederschlug.

Ich ahnte, was meinen König so unruhig machte. Es war die Sorge um sein Land. »So große Aufgaben warten auf mich«, sagte er. »Wir Könige sind von Gott eingesetzt, um die irdischen Dinge zu ordnen. Fehlt unsere Hand, fällt alles auseinander. Die Edlen schlagen aufeinander los. Auch der Heilige Vater wollte damals die ungebärdigen Geister voneinander ablenken. Unser Zug ins Heilige Land sollte auch der Heimat Frieden geben. Die Menschen sind wie Raubtiere. Der Gottesfriede war verkündet und jeder, der einem Kreuzfahrer das Eigentum raubt, der seine Burg, seine verlassene Frau überfällt, soll die schlimmste Strafe erleiden. Ich habe Sorge, dass das Reich in Unordnung versinkt, in viele Fehden vieler kleiner Herren.«

Auch ich dachte an die Zukunft. Doch ich genoss auch die Gegenwart. Immer öfter ging ich alleine in die Stadt, begleitet zwar von den Wachen, doch mein König verlor die Lust daran. Und einmal führte mich Ibn Schaprut, der sich Hasdeu nennen ließ, selbst. Dieser Ausflug war etwas Besonderes. Zuerst ging er mit mir in die Bibliothek, die der Stolz der Stadt war. Noch nie hatte ich so viele Bücher auf einmal in einem einzigen Gebäude gesehen, nein, noch nie hatte ich überhaupt so viele Bücher erblickt. Hier folgte Raum auf Raum, es roch nach Pergament, Papier, nach Leim, vielleicht auch nach Staub – eine eigenartige Mischung, die mich an meine Schultage im Kloster erinnerte, als ich selbst noch in Büchern blättern durfte. Aber was der Abt an Büchern besessen hatte, war nichts im Vergleich zu den Schätzen, die diese Bibliothek aufzuweisen hatte. Regale an Regalen, von Saal zu Saal, standen die gebundenen, mit Lederrücken versehenen Bände, lagen die Schriftrollen, manche mit herabhängenden Siegeln – das Wissen von Philosophen und Ärzten, von Mathematikern und Sterndeutern, die Aufzeichnungen von weisen Männern jeder Religion und jeden Glaubens.

In einem besonderen Raum, der heller war als alle anderen, gab es keine Bücherregale, wohl aber Tische und Stühle in mehreren Reihen, an denen Schreiber und Studenten saßen. Sie alle beugten sich über ihre Papiere, schrieben sorgfältig ab, mit feinen, wie gemalten Buchstaben, waren eifrig, warfen kaum einen Blick auf uns, es wurde aber auch nicht gesprochen, kein lautes Wort, höchstens einmal ein Flüstern von Tisch zu Tisch.

Wie sehr berührte mich alles, wie sehr spürte ich plötzlich den Wunsch, mich unter diese Schreiber zu setzen und in die Welt der Bücher einzutauchen.

Im nächsten Raum waren einige Studenten versammelt, in einer regen Diskussion. Als sie Hasdeu erkannten, erhoben sie sich, doch er rief ihnen zu, sie sollten sich nicht stören lassen. Da diskutierten sie weiter. Und sie zogen die Religionen alle und jeden Glauben in Zweifel.

Ich war verwirrt. »Wie ist es möglich, dass solche Ansichten öffentlich vertreten werden?«

Hasdeu antwortete: »Unser Geist ist von Gott und er hat ihn uns nicht gegeben, damit wir ihn brachliegen lassen, sondern damit wir seine Allmacht suchen und erkennen.«

Hasdeu zeigte mir dann die Blaue Moschee. Außen war eine Mauer aus Ziegeln und Natursteinen mit Strebepfeilern, mit unregelmäßigen Türmen und einem massigen Minarett. Wir schritten durch ein Portal, überdeckt von einem Hufeisenbogen. Im Hof der Waschungen, einem rechteckigen, mit bunten Ziegeln gepflasterten Platz, standen vier Brunnen, jeder aus einem Marmorblock. Und die Moschee selbst war ein Wald von über tausend Säulen, die das Innere in viele Schiffe aufteilten. Von den Säulen und Kapitellen gingen vielgestaltige Bögen aus, teils halbkreisförmig, teils zugespitzt, in Rot oder Weiß gehaltenen Gewölbesteinen. Die Vielzahl der Säulen vermittelte den Eindruck eines unbegrenzten Raumes, eines Waldes. Die hölzerne Decke trug Inschriften aus dem Koran, Hunderte von Leuchten hingen von ihr herab und trugen viele tausend kleinere Lampen mit parfümiertem Öl. Boden und Wände waren mit Mosaiken verziert, einige aus emailliertem Glas in reichen Farben, oft mit Silber und Gold gebrannt – in einem anderen Raum stand der Mihrab, eine Mauernische, mit Mosaiksteinen und goldenen Inschriften, auf ihr ruhte in einem juwelenüberzogenen Etui ein Koran, den ein Kalif selbst geschrieben und mit seinem Blut genetzt hatte.

»Doch da ist noch etwas anderes, was ich dir zeigen wollte«, sagte Hasdeu. Er ging mit mir durch schmale Seitengassen zu einer kleinen, bescheidenen Kirche, die zu einem Kloster gehörte. Dunkel und kühl war der Innenraum, nur von einer ewigen Lampe erhellt und von dem Licht, das durch schmale, hohe Fenster einfiel.

Hasdeu führte mich an eine Reihe von Steinplatten, die in der Wand eingelassen waren. »Das sind Gräber von Mönchen, die in diesem Kloster lebten«, erklärte er. »Doch dieses hier sollst du dir einprägen.« Wir hielten vor einer schlichten, grauen Platte mit eingemeißelten Schriftzeichen. »Es ist das Grab eines Dichters und Sängers, eines Ritters. Ich weiß nicht, wie er hieß, er nannte sich nur so, wie du es hier lesen kannst . . .«

Und ich las auf dem Stein: »Hier ruht ALOUETTE, Sänger, Ritter und Mönch«

»Merkwürdig«, sagte ich, »›die Lerche‹.« Der Todestag lag mehr als zehn Jahre zurück. »Was für ein seltsamer Name für einen Ritter.«

»Aber doch nicht für einen Sänger«, erwiderte Hasdeu. »Er war ein Edler Eures Landes. Ständige Streitigkeiten mit einem Bruder, mit dem er sich das Erbe teilen sollte, trieben ihn von Haus und Hof. Er führte ein ruheloses Wanderleben. Bei Tisch, im Kreise seiner Zechkumpanen, gefiel er sich in der Rolle eines Spielmanns. Er tauchte an allen größeren Höfen auf, er lebte vom Singen und von Turnieren. Einmal wurde er sesshaft, er heiratete, doch er blieb nicht lange, dann zog es ihn wieder zum Abenteuer. Zum Schluss seines Lebens trat er in dieses Kloster ein und schwieg fortan. Niemals verriet er seinen wahren Namen. Als es jedoch ans Sterben ging, beichtete er und gab dem Mönch einen Ring, der seiner Familie zugesandt werden sollte.« Hasdeu schob seine Hand in die Tasche seines Gewandes und reichte mir das Schmuckstück in einem kleinen Beutel.

»Was soll ich damit?«, fragte ich verwundert.

»Du sollst die suchen, die Anspruch darauf haben. Seine Familie, seine Erben.«

»Aber wie heißen sie?«

»Das weiß niemand! Vielleicht aber findest du sie mit Hilfe des Ringes.«

»Aber er hat seinen Namen doch dem Mönch gesagt, der ihm die Beichte abnahm.«

»Das ist richtig. Aber auch dieser ist gestorben und nahm das Geheimnis mit in sein Grab, wie die ›Lerche‹ auch.«

»Was aber, wenn ich nicht heimkehren werde?«, fragte ich.

»Dann gibst du mir den Ring zurück«, sagte er.

So verwahrte ich den Beutel mit dem Ring. Hoffnung hatte ich kaum. Sollte ich vielleicht von Hof zu Hof ziehen und den Ring vorzeigen? Nun, vielleicht konnte mir mein König helfen. Aber ich vergaß bald alles über neuen Eindrücken. Hasdeu und ich verließen die Kirche. Im hellen Licht des Tages setzten wir uns auf den Rand eines Brunnens. Das faltenreiche Gewand fiel an seiner schlanken Gestalt herab. Die Wachen standen in achtungsvoller Entfernung. Rings um uns brandete das geschäftige Leben. Ich sagte

Hasdeu, wie sehr ich alles bewunderte, was ich gesehen hatte. Er lächelte und meinte: »Die Wunder der Welt sind wohl viel größer, als wir ahnen. Und ich glaube kaum, dass eines Menschen Verstand sie jemals ganz wird erfassen können.«

»Aber«, fragte ich, »wie ist dies alles miteinander zu vereinbaren, wie ist es möglich, dass bei Euch unter dem Schutz des Kalifen die Angehörigen aller Religionen frei leben können, dass der Kalif, der Herr aller Gläubigen, es duldet?«,

»Eben weil er der Herr aller Gläubigen ist«, antwortete Hasdeu. »Alle verehren den gleichen Gott, die Juden, die Muslime, die Christen. Und Abraham, den wir Juden verehren, und Christus, den ihr anbetet, gelten auch bei den Muslimen als große religiöse Gestalten. Aber Mohammed ist für sie das Siegel der Propheten.«

»Was heißt das: das Siegel der Propheten?«

»Das heißt, dass Mohammed viele Propheten vorangegangen sind. Aber mit Mohammed wurde die Reihe der Propheten abgeschlossen. Er ist für die Muslime wie das Siegel, mit dem ein kostbares Schriftstück verschlossen wird.«

»Ich glaube zu träumen«, murmelte ich. »Aber gibt es denn dreierlei Wahrheiten? Kann es denn nicht nur eine einzige Wahrheit geben, nur einen wahren Glauben?«

»Nun«, antwortete Hasdeu, »über meine Lippen kommt kein Wort des Zweifels an meinem Glauben. – Aber vielleicht konnte ich dir zeigen, dass du in den Diensten des Kalifen sein könntest, ohne deinen Glauben aufgeben zu müssen.«

Ich stutzte, ich erschrak. Einen solchen Gedanken hatte ich noch nie erwogen. Meinen König und meine Heimat für immer verlassen? Was musste wohl geschehen, um mich dazu zu bringen? Ich konnte es mir nicht denken.

Wir kehrten zurück. Vor dem Portal verabschiedeten wir uns voneinander mit herzlichen Worten. Darauf führten mich meine Bewacher in das Gemach zurück und schlossen die Riegel hinter mir.
Unsere Stunde war nahe.

17

Ich war aufgewühlt. König Bertrand lag im Hintergrund des Raumes. Er hatte sich dorthin zurückgezogen, wo es am kühlsten war. Er ruhte auf kostbaren Kissen und schälte eine Orange.
»Wie wird es sein, wenn wir nach Hause kommen?«, fragte ich.
»Was meinst du?«
»Ich meine ... ich bitte ... ich hoffe ... dass Ihr dort die gleiche Duldsamkeit üben werdet, das gleiche friedliche Nebeneinander von Menschen verschiedenen Glaubens.«
Die Miene des Königs verdüsterte sich. »Es müssten schon ganz andere Zeiten kommen, die das Fühlen und Denken der Menschen bei uns so verändern, wie wir beide verändert worden sind. Ein Einzelner, und sei es auch der König, vermag wenig gegen die Menschen, von denen er seine Macht hat.«
»Ihr habt sie von Gott!«
»Schon gut, natürlich . . .«
In diesem Gespräch wurden wir unterbrochen. Hasdeu kam, begleitet von Soldaten in prachtvollen Uniformen. Es waren die Wachen des innersten Palastbezirks.
Hasdeu verneigte sich leicht. Seine Miene war undurch-

dringlich. »Kommt«, forderte er uns auf, »der Kalif in seiner Gnade befiehlt Euch vor sein Angesicht!«
Der König sprang auf. »Unser Schicksal ist entschieden – wie lautet die Botschaft?«
»Hört sie vom Kalifen selbst«, sagte Hasdeu. Und seine Stimme verriet nichts.
Die Gestalt des Königs straffte sich. Und wieder sah ich, welch stattliche Erscheinung er war. Hoch von Wuchs, kräftig, erfahren und gestählt von vielen Schlachten. Das alles war er schon damals gewesen, als er das Kreuz nahm, ein gefürchteter und siegreicher Turniergegner – doch die Kraft seines Armes und die Schnelligkeit seines Auges hatten in der entbehrungsreichen Zeit, die hinter uns lag, noch zugenommen. Seine hohe Stirn, sein scharfer Blick, die Züge seines Gesichts verrieten hohe Intelligenz.
Wir schauten noch einmal in unser Gemach zurück, in das wir vielleicht niemals mehr wiederkehren würden.
»Was die nächste Stunde auch bringt, ob Gutes oder Böses, wir wollen es gefasst aufnehmen«, sagte König Bertrand.
Wir gingen nun zu dritt, umringt von den Wachen mit entblößten Krummschwertern. Goldene Schriftzeichen liefen an den Wänden entlang und im Hof erzeugte dichtes, dunkles Laub der Bäume wohltuende Schatten. Da leuchtete das Sattgelb der Orangen und das Mattgelb der Zitronen. Hasdeu führte uns auf eine Anhöhe über der Stadt. Die Gebäude verschwammen in der sirrenden Hitze. Doch wir schritten in Schatten roter Sonnensegel, die eine Galerie überspannten. Rechts und links von uns weite Wiesen, auf denen die edlen Stuten des Kalifen grasten. Es war so still hier, dass wir das Singen der Zikaden hören konnten. Dann sprangen Türme vor, Treppen öffneten sich, an Pfeilern

wuchsen Myrtenbüsche. Wieder neue Plätze, vorbei am Haus der Wesire im Spiegelglanz seiner Mosaiken. Dann kam das Tor der Bögen, eine zweite Terrasse, Säulenhallen, Parkanlagen, Schatten, Decken in Blau, die große Halle, Pracht und Reichtum, und ich dachte, so beschenkt Gott die Ungläubigen!

Staatsschreiber und Übersetzer huschten eilig vorüber. Der Herrscher empfing uns im Thronsaal, weit abgesetzt von den anderen Bauten. Es war ein achteckiger, fast rund wirkender Raum, Wände aus Marmor und Jade, so dünn geschliffen, dass sie wie Glas fast durchsichtig waren. Die Kuppel deckten Ziegel aus Gold und Silber. Hier war nun endlich der Ort der Begegnung mit dem Erhabenen.

Keine einzige Wache mehr.

Der Herrscher saß an der rückwärtigen Wand, auf einem nur mäßig erhöhten Sessel, der ganz von seinem weißen, weit fallenden Gewand verdeckt war. Er trug keinen Schmuck, denn er hatte nichts zu seiner Erhöhung nötig. Er selbst war Schmuck, Glanz, Licht und Sonne seiner Untertanen. Klar war sein Gesicht, ohne Bart, tief dunkel waren seine Augen, er hatte schwarzes Haar – und auf den Löwenköpfen der Armlehnen ruhten seine Hände.

Vor dem Kalifen, unter seinen Füßen, lag das Schwert meines Königs. Und sein Rubin funkelte blutig.

Hasdeu sank zu Boden. Seine Stirn berührte den weißen Marmor. Mein König beugte ein Knie. Ich tat es ihm nach. Der Kalif winkte. Er hob ein wenig seine Hände.

Hasdeu verstand dieses Zeichen, er stand auf, näherte sich ihm. Er streifte mit seinen Lippen beide Innenflächen zum Kuss der Ergebenheit.

»Herr«, sprach der Kalif und sah zuerst Bertrand an, dann

mich. Seine Stimme war leise, aber entschieden. »Wir wissen nicht, wer Ihr seid!«
Damit war das Urteil gesprochen.
»Wir sandten Boten in das Land Venproce. Wir ließen es nicht an Achtung fehlen. Einer unserer erfahrensten Gesandten reiste in unserem Auftrag. Was er uns berichtete, ist bitter für Euch. Prinz Jean ließ uns dies wissen: König Bertrand und sein Knappe Leon sind in den Flammen einer Stadt umgekommen. Zwei Ritter, ein Templer und ein Baron, waren Zeugen. Sie bestatteten den König und den Knaben.«
Ich dachte nicht daran, dass wir nun sterben mussten oder zu Sklaven wurden. Ich dachte nur: ein Templer und ein Baron – Victor de Firment und Philipp de Drohorst! Wieder diese beiden.
Der Kalif fuhr fort: »Ich bot Eure Freilassung an gegen Lösegeld, wie es Brauch ist. Ein Brauch der Barmherzigkeit, denn er erhält so manches Leben.«
»Nun, es mag nicht wenig gewesen sein, was Ihr verlangtet«, stieß der König hervor.
»Es waren zehn Eselsäcke Gold für den König. Dazu einer für den Knaben.«
»Zehn Eselsäcke! Bei Gott, Ihr seid nicht kleinlich in Euren Forderungen.«
»Wären sie wirklich zu viel gewesen für den Herrscher meines Nachbarlandes, mit seinen Städten, Äckern, Klöstern und Burgen? Ein Land, das an das meine grenzt.«
»Und jetzt wartet auf uns der Tod!« Der König sagte es mit Fassung.
»Ihr seid frei«, antwortete der Kalif.
»Frei? – Wie soll ich das verstehen?«

»Ihr verdankt es diesem Knaben. Sein Mut zu Pferd gefiel meinen Männern. Seine Kampfkraft gefiel meinem Volke. Das Wichtigste aber: Sein Interesse an unserer Stadt, an unsren Büchern und an unserem Glauben gefiel Ibn Schaprut, meinem Berater Hasdeu. Er sprach für Euch. Er sagte: Ein Mann, der einen solchen jungen Knappen zum Ritter schlug, mit ihm wanderte und ihn seinen Freund nennt, das muss ein Edler sein. Noch bleibt ein Rest Unsicherheit. Aber wir haben erwogen, dass es für uns von Vorteil sein kann, wenn wir Euch vertrauen. Ihr werdet hören, warum. Wenn wir jetzt mit Euch sprechen, so sprechen wir zu dem, den wir für den König von Venproce halten – weil wir es so wollen.«
Mein König neigte sein Haupt: »Ich danke Euch, auch im Namen von Ritter Leon.« Dann schwieg er. Er wartete auf das, was noch gesprochen werden sollte. Ich war verlegen und stolz. Mir glühten die Ohren.
Der Kalif nahm den Faden des Gesprächs wieder auf. »Es ist also so, Herr Bertrand, Ihr seid Eurem Bruder nicht eine einzige Münze wert.«
»Der Schändliche!«
»Sagen wir es klar: Er wünschte Eure Heimkehr nicht. Es gefällt ihm, den Herrscher zu spielen. Meine Botschafter hörten sich um. Es steht schlimm um Eure Sache. Kehrt Ihr nicht bald zurück, wird Euer Bruder zum König erhoben. Dann fehlt ihm nur noch die Krönungszeremonie wie Euch auch. Ist sie vollzogen, kann ihm kaum eine Macht der Welt die Krone mehr nehmen. Schon hat er die einflussreichsten Stellen mit Männern besetzt, die ihm ergeben sind. Eure Anhänger sind verstoßen, viele von ihnen wurden sogar von Haus und Hof verjagt. Allzu viele sind es vielleicht nicht mehr, denn die Besten sind ja Euch schon gefolgt auf die-

sem Zug des Wahnsinns. Und sie sind nicht wiedergekehrt. Zurückgekehrt sind aber viele, die Eure Abwesenheit zu ihrem Vorteil nutzen . . .«

»Aber Ihr habt uns nicht vor Euer Angesicht bringen lassen, um uns nur das zu sagen!«, unterbrach ihn mein Herr.

Der Kalif lächelte. »So ist es«, antwortete er. »Wir haben alles erwogen. Euer Tod nützt uns nichts. Er besudelt nur unser Ansehen. Euch als Sklaven zu verkaufen, halten wir für unklug. Ihr seid uns mehr wert . . .«

»Wie sollten wir mehr wert sein, da wir gar nichts mehr wert sind?«

»Höre, König Bertrand, in kurzen Worten. – Doch das soll dir Hasdeu sagen, denn er war es auch, der mich beriet.« Er winkte und Hasdeu trat mit lautlosem Schritt an seine Seite. Seinem Gesicht war nichts abzulesen. Er sprach: »Ihr seid frei! Doch wir stellen Bedingungen.«

»Wie kann ich sie erfüllen?«

»Indem Ihr in Euer Land zurückkehrt. Euer Bruder festigt seine Macht. Er rüstet ein Heer aus. Wir wissen, dass er räuberische Überfälle auf unsere Städte plant. Das stört unsere Pläne, da wir uns wappnen müssen.

Wir fordern daher: zwanzig Jahre Frieden zwischen Eurem und unserem Volk. Wir fordern es von Euch, König Bertrand, wenn Ihr die Macht zurückgewonnen habt.«

Mein König trat drei Schritte vor. Er legte seine rechte Hand auf sein Herz. »Ich gelobe es«, rief er.

Hasdeu sagte: »Wir sind noch nicht zu Ende, König Bertrand. Unsere Bedingung lautet: Frieden und fünf Eselsäcke Gold . . .«

»Das sind fünf Säcke weniger, als Ihr von meinem Bruder verlangtet.«

»Richtig, doch so viel ist uns der Frieden wert.«
»Mir auch«, sagte der König.
»Aber wir sind noch immer nicht zu Ende,« erwiderte Hasdeu. »Fünf Eselsäcke für Euch und zwei für Leon . . .«
»Ihr verlangtet nur einen!«
»Das war, als wir ihn noch nicht kannten. Er ist im Wert gestiegen!«
»In Gottes Namen«, sagte mein König. »So viel soll er auch mir wert sein.«
Wieder errötete ich.
Nun ergriff der Kalif erneut das Wort: »Zum Zeichen, dass unser Vertrag besiegelt ist, schwört auf Euer Schwert, das zu meinen Füßen liegt.«
Hasdeu hob die Waffe auf. Er reichte sie meinem König so, dass das Kreuz des Griffes zu ihm wies. Mein König legte seine Hand darauf. Er sagte: »Ich schwöre!«
»So ist es beschlossen«, rief der Kalif, nun selbst bewegt.
»Ja«, sagte mein König, »und zum Zeichen, dass dies so bleiben wird, lasse ich mein Schwert in Eurer Hand. Nie mehr will ich es gegen Euch zücken.«
Der Kalif neigte das Haupt. »Ihr bringt ein großes Opfer. Wir werden Euer Schwert gut verwahren.«
Ich wagte zu fragen: »Mein Vater, Charles de Fortis, konnte man etwas über ihn erfahren?«
»Er lebt. Mehr wissen wir nicht.«
Ich dankte. Das genügte zu wissen. Nun waren wir frei. Mein König überlegte: »In diesen Gewändern wird man uns leicht erkennen. Auch unsere eigenen Kleider sind nicht die rechten. Ich bitte Euch: kein Wort über unsere Abmachung, kein Wort über unsere Entlassung. Ich muss sehen, wer noch zu mir hält und auf wen ich zählen kann.«

»Es ist gut«, sagte Hasdeu. »Wir schicken einen Gesandten zu neuer Verhandlung. Und wir lassen uns Zeit, um Euch Zeit zu geben. Aber täuscht Euch nicht. Es mag sein, dass Euer Bruder Verräter bei uns aushält, die ihm Eure Entlassung melden.«

»Umso wichtiger ist es, dass uns niemand erkennt. Ich bitte um zwei einfache dunkle Kutten, wie sie die Mönche hier tragen. Als Klosterbrüder werden wir wandern – und zu Fuß.«

Auch dies wurde uns gewährt. Der Kalif grüßte uns mit erhobener Hand.

Hasdeu berührte den Boden mit der Stirn. Dann führte er uns hinaus. Die Sonne blendete.

Ich schied ungern von diesem Mann.

Nach Sonnenuntergang verließen wir als zwei Mönche, mit sorgfältig rasierter Tonsur, selbst dunkel wie die Nacht, Medina Al-Arus, die Stadt der Braut, die schöne, liebliche, von Leben überquellende, die unter einem Halbmond lag, der allen Frieden gewährte.

Zweites Buch

Taube und Schwert

18

Nach drei Tagesmärschen kamen wir ins Gebirge. Wir stiegen schmale Wege empor, Schottersteine ritzten unsere Sandalen. Die Luft wurde klar und dünn. Wir verließen das Gebiet der hoch wachsenden Tannen. Wir kamen in die Gefilde, wo sich das Unterholz geduckt an den mageren Boden krallte. Wir wanderten zwischen hellem Felsgestein, wir durchquerten eisig kalte Bäche, die mit rascher Strömung in die Tiefe gerissen wurden. Bald waren wir nur noch umgeben von Gras, Gestrüpp und Steinen.

Wir waren müde und hungrig. Unsere Glieder schmerzten. Wir tranken aus den klaren Gebirgsbächen. Um uns war Einsamkeit und Stille, grün das Gras, grau der Fels.

Gegen Mittag gelangten wir auf eine Hochebene. Von ferne schon hörten wir das zaghafte Klingeln kleiner Glöckchen. Dann sahen wir den Hirten. Er weidete hier seine Schafe. Die Luft war erfüllt von diesem Läuten und vom Blöken der Tiere. Der Mann hockte vor einer Hütte. Wir winkten ihm zu und der Mann erhob sich ohne Eile, er trug einen sackähnlichen Kittel, hatte eine scharfe Lanze, Bögen und Pfeile, sein Gesicht war von einem Bart umgeben und die Haare fielen ihm lang auf die Schultern. Er lachte, als er uns kommen sah. Wir mochten ihm in seiner Einsamkeit willkommen sein.

Er pfiff einen zottigen Hund heran, ein wütendes Tier mit

starken Zähnen, die er gegen uns fletschte. »Bertrand!«, rief der Hirt.
»Du nennst deinen Hund Bertrand?«
»Ja, wie unseren König. Ist er denn nicht wie ein König?«
»Nun, wenn du dir so den König vorstellst«, sagte mein Herr und es klang belustigt.
Der Hund legte sich. Wir setzten uns auf einen Stein und handelten dem Hirten Schafkäse und Fladenbrot ab. Er bewahrte seine Lebensmittel in der Hütte auf, die aus rohem Stein aufgerichtet war. Die Wände waren schief und das Dach aus grauen Platten. Drinnen war es kühl.
»Hier schläfst du?«, fragte mein König.
»Ja, ja«, sagte der Hirte. »Hier schlafe ich, oder draußen. Es kommt darauf an, ob die Nacht feucht ist. Am liebsten lege ich mich zu meinen Tieren, die halten mich warm. – Und Ihr, seid Ihr auf einem Pilgerzug?«
Mein König nickte: »Wir haben ein Gelübde getan, nicht darüber zu sprechen.«
»So, ein Gelübde?«
Wir lehnten unsere Rücken gegen die Hütte. Wir klappten die Kapuzen nach hinten und setzten unsere bärtigen Gesichter der Sonne aus.
Dem Hirten missfiel unser Schweigen. Es betrog ihn um die Hoffnung auf Neuigkeiten, auf wundersame Erlebnisse. Er war ja immer allein. Waren nun einmal – selten genug – Menschen da, wollte er auch mit ihnen sprechen. Aber wie sollte er es anfangen? Er rückte unruhig auf seinem Sitz herum. Endlich fiel ihm etwas ein. »Wenn Ihr weit wandert«, sagte er, »so kann ich Euch einen Rat geben. Wenn Ihr Euch nämlich Beifuß an die Beine bindet, dann werdet Ihr unterwegs nicht müde. Aber hütet Euch, den Samen des Bilsen-

krautes zu genießen, denn Ihr werdet davon so vergesslich, dass Ihr nicht einmal mehr Eure Gebete sprechen könnt. Dagegen braucht Ihr Euch nicht vor den kleinen Teufeln zu fürchten, wenn Ihr fünfzehn Körner des Samens einer Pfingstrose vermischt mit Rosenhonig trinkt, das vertreibt sie.«

»Weißt du noch mehr solche Sachen?«

»Gewiss! Ihr müsst euch vor Katzen hüten, namentlich vor den schwarzen. Oft sind es Weiber, welche die Tiergestalt vorübergehend angenommen haben. Ihr dürft auch nicht mit Hinkenden oder Einäugigen zusammentreffen oder mit alten Weibern, das bringt bestimmt Unglück. Auch der Hase bringt Unglück, wenn er Euch über den Weg läuft – ganz im Gegensatz zum Hirsch. Der trägt das Glück in seinem Geweih, aufgehängt in unsichtbaren Netzen.«

»Mein Lieber«, sagte der König, »das alles ist furchtbarer Aberglaube. Hörst du denn nicht auf die Lehren unserer heiligen Mutter Kirche?«

»Natürlich, hier oben bin ich ja dem Himmel sehr nahe. Das freut mich. Wenn ich hier sterbe, habe ich es nicht mehr weit.«

»Was glaubst du denn vom Himmel?«

»Nun, dass Gottvater dort oben sitzt, umgeben von schönen singenden Engeln; dass die Mutter Maria da ist und Jesus, das himmlische Kind. Ich glaube, dass wir dort keine Not mehr leiden müssen und dass die Ärmsten belohnt werden für die Mühsal auf Erden und dass alle Schuld von uns genommen wird.«

Mein König nickte. »Mit deinem einfachen Herzen glaubst du das Rechte.«

»Ich muss es wohl«, antwortete der Hirte, »weil unsere

Geistlichen es erzählen und weil es auf allen Bildern und Fenstern und Figuren der Kirche dargestellt ist.«

Wir dankten dem Hirten. Der Hund beehrte uns mit einem tiefen Knurren. Doch er wedelte mit dem Schweif.

Wir zogen weiter.

»Du hast gehört, wie der Aberglaube im Volk lebt«, sagte mein König. »In den flackernden Lichtern der Sümpfe leben Elfen. Leuchtkäfer sind die Seelen ungeborener Kinder. Überall sind Kobolde und Gnomen. Die Sterne erklären, was rätselhaft bleibt. Da hat es unsere Kirche schwer, die Geister zu klären.«

Der Pfad führte jetzt steil hinab. Alles an uns war Staub. Aus kleinen Seen schöpften wir Wasser mit den Schalen unserer Hände. Es rann über unsere Bärte. Unsere Füße schmerzten. Ich dachte: So kehrt ein König heim, ohne Gefolge, zu Fuß, unerkannt. Ohne zu wissen, wie viele Männer noch zu ihm hielten.

Je tiefer wir kamen, desto dichter wurden die Wälder, dunkel und drohend. Nachts heulten die Wölfe, dann rückten wir näher zusammen auf unserem Nachtlager. Wir schnitten uns gerade gewachsene Äste ab, befreiten sie vom dünnen Gezweig und vom Laub, spitzten sie vorne zu. So hatten wir Waffen für den Notfall. Unsere Messer trugen wir jetzt offen und griffbereit im Gürtelstrick der Kutten.

In diesen Wäldern waren die Menschen fremd. Wo sie siedeln wollten, mussten sie den Raum der Natur mühevoll abringen. Sie mussten roden. So gründeten viele Mönche ihre Klöster, indem sie das Feld aus dem Wald herausschnitten.

Bären, Füchse, Luchse und Wildkatzen hausten hier, Falken und Sperber sahen wir, Milane und in der Nähe der Gipfel den gewaltigen Adler. Aber wo waren die Straßen? Endlich, in der Ebene, wo die Felder bestellt wurden, gab es von Rädern ausgefahrene Furchen, Spuren von Hufen. Sie führten uns in eine kleine Stadt, die an einem Fluss lag.

Da war ein Anger, auf dem sonst wohl die Frauen ihre Wäsche zum Bleichen auslegten. Heute war dieses Feld von Menschen überfüllt. Am Flussufer war ein Pfosten eingerammt, auf dem ein Querbalken befestigt war wie bei einem Brunnen. An dem Balken hing ein Käfig an einem Seil, darin kauerte ein Mann. Er schrie, seine Haare hingen ihm wirr über das Gesicht, das Wasser triefte. Das andere Ende des Balkens wurde von sechs Männern herabgedrückt, sodass der Käfig nach oben stieg. Danach ließen sie los, der Balken schnellte empor – und der Mann versank im Wasser. Und je länger der Mann eingetaucht blieb, umso mehr lachten und freuten sich die Zuschauer.

Noch nie hatte ich eine solche Prozedur, eine solche Bestrafung gesehen. Am Hofe meines Vaters strafte man mit Schlägen oder mit Einkerkerung, auch gebunden wurden die Übeltäter und ohne Nahrung und Trank gelassen.

»Was hat das alles hier zu bedeuten?«, fragte ich einen der Umstehenden. »Wollt ihr ihn denn umbringen?«

»Woher denn, aber bestraft werden muss er. Es ist unser Bäcker und er hat das Mehl nicht recht gewogen, mit dem er das Brot bäckt. Er hat uns betrogen.«

Ich fühlte, wie meine Muskeln fester wurden, sich anspannten. Ich trat einen Schritt vor. Ich stand vor den sechs Männern und erhob eine Hand, um den nächsten zurückzureißen.

Mein Herr fasste mich von hinten: »Wenn sie loslassen, versinkt der Mann im Wasser und ertrinkt«, sagte er.

»Aber sie sollen ihn freigeben!«
»Nein, Leon! Du kannst dich nicht mit all diesen Leuten hier anlegen.«
»Möglich. Aber Ihr könnt befehlen, dass man ihn befreit.«
»Noch einmal: nein, Leon. Du weißt, dass ich mich noch nicht als König zu erkennen geben kann. Ich würde auch kaum etwas anderes ernten als höhnisches Gelächter. Das Wichtigste aber ist: Ich will es nicht!«
»Ihr wollt es nicht? Ihr wollt den Mann weiter so leiden lassen, in all seiner Todesqual?«
»Ich muss es. Lerne das, Leon. Die Männer dieser Gemeinde haben Recht gesprochen. Sie haben über ihren Bäcker zu Gericht gesessen. Sie haben ihn für schuldig befunden und verurteilt. Nun vollstrecken sie das Urteil. Der König kann manchmal Gnade walten lassen, aber er darf seine Untertanen nicht hindern, die Gesetze zu befolgen. Er kann nur für bessere Gesetze sorgen.«
Es fiel mir schwer, ihn zu verstehen. Doch die Prozedur war zu Ende. Ein Mann mit einem Stock gab sein Zeichen und der Käfig wurde aus dem Fluss gezogen. Der Bäcker lehnte besinnungslos an den Gitterstäben. Ringsum floss das Wasser herab. Man brachte den Käfig an Land und zerrte den Kraftlosen heraus. Als er auf die Wiese fiel, ließ man ihn liegen wie einen Toten und eine Mutter sagte zu ihrem Buben am Rockzipfel: »Der bäckt so rasch kein zu leichtes Brot mehr.«
Vielleicht hatte sie Recht.

19

Mein König gab mir ein stummes Zeichen. Wir gingen. Und wir marschierten lange. Durch Wiesen und Gebiete voller Büsche und Dornen. Vieh war auf den Weiden, Windmühlenflügel drehten sich, wir schritten vorbei an Klostermauern und Klosterpforten.
Endlich kamen wir wieder an eine Stadt. Eine rote Mauer umgürtete sie, schadhaft zwar und mit Lücken. Aber unsere Blicke wurden sowieso nur angezogen von dem mächtigen Dom, der sich mit seinem spitzen Dach und den beiden Türmen himmelhoch über die Häuser erhob und alles überragte.
»Das ist Lesar – und das ist die Krönungskathedrale!«, erklärte mein König.
Eines der Stadttore war geöffnet. Ein Wächter war nicht zu sehen. Auch sonst Leere.
Wir schritten hinein, in die Straße: braune Häuser, mit Fachwerk gefügt; kleine Fenster, Butzenscheiben; hohe, steile Giebel; Misthaufen, die bis auf die Straße reichten, ein scharfer Geruch; scharrende Hühner, grunzende Schweine, gurrende Tauben, die irgendwo in den Mauern ihre Nester bauten – aber keine Menschen.
»Merkwürdig«, murmelte mein König, »eine ausgestorbene Stadt.«
Bald hörten wir die Stimmen, nein, noch ehe wir sie hörten, teilte sich uns eine Spannung mit, eine Schwingung der Luft – und dann standen wir vor der Menschenmauer am Ende der Straße, zwischen Haus und Haus. Wir sahen nur die Rücken, die Gewänder und Kleider, die Hüte. Aber von hier kam dieses Brausen der Erregung.

Wir versuchten uns vorzudrängen, zwischen Schultern und Leibern, manch unfreundlicher Blick traf uns, doch unser Mönchsgewand verschaffte uns auch Achtung. Man rückte beiseite. Wir schoben uns an einer Hauswand entlang, kamen an einen Vorsprung, darauf befanden sich schon Menschen, wir kletterten aber auch empor und standen dann eng nebeneinander und etwas erhöht.

Jetzt übersahen wir den weiten Platz, vor uns die Menschenmenge, ringsum die Häuser mit ihren Fassaden und Giebeln, uns direkt gegenüber die Kathedrale mit ihrem Turm, so hoch war dieser Turm, zu hoch fast für diese kleine Stadt, und die Kirche war mächtig. Aufeinander gefügte Steine, Fenster mit Bögen und Mittelsäulen, Strebepfeiler, Spitztürmchen, Figuren, Wasserspeier. Und alles leuchtete in bunten Farben.

Ich sah Schulter an Schulter, darüber die Köpfe, Hüte, Tücher und auch Barhäuptige. Ganz vorne eine Gruppe von Mönchen, eine Insel in Schwarz, und ich dachte, dass es Dominikaner seien, ihre Kapuzen ragten spitz empor. Sie sangen und psalmodierten, es waren weihevolle, getragene Gesänge, wie ich sie liebte aus meiner Klosterzeit. Doch dann brachten sie mich zum Erschauern mit dem »Dies irae«, dem »Tag des Zornes«, einem neuen Lied, düster und qualvoll, ein Lied des Todes.

Dort vorne waren die Reihen abgesperrt, Männer mit Spießen bildeten einen Wall, dort ritt der Profos, und man konnte das murrende Volk nur mit Mühe im Zaume halten, denn es wollte sein Schauspiel sehen, es sollte beginnen. In einem achtungsvollen Abstand vor dem Kirchenportal, dem steinernen, hochgewölbten, waren zwei Pflöcke in den Boden gerammt, Säulen aus Holz, Baumstämme. Wie nackte

Zeigefinger standen sie da mit abgeschälter Rinde. Und vor diesen Säulen gab es kleine Podeste, nicht viel größer als eines Menschen Füße. Darum Haufen von Reisig, von Stroh, von dürren Ästen, Holzscheiten. Schergen schütteten schwarzes Pech darüber.

Ich fasste unwillkürlich an des Königs Arm. Er warf mir einen tadelnden Blick zu: Ich sollte schweigen. Doch er selbst fragte seine Nachbarin, eine Frau im tonnenartigen Rock, die ein graues Tuch über ihre Haare gebreitet und um die Schultern geschlungen hatte: »Was geht hier vor?«

»Wenn Ihr es nicht wisst, Bruder, warum seid Ihr dann hier?«

»Eben weil wir es nicht wissen.«

»Das wundert mich«, meinte die Frau. »Denn viele Leute sind ja nur deshalb von weit her gekommen.«

»Nun redet – weshalb?«

»Eine Hexe wird verbrannt. Zeit ist's!«

»Was legt man ihr zur Last?«

»Es ist eine Jüdin, eine Gottlose, die Christus, den Herrn, leugnet und mit dem Teufel Unzucht treibt.«

»Hat sie das gestanden?«

»Gewiss! Die Folter hat ihr die Wahrheit herausgepresst. Vorher starben unsere Kinder in den Wiegen, sie erstickten am Husten – das war ihr Zauberwerk!«

»Aber ich sehe zwei Pflöcke und zwei Scheiterhaufen«, sagte mein König. Seine Stimme klang rau.

»Ha«, sagte die Frau. »Der zweite ist für unseren Dekan!«

»Für einen Dekan? Für einen Christen, für einen Diener der Kirche?«

»Ja, da empört Ihr Euch auch! Die Jüdin hat ihn behext. Der Teufel hat sie getraut, er wollte nicht von ihr lassen. Nun muss er brennen wie sie, damit seine Seele geläutert wird. Die Flammen werden das Übel auslöschen. Als ein Gereinigter wird er gen Himmel fahren. Man tut ihm Gutes.«

Das Rufen und Lärmen auf dem Platz schwoll an. Es kam von vorne, pflanzte sich fort, lief nach hinten wie eine Welle. Und Bewegungen gingen durch die Menge, ein Sich-Recken und -Strecken – um auch ja eine Lücke zu finden, durch die man schauen konnte.

Zwei Menschen wurden auf den Platz geführt, der Henker und seine Büttel folgten sowie einige Männer des weltlichen Gerichts, die das Urteil sprachen, nachdem sie die Sünder von den Inquisitoren der Kirche übernommen hatten. Den beiden Verurteilten hatte man die Hände auf den Rücken gebunden, Schergen in bäuerischer Tracht schoben sie voran. Sie liefen barfuß, stolperten, schwankten, wurden gezerrt wie Vieh. Das Mädchen trug ein Hemd aus hellem Linnen, das Gewand des Dekans war dunkler – doch war sein Körper noch zusätzlich mit derben Stricken umwunden. Er hielt den Kopf gesenkt.

Ich dachte, wie groß musste seine Liebe gewesen sein, dass er sich diesen grauenhaften Tod nicht durch einen Widerruf erspart hatte. Wollte er sterben? Mit ihr? Und warum? Was glaubte, was erwartete er? Und ich dachte gleichzeitig, warum liebte er auch eine Jüdin, wie konnte er so töricht sein?

Stille legte sich über den Platz – die Stille der gespannten Erwartung. Mir gab die beklemmende Weihe des Vorgangs einen doppelt geschärften Blick. Es war, als wollte ich alles in mich einsaugen. Die Augen des Mädchens leuchteten groß im bleichen Gesicht. Sie war still, totenstill. Ich spürte ihre Angst am eigenen Körper, ja, sie war wie betäubt vor Furcht, entkräftet von den Qualen, die hinter ihr lagen, und unfähig noch Widerstand zu leisten. Sie war geschlagen und gefoltert worden.

Man hob die beiden auf die Podeste. Da standen sie mit entblößten Füßen und nackten Armen. Das Mädchen bäumte sich auf, doch rasch ließ sie ihren Kopf wieder sinken. Die Haare fielen lang und wirr an ihr herab. Man fesselte die beiden eng an die Stämme. Sie hingen in den Seilen.

Da geschah etwas Ergreifendes. Gellend rief der Mann seinen Gott um Hilfe an.

Wollte er jetzt noch widerrufen? Wollte er die Leute um das Spektakel seiner Flammen bringen? Nein, nichts geschah. Umso tiefer berührte mich das Schweigen des Mädchens. Sie hob ihr Haupt, wendete es ihm zu, ihre Lippen öffneten sich ganz leicht, wie wenn sie ihm etwas zurufen wollte. Es konnte nur noch ein matter Hauch gewesen sein.

Zwei Schergen kamen mit brennenden Fackeln. Ein Priester trat vor und segnete die Verlorenen, indem er langsam das Kreuz schlug.

Aus der Menge ertönte der Ruf: »Sie sollen brennen, brennen!« Er stieg klirrend empor, über die Köpfe, über den Platz zwischen den Häusern und hoch über das spitze Dach der Kirche hinaus.

Die Fackeln wurden nach unten gewendet. Sie näherten sich dem Stroh, dem Reisig, dem Pech. An drei Stellen wurden die Scheiterhaufen entzündet: »Im Namen des Vaters, des Sohnes und des Heiligen Geistes.« Das Holz prasselte, das Stroh fauchte. Die Feuersäule stieg empor, grauer Qualm verdüsterte den Himmel.

Da sah ich sie noch einmal, die Augen des Mädchens, und ich erkannte die Augen Zarissas in ihrer namenlosen Angst. Dann war das zu Ende. Eine spitze Flamme schoss über den

Scheiterhaufen empor, eine grelle, rote Flamme. Rauch, der die Kirche verhüllte, das heilige Portal des Friede-den-Menschen-auf-Erden, zwei steile, sich windende Türme, sich vor dem Himmel vereinigend zu einer großen, lastenden Wolke. Noch loderten die Scheiterhaufen. Aber das Leben darin war erloschen.

Dem Bedürfnis nach Gerechtigkeit war Genüge getan. Aber wie oft wohl ist das Bedürfnis nach Gerechtigkeit nur eines nach Rache? Die Zuschauer wendeten sich zum Gehen. Der König zog mich von dem Mauervorsprung herab. Wie wenn er sich gegen einen Vorwurf von mir zur Wehr setzen wollte, hörte ich ihn flüstern: »Wo der blinde, hasserfüllte Glaube seine Opfer fordert, sind wir Könige machtlos.«

Ich gab ihm keine Absolution, ich sprach mein »Ego te absolvo« nicht.

Uns lockte ein Schild aus schwarzem Eisen. Es zeigte einen Adler. Dort war eine Wirtschaft. Wir traten ein. Wir fanden zwei gegenüberliegende Plätze an einem langen Holztisch. Die Stube füllte sich schnell, die Männer drangen vom Kirchplatz herein, Frauen sahen wir keine.

Es war düster. Nur niedrige, kleine Fenster. Die Holzdecke, die Balken, alles war rußig, verraucht, der Rauch kam aus der Küche vom Herdfeuer.

Und wir waren umgeben von Stimmen. Die Männer redeten durcheinander, schlugen mit den Fäusten und Trinkgefäßen auf die derben Tische. Sie gestikulierten und tranken. Die Magd kam, der Rock hing schlampig und schief an ihrer Hüfte, der König bestellte Brot, Wurst und Wein, sie blickte uns misstrauisch an. Wir sahen ja auch wie Bettler aus, heruntergekommen, Haare und Bärte ungepflegt. Die Magd sagte: »Ich kenne Euch nicht . . .«

»Nun, vielleicht kennst du das«, antwortete der König und legte eine Silbermünze auf den Tisch.

»Freilich«, meinte die Magd jetzt freundlicher und griff nach dem Geldstück. Ihre Arme trug sie bloß, sie waren fleischig und blass. Sie roch nach Schweiß.

»Von Lesar ist es nicht mehr weit nach Fortis«, sagte ich. »Gern würde ich mir die Kathedrale noch ansehen, bevor wir weiterziehen.«

»Das kannst du morgen, wir trennen uns hier!«

»Hier – warum?«

»Warte, ich sag es dir gleich. Was reden die Leute?«

Die Stimmen waren wie ein dunkler Teppich aus knurrenden, wispernden Lauten. Ich konnte kaum verstehen, was die Männer miteinander redeten, flüsterten und tuschelten. Es war viel Heimlichkeit in ihrem Betragen. Ich konnte nur ahnen – es war vom nahen Untergang der Welt die Rede, den viele aus den Gestirnen gelesen haben wollten. Auch zogen Prediger durch das Land, die Angst verbreiteten, indem sie das Jüngste Gericht verkündeten.

Die Magd brachte den Wein in zwei Tonkrügen, das Brot, die Wurst. Sie schob alles auf den Tisch und wünschte mürrisch: »Wohl bekomm's.« Mein König hob das derbe, graue Gefäß an die Lippen. Auch ich trank und wischte mir den Mund. Ich legte meine Hände, die den Krug umschlossen, vor mich auf die Tischplatte. Meine Kapuze hing in meinem Nacken. Es dämmerte draußen und in der Gaststube wurde es nächtlich. Man stellte mit Tran gefüllte Gefäße auf die Tische, in denen brennende Dochte schwammen.

Ein beleibter Mann suchte einen Platz. Er bemerkte, dass noch ein wenig Raum neben meinem König war. Er fragte, ob es gestattet sei, und zwängte sich auf die Bank. Seine

Kleidung wies ihn als Handwerksmeister aus. Er mochte ein Schmied sein oder ein Schreiner. Er bestellte sich einen Humpen Bier. Und mein König ergriff die Gelegenheit. Er wandte sich zu ihm und fragte: »Ihr gestattet sicher, dass ich Euch anspreche. Wir sind lange fort gewesen. Wie steht es im Lande?«

»Wie meinst du das, Bruder?«, fragte der Meister.

»Nun, ich hörte von Streitigkeiten um den Thron.«

»Streitigkeiten kann man das kaum nennen. Denn unser König ist fortgezogen und – wie es heißt – umgekommen. Also wird sein Bruder bald hier gekrönt werden. Da gibt es keinen Streit.«

»Ist das gut oder ist das schlecht?«

»Es kommt darauf an, für wen. Es steht gut für die einen und schlecht für die anderen. Die Edlen von einst sind nicht mehr die Edlen von heute. Besser sind die neuen aber auch nicht geworden, eher schlechter. Ihre Macht kennt bald keine Grenzen mehr. Ich sage dir, käme der König doch zurück, sie würden ihn nicht mehr haben wollen, denn ihnen geht es jetzt besser. Sie befestigen ihre Burgen, sie vermehren die Zahl ihrer Soldaten und alles ist von ihrer Willkür abhängig. Ihnen ist jedes Mittel recht, selbst Feuer und Mord.«

»Das klingt schlecht, was du sagst!«

»Es kann gar nicht schlecht genug klingen.« Der Meister trank und wischte sich den Schaum von den Lippen. »Es sind gar ungebärdige Herren. Sie wissen, wie man das Volk unterdrückt. Es fehlt ihnen nie an einem Vorwand! Mich geht es ja nichts an, denn ich bin frei und lebe in der Stadt. Aber die Bauern leiden. Die Leibeigenen rackern sich ab vom Sonnenaufgang bis zum –untergang, sie wissen kaum, wie sie den Herren die Abgaben leisten sollen, den Anteil an der

Ernte, die Frondienste, das Pflügen auf den Äckern. Gäbe es nicht den Sonntag, über dessen Einhaltung unsere Kirche wacht, sie hätten gar keine Freude am Leben.«

»Aber waren denn die früheren Herren besser?«

»Ach Gott, Herr bleibt schließlich Herr. Doch diejenigen, die mit dem König fortgezogen sind, wussten wenigstens, dass ihr Gut nicht gedeihen konnte, wenn es den Bauern ans Leben ging. Sie hatten ihr Land vom Vater und der wieder von seinem Vater . . .«

»Aber doch als königliches Lehen?«

»Gewiss. Aber der König änderte die Erbfolge nur aus wichtigem Grunde. Diese Männer standen zum König und achteten seine Gesetze. Die neuen Herren halten zum Prinzen. Seine Hofhaltung ist die prächtigste und seine Vasallen ahmen ihn nach. Nun will der Prinz ein Turnier veranstalten. Ich sage Euch, es soll uns seine Macht darstellen. Er will die Leute einschüchtern: Seht her, das sind die Ritter, die für mich kämpfen, das will er ihnen zeigen. Aber wenigstens kriegen da die Schneider zu tun, die Rüstungsschmiede, die Lanzenfertiger und Schwertmacher. Es wird ein großes Gepränge.«

»Und wo, sagt Ihr, soll es stattfinden?«, fragte ich erregt dazwischen.

»In der Ebene bei Casora, nahe der Stadt, nahe auch beim Schloss!«

»Wann?« Mein Atem ging schnell.

»Zehn Tage sind es wohl noch, am Sonntag über eine Woche. Von überall her werden die Leute zusammenströmen, auch hier aus Lesar, aus Beaulisier und aus vielen anderen Städten.«

Das war es, worauf ich gehofft hatte: die Gelegenheit, mein

Schwert gegen Philipp de Drohorst und Victor de Firment zu ziehen. Aber wie – ich hatte ja weder Pferd noch Rüstung, geschweige denn einen Knappen. Von meinem Vater würde ich nichts bekommen, so viel war sicher. Mein Vater! Ich fragte den Meister: »Sagt, wo sind denn die Herren geblieben, von denen Ihr sagtet, dass sie treu zum König stehen. Kennt Ihr keine Namen?«

»Ach, Namen, es gibt so viele!«

»Herr Charles de Fortis?«

»Ich weiß nicht. Nein, den kenne ich nicht. Vielleicht gehört er zu denen, die von Haus und Hof vertrieben worden sind. Vielleich auch nicht. Einige sind umgekommen. Viele von ihnen irren nun heimatlos durch das Land. Manche sollen sich zusammengetan haben, unter der Führung des Verwegensten. Sie sind nicht nur heimatlos, sie sind auch rechtlos. Um nicht zu verhungern, jagen sie in den Wäldern, obwohl es verboten ist, denn die Wälder gehören der Krone. Sie sind kühn und verschlagen. Der Prinz hat sie für vogelfrei erklärt.«

»Wie können sie rechtlos und vogelfrei sein«, rief ich, »wenn sie doch von ihren rechtmäßigen Besitzungen verjagt worden sind.«

Mein König sagte: »Sie sind gesetzlos, weil der Prinz jetzt das Gesetz ist. Mögen wir uns auch dagegen empören, dass man ihnen alles genommen hat, es ändert nichts daran, dass sie – indem sie in den Wäldern wildern, wo sie nicht jagen dürfen, Wanderer und Kaufleute überfallen, und sei es auch nur, um die eigene Not zu lindern – gegen das Gesetz verstoßen.«

Ich starrte ihn wortlos an. Meinte er wirklich, was er da sagte?

»Mag sein, dass du Recht hast, Bruder. Ihr Pfaffen haltet ja immer zu denen da oben. Doch ich sage dir, manch rechtschaffener Mann setzt seine Hoffnung in sie.« Man sah dem Meister an, dass er unmutig war. Er trank auch rasch aus, bezahlte und ging, indem er uns noch einen brummigen Gruß zuwarf.

Mein König schwieg nachdenklich. Er lehnte sich zurück und schloss die Augen. Ich hatte nichts anderes im Sinn als das Turnier. Aber es war hoffnungslos, auch nur davon zu träumen.

Dann stieß mich der König an: »Leon, unsere Stunde schlägt. Morgen früh trennen wir uns. Ich muss die wenigen Getreuen suchen, die mir geblieben sind. Und du musst sehen, was aus deinem Vater wurde.«

Ich nickte.

»Aber ich bitte dich, denke immer daran, dass noch niemand wissen darf, dass du wieder hier bist. Von deiner Rückkehr würde man auf meine schließen. Das darf nicht sein. Wir sind beide entweder in der brennenden Stadt umgekommen oder Gefangene des Kalifen.«

»Wozu trügen wir sonst diese Kutten«, sagte ich.

»Gut. Du verstehst mich. Und niemand kann dich erkennen. Die Jahre haben dich verändert. Als wir fortzogen, warst du ein Knabe. Jetzt bist du ein Mann. Dein Bart verbirgt deine Züge. Deine Stimme ist männlich geworden.«

»Ihr könnt Euch auf mich verlassen.«

»Und denk nicht an das Turnier!«

»Woher wisst Ihr?«

»Ich kenne dich. Du brennst darauf, Baron Philipp und den Tempelritter Victor zur Rechenschaft zu ziehen. Doch du bist allein. Da ist niemand, der dir hilft.«

»Ach«, sagte ich, »wie lange schon haben sie nicht mehr richtig gekämpft!«
»Unterschätze sie nicht, Leon!«
»Ich will daran denken«, sagte ich und war entschlossen, das Gegenteil zu tun, wenn ich nur die Möglichkeit dazu hätte. Freilich, bei dem Turnier konnte es sich nur um ein Messen der Kräfte handeln, nicht um die endgültige Abrechnung.
Mein König legte seine Hand auf meinen Arm. »Ich mache mir Sorgen um dich. Doch was hilft alles Reden.«
»Ich möchte jetzt nur nach Fortis, um zu sehen, wie es um meinen Vater steht. Vielleicht bleibe ich nicht länger als eine Nacht. Dann werde ich Euch suchen. Wo treffen wir uns wieder?«
»Ich weiß nicht, wo ich sein werde. Ich muss mich der Treue einiger Herren versichern. Ich gehe zunächst nach Casora, in die Nähe meines Bruders. Vielleicht entdeckst du mich da. Ganz sicher will ich einige Tage danach auf Burg Loon sein. Ich sagte dir schon, die Dame Loon ist mir sehr wichtig.«
Ich nickte und dachte daran, dass Anabel de Loon mir versprochen war. Ich empfand nichts dabei.
»Suchen wir uns jetzt ein Nachtlager«, sagte der König. »Vielleicht im Stall, im Stroh.«
»Bei den Pferden ist es mir auch lieber als mit fremden Leuten in einer Kammer, zu zweit oder zu dritt in einem Bett.«
Der König lachte. »Und doch sind alle meine Untertanen!«
Wir ließen uns noch einmal Fladenbrot und Wurst bringen, für den morgigen Tag als Wegzehrung. Die Magd leuchtete uns in den Stall. Wir fanden eine Stelle, wo wir allein schlafen konnten. So war es uns recht.

20

Als ich am nächsten Morgen erwachte, war der Platz neben mir leer. Ich hatte tief geschlafen. Nun war ich allein. Ein anderes, neues Leben begann. Es war seit Jahren das erste Mal, dass ich nur auf mich gestellt war, nein, sogar in meinem ganzen Leben. Nun musste ich sehen, wie ich zurechtkommen würde.

Ich schaute hinauf in das Gebälk des Stalles. Meine Blicke wanderten an den Fäden eines Spinnennetzes entlang, das silbern schimmerte. Es roch nach Heu und nach Pferden, die Tiere schnaubten.

Ich reckte mich. Vor mir lag noch ein weiter Weg, ein oder gar zwei Tagesmärsche. Ich schüttelte alle Zweifel ab, dachte an die Zukunft, ging hinaus durch eine kleine Tür, gelangte in den Hof, dort war ein Brunnen, ich wusch mich mit klarem, frischem Wasser.

Dann trat ich auf die Gasse. Die Tür sang in den Angeln, das Licht strich über die spitzen Dächer. Die Sonne war noch nicht lange aufgegangen, sie schickte ihre ersten Boten in den stahlgrauen Himmel. Laut waren die Tiere: das Krähen der Hähne auf den Misthaufen, das Gackern der Hühner, das Quaken der Enten, das Grunzen der Schweine und die Klagerufe der Esel.

Ich schloss für einen Augenblick die Augen und mir war, als sei ich in einer Stadt des Morgenlandes. Doch es fehlte der Gesang des Muezzins, dafür läuteten die Glocken.

Einige Fenster wurden geöffnet, Eimer auf die Gasse entleert. Ich suchte den Platz. Es waren nur wenige Schritte. Der Platz war menschenleer. Die Mariensäule in der Mitte warf einen scharfen Schatten auf die Pflasterung. Auf der

gegenüberliegenden Seite sah ich die beiden Scheiterhaufen. Es waren nur noch zwei runde Flecken aus Ruß und Asche, schwarz. Ich wollte nicht, aber es zog mich dorthin, ich sah nur verkohltes Holz.
Ich wendete mich ab. Ich überkreuzte die Arme, schob die Hände zwischen die Ärmel, fasste meine Ellenbogen und spürte, dass sich meine Finger verkrampften.
Lange stand ich da, das Haupt gesenkt, die Kapuze in das Gesicht gezogen.
Doch das hier war Vergangenheit, nichts mehr konnte daran geändert werden. Vor mir erhob sich die Kathedrale, reich geschmückt mit Heiligenfiguren, hochgewölbt, im Spiel jetzt von Licht und Schatten. Und die Türme sangen nicht, nein sie schrien in ihrer Größe: »Näher, mein Gott zu dir!«. Wie ausgetriebene Dämonen fuhren die Wasserspeier aus dem Gotteshaus. Da war die ganze Wildheit der Tiere: die Wölfe, die Kröten, die Schweine, die Fledermäuse, Satyre mit kräftigen Klauen, Vipern, die sich umeinander wanden, Drachen und Krokodile und das ganze niedrige Volk der Salamander, der Nattern und Seeschlangen, Eber und Ziegen, Hasen, Bären, Esel, Katzen – und ein Fuchs, der in einer Mönchskutte von einer Kanzel frommen Gänsen predigte.
Ich wusste: Die wilden Tiere der Fassade waren wie heidnischer Abwehrzauber. Man wollte den bösen Geist vertreiben, indem man ihn abschreckte.
Und alles strahlte vor Farbe. Gold und Weiß, vor allem aber auch Blau, Gelb und Rot ließen die Fassade, ihre Spitzen und Figuren leuchten. Die Kathedrale blühte. Zu ihrer Grundsteinlegung war König Guilhelm gekommen, der Großvater meines Herrn. Er hatte echte Edelsteine in die

Mauern des Fundaments gelegt, um das Wort der Apokalypse wahrzumachen: Edelsteine sind all deine Mauern.
Ich trat ein durch die Porta coeli, durch das Portal des Himmels. Ich kam gerade noch zurecht, um den Schlusschor der Dominikaner zu hören, deren Kloster sich gegen Norden an die Kathedrale anschloss. Sie standen im Chorgestühl und ihr Gesang erfüllte den Raum. Es mochten an die dreißig Brüder gewesen sein, dunkel die Mäntel, darunter das weiße Habit. Nachdem sie gesungen hatten, erteilte der Abt seinen Segen. Dann zogen sie ihre Kapuzen über und verließen in feierlichem Zug den Dom.
Dies war die Stätte des Gebetes. Hier strömten die Massen von den Wallfahrten zusammen. Es war der Ort der Belehrung, der Ort wilder und leidenschaftlicher Predigten. Dies war der Rahmen für Prunk und Gepränge, und der Ort, wo sich zwischen bestickten Wandbehängen, im Duft von Weihrauch, die Prozessionen entfalteten.
Mein Blick wurde durch den Wald der Pfeiler nach oben gezogen. Die Bogen neigten sich zueinander und berührten sich wie mit den Fingerspitzen. Es war ein Tanz von Linien auf den Steinen. Zierrat ließ in immer neuen Abwandlungen die Schwere des Materials vergessen.
Der Kern der Kathedrale, der Chor, barg das Edelste, das Allerheiligste: Gott.
Die Wände versanken, die Mauern wurden zu durchscheinendem Pergament, die Steine sprossen wie Stängel und Stämme.
Die Stützwände wurden durch die Schmuckwände aus Glas ersetzt, der Stein war dadurch zu einem funkelnden Edelstein geworden. Welche Farbe und Leuchtkraft hatte das Glas in der Kathedrale! Diese Stadt Gottes bedurfte weder

der Sonne noch des Mondes, denn die Herrlichkeit Gottes erhellte sie. Und so war es gedacht: Während die Glaswände des Chores allmählich einschliefen, wachte die große Westrose auf – die große Rose, Jungfräulichkeit, Gottesmutter, aber auch das Rad des Gerichts, das Weltall und letztlich das Licht.

Ich weiß nicht, wie lange ich vor dem Altar stand. Irgendwann nahm ich gedämpfte Geräusche wahr. Aus einiger Entfernung waren Stimmen zu hören. Ich schaute mich um, jedoch die Kirche war menschenleer. Mein Blick fiel auf eine kleine Holztür im Seitenschiff, die offen stand. Neugierig ging ich darauf zu, die Stimmen wurden deutlicher, klangen leidenschaftlich. Ich schlüpfte durch die Öffnung – und stand im Freien. Vor mir lag hell der Friedhof mit seinen aufragenden Grabsteinen, seinen Holzkreuzen, seinen Büschen und Blumen. Dornige Rosen rankten sich um die Steine. Auf den Wegen standen Disteln.

Ich schlüpfte zwischen den Büschen hindurch. Hinter einem großen Grabstein blieb ich stehen. Durch Zweige sah ich eine Versammlung aufgeregter Menschen, bäuerlich gekleidet. Sie trugen einfache, lange Kittel, oft lumpig und zerfetzt, mit einem derben Strick gegürtet, manche hatten einen Strohhut auf dem Kopf. Das Schuhwerk war derb. Die Gesichter waren kantig, oft grob, sie zeugten von der Härte ihres Daseins. Sie hielten Knüppel, Sensen und Mistgabeln. Die Bauern waren in großer Erregung. Satzfetzen klangen zu mir herüber, aus wilden Gesichtern, herausgeschleudert aus leidverzerrten Mündern, die es gelernt hatten, die Qual hinunterzuwürgen. Hände ballten sich zu Fäusten, Arme reckten sich drohend. Sie redeten auf einen Mann ein, der in ihrer Mitte stand und wohl ihr Anführer war. Ihre Worte stießen aneinander. Diesen Menschen war anzusehen, dass sie viel gelitten hatten und dass sie ihres Leidens überdrüssig waren. Sie sehnten sich nach Befreiung aus ihrem Jammertal.

Jetzt stand ich nahe genug, um ihre Worte zu verstehen. Rief der eine: »Immer versuchen die Herren noch mehr aus uns herauszupressen! Da gibt es nur eines, wir bestellen ihre Felder nicht mehr, wir pflügen nicht mehr. Wir wollen auch ihr Getreide nicht mehr dreschen . . .«

So rief der andere: »Und wir mahlen nicht mehr in ihren Mühlen, wofür sie sich auch noch unmäßig bezahlen lassen!«

»Sie leben von Blut und Schweiß der Armen. Wie viel ein Bauer in einem Jahr auch arbeitet, der Herr verschlingt es doch in einer Stunde. Aber überall begehren die Bauern auf.«

»Ich rate trotzdem: Passt auf, dass wir später nicht an den Bäumen hängen.«

»Was wollt ihr aufpassen? Wahr ist doch, dass wir nichts zu essen haben. Wenn ein Bauer geboren wird, ist die Not schon mit ihm geboren.«

»Ich sage euch, jetzt, da unser König und Herr nicht bei uns ist, ist unser Elend am größten. Die neuen Herren nehmen uns alles, das Saatgut, das Vieh, die Wagen, die Werkzeuge, wir haben keine Pflüge mehr. Aber jetzt – Schluss damit. Was sind das für Ritter? Einer ist so schlecht wie der andere. Unsere alten Herren waren wahrhaftig auch keine Engel, aber wir möchten sie doch zu gern zurückhaben.«

Auf diese Weise ging es noch lange hin und her. Dabei wurden die Fäuste, die Sensen, die Knüppel und Heugabeln geschüttelt. Die Bauern stießen sich und packten einander, sie schlugen sich sogar mit den Fäusten. Währenddessen stand ihr Anführer still, er lehnte mit dem Rücken an dem Stein, hinter dem ich mich verbarg, den Kopf wie ein zorniger Stier gesenkt.

Ich selbst hörte mit zwiespältigen Gefühlen zu. Der aufrührerische Geist der Leute beunruhigte mich, so gerecht ich ihre Sache auch empfand. Zudem war ja auch ich ein Ritter, ein Adeliger.

Das Nachdenken wurde mir abgenommen. Ein Bauer wollte sein Wasser abschlagen. Er trat zur Seite. Da entdeckte er mich, packte mich und alles geschah blitzschnell – ich wurde umringt, bedrängt. Ich wollte nicht kämpfen, mein Herz war voll Frieden. Ich empfand auch keine Feindschaft gegen diese Leute. Doch ich wurde zu Boden geworfen, die Arme wurden mir auf den Rücken gedreht, ich hörte rufen: »Ein Seil, bindet ihn!« Gleich mehrere rissen sich die Hanfschnüre ab, die sie als Gürtel benutzten. Die Bauern gingen roh mit mir um, der Strick schnitt in meine Handgelenke ein. Dann rissen sie mich hoch, stellten mich auf die Beine und beschimpften mich als Knecht der Adeligen. Ihr Anführer musterte mich finster.

Sie redeten ihn mit Jacques an. Er gebot ihnen Ruhe. »Wir sollten dich aufhängen, Mönchlein«, sagte er, ohne seine Stellung zu wechseln. »Versuche nicht zu fliehen und uns zu verraten.«

»Das hatte ich nicht vor«, erwiderte ich. »Ich bin nicht euer Feind!«

»Was bist du dann?«

»Ich weiß es nicht«, antwortete ich. »Euer Freund auch nicht.«

»Das ist wenigstens ehrlich«, meinte er. »Leiste einen

Schwur bei allem, was dir teuer ist, Mönchlein, dass du uns nicht verraten wirst, selbst wenn sie dich auf der Pfanne rösten.«

»Ich habe nichts zu verraten«, sagte ich. »Außer, dass ihr unzufrieden seid, und das ist wohl kaum ein Geheimnis.«

Die Bauern drängten: »Hängt ihn auf, damit wir endlich losziehen können!«

Doch Jacques wehrte all ihre wilden Aufforderungen ab. »Nein!«, rief er und ich hörte es mit Erleichterung. »Nein! Wir würden unserer Sache nur schaden, wenn wir uns an Unschuldigen vergreifen.«

»Aber die Pfaffen und Mönche sind doch allesamt Fürstenknechte.«

»Mag sein«, antwortete Jacques. »Aber gerade weil es so ist, kann uns dieser Mann nützen. Er kann einmal Zeugnis für uns ablegen, Zeugnis für unsere gerechte Empörung, für unseren Zorn. Aber auch Zeugnis dafür, dass wir uns nicht an Frauen und Kindern vergriffen haben.«

»Wenn wir hier noch lange schwatzen, vergreifen wir uns an gar nichts mehr. Dann kehrt unser neuer Herr zurück und diese Gelegenheit ist vertan.«

»Vorwärts, Leute!«, rief Jacques. »Das Mönchlein nehmen wir mit. Passt auf, dass es euch nicht entkommt.«

Sie führten mich in ihrer Mitte, während Jacques vorausging. Ich konnte nur hoffen, dass es nicht zum Schlimmsten kam. Ich hoffte es als Ritter, der gelobt hat, die Wehrlosen zu schützen, ich hoffte es aber auch für die Bauern – und damit ich die Augen nicht vor meinem König senken musste.

Die Anführer schienen sich auf wundersame Weise zu vermehren. Hinter vielen Grabsteinen kamen sie vor und stießen zu uns, armselig bewaffnet mit Knüppeln, Stangen, Äxten, Schaufeln, Ackergerät. So mochten sich etwa hundert Bauern zusammengefunden haben. Wir zogen durch den Friedhof, trampelten über die Gräber. Der Friedhof war groß, er hatte die Form eines schmales Tuches und grenzte im Süden an die Stadtmauer, in der hier eine Lücke klaffte. Steine waren herabgestürzt und bildeten einen Haufen. Ich wurde hinübergestoßen. Der Zug quoll durch diese Engstelle ins Freie. Da gab es auch Gelächter über die Nachlässigkeit der Stadtbürger, die ihre Mauern so hatten verfallen lassen.

21

Wir kamen aufs freie Feld. Hier schwärmten die Bauern breit aus. Die Felder waren weit und leer. Die Luft schien mir lastend, bleiern. Vor uns stoben schwarze Krähen von dem Brachland auf.

Ich weiß nicht mehr, wie lange wir liefen. Es mag ein Marsch von über einer Stunde gewesen sein. Ich stolperte, an den Armen gestoßen oder gezerrt. Eine meiner Sandalen löste sich. Da man mir keine Zeit ließ, sie neu zu binden, schleuderte ich sie von mir. Nun humpelte ich noch mehr. Wir kamen über Wiesen, Lavendel duftete; durch einen Wald, vorbei an frisch geschlagenen Baumstämmen. Das Licht schimmerte grün durch die Blätter. Wie mochten hier sonst die Vögel zu hören sein! Jetzt übertönte unser Kampfgeschrei alles.

Als die Bäume zurücktraten, der Wald endete, lag vor uns auf einer Anhöhe das Herrenhaus. Es war in schlechtem Zustand. Überall sah ich Zeichen des Verfalls, eine Mauer, die niedergebrochen war; Dächer, denen die Ziegel fehlten und die auch nicht mit Stroh gedeckt waren; ein schräg in den Angeln hängendes Holztor. Dies hier war eines jener herrschaftlichen Anwesen, dessen Lehnsherr mit meinem König in das Heilige Land gezogen war und das in seiner Abwesenheit zerfiel. Nun war es, da sein Besitzer nicht zurückgekehrt war, von Prinz Jean einem neuen Herrn verliehen worden. Die Bauern wussten, dass dieser an den Hof nach Casora geritten war, weil er sich Hilfe gegen seine aufsässigen Landleute holen wollte. Daher war das Anwesen unbewacht.

Da lag es wie ein lockendes Ziel, ihrer Rache, ihrer Wut preisgegeben. Einen Augenblick blieben sie am Waldrand stehen. Die von hinten Nachdrängenden suchten sich vorne einen Platz. Ich stand in der Nähe von Jacques, festgehalten, von Messern bedroht.

Jacques bemühte sich die aufgebrachte Menge im Zaum zu halten. Er trat drei Schritte vor und breitete seine Arme aus. Er rief: »Leute!« Doch da flutete es auch schon über ihn hinweg. Es war nicht nur Zerstörungswut, die sie beseelte, es war auch die Angst, andere möchten schneller beim Plündern sein und die besten Stücke der Beute an sich reißen. Die Leute stürmten über die Weide. Da hatte die Vernunft keine Möglichkeit mehr. Sie schüttelten ihre Fäuste, erhoben ihre Sensen, schrien aus vollen Kehlen. Kittel flatterten, Strohhüte wirbelten zu Boden. Mich vergaß man, diejenigen, die mich bewacht hatten, jagten nun auch über das Feld.

Hatte sich in Jacques eine Wandlung vollzogen? Ich weiß es nicht. Im Gegensatz zu seinen Leuten wollte er nun mäßigen, zur Vernunft raten. Vielleicht war seine größte Wut verraucht, jetzt war man weit genug gegangen und es galt,

die Folgen zu bedenken. Er zog sein Messer und ich dachte, er wollte mir an die Kehle, doch er zerschnitt mir die Handfessel.
Und während ich mir die schmerzenden Gelenke rieb, redete er heiser auf mich ein: »Mönchlein, du musst mir helfen. Alleine kann ich sie nicht mehr zurückhalten. Es darf nicht zu Raub und Mord kommen, verstehst du, sonst ist alles verloren. Es darf kein Mensch zu Schaden kommen.«
So sah ich es auch. Wir rannten jetzt nebeneinander hinter den stürmenden Bauern über das Feld. Die Ersten hatten das morsche Tor schon erreicht. Nirgends war Widerstand. Die Knechte und die Leibeigenen hatten sich versteckt, es wollte keiner totgeschlagen werden.
Laut klangen die Schreie der Bauern, sie feuerten sich gegenseitig an. Ich war im Laufen behindert, da ich nur noch eine Sandale trug, die nun auch lose hing, links war ich ja bereits barfuß. Ich musste kurz anhalten, um auch die rechte abzustreifen, so geriet ich ins Hintertreffen, Jacques erreichte das Tor vor mir, doch auch er kam zu spät. Die ersten Aufrührer hatten schon die Treppen des Herrenhauses erstürmt, die Tür erbrochen, andere drängten nach und stießen die vorderen noch tiefer hinein. Vergebens schrie Jacques: »Zurück! Zurück!« Fensterläden splitterten, Möbelstücke und Stoffe kamen herausgeflogen. Einige nahmen sich die Ställe und Scheunen vor, das Zerstörungswerk dauerte nur wenige Minuten. Jacques warf sich seinen Leuten entgegen, aber was sollte er ausrichten gegen Wütende, die keiner Vernunft mehr zugänglich waren. Und auch ich konnte nicht mehr tun, als Einzelne am Rock oder am Arm zu packen, wobei sie sich losrissen oder mit mir rangen, zu zweit oder zu dritt.

Dann ließen Jacques und ich – sonderbar, dass wir plötzlich gemeinsame Sache machten – unsere Zufallsgegner los. Auf der Treppe, in der Haustür erschien eine Frau. Gleich fünf Bauern hielten sie fest. Sie wehrte sich nicht und sie schrie auch nicht. Ihr Gesicht hatte vielmehr den Ausdruck hochmütiger Verachtung. »Die Herrin des Hauses!«, rief Jacques. Er warf einen Bauern zu Boden und sprang die Treppe empor. Ich tat es ihm nach. »Lasst sie los, ihr Wahnsinnigen, lasst sie los! – Ihr bringt euch um Kopf und Kragen.«

»Den haben wir sowieso schon verloren«, sagte einer der Bauern mit grimmigem Humor. Und damit hatte er nicht einmal Unrecht. »Jetzt ist schon alles egal. Da wollen wir sie vorher noch aufhängen und das Haus anzünden!«

Die Herrin maß ihn mit einem bitteren Blick. »Du bist der Nächste, der hängt«, sagte sie. »Wartet nur, bis der Herr zurückkehrt, Gesindel, Pack!«

Jacques fasste zu, um die Frau zu befreien. Ich sprang ihm bei. Aber es kamen immer mehr empörte Bauern aus dem Haus und über den Hof. Wir waren ihnen unterlegen. Ihre Wut, die sich an den Möbeln, an der Wäsche, dem Geschirr und den Leintüchern ausgetobt hatte, hätte sich auch gegen uns gerichtet. Ich hörte den Schrei: »Legt Feuer! Legt Feuer!« Und ich sah mich und Jacques schon neben der Herrin am Kastanienbaum im Hof hängen. Doch da hatte Jacques einen schauerlichen Einfall. Wenn er die Bauern schon nicht abhalten konnte, dann sollten es andere sein, andere, an denen das Rauben und Brennen vielleicht sogar ein gottgefälliges Werk war, sodass man es ihm zugute halten würde, wenn er es hier verhinderte. Seine Stimme hatte gewaltige Kraft. Während es überall gellte: »Brennen! Brennen! Hängen! Hängen!«, schrie er: »Leute! – Wir lassen die

Frau und das Herrenhaus! Wir holen uns die wirklich Schuldigen, die Unheiligen, die Verderber, die Juden! Auf, auf in die Stadt!«

»Jacques«, brüllte ich, »aber das ist Wahnsinn!«

Aber dieser Wahnsinn hatte doch seine Logik. Wollte Jacques die tobenden Bauern hier wegbringen, musste er ihnen ein neues Ziel bieten, ein Ziel noch dazu, bei dessen Eroberung sie mit Wahrscheinlichkeit straffrei blieben. Denn es galt ja überall als gottgefällig, die Juden zu erschlagen. Gewiss, der König und sogar die höchste Geistlichkeit stellten sie vielerorts unter ihren Schutz, aber in Wahrheit war es doch so, dass niemand für sie einen Finger rührte. Verzweiflung und Schrecken erfassten mich. Ich war froh, dass diese Frau verschont blieb, ja, aber dass nun für sie noch Schuldlosere leiden mussten, stürzte mich in Verzweiflung. Schon hatten die Bauern die Worte von Jacques aufgenommen. Sie wiederholten sie, sie schrien sie in die Luft.

Alles wiederholte sich. Sowie die ersten umdrehten, rannten ihnen die nächsten hinterher. Auch Jacques rannte. Ich versuchte mit ihm Schritt zu halten, aber die Kutte wehte um meine Beine und hinderte mich. Meine nackten Füße schmerzten, die Steine waren spitz. Ich riss mir die Fußsohlen auf. Das Blut lief, auch von den Knöcheln lief es, aber ich achtete nicht darauf. Ich versuchte während der wilden Jagd auf Jacques einzureden. Ich beschwor ihn: »Verschont die Juden!«

Aber indem ich noch auf ihn einredete, wusste ich, dass alles vergeblich war. Er hatte sich entschieden. Auch er war begierig auf die Schätze der Juden, und nichts hinderte ihn, sie sterben zu sehen.

Um zu retten, was noch zu retten war, überholte ich einige Bauern. Sie missverstanden meine Hast, denn sie riefen mir aufmunternde Worte zu. »Hei, Mönchlein, da läufst auch du, wenn es gegen die Juden geht!« Und schmerzlich wurde mir klar, dass es jeder missdeuten musste, dass ich in meiner Kutte mit ihnen rannte. Meine blutenden Füße wirbelten über Äste, Wurzeln und Steine, über das Feld, durch Gräben, den Wald, über Brachland.
Aber meine Eile war umsonst. Zwar kämpfte ich mich nach vorne. Doch war ich nicht unter den Ersten. Auch folgte mir Jacques auf den Fersen. Dieser Bauer übertraf die anderen nicht nur an Klugheit, er war auch ein Bündel an Kraft. Es war mir leid um ihn. Er würde seinen Kopf kaum aus der Schlinge ziehen können. Und ich – konnte ich es denn noch? Erschien ich nicht als ein Parteigänger der Bauern? War es nicht für mich sogar besser, einfach niederzufallen hinter einem Busch und die Bauern an mir vorbeilaufen zu lassen? Jetzt achteten sie nicht auf mich. Ich konnte meinen Hals retten und den Weg nach Hause einschlagen. Doch dann klagte ich mich selbst der Feigheit an. Wem half ich damit, außer mir selber!
Es war eine schlimme Stunde. Die Städter waren auf uns nicht vorbereitet. Das Stadttor stand weit offen. Niemand machte den Versuch, uns aufzuhalten. Die Bürger wussten nicht, was sie von all diesem Lärmen, Drängen und Schreien, von diesen Knüppeln und geschwungenen Sensen halten sollten. Die Frauen und Mägde flohen in ihre Häuser, Türen und Fensterläden wurden zugeschlagen und verriegelt. Keiner stellte sich uns in den Weg.
Das Judenviertel war nicht groß, es bestand aus nicht viel mehr als zehn Häusern. Und diese lagen nördlich der Kir-

che, hinter dem Domplatz. Der Weg war leicht zu finden. Die Bauern kannten ihn. Wie viele mochten ihn schon gegangen sein, mit einem armen, gedemütigten Herzen, gezwungen, von den Juden Geld aufzunehmen, da kein anderer es ihnen geben wollte und sie es brauchten, wollten sie nicht verhungern, wollten sie nicht den Acker verlieren, der – bescheiden genug – ihnen doch Getreide für ihr tägliches Brot lieferte.
Ich torkelte, stolperte über das holprige Steinpflaster, durch das jauchiges Abwasser lief, und die Brühe spritzte an meinen nackten Beinen hoch. Die ersten Aufrührer erreichten das Judenviertel. Die Juden der Stadt Lesar bewohnten Häuser, die sich sehr von denen der Bürger unterschieden. Da gab es keine stolzen Stockwerke, keine Erker, Vortreppen und steilen Dächer, da duckte sich Haus neben Haus, niedrig, schmucklos, grau verputzt, mit kleinen Fenstern und Türen. Die Juden hatten auch kein eigenes Rathaus, nur einen Sprecher, der ihre Anliegen vor dem Stadtrat vertrat. Er war auch der Älteste und Angesehenste, vielleicht auch der Reichste. Sein Haus wurde als Erstes genommen, die Tür zerschlagen. Der alte Mann wurde vor das Haus gezerrt, ich warf mich vor ihn, ich schrie: »Im Namen Gottes, zurück!« Da wurde ich gleich von mehreren angegriffen. Auch Jacques war nun da, er schob die anderen zurück, er stand vor mir mit gesenktem Haupt, er rief mir zu: »So, Mönchlein, du willst den Juden retten? Das wird dir aber im Paradies nicht angerechnet werden!«
Er stürzte sich auf mich. Wir rangen miteinander. Wir stürzten zu Boden, der hier nicht mehr gepflastert war, er bestand aus gestampftem Lehm. Während wir miteinander kämpften und keiner vom anderen lassen konnte,

vollbrachten die Bauern ihr schändliches Werk. Sie kreuzigten den alten Juden an seine Tür. Sein Schmerzensschrei gellte.

Die anderen Bauern trieben die Juden aus ihren Häusern.

So wenig ich selbst davon auch wahrnehmen konnte, ich spürte doch das Unheil in der Luft und hörte die Qual. Ich klammerte mich an Jacques fest, zischte ihm ins Ohr: »Macht Schluss! Im Namen des Königs, ich befehle dir, mach Schluss!«

»Wer bist denn du, dass du mir im Namen des Königs befehlen kannst?«, fragte Jacques keuchend. Er schlug mich so heftig auf den Boden, dass mein Hinterkopf aufprallte und mir die Sinne vergingen.

Ich weiß nicht, wie lange ich so lag. Als ich zu mir kam, hatte sich Jacques von mir abgewendet, in Gewissheit, dass ich ohnmächtig sei. Ich hörte das Toben, auch die flehentlichen Hilferufe der Frauen und Kinder. Doch dann geschah etwas, was wohl niemand erwartet hatte.

Während die Bauern die Häuser stürmten, kamen vom anderen Ende der Straße die Dominikanermönche aus ihrem Kloster, alle, die dort Gott dienten. Ihr Abt eilte ihnen voraus. Sie trugen große Holzkreuze, schwarz wie ihre Predigermäntel, sie hielten sie hoch und schrien: »Zurück! Im Namen Gottes! Pack! Zurück! Lasst die Juden!«

Die Bauern waren verblüfft, als sie die Brüder heranstürmen sahen, diese finster-schwarze Wolke kämpferischer Barmherzigkeit. Sie verließen die Häuser, schon halb zum Umkehren bereit, da wirbelte es heran, Kutten und Säume und Kapuzen und Kreuze und erhobene Arme und herabkrachende Kreuze, die Bauern dachten gar nicht daran, ihre Sensen und Dreschflegel gegen die Mönche zu kehren, zu

überrascht waren sie. Taten sie denn nichts Gottgefälliges? Die Kutten der Mönche wehten wie schwarze Fahnen, und wären sie mir nicht gerade jetzt heilig vorgekommen, so hätte ich sie für Teufel in ihrem Zorn halten können.
»Fort mit euch, Bauernpack!«, brüllten sie und hieben auf die Leute ein.
Die Bauern duckten die Köpfe. Mit den Mönchen wollten sie sich nicht anlegen. Da verspielten sie außer ihrem Leben auch noch die ewige Seligkeit. Sie flüchteten, auch Jacques sah ich, doch die Mönche versperrten mir bald den Blick, indem sie die Bauern verfolgten.
An der Grenze des Judenviertels machten die Mönche kehrt. Die Juden hatten sich bereits um mich gekümmert, mir aufgeholfen, andere liefen nach Zangen. Die Dominikanermönche kehrten zurück, sie selbst zogen dem alten Juden die Nägel aus den Armen und den Füßen. Die Juden umringten die Brüder, sie knieten nieder und küssten die Säume ihrer Kutten. Der Alte war mehr tot als lebendig. Der Abt selbst kümmerte sich um seine Wunden. Mich umringten die Mönche freudig – wie ein Spuk war alles vorbeigewesen, sie nahmen mich in ihre Mitte und wollten mich mit sich ziehen, in ihr Kloster.
Ich aber hatte nur den Wunsch, die Stadt zu verlassen. Keinesfalls wollte ich ausgefragt werden über mein Woher und Wohin, von welchem Orden ich sei und was mich zur Reise veranlasst hatte. Ich hätte doch nur lügen müssen. Ich schützte deshalb eine Notdurft vor und stellte mich an eine Hausecke, indem ich meine Kutte hochhob und rief: »Ich komme gleich nach!«
Sie liefen voraus und ich schlug mich in die Seitengasse, die zum Tor des südlichen Seitenschiffes der Kathedrale führte.

Von dort kam ich leicht durch die weite Halle, die wenigen Menschen in der Kirche achteten des eiligen Mönches nicht. Ich kam auf den Friedhof, an die Bresche in der Stadtmauer. Ich empfand die Stille, die klare blaue Luft des Tages und hörte auch die Vögel wieder singen. Ich lief und ließ die Stadt Lesar hinter mir. Noch einmal drehte ich mich um. Da sah ich sie liegen, mauerumgürtet, Haus um Haus und Dach um Dach und darüber aufragend der mächtige Dom, ein Wunder menschlicher Baukunst.
Ich kam in eine stille Gegend, die Sonne brannte. Ich fand einen Bach, da spülte ich mein Gewand aus, dann hängte ich es in den Wind. Die Wunden an meinen Füßen wusch ich, sie hörten bald zu bluten auf.
Am Nachmittag, als ich weiterging, stand die Sonne schon schräg. Ihr Licht färbte die Dinge in einem warmen Gelb. Die Landschaft begann mir vertraut zu werden.

22

Oft sah ich Bauern. Doch diese hier gingen friedlich ihrer Arbeit nach. Sie arbeiteten gebückt hinter dem Pflug. Die Scholle war feucht. Dort, wo sie umgebrochen wurde, war sie glatt und blauschimmernd. Die Ochsen stemmten sich in ihr Geschirr. Ein Mann lief über sein Feld auf mich zu. Er ließ seinen Pflug und der Ochse blieb stehen. Der Bauer kniete sich am Wegrand nieder. Er bat um meinen Segen. Verlegen schlug ich das Kreuz.
Dunkel und hoch standen die Zypressen. Immer öfter erinnerten sich meine Augen. Zuerst waren es die Höhenzüge, dann trug der Wind mir Gerüche zu – in den Weinstöcken

reiften die Reben von Fortis. Ja, das war die Luft meiner Kindertage. Dort, in jenem Wald, hatte ich meinen Vater einmal auf der Jagd begleitet. Das war die Lichtung, das waren die Bäume. Hier hatten wir dem Bären aufgelauert und ihn schließlich erlegt. Ich sah den Pfeil noch im Fell des Tieres hängen und das Blut hervorquellen. Ich sah das mächtige Tier zusammenbrechen – und den Hirsch! – und den Wolf! – Dort waren sie durch das Gehölz gebrochen. Und bald erkannte ich auch den vertrauten Pfad, dort musste ich gehen. Ich kam auf eine Wiese. Nun war es nicht mehr weit, eine Stunde, wenn ich nicht verweilte.

Plötzlich überfiel mich ein Frösteln. Hier war mein Bruder getötet worden, Antoin. Die Lanze, die dem Eber galt, hatte ihn getroffen. Dieser tödliche Wurf hatte mein Schicksal verändert. Ich wurde vom Novizen zum Krieger. Alles hatte damals angefangen.

Ich warf mich nieder. So einfach konnte ich nicht zu meinem Vater kommen und rufen: »Da bin ich, nimm mich wieder auf. Ich bin dein Sohn!« Unerkannt musste ich auch dort bleiben, nicht nur nach meinem, auch nach meines Königs Willen. Gewiss würde mich keiner wiedererkennen. Mein Gesicht hatte sich verändert. Ich trug einen Bart. Meine Stimme war die eines Mannes. Trotzdem – ich wollte erst kommen, wenn die Fackeln brannten, wenn das spärliche Licht alle Dinge nur halb aus dem Dunkel löste.

Ich konnte das Gras riechen. Der Boden war kühl und feucht. Grün und saftig war das Gras, ich lag auf dem Bauch, das Gesicht in der Wiese geborgen, die Arme ausgestreckt, die Beine ein wenig gespreizt, ich lag da in meiner Kutte, fast wie ein Betender, hingestreckt vor dem Kreuz, ein demütiger Mönch. Käfer krabbelten über meine Hände, Amei-

sen suchten ihren Weg über meine gebräunte Haut. Ich spürte die Müdigkeit in allen Gliedern. Ich schlief ein.
Ich erwachte – wann war das? War es schon Abend? Ich empfand keine Zeit. Ich spürte ein Beben des Bodens, Hufschläge, mehrere Pferde, ein Reitertrupp. Ich hob mein Haupt und warf die Haare in den Nacken.
Der Reiterzug kam aus dem Wald zu meiner Rechten. Es mochten zehn Männer sein, zwei ritten voraus. Die anderen waren wohl Knappen und Diener. Die beiden ersten waren Herren und sie waren sich ihrer Geltung bewusst. Doch zuerst fielen mir ihre Pferde auf, edles Geblüt, Pferde, wie sie nur von den Sarazenen gezüchtet wurden. Entweder hatten sie sich diese Tiere von dort mitgebracht oder sie hatten sie von einem Händler erworben, der unter Gefahren, aber mit Gewinn damit Handel trieb. Waren die beiden Ritter im Heiligen Land gewesen? Die Sättel waren mit langhaarigen Decken belegt. Die Schabracken hingen fast bis zur Erde herab und waren kostbar bestickt.
Wie gebannt schaute ich auf die beiden Männer. Der eine war wie ein Ritter gekleidet, er trug jedoch keine Kopfbedeckung und am Körper nur ein leichtes Kettenhemd und Beinschienen. An seiner Seite hing ein kurzes Schwert. Der andere trug einen weißen Mantel mit dem achtspitzigen roten Kreuz. Mein Herzschlag setzte aus – Victor de Firment! Und Philipp de Drohorst! Das konnte kein Zufall sein! Die ersten Ritter, die ich auf heimatlichem Boden traf, waren meine Feinde, die ich mit aller Kraft meines Herzens hasste. Was wollten sie hier? Wollten sie zu meinem Vater? Ich war hellwach, gespannt an allen Sinnen.
Die Reiter kamen auf mich zu. Sie machten keine Anstalten, von ihrem Weg abzuweichen. Ich hätte aufspringen müs-

sen, um nicht unter ihre Hufe zu geraten. Doch ein kindischer Trotz hielt mich zurück. Ich blieb liegen. Vor diesen beiden wollte ich nicht flüchten. Die Reiter wurden höher, drohender, wurden riesig, verdeckten den Himmel. Da zügelten sie ihre Pferde.

»He, du!«, herrschte mich der Ritter an. »Siehst du nicht, dass du Herren vor dir hast? Aus dem Weg – oder willst du, dass wir dich niederreiten?«

»Tut es, wenn es Euch danach gelüstet. Ich kann keine Heldentat darin sehen, einen Mönch unter den Hufen zu zermalmen.«

»Bursche, du wirst auch noch frech!«, schrie Philipp de Drohorst und hob seine Peitsche. Doch Victor de Firment hielt ihm die Hand fest. »Lasst es«, sagte er gelangweilt. »Es würde einem Tempelritter wie mir schlecht zu Gesicht stehen, zuzusehen, wie ein Mönch geschlagen wird. Warum beachtet ihr ihn? Er ist es nicht wert.«

Da lachte Philipp de Drohorst. »Ihr habt Recht. Ein Mann von Ehre würde nicht vor uns auf dem Boden liegen. Wir werden in Casora auf andere Herren treffen.«

Jetzt wusste ich es! Die beiden wollten nach Casora. Sie wollten zum Turnier. Mein Wunsch wurde übermächtig, mich dort mit ihnen zu messen.

Philipp de Drohorst riss sein Pferd herum. Es gehorchte ihm auf Schenkeldruck. Er war ein blendender Reiter. Alle folgten ihm und ritten um mich herum, auch der Troß. Die Burschen waren kostbar gekleidet, sie hatten an den Sattelknöpfen Pfeile und Wurfspeere und führten zwei Saumpferde mit sich, die hoch beladen waren. Wenn auch verpackt, so wusste ich doch, dass es die Rüstungen und Waffen der Herren waren. Sie überquerten die Lichtung. Sie folgten dem schmalen Weg durch den Wald. Wollten sie nach Fortis? Dann würde ich sie heute noch einmal wiedersehen.

Noch lange hörte ich ihr Lärmen, dann wurde es verschluckt von den Bäumen. Die Geräusche des Waldes kehrten wieder. Ich vernahm den Abendwind, ein Auerhahn schrie. Ich sprang auf. Selbst wenn ich schnell ging, kam ich doch später heim als die Reiter. Deutlich waren die frischen Spuren der Pferde auf dem weichen Boden zu sehen. Laubbäume umgaben mich, dicht gedrängt, darunter die niederen Korkeichen. Sie breiteten ihre knorrigen Äste aus. Die Blätter waren so dicht, dass die Sonne kaum durchdringen konnte. Moos durchzog die wuchtigen Baumstämme. Darunter wucherten Farne. Hier waren wir früher mit Schweinen auf Trüffelsuche gegangen, auch Ahmad war dabeigewesen. Wir hatten die Habichte und Falken beobachtet und zusammen im Heidekraut gelegen.

So kam ich an den Waldrand. Vor mir lag die abfallende Wiese, die Lichtung. Und ich erschrak. Zwei Männer waren da. Damit hatte ich nicht gerechnet. Beide hatten ihre Gesichter von mir abgewendet. Der eine saß zusammengesunken auf einem großen Stein. Er mochte der Schweinehirt sein, denn gegenüber suhlten sich die Borstentiere im Schlamm eines niederen Flusses. Andere suchten grunzend nach Eicheln und Bucheckern.

Mein Puls jagte. Sollte das Ahmad sein? Aber Ahmad war doch kein Schweinehirt. Also der andere? Nein, noch weniger, der trug ja ein zweifarbiges Narrenkostüm.

Der Hirt stieß in sein Horn. Es gab einen misstönenden Laut. Der Ruf galt einem Hund. Ich hatte das Tier nicht gleich gesehen. Er kam hinter einem Gebüsch hervor, war hell, schwarz gefleckt, mit weißen Ohren – ich erschrak noch heftiger als zuvor. Seltsam, an Erro hatte ich nie gedacht, wenn ich mir meine Heimkehr vorstellte. Er kannte mich von Kind auf. Er hatte mit mir getollt und gejagt und war mit mir gesprungen. Und immer, wenn ich fort gewesen war, hatte er mich freudig begrüßt, war an mir emporgesprungen, hatte gejault vor Glück. Guter, alter Erro, dachte ich. Ach, er würde mich am Geruch erkenne, da nützte keine Verkleidung, kein Bart. Ich war verloren. Und damit auch das Geheimnis meines Königs.

Schon kam der Hund auf mich zu, zögerte aber, war misstrauisch, seine Rute stand steil, er senkte den Kopf und streckte die Nase witternd vor. Sollte ich ihn anrufen? Ich kauerte mich nieder. Das beruhigt die Tiere. Ich streckte meine Hand aus. Ich lockte mit leisen Tönen. Es gab keine Reaktion, weder Angriffswut noch Freude. Kein Erkennen. Der Hund legte sich nieder, knurrte.

Nein, er erkannte mich nicht. Nun rief der Hirte: »Bull!« Ich atmete auf. Das war nicht Erro! Mein Erro war wohl längst gestorben. Natürlich! Er hatte ja damals schon viele Jahre auf dem Buckel gehabt. Dieser Hund mochte von ihm abstammen. Aber ihm war ich fremd.

Nun rief ich den Hirten an. Der Mann stand mürrisch auf. Auch der Narr drehte sich um. Der Hirt fasste den Hund am Halsband. Der Hund knurrte. »Nun . . . nun . . .«, machte ich beruhigend. Und der Hirt befahl: »Ruhig, Bull, leg dich.«

Der Hirt war Ahmad. Und er war Schweinehirt. Was war geschehen? Warum musste er so niedrige Arbeit tun? War das eine Strafe? Wie armselig er gekleidet war. Ja, finster und wild sah er aus. Er trug eine enge Jacke mit Ärmeln aus Fell. Sie reichte ihm bis zu den Knien. An den schmutzigen Füßen hatte er Sandalen, die mit dünnen Riemen über die Waden geschnürt waren. In dem breiten, ledernen Gurt steckte ein Messer. Und an einem Strick um den Hals trug er das Widderhorn. Er trug keine Kopfbedeckung, seine wirren, wilden Haare waren schwarz wie Ruß und sein ganzes Gesicht war von einem dichten Bart bedeckt. Nur seine Augen leuchteten dunkel daraus hervor.

Nie hätte ich ihn wiedererkannt, wäre da nicht seine Stimme gewesen. Nein, nicht seine Stimme, die war so dunkel wie meine, die Stimme eines Mannes. Es war sein singender, sarazenischer Tonfall. Diese Sprechweise, die so charakteristisch für ihn war, hatte er nicht verloren. An ihr erkannte ich ihn unter Tausenden.

Der Mann neben ihm aber war mir fremd. Er war etwas älter als Ahmad. Dass seine Aufgabe die Narrheit war, sagte sein Gewand. Früher hatte es keine Narren bei uns gegeben. Aber nun, da er allein war, hielt sich mein Vater wohl einen Spaßmacher zur Erheiterung in den langen Wintern. Sein Kleid war zweifarbig, halb gelb, halb rot. An den langen Enden der Mütze hingen Schellen, die bei jeder Bewegung klingelten. Doch er selbst war mürrisch und beschränkte sich darauf, mich misstrauisch zu mustern.

Ich fragte Ahmad, den Schweinehirten: »Komme ich hier nach Fortis? Seid Ihr von dort? – Wer ist der Herr? Ist er bei guter Gesundheit?« So viele Fragen sprudelte ich gleichzeitig heraus und wollte doch nur Antwort auf die eine, die letzte.

»Was geht's Euch an?«

»Man fragt halt! Und finde ich dort ein Nachtlager?«

»Wir sind heute sehr beliebt«, knurrte Ahmad. »Kurz vor Euch fragten zwei Ritter mit ihren Knechten auch danach.«

»Das sind freilich bessere Gäste!«

»Da seid Ihr mir schon lieber!«

Das passte zu Ahmad. Ich lächelte.

»Was freut Euch?«, knurrte er. »Ich glaub, es gibt nicht viel, was einen freuen kann auf dieser Welt.«

»Da sollte doch der Narr eine andere Antwort wissen«, gab ich zurück. Aber der Narr, obwohl vielleicht gewitzt, schwieg weiter. Es war ihm wohl nicht der Mühe wert, seinen Geist an mich zu verschwenden.

»Es ist Zeit«, sagte Ahmad, »die Schweine müssen in den Stall, es wird dunkel. Kommt halt mit, wenn es schon sein muss. Seid Ihr weit gewandert? Vielleicht könnt Ihr uns viel erzählen aus der Welt.«

»Das wohl kaum!« Jetzt wurde ich einsilbig. »Ich leistete ein Gelübde zu schweigen.«

»Schade! Ich dachte, Ihr wäret vielleich im Heiligen Land gewesen.«

Ich musste mich in Acht nehmen: »Ich war nicht dort«, sagte ich.

»Es hätte ja sein können!«

Da wusste ich, er wollte wissen, ob ich noch lebte, ob ich vielleicht doch heimkehren würde. Ich fehlte ihm, sein Freund und Gefährte.

Ahmad setzte das Horn an den Mund. Es verschwand fast im überwuchernden Bart. Er stieß einen lang gezogenen Ton aus, auch nicht wohlklingender als der erste. Aber der Hund erkannte ihn. Das Tier stob davon, es trieb die Schweine zusammen. Wir setzten uns in Bewegung.

Ich war nun ungeduldig heimzukommen. Manchmal lief ich, ohne mir etwas dabei zu denken, vor Ahmad und dem Narren her. Der Weg führte noch einmal tief in den Wald. Wir

überquerten einen Bach. Hier hatte ich gespielt und Holzstückchen als Schiffe hinabfahren lassen. Ich kannte den morastigen Grund, in dem man einsank, und wich ihm aus, ich fand die besten Übergänge und war froh mich so gut an alles zu erinnern. Dann kamen wir an den breiteren Weg, der von den Fuhrwerken benutzt wurde. Er lief auf Fortis zu, auf das breite, niedrige Gebäude. Hier hielt ich an, um zu schauen und auf die anderen zu warten. Sie waren mit den Schweinen zurückgeblieben, denn der Hund hatte Mühe, die Tiere zusammenzuhalten. Sie blieben immer wieder stehen, wühlten mit den Rüsseln im Schlamm, fraßen.
Nun kam Ahmad heran. Er betrachtete mich mit großen Augen. »Ihr lauft durch diesen Wald, Mönchlein, so sicher, als ob Ihr darin aufgewachsen wäret. Dabei ist der Weg doch nicht leicht zu finden.«
Ich erschrak. Ich war zu leichtsinnig gewesen. »Es war wohl mehr Zufall«, murmelte ich. Und jetzt machte auch der Narr seinen Mund auf: »Der Herrgott wird unseren frommen Pilger wohl selbst geleitet haben«, spottete er.
Ich sagte: »Wir können den Herrgott ruhig von dieser Verantwortung befreien. Vergesst nicht, dass auch Spuren im weichen Boden zu sehen sind. Kurz vor uns hatten Reiter diesen Weg gewählt.«
»Das ist allerdings wahr«, antwortete Ahmad. »Ich vergaß sie.«
Ich war erleichtert.
So kehrte ich nach Hause zurück, arm, abgerissen, in geliehener Kleidung, in Begleitung eines schweigsamen Narren und eines mürrischen Hirten, gefolgt von einer Schweineherde. Ich wünschte, mein König hätte mich so gesehen. Vielleicht hätte er gelacht.

23

Fortis, mein Vaterhaus, war ein niedriges Gebäude mit mehreren Höfen. Es war umgeben von einem Graben, in dessen brackigem Wasser Fische schwammen. Eine doppelte Reihe von Palisaden befestigte seine Ufer, für deren spitze Balken der nahe Wald das Holz lieferte. Der Eingang führte durch die äußeren Schutzwehre über eine Zugbrücke. In den umliegenden Ländereien wurde Vieh gehalten, auf den Feldern wuchs Getreide, vor allem aber war Fortis berühmt für seinen Wein – ausgedehnte Weingebiete erstreckten sich hinter den Wäldern, im Gut wurde der Most gekeltert und das Getränk in Fässer gefüllt. Hier wirkten ein Küfer und ein Winzermeister. Sogar der königliche Hof bezog Wein aus Fortis. Ein Grund mehr dafür, dass dieses Lehen besonders begehrt war.

Ahmad stieß in sein Horn. Man hatte ihn schon erwartet, das Tor öffnete sich rasch. Wir gingen über die Brücke. Die Schweine drängten in ihren Stall. Ahmad, die Herde und sein Hund bogen nach links ab, während der Narr sich meiner annahm. Er nannte sich Arne. Er zeigte mir den Brunnen. Ich wusch mir die Hände und das Gesicht. Dann führte er mich gleich in die Halle, wie man es immer mit Wanderern niederen Standes machte. Nur die vornehmeren Gäste geleitete man zuerst in ihre Zimmer, wo sie sich erfrischten, ausruhten und umkleideten. Ich erwartete daher auch nicht, die beiden Ritter und ihr Gefolge schon anzutreffen.

Die Dämmerung war nun in Dunkelheit übergegangen. Auch die Halle war ein düsterer Raum. Fackeln brannten in Eisenständern an den Wänden, zwei Feuer loderten an den beiden Stirnseiten in riesigen Kaminen. Sie gaben nicht nur

Wärme und Licht, ihr Qualm hatte Wände und Balken schwarz gefärbt. Noch immer, wie in meinen Kindertagen, war der Fußboden nicht aus Holz oder Stein, sondern aus gestampftem Lehm. Wie riesig war mir die Halle doch damals erschienen, als meine Nase noch kaum zu den Tischen hinaufreichte.

Das Dach wurde von Stangen und Balken getragen. Es war mit Schilf gedeckt. Nie war dieses Dach dicht gewesen! An den Wänden hingen Jagd- und Kriegsgeräte, Hirschgeweihe, Eberzähne und Bärenköpfe. Ungefähr ein Viertel des Raumes war durch eine Stufe erhöht. Dort stand über die ganze Breite ein klobiger Tisch, reich mit Scharlach bedeckt. Er war nur für die vornehmen Gäste und den Hausherrn bestimmt. Von der Mitte dieses Tisches reichte eine niedrigere Tafel in die Tiefe der Halle, und zwar in der Form des Buchstabens T – der Platz für die Diener und niederen Gäste. Auf der Empore gab es Stühle aus geschnitztem Eichenholz, in der Mitte fiel ein Baldachin auf. Er diente nicht nur dazu, den Hausherrn zu erhöhen, sondern auch, ihn gegen Regen zu schützen. An den Wänden hingen Teppiche und Gardinen. Über den unteren Tisch war kein Stoff gebreitet, das Holz war roh. Hier musste man auf rohen Bänken sitzen.

Langsam ging ich an der verrußten Wand entlang. Arne wies mir einen Platz am untersten Ende an. Ich nickte, blieb aber noch stehen. Alles war mir vertraut: Da waren die Diener, die hin und her eilten – da sah ich Edmond, den tüchtigen Haushofmeister. Seit dem Tode meiner Mutter war er bei uns.

Dann öffnete sich auch die breite Tür, alles Gerede verstummte, und wer näher stand, machte Platz und verbeugte

sich. Charles de Fortis trat ein, begleitet von seinem Truchsess, der für die Getränke zu sorgen hatte. Mein Vater schien mir wenig verändert. Vielleicht ging er ein wenig gebückter als damals. Doch er hatte das gleiche offene Gesicht, in dem die blauen Augen stets geleuchtet hatten.
Er war stolz und misstrauisch, denn er hatte sein ganzes Leben um Fortis hart kämpfen müssen.
Noch immer waren seine Haare lang und blond, wenn sich auch graue Strähnen hineinmischten. Er trug seinen alten, laubgrünen Rock, der schon stark ausgewaschen war. Am Hals und an den Ärmeln war er mit dem Pelz von grauen Eichhörnchen besetzt. Der Rock hing ungeknöpft über ein enges, scharlachrotes Unterkleid, seine Hosen reichten nur bis zum Knie. An den Füßen trug er Sandalen und an den Armen Bänder aus Gold. Ein reich verzierter Gürtel umschloss sein Unterkleid.
Nun hob er zur Begrüßung seinen Arm. Dann schritt er sofort zu seinem Stuhl. Der Mundschenk füllte ihm den silbernen Becher mit Wein. Ich spürte, dass mein Vater ungeduldig war, vielleicht sogar missgestimmt.
Kein Wunder, der Besuch Philipp de Drohorsts, seines Nachbarn, der schon die Hand nach Fortis ausstreckte, musste ihm die Laune verderben. Er konnte ja nicht ahnen, dass ich heimgekehrt war, sein Erbe, und dass mich der König bereits mit dem Gut belehnt hatte.
Ich verstand nicht jedes Wort, das mein Vater sagte, denn überall wurde viel geredet. Ich hörte, dass er wissen wollte, ob Ahmad mit der Schweineherde sicher heimgekommen sei. Er nickte befriedigt, als er die Nachricht bekam. »Die Wälder sind gefährlich, wenn es Abend wird«, meinte er. Er setzte den Becher an den Mund und trommelte ungeduldig

mit den Fingern auf den Tisch. Dann winkte er Edmond, dem Haushofmeister, der mit dem weißen Stabe hinter ihm stand: »Schau nach den Gästen! Warum kommen sie nicht? Überzeuge dich, ob ihre Pferde und Maultiere gut versorgt sind. Frage sie, ob ihnen und ihren Dienern nichts fehlt.«
Nun schweiften seine Augen über den unteren Teil des Raumes und ich erschrak. Er hatte mich erblickt. Mit Mühe hielt ich seinen prüfenden Blicken stand. »Ein Mönch auf Wanderschaft?«, fragte er dann gleichgültig.
»Ja, Herr«, antwortete ich und schluckte, denn ich hatte eine heisere Stimme.
Er nickte, war nicht wissbegierig und rief mir zu: »So ruht Euch aus, trinkt und esst. Mein Haushofmeister wird Euch dann eine Kammer anweisen.«
»Ich danke, Herr«, antwortete ich, froh, davongekommen zu sein, ohne lügen zu müssen.
Jetzt öffneten sich die Flügeltüren. Begleitet von vier Dienern mit Fackeln traten die beiden Ritter in die Halle. Dahinter ihre zahlreiche Gefolgschaft. Sie hatten sich umgekleidet und auch die Diener hatten ihre Reisekleider mit bunten Gewändern vertauscht, die nur dazu dienten, die Macht und den Reichtum ihrer Herren zu unterstreichen. Baron Philipp de Drohorst hatte sich in eine grüne, reich mit Pelz und Stickereien verzierte Tunika gehüllt, während Victor de Firment ein purpurrotes Unterkleid aus Seide trug, über das sein langes, weißes Übergewand herabfloss, auf dessen Schulter sein achteckiges Ordenskreuz aus rotem Samt prangte. Beide gingen barhaupt.
Mein Vater erhob sich, ging ihnen höflich entgegen, war würdevoll und gastfreundlich.
Die beiden Herren nahmen neben ihm Platz, ihre Diener,

soweit Stühle für sie vorhanden waren und je nach ihrem Rang ebenfalls auf der Erhöhung, die anderen an unserem niedrigen Tisch.
Mein Vater befahl das Abendessen aufzutragen. Die Knechte eilten. Gleichzeitig traten Ahmad und Arne in die Halle.
»Du Nichtsnutz«, rief mein Vater Ahmad zu, »warum kommst du so spät? Hast du deine Schweine glücklich heimgebracht?«
»Die Herde ist im Stall, Herr. Verzeiht, ich wurde erst von den beiden Rittern und danach von diesem wandernden Mönch aufgehalten.«
Mein Vater war zufrieden und gab darauf keine Antwort.

24

Das Mahl war reichlich. Schweinefleisch war auf unterschiedliche Weise zubereitet, ebenso Hühner, Hirsch-, Reh-, Ziegen- und Hasenbraten, daneben mancherlei Fische, Brotkuchen, eingemachte Früchte und Honig. Das kleinere Vogelwild wurde nicht auf Schüsseln aufgetragen, sondern den Gästen auf dünnen, hölzernen Bratspießen gereicht, davon konnte sich jeder nach Geschmack abschneiden.
Zunächst wurde wenig geredet. Jeder war mit seinem Essen beschäftigt, zerschnitt das Fleisch mit den Messern und schob es sich mit den Händen in den Mund, kaute. Erst später wurden wieder Worte gewechselt.
Mein Vater war immer ein Freund klarer Verhältnisse gewesen. Daher wendete er sich unvermittelt Philipp de Drohorst zu und sprach ihn mit unverstellter Abneigung an: »Baron, ich weiß die Ehre Eures Besuches zu schätzen,

Ihr seid mein Nachbar. Wenn Ihr jedoch mit dem Gedanken gekommen seid, hier Euren zukünftigen Besitz zu betrachten, so schlagt Euch das aus dem Kopf! Lieber gäbe ich das Gut noch in die Hände eines Nachkommen meines Bruders . . .«

»Ihr hattet einen Bruder?« Philipp de Drohorst schien besorgt.

»Vergessen wir ihn. Er war ein Taugenichts. Er zog durch die Welt, er verprasste sein Erbe. Wir vertrugen uns nicht. Aber Kinder mag er wohl in die Welt gesetzt haben, überall dort, wo er sich niederließ und liebte. Mich ärgert es stets, dass er den Ring meines Vaters mit unserem Familienwappen bekam. Er hat ihn nicht verdient. Der Ring hätte auf meine Hand gehört. Nun, das ist vorbei.«

Philipp de Drohorst atmete auf. Die Gefahr schien ihm gering. Er trug sich mit einem Plan und den wollte er verwirklichen. Mit honigsüßem Lächeln trank er meinem Vater zu und erklärte: »Edler Herr, verübelt es uns dennoch nicht, dass wir auf dem Ritt zum Turnier nach Casora den kleinen Umweg über Fortis machten. Ihr wisst ja, dass ich es mit Brief und Siegel bekam, dass Fortis mit meinen Ländereien vereinigt werden soll, wenn Ihr ohne Erben sterbt. Es bekümmert mich wirklich sehr, glaubt mir, dass Ritter Victor und ich selber Zeugen sein mussten, wie der König und Euer Sohn in den Flammen umgekommen sind. Aber damit ist die Lage nun einmal klar, nach Recht und Gesetz. Natürlich könnt Ihr auf Fortis bleiben, solange es unserem Herrgott gefällt. Möge er Euch ein hohes Alter schenken. Aber wollt Ihr diese Gnade nicht ein wenig behaglicher genießen? Hier habt Ihr doch nur Mühe und Plackerei – und seid umgeben von düsteren Wäldern. Ich mache Euch ein Angebot! Ich weiß ein heiteres Schlösschen in einer lieblichen Landschaft. Das sollt Ihr von mir bekommen, dazu reichlich Mittel für Euren Unterhalt und jeden Luxus. Es soll Euch an nichts fehlen, auch nicht am Wein aus Fortis. Was sagt Ihr dazu?«

Mein Vater hatte ihm mit wachsendem Erstaunen zugehört. Er war so verblüfft, dass ihm nicht einmal gleich eine scharfe Antwort einfiel. Endlich erwiderte er: »Ich? Ich sage nichts dazu! Ihr wollt gesehen haben, wie König Bertrand, mein Herr, und auch mein Sohn in den Flammen umgekommen sind? Ich denke, Ihr versteht, dass mich das trifft. Allein ich meine, Ihr könnt Euch auch geirrt haben. In der Hölle einer brennenden Stadt, in der Nacht und im Kampfgetümmel kann man die Männer leicht verwechseln. Vor allem dann, wenn man selber nur danach trachtet, seine eigene Haut zu retten.«

Gut gesprochen, Vater, hätte ich rufen mögen. Wie schwer fiel es mir, mich zu beherrschen. Am liebsten wäre ich von meiner Bank aufgesprungen, um den Heuchlern zu erklären: »Das sind alles Lügen! Hier steht der künftige Herr von Fortis. Wenn Ihr Ansprüche geltend macht, so nur über mein Schwert! Und unser König ist auch wieder im Lande!« Aber ich schwieg, biss mir auf die Lippen, und um sie nicht wund zu beißen, trank ich.

Victor de Firment fuhr auf: »Herr Charles, was wollt Ihr damit sagen?«

»Ich sage nur, was alle denken. Noch ist Prinz Jean nicht König, noch hat er den Thron nicht bestiegen, noch wurde er nicht in Lesar gekrönt und noch können wir auf die Rückkehr oder eine Nachricht von König Bertrand hoffen. Zwei Zeugen, und seien sie noch so edel, sind zu wenig in einer

Sache, die das ganze Land betrifft. Soviel ich weiß, hat selbst der Prinz noch nichts entschieden. Und mehr habe ich heute nicht dazu zu sagen!« So schloss mein Vater. Ich hätte ihn umarmen mögen. Danach setzte er seinen Becher an die Lippen.

Nun wandte er sich mir zu und fragte laut über alle Köpfe hinweg: »Sag Mönch, was redet man in Eurem Kloster über die Kämpfe im Heiligen Land. Soll man im Untergang unserer christlichen Heere nicht doch ein Zeichen Gottes sehen? Er wünschte vielleicht dies alles gar nicht. Es gibt ja sogar Geistliche, die Bedenken äußern. Sie sagen, die Pflicht gebietet es uns, die Ungläubigen zu bekehren, nicht aber sie auszurotten! Wahrhaftig, die Teilnehmer an diesen Zügen stehen in einem schlechten Ruf, denn sie wurden doch auch angelockt durch den Ablass, der ihnen versprochen worden war. So konnten sie sich der Strafe für ihre Untaten entziehen.«

Ich murmelte etwas undeutlich, dass mir darüber kein Urteil zustünde. Philipp de Drohorst aber empörte sich wieder: »Ich hoffe, Ihr wollt uns nicht beleidigen, Herr Charles!«

Mein Vater lachte: »Fühlt Ihr Euch betroffen? Ich habe ganz allgemein gesprochen.«

Hinter meinem Vater saß der Narr Arne. Er hatte die Beine unter den Stuhl zurückgezogen, der mit zwei Eselsohren geziert war. Er blies seine Backen auf. Er hatte bisher geschwiegen. Jetzt wollte er die gewitterschwüle Stimmung abkühlen. Er griff sich eine Laute von der Wand, legte sie über das Knie, stimmte und rief: »Ihr Herren, lasst Euch mit einem Lied erheitern, es ist ein Lied vom Gold, an dem wir alle hängen:

Aureum, o Aureum,
Gold, so viel es uns gefällt,
Aureum, o Aureum,
macht zum Herren uns der Welt.

Aureum, o Aureum,
volle Truhen, Kisten,
Aureum, o Aureum,
schmücken jeden Christen.

Aureum, o Aureum,
Gold soll uns begleiten,
Aureum, o Aureum,
jetzt und alle Zeiten.«

Als er geendet hatte, erklang Beifall. Man klatschte und rief: »So ist es wirklich, Narr!« Es flogen viele Silberstücke zu ihm. Er sprang auf, um sie aufzusammeln, damit ihm die anderen Diener nicht zuvorkamen. Mein Vater reichte ihm eine größere Münze.

Grenzenlos war meine Wut über die Lügen meiner beiden Feinde. Mehr als mir guttat, sprach ich dem heimatlichen Wein zu. Ich trank ihn mit einer Andacht, die gewiss nicht mehr christlich war. Meine Gedanken kreisten nur um das eine: das Turnier! Doch woher das Pferd, woher die Rüstung, woher den Knappen nehmen? – Nein! Wie Schuppen fiel es mir von den Augen: Den Knappen hatte ich ja.

Ich brauchte nur meine Blicke zu erheben, er war mit mir im gleichen Raum, saß mit mir an meines Vaters Tafel . . .

Da wurde ich aus meinen Gedanken gerissen. Der Torwächter meldete: »Es bittet noch ein Fremder um Aufnahme! Es ist ein alter Jude, Herr, ich ließ ihn an der Pforte warten. Sein Name ist Zamet. Erlaubt Ihr, dass er in die Halle kommt?«

Da rief der Narr: »Lasst ihn doch von Ahmad hereinführen. Dann macht ein Schweinehirt den Zeremonienmeister für einen Juden. Da tut keiner dem anderen weh.«

Philipp de Drohorst brauste auf: »Ein ungläubiger Jude in unserer Gesellschaft?«

»Aber mein Herr«, sagte mein Vater, »Ihr werdet doch wohl meiner Gastfreundschaft keine Grenzen setzen?«

Es dauerte nicht lange, da trat der Jude scheu und zögernd ein, ein hagerer, alter Mann mit grauen Haaren und langem Bart. Er verbeugte sich mehrmals. Er war groß, doch durch die vorgeneigte Stellung erschien er kleiner. Sein Gesicht war scharf geschnitten, seine Stirn hoch, trotz seiner Unterwürfigkeit ging Würde von ihm aus. Ich dachte ihn mir klug, sogar weise, obwohl oder gerade weil er so viele Demütigungen zu erleiden hatte.

Der Alte trug einen dunkelbraunen, weiten Mantel über einem purpurfarbenen Rock. Er ging in pelzbesetzten Stiefeln. Seine Mütze hatte er an der Tür schon abgenommen, sie war gelb und viereckig, denn es war den Juden befohlen, solche Kopfbedeckungen zu tragen, damit sie jeder von einem Christen unterscheiden konnte. Mein Vater erwiderte seine Verbeugungen nickend, deutete unbestimmt gegen das untere Ende des Tisches. Dort war freilich niemand bereit, ihm Platz zu machen. Der alte Mann ging ruhig die Reihen entlang, aber jeder wendete ihm den Rücken zu.

Schließlich blieb Zamet stehen. Er schaute sich hilflos um. Da erbarmte ich mich seiner. Ich stand rasch auf und rief ihm zu: »Ich bin schon satt. Kommt her und setzt Euch. Ich stelle mich an den Kamin, um mich zu wärmen.« Ich erhob mich also, fast gleichzeitig setzte sich der Jude, indem er murmelte: *»Der Mensch wird vom Weibe geboren – kurz sind seine Tage und erfüllt von Kummer!«*

Mein Ahmad hörte auf, an dem Knochen zu nagen, den er im Mund hatte. Er warf mir einen erstaunten Blick zu, als wollte er hinter mein Gesicht schauen. Und Philipp de Drohorst dröhnte über die Tische: »Heda, Bruder, lernt Ihr in Eurem Kloster so viel Höflichkeit gegenüber den Juden?«

Ich antwortete ihm nicht, drehte mich ab und wendete mich dem Feuer zu, wo ich mit dem Haken die Scheite zurechtrückte und neue Glut entfachte.

Der Alte saß jetzt auf meinem Platz. Seine Nachbarn rückten von ihm ab. Er war nun Ahmads Gegenüber und dieser schob ihm die Schüsseln zu, sodass er sich bedienen konnte. Er dankte mit einem Kopfnicken und sagte: »So ist es recht, mein Sohn. *Wer seinen Bauch mit zu viel Nahrung füllt, den wird der Schlaf meiden und der Magen schmerzen.«*

Bald darauf hob mein Vater die Tafel auf: »Ziehen wir uns in unsere Zimmer zurück. Es ist Zeit zu schlafen.«

Philipp de Drohorst und Victor de Firment schritten um den Tisch. Sie stellten sich hinter den Juden. Victor fragte: »Sag, du Wucherer, willst du auch zum Turnier?«

Der Alte verbeugte sich über seiner Schüssel. *»Gott hütet die Ehre seiner Geschöpfe«,* antwortete er. »Wenn Ihr es erlaubt, Herr. Ich kehre nach Casora zurück, weil ich dort wohne. Ich war in Geschäften unterwegs, die mir aber leider nur Verluste brachten.«

»Du und Verluste! Du könntest uns doch alle in Gold aufwiegen.«

»Herr, *wären Kerzen meine Ware, so würde die Sonne niemals untergehen. Würde ich Leichentücher verkaufen, so würden die Menschen ewig leben.* Da seht Ihr, wie meine Geschäfte mich ernähren.«
Victor de Firment lächelte und gab Philipp de Drohorst einen Wink, indem er nur leicht den Kopf bewegte. Dieser verstand sofort. »Kennst du die Wege durch die Wälder, Jude?«, fragte er. »Sie sind morastig und gefährlich. So mancher, der sich auf diese abenteuerliche Fahrt machte, ist schon nicht dort angekommen, wo er hinwollte. Und du bist doch ohne Begleitung!«
Zamet schwieg.
Darauf meinte der Templer: »Vielleicht nimmt dir jemand anderer die Mühe ab, den rechten Weg zu finden.«
In mir keimte ein Verdacht. Allzu offenkundig war das Interesse der beiden Ritter für den Juden und seinen Weg. Hatten sie vielleicht eben den Plan gefasst, ihm mit ihren Pferden zu folgen? Wie, wenn sie ihn gefangen nehmen und auf ihre Burg schleppen wollten? Dann konnten sie von ihm ein hohes Lösegeld erpressen.
Ich weiß nicht, ob Zamet auch so etwas dachte oder ob es ihm nur schon zur zweiten Natur geworden war, Unheil zu fürchten. Jedenfalls sah er aus, als sei ein Blitz neben ihm eingeschlagen.
Meine Vermutung wurde mir zur Gewissheit. Vielleicht stand mein Wunsch sogar Pate. Wie, dachte ich, könnte ich dem Juden helfen und gleichzeitig mir?
Nun näherte sich aber der Haushofmeister den beiden Rittern. Er wollte sie auf ihre Gemächer führen. Sie folgten ihm in guter Stimmung. Zwei Fackelträger gingen voraus, Diener begleiteten sie mit Obst und Erfrischungen. Die beiden

würdigten mich keines Blickes. Mir war das recht. Zu gern wollte ich ihnen die Suppe versalzen.

25

Mein Vater erfüllte seine Pflichten als Gastgeber. Er trat neben mich an den Kamin. Nun sah ich sein Gesicht aus der Nähe. Es war mir vertraut – und doch verändert. Die Jahre hatten ihre Spuren darin hinterlassen. Es war zerfurchter als früher. Kummer und Sorgen hatten das Ihre dazugetan. Ich war bewegt. Gerne hätte ich mein Knie vor ihm gebeugt und um seine Verzeihung gebeten, noch lieber meine Wange an die seine gelegt und ihn in die Arme geschlossen – mich von ihm in die Arme schließen lassen. Doch ich bezwang mich und trat sogar noch einen Schritt zurück.
Er sagte: »Auch Ihr werdet müde sein, Mönch. Ahmad, der Euch ja schon zu mir geleitet hat, wird Euch jetzt in Eure Kammer führen. Sie ist bescheiden . . .«
»So soll es sein für einen Pilger.«
»Und Arne wird sich des Juden annehmen.« Damit winkte er mir noch einmal zu und vergaß auch nicht, dem Juden einen flüchtigen Gruß zuzuwerfen.
Ahmad hatte uns aufmerksam zugehört. Seine Blicke durchbohrten mich förmlich. Ich dachte: Armer Freund, der Wunsch, deinen Kinderfreund wiederzusehen, scheint übermächtig zu sein. Wenn du alle Pilger so mit deinen Augen festgenagelt hast, werden diese sich hier seltsam beobachtet gefühlt haben. Und wie oft bist du schon enttäuscht worden! Hirte und Narr hoben Fackeln aus den Gestellen an der verräucherten Wand. Sie trugen sie vor uns her durch

die verschlungenen Gänge, wo ich mit jeder Ecke Wiedersehen feierte. Nichts hatte sich hier verändert. Es war, als sei die Zeit stehen geblieben. Nur wir Menschen waren andere geworden.
Wir durchquerten einige düstere Räume. Wir erklommen eine Treppe von sieben Stufen. So kamen wir zu einer Reihe von Kammern oder Zellen, die den Gästen von geringem Rang zum Schlafen dienten. Eine wurde dem Juden zugewiesen, indem Arne die Tür aufstieß, sich narrenhaft höflich und tief verbeugte und sagte: »Nun, tretet ein in Euer Prunkgemach!«
Er zündete ein Talglämpchen an. Die Ausstattung der Zelle war einfach, es gab da einen winzigen Tisch, einen plumpen Schemel und eine noch derbere Bettstelle, in die Stroh aufgeschüttet war. Graue Schaffelle dienten als Decken.
Zamet war mit allem zufrieden. Schnell trat er ein und schloss die Tür hinter sich.
Mich brachten Ahmad und Arne dann zu meiner Kammer. Sie schliefen im Nebenzimmer.
»Ihr wohnt zusammen?«, fragte ich.
»Ja«, meinte Arne. »Ein Narr und ein Schweinehirt geben das beste Paar!«
»Ihr scheint euch aber auch sonst gut zu verstehen, denn ich traf euch ja schon im Wald bei den Säuen beisammen.«
»Zwei arme Teufel, die nichts zu verlieren haben, sollten sich wohl verstehen«, meinte Ahmad.
Ich betrat meine Zelle und warf mich auf das Strohlager. Ich löschte die Fackel mit einem Wassergefäß, nachdem ich das Licht entzündet hatte. Es gab nur einen schwachen Schein, der so erregt flatterte wie ein verängstigtes Vögelchen. Ich schaute vom Strohlager an die Decke. Sollte ich jetzt mit

Ahmad sprechen oder erst morgen früh? Wenn ich jetzt mit ihm redete, konnte es sein, dass er seine Freude nicht verbergen konnte und das Geheimnis dem Narren verriet. Andererseits hatten wir jetzt Zeit, genug Zeit, während sie uns morgen früh auf den Nägeln brennen würde.
Ich entschloss mich zu gehen. Seine Kammer war schnell gefunden. Ahmad und Arne richteten sich halb von ihren Lagern auf, Ahmad griff nach einem Prügel, der neben ihm auf dem Boden lag. »Der ist nicht nötig«, sagte ich. »Aber ich muss dich sprechen!«
»Mich sprechen, jetzt?«
»Ja, jetzt.«
»So redet!«
»Nicht hier. Ich will allein mit dir reden.«
»Aber Arne und ich, das ist, als ob wir einer wären.«
»Mag sein. Doch ich habe Gründe . . .«
»So geh, Arne!«
»Was ein Narr nicht alles muss! Kommen und gehen wie ein Hündchen, ganz wie es den Herren gefällt«, brummte dieser.
»Nein«, sagte ich, »nicht hier. Führe mich an einen Ort, wo sonst kein anderer Mensch ist.«
»Ihr seid aber umständlich«, brummte Ahmad. Und doch klang ein Zittern der Erwartung in seiner Stimme.
»Geh nur«, sagte Arne, »aber komm wieder, mach es nicht wie das letzte Mal. Denn nun würde dich der Herr wohl einen Kopf kürzer machen!«
Ich wusste nicht, was er meinte. Aber ich war auch viel zu sehr mit mir selbst beschäftigt, um auf Arnes Worte zu achten. Ahmad nahm die Fackel, hielt sie über das Flämmchen, und sowie sie brannte, führte er mich hinaus, durch die

Gänge, die Treppe hinab, über den Hof. Dort blieb er unschlüssig stehen. »Ich weiß eigentlich nur einen Ort, wo bestimmt kein anderer Mensch ist.«

»Der wäre?«

»Der Schweinestall! Da stinkt es so, da verkriechen sich nicht einmal die Liebesleute, die sich doch sonst durch nichts stören lassen.«

»Mir ist es recht!«

Im Vorraum des Stalles gab es eine rohe Bank. Ich nahm Ahmad die Fackel weg und steckte sie in den Halter an der Wand.

»Redet«, sagte er. »Die Säue haben keine Ohren.«

»Das haben sie doch«, antwortete ich ihm in seiner Muttersprache, »aber ihr Quieken versteht kein anderer.«

Er drehte sich mir mit einem Aufschrei zu. »Nein!«, rief er, »ist es möglich . . .«

»Sei still, ich bin es wirklich!« Ich legte ihm die Finger auf den Mund. »Lass dir nichts anmerken!«

»Leon . . .«, sprudelte er unter meiner Hand hervor. Er riss sich kraftvoll los und stieß einen Jubelruf aus.

»Ruhig!«, herrscht ich ihn noch einmal an. Vergeblich. Übermütig raste er hinein in den Schweinestall. Er breitete die Arme aus und jagte im Gang zwischen den Koben hin und her. Immer wieder rief er: »Leon ist wieder da! – Leon ist da!« Und ganz unvermittelt blieb er stehen und beugte sich über die Absperrung. »Hört ihr, ihr Säue und Eber, ihr Trüffelsucher, ihr wohl schmeckenden Dummköpfe, mein Leon ist wieder zurück, er ist nicht erschlagen worden, nicht verbrannt, er ist hier . . . hier . . . hier! Und der Erste, dem er es sagt, bin ich, sein Freund, Ahmad! Ja, glotzt nur, grunzt nur, wir werden ein Fest feiern und dann werdet ihr gebraten und gespickt und gepökelt und geräuchert und mit Sauce übergossen . . .« Die Schweine lärmten aufgeregt durcheinander, als hätten sie ihn verstanden, sie stießen mit ihren schweren Körpern gegen die Bretter.

»Nun hör aber auf«, rief ich, »und komm!« Ich war sogar etwas zornig. »Du weckst ja das ganze Haus auf.«

»Ach«, erwiderte er, »hier kann alles zusammenkrachen und es merkt doch keiner.« Und dann rannte er auf mich zu und wir lagen uns in den Armen. Ich spürte den eisernen Ring der Sklaven um seinen Hals. Ich seufzte: »Ich hoffte, der Vater hätte dich freigegeben!«

»Es kam etwas dazwischen. Doch davon ein andermal. Jetzt gibt es Wichtigeres. Warum die Heimlichkeiten?«

»Setzen wir uns auf diese Bank.« Ich erzählte ihm alles. Eine halbe Stunde oder noch länger redete ich, leise mit unterdrückter Erregung, mit Unterbrechungen, in denen ich überlegte, nachdachte, was jetzt zu sagen notwendig war und was nicht. Es tat mir wohl, mit einem Menschen zu sprechen, mit dem ich so vertraut war. Er hörte zu. Endlich kam ich zum Ende. Da wollte ich von ihm wissen: »Willst du mein Knappe sein beim Turnier in Casora?«

»Wie kannst du nur fragen! Und wenn man mir die Glieder einzeln ausreißen sollte, ich komme!«

»Aber es scheint, mein Vater hat dich schon einmal bestraft . . .«

»Das lass nur meine Sorge sein. Der Augenblick ist günstig. Dein Vater wird kaum etwas merken. Er muss ja selbst nach Casora. Oh, er ist wütend. Er will nicht zum Turnier. Er will nicht zu Prinz Jean und noch weniger zu dessen Festbankett. Ach, wenn er wüsste!«

»Er darf nichts ahnen!«

»Schon verstanden. Dein Vater wird schon weg sein, wenn ich gehe, und Edmond, der Haushofmeister, mit ihm – auch Arne und noch der oder jener aus dem Gefolge. Ein Schweinehirt hat dabei nichts zu suchen. Ich warte jetzt noch zwei Tage. Dann bitte ich einen Hütejungen die Schweine für mich auszutreiben. Er ist zuverlässig. Nur . . . dass mich dein Vater beim Turnier nicht erkennt . . .«

»Du brauchst andere Kleider. Du lässt dich rasieren!«

»Ja, aber du?«

»Ich muss mir den Bart auch abnehmen lassen wegen des Helmes. Freilich, das ist eher schlecht, denn mein glattes Gesicht könnte den Vater schon an den Sohn erinnern. Aber ich werde es im Helm oder mit Kapuzen verbergen. Traust du dir den Waffendienst noch zu? Erinnerst du dich noch an die Kämpfe, die wir hier ausgefochten haben . . .«

»Da haben wir beide ganz schön Beulen bekommen. Sei unbesorgt. Ich kann einen Pfeil noch von einer Lanze unterscheiden.«

»Dann ist es gut. Ich bin froh! – Nun also zum Juden Zamet. Ich bringe ihn morgen von hier weg, über den Sumpf, noch ehe die Ritter erwachen. Wenn sie ihn suchen, sind wir schon weit. Kannst du mit zwei Maultieren an der hinteren Pforte warten?«

Er nickte. »Verlass dich darauf! Mit dem ersten Sonnenstrahl.«

»Und in Casora fragst du dann bei Zamet nach mir.«

»Nun . . . ich muss sagen . . . Doch das ein andermal.«

»Ja, es ist spät geworden. Die Fackel ist fast heruntergebrannt.«

Wir gingen den Weg zurück. Ein Händedruck – jetzt fühlte ich mich wirklich daheim! Kaum lag ich auf dem Stroh, schlief ich ein. Doch als die ersten Strahlen der Sonne ihren Weg durch das kleine Fenster suchten, sprang ich auf, ordnete meine Kutte, glättete Haare und Bart und ging hinüber in die Stube des Kaufmanns. Der alte Mann wälzte sich in seiner Bettstatt, er schlief unruhig, die Oberbekleidung, die er zum Schlafen abgelegt hatte, lag sorgsam gefaltet auf dem Schemel. Er schien von bösen Träumen geplagt zu werden.

Ich beugte mich zu ihm nieder und berührte ihn. Er fuhr erschrocken empor, Haare und Bart waren wirr, er warf sich schnell einen Teil seiner Kleider über und heftete seine Augen entsetzt auf mich. »Ihr«, stöhnte er, »gerade von Euch hätte ich das nicht erwartet. Ja, *man baue nicht auf Wunder!«*

»Fürchtet nichts von mir«, sagte ich. »Ich komme als Freund.«

»Der Gott Abrahams lohne es Euch, aber was wollt Ihr von mir?«

»Bereitet Euch darauf vor, dieses Haus schnell zu verlassen. Wenn Ihr es nicht tut, wird Eure Reise gefährlich werden. Ich fürchte, dass die beiden Ritter Euch auflauern und in die Burg von Philipp de Drohorst bringen wollen. Von dort kämt Ihr nur durch ein hohes Lösegeld frei.«

Der Alte erschrak, fand aber gleich seine Fassung wieder. *»Durch Angst verliert man die Hoffnung«,* murmelte er. »So etwas Ähnliches befürchtete ich auch. Aber ich vertraute auf Gott, und siehe, er hat Euch zu mir geschickt.«

»Kommt, ich führe Euch. Wir verlassen das Haus gemeinsam. Ich kenne jeden Weg und Steg im Wald und besser als die beiden Ritter. Jetzt schlafen sie noch. Ich verlasse Euch nicht eher, als bis Ihr in Sicherheit seid.«

Da richtete er seinen Blick eindringlich auf mich, mit einem gewissen Argwohn, aber auch mit zurückhaltender Würde.
»Was verlangt Ihr für diesen Dienst?«, fragte er.
»Nichts«, murmelte ich, aber ich schämte mich, denn ich sprach nicht die Wahrheit. Zamet sah mich aufmerksam an. Da hielt ich es nicht aus: »Es sei denn«, platzte ich heraus, »es sei denn ein Pferd und eine Rüstung!«
Zamet nickte, als habe er eine Erwartung bestätigt bekommen. »So lasst uns gehen!« Jetzt hatte auch er es eilig.
Schnell gelangten wir zur Hintertür. Es war höchste Zeit. Im Hause hörte man schon die Geräusche des erwachenden Gesindes. Ahmad erwartete uns an der Hintertür mit zwei gesattelten Maultieren. Wir reichten uns die Hand, was Zamet verwundert beobachtete. Sonst fiel kein Wort zwischen uns. Zamet und ich stiegen auf. Ahmad führte die Maultiere bis zu der Brücke, die nur aus zwei schmalen Brettern bestand. Die sanften Hufe der Maultiere dröhnten auf ihr wie Hammerschläge. Ich winkte meinem Freund, er winkte zurück und sah uns noch so lange nach, bis wir im Schatten des Waldweges verschwanden.

26

Wir ritten eilig auf schmalen Pfaden. Weg und Steg, jeder Bach, jeder Felsen war mir vertraut. Die Vögel begrüßten den Morgen, Tau blinkte in der Morgensonne. Es wäre ein Tag gewesen, dem man jauchzend entgegensehen konnte, hätten wir nicht beide unsere Sorgen gehabt. Und doch konnten sie mir die Freude, wieder daheim zu sein, nicht verderben. Ich sagte: »Herr Zamet!«

Er drehte mir erstaunt das Gesicht zu. »Ihr nennt mich Herr?«
»Und sollte ich es nicht? Wie anders könnte ich Euch denn anreden?«
»Ich bin es nicht gewohnt«, antwortete er. »Meist sagt man nur ›Jude‹ zu mir.«
»Das werde ich gewiss nicht tun.«
»So nennt mich Zamet, aber lasst das ›Herr‹ fort, es berührt mich wie Hohn.«
»Gut denn, also: Zamet! Hört Ihr den Buntspecht klopfen? Und dort hat ein Braunkehlchen sein Nest gebaut. Da ist eine Klappergrasmücke . . .«
Ich war kaum mehr zu halten, die Freude über meine Heimkehr musste heraus. So sprudelte ich weiter ». . . sie hängt ihrem Gesang so ein kurzes Klappern an. Seht Ihr den Neuntöter? Er greift seine Beute wie ein Falke. Und wie schön der Pirol singt! Hört nur, die Töne hängen wie ein unsichtbares Netz zwischen den Blättern.«
Zamet antwortete nicht, aber er sah mich forschend an. Es war leicht zu bemerken, dass er nicht auf die Vögel hörte, sondern mit etwas anderem beschäftigt war. Auch ich wurde nachdenklich. »Warum erleidet Ihr das alles?«, sagte ich nach einer Weile unvermittelt.
Er antwortete vorsichtig: »Was meint Ihr, Herr . . .?«
»Jetzt sagt Ihr Herr zu mir, wo mir doch nur die Anrede Bruder zukommt.«
»Ich denke, Euch kommt die Anrede zu, die ich aussprach. Doch davon vielleicht später. Meint Ihr die Verfolgungen, denen ich und meine Glaubensbrüder ausgesetzt sind?«
»Ja. Warum erduldet Ihr das alles?«
»Aber nicht wir sind es doch, die diese Qualen erfinden.«

»Ich weiß! – Aber warum haltet Ihr so hartnäckig an Eurem Glauben fest?«
»Und sollten wir das nicht? Kann ich den Bund, den Gott selbst mit meinem Volke geschlossen hat, aufkündigen? Höre, so steht es geschrieben im Großen Buch unserer Väter: ›Denn es sollen Berge stürzen und Hügel hinfallen, aber meine Gnade soll nicht von dir weichen und mein Friedensbund mit dir nicht hinfallen.‹ Unser Vater ist ein gerechter Gott. Er verlässt uns nicht. Hat er uns nicht die Heilige Schrift gegeben, die auch Ihr Christen und die Mohammedaner verehren? Nicht einmal eine eiserne Scheidewand könnte Israel von seinem Vater im Himmel abtrennen. Und selbst wenn ich es wollte – doch beachtet wohl, ich will es nicht –, ich bin jetzt ein alter Mann! Was sollte ich anfangen? Wovon sollte ich mich und die Meinen ernähren? Wir Juden dürfen kein Land besitzen. Der Weg in ein Handwerk ist uns ebenso verschlossen. Ich darf nur sein, was ich bin: ein Kaufmann.«
Ich musste mein Maultier antreiben, weil der Pfad zu schmal war, als dass wir noch hätten nebeneinander reiten können.
So vergingen einige Stunden. Wir schwiegen. Ein jeder hing seinen eigenen Gedanken nach.
Als die Sonne schon in die Spitzen der Bäume wanderte, drehte ich mich um und rief Zamet zu: »Bald wird die Stadt vor Euch liegen und Ihr befindet Euch in ihrem Schutz . . .«
»Ihr zögert?«, fragte er. Es war wohl nicht zu überhören, dass mir noch etwas auf dem Herzen lag.
»Ja, nein . . . ich meine . . .«
»Ihr wisst, ich habe Euch zu danken.«
Ich schwieg beschämt und doch drängte es mich, ihm alles offen zu sagen.

»Lasst mich raten. Ihr möchtet etwas haben, was ich Euch verschaffen kann.«

»Ihr wisst es?«

»Der Segen Jakobs«, antwortete er und lächelte, als er mein enttäuschtes Gesicht sah. »Nein, Bruder, schätzt den Segen Jakobs nicht zu gering. – Verzeiht mir, aber ich glaube, ich weiß, was Ihr jetzt am meisten braucht.«

Ich wartete gespannt.

»Ihr seid nicht der, der Ihr zu sein vorgebt. So wie Ihr dem Schweinehirten heute Morgen begegnet seid, schien Eure Bekanntschaft sehr vertraut. Gestern Abend aber gabt Ihr noch vor, ihn nie gesehen zu haben. Und doch kennt Ihr Weg und Steg und die Vögel des Waldes wie einer, der hier aufgewachsen ist. Soll ich glauben, dass Ihr Gründe habt, Eure wahre Herkunft zu verschweigen?«

»Da schießt Ihr über das Ziel hinaus.«

»Nun, wer alles wissen will, weiß schließlich gar nichts. Lassen wir es dabei. Jedenfalls – Ihr wünscht ein Pferd und eine Rüstung für Euch. Ihr habt es ja schon ausgeplaudert. Und ich nehme an, Ihr wünscht ein zweites Pferd und die Kleidung für einen Knappen, der die Größe eines gewissen Schweinehirten hat.«

Ich sah ihn verblüfft an. »Ihr habt Recht. So ist es. Ich bitte Euch aber, gegen jedermann zu schweigen. Niemand darf davon wissen. Ihr schadet mir und einer guten Sache, wenn Ihr redet.«

»Was auch immer ich denken oder glauben mag, es ist so sicher bei mir aufgehoben, als wäre es ein Heiligtum. Diese Sorge ist keine Sorge. Also hört: Ich habe mehrere Rüstungen anzubieten, von denen die schlechteste für einen König gut genug wäre. Auch habe ich einige stattliche Hengste zu verkaufen, im Auftrag, wohlgemerkt, nicht als mein Eigentum. Den geringsten von ihnen könnte ein Fürst besteigen. Ich lasse Euch die Wahl und werde Euch mit allem versehen, was Ihr sonst noch braucht. Wenn das Turnier vorüber ist, werdet Ihr mir alles zurückgeben.«

»Aber wisst Ihr nicht, dass bei Turnieren Ross und Rüstung dem Sieger verfallen? Und wenn ich so unglücklich bin zu verlieren, wie soll ich sie dann ersetzen?«

Zamet strich sich den Bart. Dann sagte er: »Nein ... nein ... nein ... es ist nicht möglich! Ich will es nicht glauben. Der Segen Gottes wird mit Euch sein. Eure Lanze und Euer Schwert werden siegen. Auch ich werde ja für Euch beten«, setzte er schmunzelnd hinzu. Er trieb nun sein Maultier an. Aber ich hielt ihn am Mantel fest.

»Nein, Zamet«, sagte ich. »Ihr kennt nicht alle Gefahren. Das Pferd kann getötet, die Rüstung beschädigt werden. Denn ich werde weder mich noch das Streitross schonen.«

»Meinetwegen, meinetwegen«, rief er. »Lasst mich nur machen. Ich habe es mir nun einmal in den Kopf gesetzt. Wird das Ross auch getötet und wird die Rüstung auch beschädigt, es soll Euch nichts kosten, denn Ihr habt mich gut behandelt. Ihr habt mich vielleicht gerettet und Ihr habt mich sicher geleitet.«

Da sagte ich: »Ich nehme Eure Hilfe an. Und es müsste mir schlimm ergehen, wenn ich sie Euch nicht einst noch belohnen könnte.« Voller Freude streckte ich ihm meine Hand zu Dank und Abschied entgegen.

»Wohin?«, fragte er.

»Einen Ort suchen, wo ich mein Haupt niederlegen kann.«

»Nur das Haupt? Das möchte vielleicht noch gehen. Aber sonst auch nichts mehr. Es ist zu gewöhnlichen Zeiten nicht schwer, in Casora eine Unterkunft zu finden. Aber jetzt ist alles überfüllt, die Herbergen, die Bürgerhäuser, sogar die Ställe. Überall werden Verwandte, Freunde und sogar ganz entfernt Bekannte erwartet. Die Fremden kommen von überall her, auch in den einfachsten Häusern ist kein Winkel mehr frei. Und auf der Straße sollt Ihr nicht bleiben. In ein Kloster wollt Ihr wohl auch nicht – nun, da haben sie jetzt Einquartierungen wie Rattenschwärme. Ich lade Euch ein, zu mir zu kommen. Freilich wird es wohl seltsam aussehen, dass ein Mönch bei einem Juden wohnt ... Nun, Ihr bleibt ja nicht lange und es gibt einen Hinterausgang in meinem Hof. Von dort könnt Ihr unbemerkt aus dem Haus. Und ich meine, da in der Stadt ein solches Gedränge herrscht, wird wohl niemand auf uns achten.«

Wir trieben unsere Maultiere an. Der Wald endete bald. Wir ritten an seinem Rand entlang und sahen in das Land, das sich vor uns senkte, auf beiden Seiten von Hügeln begrenzt.

»Die Schranken!«, rief ich, als ich den Turnierplatz erblickte. Ich betrachtete ihn eingehend: ein freies Feld, besser gesagt eine Wiese, die den Rittern zu Fuß und zu Pferde genug Raum zum Kampf, zu Galopp und Trab bot, sowie auch den Bogenschützen, um ihre Treffsicherheit unter Beweis zu stellen. Der Platz war von der Natur sehr günstig geschaffen, er lag ein wenig vertieft, sodass an seinen beiden Längsseiten Abhänge entstanden waren, die nun für die Sitze hergerichtet werden konnten. Es gab auch hölzerne Sitzreihen und Galerien. Feste Zäune und Pfahlwerk umschlossen den Kampfplatz.

»Ich habe eine alte Rechnung zu begleichen«, sagte ich.

»Aber Ihr wisst wohl, dass es beim Turnier verboten ist, auf Leben und Tod zu kämpfen«, erwiderte Zamet.

»Ich werde nicht töten. Aber ich will meine Gegner aus den Sätteln werfen und ihre Kräfte kennen lernen für den letzten, entscheidenden Kampf – später! Gott wird wissen, was zu geschehen hat. Ich führe nur das Schwert.«
»Ja«, sagte Zamet sinnend. »*Wir leben nicht, wir werden gelebt.* Ich habe gelernt, dass ich nicht die Hand bin, die den Würfel führt. Nun – wir haben lange genug geschwatzt.« Er gab seinem Maultier die Sporen – das soll heißen: die Schuhabsätze. Klapp-klapp machten ihre kleinen Hufe auf dem weichen Boden. Bald wurde es steiniger. Wir ritten durch einen Hohlweg. Düster und hoch standen die Bäume, dicht war das Unterholz. Es war hier so still, als hielte ein unsichtbarer Geist jedes Geräusch zurück.
Dann ritten wir durch Felder. Wir sahen Dächer von Bauernhäusern, aus manchen Schornsteinen stieg Rauch auf. Ich erinnerte mich an alles, auch an den Fahrweg mit seinen Radspuren. Doch heute war alles anders, es war anders wegen der Menge der Menschen, die zur Stadt wollten. Wagen und Maultiere, Reiter auf Pferden und Eseln und am Stadttor herrschte ein großes Gedränge. Zamet ritt mir voraus, ich versuchte ihm zu folgen.
Wir mochten einen seltsamen Anblick abgeben, der Mönch in seiner Kutte und der Jude mit seiner gelben Mütze. Mancher verwunderte Blick streifte uns. Ich machte mir nichts daraus. Ich wusste nicht, dass mein größtes Abenteuer eben erst begann – oder soll ich sagen: Ich wusste nicht, dass ich auf meinem Maultier geradewegs in den größten Zauber hineinritt.
Von der Stadtkirche klangen die Glocken und zeigten die Mitte des Tages an.

27

Zamets gelbe Mütze leuchtete mir voran unter all den farbenprächtigen Kopfbedeckungen der Reiter, die schwankende Federn am Hut trugen – oder auch nur braune Kappen. Sie leuchtete hell über den Köpfen der Fußgänger und diese waren wie eine Flut. Ich sah dicke und dünne Männer, die sich herausgeputzt hatten wie Vögel. Es war das Turnier, das Volksfest, das die Menschen anzog. Ich hoffte insgeheim meinen König zu entdecken und sei es auch in einer Verkleidung. Aber vergeblich! Die ganze Stadt war auf den Beinen. Wo nur ein freier Platz war, hatten Händler ihre Buden aufgeschlagen. Da wurden gewebte Stoffe verkauft und geflochtene Körbe, dort bot ein Hafner seine Töpfe an, hier ein Wachszieher seine Kerzen. Mägde und Knechte erfreuten sich am allgemeinen Spektakel. Auf einem Platz hatte ein Seiltänzer sein schwankendes Seil aufgespannt, ich hörte Drehleiern und Zimbeln. Das ganze fahrende Volk war in die Stadt gekommen.

Endlich erreichten wir Zamets Haus, das heißt, eine lange, hohe Mauer, die alles hinter sich verbarg. Dunkler Efeu überdeckte sie wuchernd.

Wir glitten aus den Sätteln. Zamet schlug mit dem Klopfer gegen das Holz, fünfmal, in einem besonderen Rhythmus.

Das war wohl ein verabredetes Zeichen. Bald öffnete sich die Seitentür neben dem Tor für die Wagen. Wir traten ein. Ein Diener nahm die beiden Maultiere in Empfang. Zamet befahl sie trockenzureiben, ihnen Hafer zu geben und sie später wieder nach Fortis zu bringen.

Der Hof war groß, gepflegt und sauber. Zamets ganzes Wesen veränderte sich, kaum dass wir in diesem umfriedeten

Raum waren. Seine Gestalt straffte sich, er wirkte freier, heiterer, alles Gebückte fiel von ihm ab.
Eine Katze sonnte sich auf der Mauer des Brunnens, in dessen klarem Wasser sich das Himmelslicht spiegelte. Zamet fuhr ihr über das Fell, sah aber dabei das Tier nicht an, seine Augen wanderten zu einer Tür, die über eine Treppe von wenigen Stufen in das Wohnhaus führte. Es war ein Haus aus festem Stein und so unterschied es sich von den meisten Häusern der Stadt, die aus Holzfachwerk waren. Die Fenster waren mit blauen Läden versehen.
Auch ich hatte kein Auge mehr für die Katze, nicht für den Brunnen, nicht für den Hof, das Haus, die Diener – ich sah nur zu jener geschnitzten Holztür, die sich geöffnet hatte, denn etwas Lieblicheres hatte ich noch nicht gesehen. Eine junge Frau, nein, ein Mädchen noch, stand auf der Schwelle und rief: »Vater!« Zamet sprang die Stufen empor. Er schloss sie in seine Arme, da war sie von seinem Mantel verdeckt. Dann schob er sie ein wenig von sich ab, um sie anzusehen. Um das dunkle, reich gewellte Haar, das bis zur Schulter herabfiel, hatte sie ein gelbes Seidentuch geschlungen, die Haut ihres Gesichtes war zart braun, aber vor allem zog mich der Glanz ihrer Augen an, über denen sich die Brauen so klar wölbten wie die Bögen in maurischen Palästen.
Ach, aber ich konnte dies alles im Augenblick gar nicht in mich aufnehmen. Ich sah nur ihr Licht, ihren Glanz, und meine Verzauberung konnte nicht größer sein. Da stand ich nun, in der Kutte eines Mönches und ertrank im Anblick eines jüdischen Mädchens.
Wie durch einen Nebel nur nahm ich wahr, dass sich hinter dem Mädchen ein Mann aus der Tür drängte. Er wollte das

Haus unbemerkt verlassen. Es war ein verkrüppelter Bauer, der auf zwei Krücken ging. Er deutete eine Verbeugung an und murmelte einen Dank. Dann verschwand er, über den Hof humpelnd. Ein Knecht öffnete ihm die Tür in der Mauer.

Zamet fragte: »Hast du ihm wieder Salbe gegeben? Du weißt doch, du darfst keine Christen behandeln.«

»Ach«, antwortete das Mädchen und ihr Reden war mir wie Vogelgezwitscher, »es gibt so manchen Christen, der bei der Nacht einen jüdischen Arzt ruft. Sollte ich denn diesen armen Mann fortschicken? Er hat dir früher oft gute Dienste geleistet, du weißt, dass er auch für dich arbeitete.«

Ich stand wie festgenagelt. Zamet rief mir zu: »Kommt nur her! Dies ist meine Tochter Miriam. Das törichte Kind. Sie hat von einer unserer weisen Frauen ein wenig Heilkunde gelernt. Nun kann sie das Helfen nicht lassen. Dabei wurde jene Rebekka von den Christen der Zauberei bezichtigt und verbrannt! – Aber Ihr hört mir ja gar nicht zu!«

Das tat ich wirklich nicht.

»Ich gehe«, sagte Miriam, als sie mich sah. Wie fremd musste ich ihr erscheinen, vielleicht sogar feindlich.

»Nein, warte«, rief der Vater. »Zuerst begrüßt du meinen Gast. Er hat mich geführt, ihm verdanke ich, dass ich sicher nach Hause kam.«

»Ein Mönch? Ein Christ? –«, rief sie, hob aber grüßend die Hand. Es war, wie wenn ein weißer Vogel emporflatterte.

Ich neigte das Haupt. Zu mehr war ich nicht fähig.

»Willkommen also«, rief sie.

Braun war das Holz der Tür, Miriam war wie ein eingefasstes Geschmeide.

Ich trat näher, hatte meinen Fuß auf der Stufe.

»Schalom«, sagte Miriam, sie sagte es leise, fast unhörbar, und dennoch lag ein gewisser Trotz, ein Aufbegehren in ihrer Stimme.

»Schalom? Was heißt das?«, fragte ich.

Zamet zögerte einen Augenblick. Dann sagte er mit Würde: »Schalom bedeutet Friede, mein Sohn. Es ist unser Gruß. Freilich ist es nicht üblich, einen Christen so anzureden.«

Und da verstand ich Miriam. Es war ihr Stolz, mir zu verstehen zu geben, dass ich in ein jüdisches Haus trat, und dies sollte ich wissen. Sie bedeutete mir, dass sie sich zu ihrem Glauben bekannte.

»Schalom«, antwortete ich also, so unbefangen wie möglich. Da streifte mich ihr kurzer, verwunderter, vielleicht sogar erfreuter Blick. Zamet nickte. Und wie um der Szene ein Ende zu machen, schickte er Miriam hinein.

Als sie ging, erschien mir alles leer, sogar das Sonnenlicht war fahl und glanzlos. Ich trat ins Haus. Da war ein großer Raum, bequeme Möbel, Teppiche an den Wänden, große Truhen, Tische und Stühle . . . Zamet hieß mich niedersitzen, er wollte sich umkleiden. Eine Dienerin bewirtete mich. Lange Zeit verging. Da fiel mein Blick auf ein Regal. Es war überfüllt mit Büchern, mit Pergamentrollen. Ich trat hinzu, nahm ein Buch in die Hand, schlug es auf, sah die hebräischen Schriftzeichen, die ich nicht kannte – ich klappte es wieder zu und dachte: Nun bin ich in dieser fremden Stube und warte nur darauf, dass dieses Mädchen wieder hereinkommt. Ich blättere in Büchern, die ich nicht lesen kann, und wenn ich es könnte, nicht lesen wollte. Ich blättere in diesen mir fremden Seiten, nur um zu warten . . . zu warten . . .

Schließlich wandte ich mich wieder den Büchern zu. Viele

waren in Schweinsleder gebunden, viele waren gelb oder auch geschwärzt von Rauch. Auch manchen harten Einbandrücken aus Holz sah ich, verziert mit den Fraßlöchern von Bücherwürmern. Es roch nach diesen kostbaren Hölzern und nach Tierhaut und nach Weihrauch.

Als Zamet eintrat und mich so sah, sagte er: »Ich sehe, du liebst Bücher. – *Bücher sind Hüllen der Weisheit, bestickt mit den Perlen der Worte.* Aber es ist seltsam, dass ein Ritter sie schätzt.«

Ich legte das Buch, das ich in der Hand hatte, vorsichtig zurück. »Ich möchte Hebräisch lernen, um auch diese lesen zu können«, antwortete ich. Dann führte er mich hinaus.

Er trug nun einen dunklen Kaftan, den langen, eng geknöpften Oberrock der Juden. Er führte mich in den Hof, wo sich in weiten Hallen die Lagerräume befanden für seine Waren; und auch die Ställe.

Ich wählte eine Rüstung und es war eine gute Rüstung aus blauem, glänzendem Stahl mit beweglichen Teilen und mit einem Helm, der mein Gesicht schützte und vollkommen verbarg. Ich wählte mein Schwert und meinen Schild, auch die Lanze; alles hatte Zamet in seinen Schuppen an der rückwärtigen Seite des Hofes. Zamet beriet mich selbst und war darauf bedacht, dass ich nur das Beste bekam, ein Schwert, wie es sicherer nicht in der Hand liegen konnte, nicht blitzender und federnder, sodass ein Hieb mit ihm war wie der Schwung der Sense durch frisches Gras. Auf dem Helm die Zier und auf dem Schild der Schmuck, so wollte ich es.

Er suchte auch all das zusammen, was mein Knappe brauchte und was ihn heraushob unter den anderen Knappen als zu mir gehörig.

Danach wählte Zamet ein Streitross für mich, in seinem Stall, da standen die prächtigsten Pferde, voll Rasse und Feuer und fähig, jeden Ritter mit seiner Rüstung zu tragen und auch noch ihre eigene Rüstung dazu und die bunte Schabracke und den Sattel aus Holz, mit Leder geschmückt und gepolstert.

Ich dachte, wie bescheiden Zamet in die Halle meines Vaters getreten war, und er war doch ein großer Herr und wohl angesehen unter denen, die ihn kannten und seine Dienste in Anspruch nahmen.

Ich bekam ein schlichtes Gewand, das ich gegen meine Kutte tauschen konnte, und alles, was ich dazu brauchte, einen Überwurf mit weit herabhängender Kapuze, die mein Gesicht verbarg. Ein Knecht rasierte mir den Bart ab. Ich sah nun, wie blass ich geblieben war unter den wuchernden Haaren, aber ich fühlte mich wie befreit.

Wie ich den großzügigen Mann bezahlen sollte, falls ich unterlag, das blieb eine offene Frage.

Zamet bedachte sie wohl auch. Er lächelte. *»Es gibt eine Zeit zum Pflanzen und eine Zeit zum Roden«,* sagte er, aus seinem unerschöpflichen Vorrat an weisen Sprüchen.

Am Abend ließ Zamet sich und seine Tochter bei mir entschuldigen, ohne eine Begründung anzugeben. Mir wurde das Abendmahl auf meinem Zimmer serviert. Wollte Zamet Miriam vielleicht von mir fernhalten? Möglich war das schon, denn er mochte gespürt haben, wie sehr sie mich verwirrt hatte, mich, einen christlichen Ritter.

28

Wie ich die Zeit verbrachte? In Wahrheit wartete ich nur auf ein Wiedersehen mit Miriam. Die Unruhe in mir versuchte ich durch sinnvolles Tun zu besänftigen. Im Hof, zwischen den Lagerschuppen, übte ich mich im Gebrauch der Waffen. Ich nahm mein Schwert in die Hand, lernte es kennen, es spüren, wie es schwang, wo es sein Gewicht hatte, wo seine Kraft, wo sich seine Stärke im Stoß am besten entfaltete.
Ich übte mich im Lanzenstechen an einem Baumstamm, der ohne Leben war und keine Blätter mehr trug.
Ich sattelte mein Streitross, den Rappen, und machte ihn mit mir vertraut, mit meinem Schenkeldruck, mit dem Befehl der Zügel. Ein Knecht half mir den Panzer anzulegen und auch das Pferd zu rüsten. So lernte es, das volle Gewicht zu tragen. Es war kraftvoll, geschmeidig in jeder Bewegung, es parierte schnell, drehte sich willig auf der Hinterhand, ich durfte zufrieden sein.
Einmal sah mir Zamet zu. Darauf nickte er und meinte: »Ich habe mich nicht getäuscht. Mein Herz ist voller Hoffnung.«
Ich fragte ihn, ob es mir gestattet sei, die Synagoge der Juden in Casora zu sehen und wo ich sie finden könnte. Er betrachtete mich mit einem gewissen Zögern. Schließlich sagte er: »Du willst unser Bethaus sehen? Ich will es dir zeigen.«
Er wartete, bis ich mir mein einfaches Wams angezogen hatte. Dann führte er mich zu einem Gebäude, das an der rückwärtigen Ecke des Hofes stand. Es war ein wenig größer und höher als die Lagerschuppen. Eine kleine Seitentür führte hinein. Zamet öffnete diese Pforte. Er führte mich still herum. Arkaden und Balkone gliederten den Raum. Und der Blick wurde zu einem Schrein gelenkt.

»Dieser Schrein enthält die Heilige Lade mit unseren Thorarollen.« Er war aus matt glänzendem Silber. Zamet öffnete ihn. Er enthüllte den schweren Vorhang aus Brokat und zog ihn zurück. Die Heiligen Rollen der Juden glänzten im Licht der Talglichter.

Rings im Raum zogen sich Friese entlang. Da mischten sich Arabesken und Ornamente. »Siehst du den Pinienzapfen?«, fragte mich Zamet. »Er ist das Symbol der Fruchtbarkeit, der Unsterblichkeit. Und siehst du dort –«, er zeigte eine Reihe hebräischer Spruchbänder, »das sind Sprüche, die Gott rühmen, Verse aus der Bibel . . .«

»Wie lautet dieser hier?«

»Es ist ein Wort aus der Schrift. ›Ohne Deinen Willen soll niemand seine Hand oder seinen Fuß regen im ganzen Reich, und Du sollst mein heimlicher Rat sein.‹ Hier an diesem heiligen Ort ist Gottes Allgegenwart, die wir Schechina nennen, besonders wirksam«, fuhr Zamet fort. »Aber dieser allgegenwärtige Gott ist immer nur Eins. Wir kennen nicht die Vielgötterei der Heiden und wir vermögen auch den Christen in ihrem Glauben an die Dreieinigkeit nicht zu folgen. Daher auch lautet unser Gebet: ›Höre Israel, der Herr, unser Gott, ist ein einziger Gott.‹ Kein Messias, kein Prophet, kein Heiliger kann in unserem Tempel neben ihm Platz finden.«

Das gemahnte mich an den Glauben der Muslime, an den Glauben Zarissas, der ja aus derselben Quelle kam.

»Hier betet ihr?«, fragte ich.

Zamet nickte. »Aber die Synagoge ist für uns noch mehr. Sie ist auch unser Versammlungsort, hier ziehen wir Steuern ein, hier hören wir Klagen an und verkünden Verkäufe, hier ist die Schule unserer Kinder – und vieles andere mehr. Du siehst, die Synagoge ist uns unentbehrlich. Sie ist das Herz unserer Gemeinde.«

Als wir in das Haus zurückkehrten, wies mich Zamet auf ein Röhrchen hin, das mit einer Pergamentrolle am Türpfosten befestigt war. »Wir nennen es Mesusah«, sagte er, »es enthält zwei Texte aus dem fünften Buch Mosis. Sie erinnern uns daran, dass wir Gott von ganzem Herzen, von ganzer Seele und nach ganzem Vermögen lieben müssen.«

An diesem Abend machte mich Zamet glücklich. Mein Interesse hatte ihn erfreut. Er meinte, so etwas habe er von einem Christen noch nie erlebt. Er bat mich nach dem Essen in sein großes Zimmer. Kerzen flammten in goldenen Leuchtern. Und da saß Miriam. Sie hatte die Füße unter ihren Leib gezogen, das helle Seidengewand floss weich an ihrem Körper herab, der noch sehr jung war, fast ein wenig rührend und knabenhaft.

Sie erfüllte den Raum ganz durch ihre Gegenwart.

Ihre Augen standen ein wenig schräg zu den schwarzen Haaren. Sie gaben ihrem Gesicht ein unergründliches Strahlen. Sie waren taubenblau und ich nannte Miriam in Gedanken: meine Taube. Sie waren aber auch wie Mondsteine, schillernd, unergründlich und ich nannte Miriam in Gedanken auch: mein Mond. Ihr Antlitz war vollkommen schön, blass und anmutig. Ihr Gesichtsausdruck war oft eine Mischung aus Schalk und Ernst. Schön waren auch ihre schmalen Hände. Die Farbe ihres Gesichtes hob sich weiß wie Elfenbein gegen das Dämmerlicht des Raumes ab.

Hier im Haus hatte Miriam ihr gelbes Tuch abgelegt. Das Kerzenlicht floss über die ganze Pracht ihres vollen, schwarzen Haares.

Im Gespräch hielt sie sich zurück. So war sie erzogen wor-

den: in Gegenwart des Vaters und eines Fremden wenig zu sprechen, zu warten, bis sie gefragt wurde, und nur dann zu antworten. Wie sie da saß, erinnerte sie mich an Zarissa, sie hätte jetzt in Miriams Alter sein mögen, wäre sie nicht ermordet worden. Und ich spürte das Lodern des Hasses, das mich hierher gezogen hatte.
Miriam lächelte. Ihre Augen wanderten langsam zu mir hinüber. Suchten mich ihre Blicke? Ich ertrank!
Zamet sprach über die Lage des Volkes während der langen Abwesenheit von König Bertrand, über die Lage der Juden. »Seht«, sagte er, »ich werde vom Prinzen Jean geschützt. Das ist mir gar nicht so angenehm. Er braucht viel Geld, denn er lebt verschwenderisch und ist berechnend, jeder ist ihm willkommen, der ihm nützen kann. Das Volk ist arm. Man presst ihm das Letzte ab. Der König ist tot, so sagt man jedenfalls. Der Prinz, verführt von schlechten Ratgebern, versucht um jeden Preis an die Macht zu kommen. Alle ehrlosen Waghälse, die aus dem Heiligen Land zurückgekommen sind, schließen sich ihm an. Sie sind übermütig und frech und hoffen hier reiche Ernte zu machen. Das ist die eine Seite; auf der anderen sind die Heimatlosen, die Geächteten, die von ihren Höfen verjagt worden sind, die durch die Willkür der neuen Herren zum Äußersten getrieben wurden und sich in den Wäldern und Einöden sammeln, um vereint der Obrigkeit zu trotzen. Die neuen Barone aber befestigen ihre Schlösser und spielen die Herrscher. Um ihre Soldaten zu bezahlen und um ihren eigenen prachtvollen Aufwand zu bestreiten, borgen sie sich ihr Geld von uns Juden. Jedoch bedenke, es heißt: *Leih keinem, der stärker ist als du, denn wenn du ihm geliehen hast, bist du verloren.«*

Ich fragte: »Gibt es denn keine Freude?«
»Nun«, entgegnete Zamet. »Die Lage mag schlimm sein, doch alle freuen sich auf das Turnier. Es soll ein schönes Fest werden.«
Die Kerzen waren herabgebrannt. Es wurde mir schwer, mich von Miriam zu trennen. Ich träumte viel in dieser Nacht, von Monden und von Tauben, von Schwertern und eingelegten Lanzen, von einer Welt voll strahlenden Leuchtens, aber auch von einer Welt voll Blut.
Am nächsten Tag kam Ahmad. Wir fielen uns in die Arme. Der Knecht Zamets, der schon mich rasiert hatte, nahm auch ihm den Bart ab. Nun kam sein jungenhaftes Gesicht zum Vorschein, mit der dunklen Haut. Wie grausam lag der Ring, der ihn als Sklaven auswies, um seinen edlen, schlanken Hals. Er verbarg ihn unter seinem hohen Kragen. Er erhielt ein schlichtes Gewand, einen Überrock aus braunem Leinen, eine graue Hose und Stiefel aus gutem Leder. Eine Mütze, die er in die Stirn ziehen konnte, verbarg sein Gesicht einigermaßen. Es wurde Zeit aufzubrechen. Ich musste mich beim Turniermarschall melden. Auch sonst hatten wir noch einiges zu tun. Das Zelt musste ausgeliehen, der Standplatz ausgesucht werden.
Ich trug mein schlichtes Gewand mit der Kapuze, meine Rüstung wurde auf ein Maultier gepackt. Dann schwang ich mich in den Sattel meines schwarzen Streitrosses.
Ahmad saß schon stolz und sicher auf seinem Pferd.
Wir waren schon zum Aufbruch bereit, da öffnete sich plötzlich die Haustür, Miriam flog heraus. Sie kam an meinen Sattel, sie reichte mir etwas empor, ich sah: Es war ein Kettchen mit einem Schmuckstück: ein Davidstern.
Sie flüsterte: »Er soll dich schützen.« Überrascht betrachtete

ich dieses Symbol. Der sechseckige Stern wurde durch zwei Dreiecke gebildet.
»Was bedeutet das?«, fragte ich, nur um etwas zu sagen. Die Kehle war mir wie zugeschnürt.
Sie antwortete: »Es zeigt, wie die sichtbare und die unsichtbare Welt einander durchdringen. Du sollst es tragen! – Heute – und immer, wenn du magst.«
Ich stammelte meinen Dank und gab vor Verlegenheit meinem Ross die Sporen. Klappernd verließen wir den Hof. Ich schlang mir das Kettchen um den Hals, schob den Stern unter mein Hemd, zu den beiden anderen Anhängern, die ich dort trug: das Kreuz meiner Mutter, das Amulett von Zarissa. Und nun noch den Davidstern. Ich hätte nicht sagen können, welches mir das Liebste war.
Ahmad drängte sein Pferd neben das meine. »Mein Freund, dich hat's erwischt!«, murmelte er. »Eine Jüdin – das ist schlimm! Aber was für ein Geschöpf Gottes!«
Ich nickte. Er hatte Recht. Dreimal!

29

Wir kamen nur langsam voran. So gut es ging, drängten wir uns durch die Menge. Die Gassen waren überfüllt. Vor den Stadttoren war es nicht anders. Dann der Hohlweg – ein Nadelöhr! Man kam zu Pferde, auf dem Maultier oder im Wagen, mancher wurde von langsamen Ochsen gezogen und war mit den Bewohnern eines ganzen Dörfchens gefüllt: Lachen und Kreischen! Die Leute wurden herumgeschaukelt und stießen belustigt aneinander.
Wir sahen Seidengewänder und derbes Tuch; Silberpelze,

lange Schnüre und Schärpen; Nonnen und Mönche suchten sich durchzudrängen; Handwerksgesellen, Weber, Kesselflicker und Scherenschleifer. Ich entdeckte sogar den verkrüppelten Bauern, den ich aus Zamets Haus hatte kommen sehen und den Miriam behandelt hatte.
Lärm lag wie eine Glocke über allem: das Schnauben der Maultiere, das Wiehern der Pferde, das Bellen der Hunde, der Hufschlag, das Räderrollen, das Geschrei, Gelächter, Gerede und die Pfiffe. Einige Edle sah ich, die ritten achtlos über die bestellten Felder, um aus der Enge herauszukommen und schneller zum Kampfplatz zu gelangen.
Endlich lag der Turnierplatz vor uns. Da sah ich schon die spitzen Zelte auf den Hügeln – zwei Erhebungen, die sich gegenüberlagen, getrennt durch den dazwischen ausgesteckten Kampfplatz, die Schranken. Die Zelte leuchteten fröhlich und bunt. Davor die Fähnchen und Wimpel, die im Winde flatterten.
Viele Händler hatten ihre Stände vor dem Festplatz aufgeschlagen. Darüber zogen die fliegenden Wolken. Der Duft von ausgebackenen Teigwaren hing in der Luft. Fideln und Schalmeien ertönten. Vor einer Bierschwemme waren die Bänke noch leer. Sie würden sich nach dem Turnier füllen! Ein Schmied hielt Bolzen und Pfeile feil, aber auch gepanzerte Schuhe, Schilde und Lanzen. Gleich neben ihm spielten Musikanten auf und ließen die wimmernden Instrumente ertönen. Ein Stelzengänger erhob sich auf seinen langen Knickebeinen hoch über die Köpfe.
In einem abgezäunten Viereck führten die Schalksnarren ihre Späße vor. Sie hüpften im Takt zu Tamburinen, ihre spitzen Mützen wackelten. Andere saßen faul auf dem Stroh und starrten die Leute an. In Fett ausgebackene Fladen wur-

den feilgeboten. Am Stand eines Weinbauern führte ein Betrunkener die Flasche an den Mund. Auf Strohballen machten es sich Leute, die von weit her gekommen waren, gemütlich.

Ich meldete mich und meinen Knappen beim Turniermarschall als »der heimatlose Ritter« an. Ein misstrauischer Blick streifte mich, doch war es Brauch, dass die Ritter angenommene Namen führen durften. Der heimatlose Ritter! Ich sah mich knien im heißen Sand und vor mir mein König, der mich zum Ritter schlug. Damals hatte ich mir diesen Namen gegeben. Nun nannte ich ihn zum ersten Mal.

Wir liehen uns ein Zelt und erlegten die Gebühr dafür. Es gab unter den Turnierkämpfern zwei Parteien. Die Roten Ritter galten als Anhänger des Prinzen, während die Blauen Ritter König Bertrand zuneigten – doch war diese Trennungslinie nicht so streng zu ziehen. Ich ließ mich den Blauen Rittern zuteilen, denn ich nahm an, dass meine beiden Feinde unter den Roten Rittern zu finden waren.

Mein Zelt stand auf dem nördlichen Hügel. Wie die blauen Wimpel flatterten! Blau war auch der Schmuck, der auf mein Schild aufgenagelt wurde. Wenn Ahmad und ich von unserem erhöhten Platz über die Schranken schauten, sahen wir in der Entfernung die roten Fähnchen der Gegner wehen. An der Schmalseite der Schranken, im Norden und im Süden, befanden sich die beiden Einlasstore für die Kämpfer, dort warteten schon die Herolde mit ihren Trompeten und vielen Bewaffneten. Sie sorgten für Ordnung.

Die Ränge füllten sich mit Zuschauern. Ich fragte mich, ob wohl Zamet und Miriam, ob wohl mein Vater eingetroffen waren.

Auf beiden Seiten des Kampfplatzes erhoben sich die Galerien für den Adel. Sie waren belegt mit Teppichen und Kissen – während sich das einfache Volk mit dem Rasen begnügen musste. Viele Zuschauer hingen dazu noch in den Bäumen.

Auf der einen Galerie befand sich ein reich verzierter, scharlachroter Baldachin, darunter ein Thron mit dem königlichen Wappen, umringt von Knappen und Pagen. Hier war der Platz von Prinz Jean. Genau gegenüber, auf der anderen Seite des Platzes, erhob sich, sogar noch freundlicher und bunter ausgeschmückt, ein malerisch mit Grün und Rot verkleideter Sitz. Zwischen Wimpeln und Flaggen verkündete eine Inschrift, dass dieser Ehrenplatz für die Königin des Festes bestimmt war. Sicher hatte sich von den begüterten Mädchen und Frauen so manche besonders auffällig geputzt – in der Hoffnung auf diese hohe Ehre.

Ich ging in mein Zelt und bereitete mich auf den schweren Gang vor. Ahmad war draußen mit den Waffen und Pferden beschäftigt. Ich war auf meinen Wunsch erst zu den letzten Waffengängen eingeteilt. So musste ich auf die Sieger treffen. Ich zweifelte nicht daran, wer diese sein würden. Die Geräusche drangen gedämpft zu mir herein: das Schnauben der Pferde, das Klappern ihrer Hufe, das Geschrei der Knappen und Ritter, das Scheppern von Waffen und Rüstungsteilen und das brausende Durcheinander von den Tribünen, das in Wellen herüberklang.

Es war dies die Stunde, in der sich die Zuschauer auf die Galerien drängten. Die Sitzreihen füllten sich und jeder wollte den besten Platz einnehmen. Da ging es nicht ohne Rempeleien ab, ja, es kam sogar zu Streitigkeiten, die nicht selten in Handgreiflichkeiten ausarteten, sodass die Herolde einschreiten mussten. Auch Zamet und Miriam brauchten ihre

Hilfe. Da Zamet, wie es befohlen war, seinen gelben Hut, Miriam ein gelbes Kopftuch tragen mussten, erkannte sie jedermann leicht als Bürger jüdischen Glaubens und niemand mochte neben ihnen sitzen. Es kam zu hässlichen Szenen und heftigen Wortwechseln, denen der würdige Zamet am liebsten durch eine rasche Rückkehr in sein Haus ausgewichen wäre. Zwei Turniermarschälle, die innerhalb der Schranken ritten und auf Ordnung achteten, machten diesem Spuk durch ein drohendes Machtwort endlich ein Ende. Und da ritt auch schon Prinz Jean mit seinem Gefolge ein und lenkte die allgemeine Aufmerksamkeit auf sich. Ritter und Geistliche, aufgeblasene Höflinge und eitle Herren umgaben ihn, auch Philipp de Drohorst und Victor de Firment waren darunter.

In dieser glänzenden Gesellschaft, kostbar gekleidet, auf der erhobenen Faust einen Falken tragend, eine Pelzmütze mit Juwelenkranz auf dem Kopf, von dem sein langes, gelocktes Haar über seine Schultern herabfiel, trabte Prinz Jean auf den Platz. Er lachte und musterte unverfroren die Schönheiten ringsum. Er kostete die Pracht seines Auftretens aus. Nicht umsonst hatte er den prunkenden Pelzkragen angelegt, sein Mantel war mit Zobel besetzt, an den Maroquinstiefeln prangten goldene Sporen. Langsam machte er die Runde.

Schließlich mahnte ihn sein Ratgeber, Herr de Coline, das Turnier zu eröffnen. Er stieg vom Pferd, Diener eilten herbei, um die Tiere zum Sattelplatz zu führen. Die Kämpfer begaben sich zu ihren Zelten. Der Prinz stieg die Stufen zu seinem Ehrenplatz empor. Er ließ sich auf dem Stuhl unter dem scharlachroten Baldachin nieder. Dann gab er den Herolden mit seinem Stab das Zeichen.

30

Ich stand neben Ahmad auf dem Hügel bei unseren Zelten und beobachtete, was um mich her vorging. Der Wind blies kühl und doch spürte ich die Sonnenwärme durch das Metall meiner Rüstung. »Du siehst prächtig aus«, flüsterte mir Ahmad zu. »Ach, ich wünschte, ich könnte das noch sagen, wenn du nach dem Kampf zurückkehrst.«

»Ich bin dreifach behütet«, antwortete ich.

»Wie meinst du das?«

»Ein andermal –«, vertröstete ich ihn. Um nichts in der Welt hätte ich von meinen drei Amuletten sprechen mögen. Ich spürte sie wie eine magische Kraft auf meiner Haut.

Ich überblickte den Kampfplatz. Alle Reihen waren besetzt. Ich sah die Edlen mit ihren Frauen. Bunt leuchteten ihre Kleidungen wie ein Mosaik. Wo die Bürger und die Freisassen saßen, bildeten sie einen dunklen Saum zu der glänzenden Stickerei.

Die Trompeten dröhnten. Beifall brauste auf. Die Herolde zogen sich in buntem Zug zurück. In den Schranken blieben jetzt nur die Marschälle. Von Kopf bis Fuß bewaffnet, saßen sie an den beiden Eingängen regungslos, wie Bildsäulen, auf ihren Pferden.

Ich hatte zu warten, das fiel mir schwer. Ich brannte vor Ungeduld. Um nicht erkannt zu werden, hatte ich das Visier meines Helmes heruntergeklappt. Meine Augen wanderten durch den schmalen Sehschlitz über die Galerien, sie suchten Miriam. Lange schaute ich. Endlich fand ich sie – warum waren nur meine Blicke so lange herumgeirrt? Hob sie nicht ihre Schönheit aus allen heraus?

Es lag wohl etwas Verzücktes in meiner Haltung, denn Ah-

mad stieß mir in die Seite und sagte: »Mein Freund, du träumst! Sammle dich! Denke an das, was dich erwartet.«
Er hatte Recht!
Auf unserer Seite, im Norden des Kampfplatzes, versammelten sich jetzt die Blauen Ritter, die gegen die Roten kämpfen wollten. Ich betrachtete sie als meine Verbündeten, obwohl ich noch keinen von ihnen gesprochen hatte. Die Federbüsche auf ihren Helmen wogten. Ihre Rüstungen glänzten. Die Schilde waren kunstreich geschmückt. An den ragenden Lanzen flatterten bunte Wimpel.
Die Blauen ritten langsam ein, ihr Anführer voraus, die anderen paarweise folgend. Nun kamen auch die Gegner, nicht weniger strahlend im Schmuck ihrer Waffen, mit den bestickten Pferdedecken. Ihre Tiere zügelnd, ritten sie durch das Tor, bis sich die beiden Gruppen gegenüberstanden. Mit der Spitze ihrer Lanzen berührten sie einander leicht die Schilde. Philipp de Drohorst führte die Roten Ritter an, gefolgt von Victor de Firment. Wie sehr hoffte ich, dass sie sich im Sattel hielten, bis ich ihnen gegenüberstand.
Nun zogen sich die beiden Gruppen an die jeweils äußersten Enden der Schranken zurück und stellten sich in einer Linie auf. Sie schienen stark und unüberwindlich. Ich schloss die Augen und schickte ein stummes Gebet zum Himmel.
Da schmetterten die Trompeten und die Ritter sprengten aufeinander los. Nur kurz dauerten das Schnauben und der donnernde Galopp der Pferde. Dann erfolgte der dröhnende Aufprall, ein heller Schlag, Blitz schlug aus den Rüstungen. Die Blauen Ritter wurden sämtlich aus den Sätteln gehoben. Auch andere fielen, doch ich beachtete sie kaum.

Gebannt beobachtete ich meine beiden Gegner, wie sie ihre Lanzen führten, wohin sie zielten, auf Brust, Helm oder Schild.
»Oh Leon!«, flüsterte Ahmad.
»Keine Bedenken jetzt, nimm mir nicht die Kraft«, antwortete ich und es dröhnte dumpf aus meinem geschlossenen Helm.
Die Menge jubelte. Diese Begegnung war beendet. Die Herolde riefen es über den Platz, die Trompeten verkündeten es schmetternd. Die Roten Ritter hatten triumphiert, die Blauen zogen sich in ihre Zelte zurück und die Besiegten rafften sich auf, so gut es ging. Humpelnd und schief gezogen oder einfach nur beschämt und missmutig, verließen sie die Schranken und schickten ihre Knappen, damit diese mit den Siegern über die Auslösung ihrer Rüstungen und Pferde verhandelten. So verlangten es die Turniergesetze.
Noch mehrere Waffengänge folgten. Schließlich war besonders unter den Blauen Rittern keiner mehr, der nicht seine Schläge und Wunden davongetragen hatte.
Und jetzt kam die Reihe an mich. Ich war der Letzte – aber auch der Einzige. So hatte ich meinen Wunsch dem Turniermarschall vorgetragen, und zwar für den Fall, dass Baron Philipp de Drohorst unbesiegt blieb. Sonst sollte es der Templer Victor de Firment sein. Waren beide besiegt, wollte auch ich verzichten.
Eilig kehrten Ahmad und ich zu unserem Zelt zurück. Er sagte: »Verzeih mir, mein Lieber. Mir ist es völlig gleich, ob du siegst oder nicht . . .«
»Du machst mir Freude!«
»Ich meine natürlich nur gewissermaßen. Vor allem sollst du ohne Wunden wiederkommen.«

»Schluss jetzt! Zieh mir die Gurte fester!«
Ahmad kontrollierte die Lederschnallen meiner Rüstung. Er zog auch die Sattelgurte meines Pferdes noch einmal nach. Ich klopfte dem schönen Rappen den Hals. »Verlass mich nicht, ich brauche dich!«, flüsterte ich ihm ins spielende Ohr. Und als hätte er mich verstanden, schnaubte er, nickte mit dem Kopf und scharrte mit dem Huf. Ich schwang mich in den Sattel, von Ahmad unterstützt. Es war nicht leicht, in voller Rüstung auf das Pferd zu steigen. Ahmad reichte mir Schild und Lanze.
Schmetternde Musik ertönte. Auch auf meiner Seite blies der Herold seine Trompete. Er rief laut: »Es kämpft jetzt als Herausforderer der heimatlose Ritter gegen den Baron Philipp de Drohorst!«
Ein Aufatmen der Spannung ging durch die Menge. Aller Augen richteten sich auf mich. Ich empfand keine Furcht, verschmolz mit der Rüstung, dem Pferd und der Waffe. Wir waren eins, aus einem Stück und mit einem Willen. Ich spürte das Feuer meines edlen Tieres. In gezügeltem Trab ritt ich ein, ich grüßte die Damen und den Prinzen nach dem Brauch, einen Wimpernschlag länger senkte ich meine Lanzenspitze vor Miriam – aber wer bemerkte das schon? Vielleicht nicht einmal sie selbst. »Meine Taube!«, flüsterte ich, »du mein Mond!« Miriam hatte ihre Hand auf den Arm ihres Vaters gelegt, wie um Zuversicht und Mut bei ihm zu suchen. Was mochte Zamet denken? Fürchtete er um seine Waffen, um seine Rüstung, um sein Geld? Oder hoffte er auch meinetwegen auf meinen Sieg?
Meine Gestalt straffte sich. Mit meinen gepanzerten Händen konnte ich die drei Amulette nicht berühren, denn in der Linken trug ich den Schild, in der Rechten die Lanze. Ich

dachte an die Pyramiden von Al-Kahira, unter denen mich mein König zum Ritter geschlagen hatte. Von dort führte eine heimliche Verbindungslinie hierher. Ich wollte meinem König Ehre machen.
Mit erhobenem Haupt ritt ich auf den Baron zu. Er erwartete mich bewegungslos, drohend und finster auf seinem Pferd. Ich berührte seinen Schild mit der Spitze meiner Lanze. Der Funke sprang auf mich über, ich setzte die Spitze genau auf das Herz des roten Löwen, den er trug, seit er im Heiligen Land gewesen war. Baron Philipp de Drohorst regte sich kaum. Wer maßte sich da an, gerade ihn herauszufordern? Wollte es wirklich noch ein Gegner mit ihm aufnehmen? Seine Haltung drückte Verachtung aus. Neben seiner riesenhaften, derben Gestalt wirkte ich wohl wie ein Knabe. Ich war ihm keine Mühe wert.
Dumpf und geringschätzig klang es aus seinem Helm: »Hast du ein letztes Mal gebeichtet?«
»Ich hoffe, Ihr habt es nicht versäumt«, antwortete ich. Er verdiente keine weitere Anrede.
»Du hasst mich?«, fragte er. Er schien darüber verwundert. Eine solche Möglichkeit kam ihm erst jetzt in den Sinn. »Warum?«
»Ich sage nicht mehr, als dass es Eure schändlichen Taten sind, die mich in die Schranken rufen.«
Schimpflicheres konnte kaum gesagt werden. Und es wirkte. Wut klang in seiner Stimme. »Reite zurück und sprich dein letztes Gebet, Fremder! Denn heute Nacht schläfst du in der Hölle, wo du hingehörst!«
Wortlos drehte ich um. Ich ritt zurück zu meinem Ausgangspunkt. Beifall begleitete mich. Es gefiel, dass sich noch ein Ritter eingefunden hatte, der gegen einen anzu-

treten wagte, der unüberwindlich zu sein schien und dies eben mehrmals bewiesen hatte. Kaum einer jedoch gab jetzt wohl noch einen Pfifferling für mich.

Auf unseren Pferden standen wir uns starr gegenüber. Zwischen uns lag die aufgewühlte Erde. Die Trompeten gaben das Zeichen. Wir galoppierten aufeinander los. Zur gleichen Zeit erreichten wir die Mitte des Platzes. Mit donnerndem Krach stießen wir zusammen. Unsere Lanzen zersplitterten bis zum Griff. Ich wankte. Der gewaltige Stoß hatte die Pferde auf die Hinterfüße geworfen, doch brachte jeder sie durch Zügel und Sporen wieder in die Gewalt. Unsere Blicke sprühten durch die Visiere, dann machten wir kehrt und trabten ans Ende der Schranken zurück.

»Mein Freund«, ächzte Ahmad, der dort auf mich wartete, »ich wünschte, das alles wäre schon zu Ende. Hast du gesehen, auch der Rote Ritter hat geschwankt . . .«

»Schnell eine neue Lanze«, rief ich ihm zu.

Wieder Beifall. Tücher und Schärpen wehten – dann aber wurde es totenstill. Es war, als ob die Menge sich scheute zu atmen. Der Prinz gönnte uns und unseren Pferden einige Augenblicke der Erholung. Sie wurden mir lang. Endlich winkte er mit dem Stab dem Trompeter zu.

Galopp, davonsprühende Erde, Philipp zielte auf die Mitte meines Schildes und er traf ihn so kraftvoll, dass sein Speer brach. Ich wankte. Ein Schrei ging durch die Reihen. Doch ich konnte mich halten. Er aber fiel.

Was war geschehen?

Ich hatte zunächst die Spitze meiner Lanze auch auf seinen Schild gerichtet, aber ich änderte kurz vor dem Zusammentreffen das Ziel und richtete sie auf seinen Helm. Das war ein weit schwierigerer Stoß. Wenn er traf, war er jedoch

umso wirkungsvoller. Ich dachte nur ein Wort, einen Namen: Zarissa! Und ich spürte die Feder in mir, diese stählerne Kraft.
Und Philipp de Drohorst stürzte, von einer Staubwolke eingehüllt. Sein Gurt war gerissen und auch sein Sattel fiel mit ihm. Das schmälerte meinen Triumph, denn wahrscheinlich hätte er sich sonst auf dem Pferd gehalten. Jubel brauste auf, der mir galt.
Sich von den Bügeln zu befreien und unter dem gefallenen Ross hervorzuarbeiten, war für Philipp ein Werk des Augenblicks. Rasend vor Wut zog er sein Schwert und schwang es gegen mich – ich sprang ebenfalls von meinem Rappen und riss meine Klinge aus der Scheide. Ich wünschte einen Kampf auf Leben und Tod. Ich brannte vor Hass. Aber die Marschälle drängten sich zwischen uns und riefen uns zu: »Die Regeln des Turniers verbieten den Kampf Mann gegen Mann!«
»Wir werden es nachholen, hoffe ich«, dröhnte Philipp de Drohorst. Er schlug sein Visier empor und warf mir einen wilden Blick zu. Als ich sein verhasstes Gesicht so nahe vor mir sah, war ich in Gefahr, meine Selbstbeherrschung zu verlieren, doch ich hielt mich zurück. »Heute hast du Glück gehabt, heimatloser Ritter, doch das nächste Mal wirst du mein Schwert kennen lernen – an einem Ort, wo uns keiner trennen kann«, rief er.
»Ich wünsche mir nichts anderes«, erwiderte ich und es war die Wahrheit. »Ich werde Euch schlagen, wo ich Euch nur treffen kann.«
Ich wandte mich ab, fasste mein Pferd am Saum und kehrte an meinen Ausgangspunkt zurück. Auch Philipp de Drohorst machte sich auf den Weg zu seinem Zelt. Ich sah mit

Freude, dass er humpelte, musste mir aber sagen, dass dies nicht nur meinem Verdienst, sondern auch seinem Missgeschick zu verdanken war. Jedenfalls hatte ich die Kraft meines Gegners kennen gelernt.

Ahmad empfing mich mit einem Becher Wein. Ich nahm ihn, öffnete den unteren Teil meines Helmes und rief schallend: »Ich leere diesen Kelch auf alle treuen Untertanen König Bertrands, meines geliebten Herrn!« Dann stürzte ich ihn hinunter, trank in einem Zuge aus. Erstauntes Raunen klang auf den Rängen. Wer wagt es, den Prinzen so offen zu beleidigen? Vereinzelt wurde Zustimmung laut, Händeklatschen und Zurufe. Ich entdeckte meinen Vater; er war aufgestanden und jubelte mir zu. Erkannte er mich? Nein, das war unmöglich, mein Visier hatte ich bereits wieder geschlossen. Miriam sah mich an und eine stille Freude lag auf ihrem Gesicht.

Selbst der Prinz hielt es für klug, seine Hände in den feinen Handschuhen leicht gegeneinander zu schlagen. In aller Öffentlichkeit wollte er noch nicht den Eindruck erwecken, dass er sich gegen seinen Bruder stellte. Der Herold blies zur nächsten Herausforderung. Ich ließ verkünden, dass ich mit jedem kämpfen wolle, wer immer es sei.

Da erschien der Tempelritter: Victor de Firment. Das hatte ich gewünscht.

Wieder schwang ich mich in den Sattel. Drohend hob er seinen Schild mit dem grellroten Stierkopf. Er war fest entschlossen, das Missgeschick seines Freundes an mir zu rächen. Doch merkwürdig – vielleicht hinderte ihn seine Wut am klaren Denken, am klugen Berechnen seines Stoßes, jedenfalls errang ich über ihn einen raschen und leichten Sieg, der mich nicht recht befriedigte. Unsere beiden Lanzen brachen. Der Templer verlor bei diesem Stoß den rechten Steigbügel und das genügte, um ihn für besiegt zu erklären. Ich konnte es kaum glauben. Alles erschien mir nun leicht, selbstverständlich. Es traten noch drei Ritter gegen mich an, doch es war fast nur noch wie ein Spiel. Einen traf ich so derb am Helm, dass die Bänder brachen und er nur durch das Herabfallen seines Kopfschutzes vor dem Sturz bewahrt wurde. Ein anderer konnte sein Pferd nicht beherrschen, es war jung und feurig, noch unerfahren, bäumte sich auf und war so unruhig, dass es seinem Reiter das Zielen unmöglich machte. Ich hob meine Lanze und ritt an meinem Gegner vorbei, ohne ihn zu berühren. Ich ließ ihm einen zweiten Gang anbieten, jedoch die andere Seite, durch so viel Missgeschick entmutigt, hielt es für klüger, ihre Kräfte für morgen zu schonen. Mein Gegner erklärte sich für besiegt, vor allem durch meine Höflichkeit. Der letzte Ritter vollendete meinen Triumph, er wurde mit solcher Gewalt zu Boden geworfen, dass ihm das Blut aus Mund und Nase drang und er bewusstlos vom Platz getragen werden musste.

Nun wussten sich die Zuschauer vor Freude kaum noch zu halten. Prinz Jean musste mich zum Sieger erklären lassen, dem die Ehre des Tages gehörte. Die Turniermarschälle waren dann auch die Ersten, die mir ihre Glückwünsche sagten und mir zuriefen: »Nehmt jetzt den Helm ab oder klappt wenigstens Euer Visier auf, bevor wir Euch zu Seiner Hoheit führen. Aus seiner Hand werdet Ihr den Preis erhalten.«

Das lehnte ich mit Entschiedenheit ab. »Noch will ich mein Gesicht nicht zeigen. Das habe ich den Herolden schon vor dem Kampf gesagt.« Die Marschälle waren auch mit diesem

Bescheid zufrieden. Sie meldeten dem Prinzen meine Antwort und baten um Erlaubnis, mich zu ihm zu führen. Wahrscheinlich erregte den Prinzen mein Geheimnis. Er war bereits über den Ausgang des Turniers verärgert, weil die Ritter seiner Partei alle besiegt worden waren. Er gab den Marschällen die trotzige Antwort: »Bei dem strahlenden Antlitz unserer Lieben Frau! Dieser Ritter hat wohl nicht nur seine Heimat, sondern auch seine Höflichkeit verloren. Er verlangt mit verhülltem Gesicht zu erscheinen? Weiß einer hier, wer der vom Glück begünstigte Flegel sein mag?« Aber niemand konnte es erraten, soviel auch herumgerätselt wurde. Man ließ sich sehr viel Zeit damit, bis einer aus dem Gefolge mahnte: »Der Sieger wartet noch immer! – Wenn es Euch jetzt gefällig wäre?«

»Es ist mir gefällig, dass er so lange wartet, bis wir erfahren, ob uns hier nicht jemand seinen Namen und Stand sagen kann – und wenn er bis zum Anbruch der Nacht dastehen sollte«, antwortete Jean.

»Ihr bezeigt dem Sieger weniger Ehre, als ihm gebührt«, riet ein anderer. »Ich halte es nicht für klug, sich ihn unnötig zum Feind zu machen!«

»Mir scheint, meine Herren finden heute eine große Lust daran, mir kluge Ratschläge zu geben.«

»Jedenfalls weiß hier keiner, auf wen er raten sollte. Ihr verlangt etwas zu erfahren, was wir nicht wissen können«, beteuerte der Marschall. »Doch ich könnte mir denken, dass es eine der Lanzen ist, die König Bertrand begleitet haben und die jetzt aus dem Heiligen Land heimkehren.«

Ein Geflüster erhob sich unter dem Gefolge: »Es ist vielleicht der König selbst!«

»Da sei Gott vor«, rief Prinz Jean und wandte sich bleich um:

»Ritter und Adlige! Erinnert Euch meiner Versprechen und steht zu mir.«
»Noch ist keine Gefahr«, sagte Graf de Coline, der Berater des Prinzen. »Kennt Ihr die Riesengestalt Eures Bruders so wenig? Glaubt Ihr wirklich, sie lasse sich in diese zierliche Rüstung pressen? Marschälle! Führt den Ritter sogleich hierher. Dann ist jeder Irrtum ausgeschlossen. Seht den Sieger nur recht an«, fuhr er fort, »Ihr werdet finden, dass ihm einiges zur Größe König Bertrands fehlt.«
Die Marschälle führten mich zum Fuß der hölzernen Stufen, auf denen man zu dem Prinzen gelangte. Der Prinz war noch immer durch den Gedanken beunruhigt, dass sein Bruder unerwartet zurückgekehrt sein könnte. Selbst die richtigen und ruhigen Einwände konnten seine Besorgnis nicht mildern.
Nun stieg ich also die Stufen empor. Dann stand ich vor Prinz Jean. Er hielt eine kurze, widerwillige Lobrede auf meine Tapferkeit und befahl, dass man mir das als Preis ausgesetzte Streitross übergeben solle. Er schien immer noch zu fürchten, dass aus meinem Visier die tiefe, gebieterische Stimme seines Bruders ertönen könnte.
Da ich dies fühlte, wollte ich ihm seine Furcht nicht nehmen. Ich sprach kein Wort. Ich dankte durch eine Verbeugung, die so gut gelang, wie es in der Rüstung nur möglich war. Zwei reich gekleidete Diener führten dann das Pferd, den Siegespreis, auf den Kampfplatz. Es war ein wunderbares Tier, von bester Rasse und herrlicher Gangart, es warf den Kopf und schlug mit dem Schweif. Es war wohl vom Prinzen ausgewählt worden, um es einem Ritter seiner Partei zu übergeben, den er damit noch fester an sich binden wollte. Das Ross war mit der reichsten Schlachtausrüstung ausgestattet.

Wie froh war ich, nun ein so edles Tier mein Eigen nennen zu können. Jetzt konnte ich Zamet das seine zurückgeben, unversehrt, ohne die geringste Blessur! Ich lief hinab, legte eine Hand auf den Sattelknopf, schwang mich empor und galoppierte mit erhobener Lanze zweimal um den Platz, um meinen Preis zu zeigen.
Unbeschreibliches Getöse umbrauste mich.
Was empfand wohl Miriam, was dachte ihr Vater? Hatte er wieder eine Spruchweisheit auf der Zunge? Vielleicht so etwas wie: Man soll den Tag nicht vor dem Abend loben, oder: Hochmut kommt vor dem Fall!
Inzwischen redeten die Hofleute auf den Prinzen ein. Sie waren besorgt, dass er in der Öffentlichkeit keinen guten Eindruck hinterlassen könnte. »Herr! Jetzt muss der Sieger auch noch seinen guten Geschmack beweisen, indem er die Festkönigin auswählt, die morgen den Siegespreis überreichen soll.«
Als ich daher zum zweiten Mal vorüberritt, winkte mir Prinz Jean mit dem Stab, worauf ich mich dem Throne näherte und, die Lanze senkend, regungslos verharrte. Wie wunderbar mein Pferd auf jeden Schenkeldruck reagierte! Es musste von einem Meister zugeritten worden sein.
»Bringen wir es hinter uns«, murmelte der Prinz und redete mich dann laut an: »Herr heimatloser Ritter! Das scheint ja der einzige Titel zu sein, den ich Euch geben kann. Aber, sei es wie es sei, es ist jedenfalls nun Euer Recht und Eure Pflicht, die schönste Dame zu wählen, die morgen die Königin des Festes sein soll. Es steht ganz in Eurem Belieben, welcher Dame Ihr diese Krone geben wollt, erhebt Eure Lanze . . .«
Ich gehorchte und riss meine Lanze mit solcher Wucht zu

ihm empor, dass der Prinz zurückwich in der Annahme, ich wollte ihn berühren. Mit seiner linken Hand drückte er die Waffe von seinem Körper weg und der Blick, den er mir zuwarf, hätte Steine zerschneiden können. Ich rührte mich nicht. Mit einer Bewegung, die seine ganze Empörung ausdrückte, hängte er einen Kranz auf die Spitze meines Speers. Es war eine Krone von grüner Seide, mit einem goldenen Reif umgeben, geschmückt mit goldenen Stachelbeerblättern und Kugeln.

Ich neigte dankend mein Haupt mit Helm und Federbusch. Und als ich die Krone sicher auf meiner Lanze spürte, setzte ich mein Pferd wieder in Trab und ritt langsam an den Schranken entlang und musterte scheinbar die Damen. Wie das Pferd trabte, so klopfte mein Herz. Heute gelingt mir alles, dachte ich übermütig, heute kann ich mir alles erlauben, sogar das Unmögliche. Hatte ich nicht die Zuschauer für mich gewonnen? Hatte ich nicht meine Feinde in den Staub geworfen? War ich nicht der Sieger und konnte tun, was mir beliebte? Hatte es mir der Prinz nicht sogar befohlen?

Einige der Damen schienen zu erröten, andere schauten stolz und würdig an mir herab, als ginge sie dies alles nichts an. Sie blickten geradeaus an mir vorbei, als ob sie gar nicht wüssten, worum es ging. Wieder andere versuchten ein Lächeln zu unterdrücken – einige, ganz junge Geschöpfe, kicherten in ihre Tüchlein, als ich sie anblickte, und manche verhüllten ihr Gesicht mit einem Schleier.

Aber ich wusste ja längst, wen ich wählen wollte.

31

Ich zügelte mein herrliches Pferd vor den Zuschauerreihen, in denen mein Vater saß – und nicht weit davon entfernt Zamet mit Miriam. Die Erwartung stieg aufs Höchste. Mein Vater war voll Freude über die Niederlage seines gehassten Nachbarn Philipp de Drohorst und dessen Kumpans Victor de Firment. Er hatte sich halb vom Sitz erhoben und folgte mir nicht nur mit den Augen, sondern auch mit ganzem Herzen.

Zamet, noch ahnungslos, was ich vorhatte, aber erregt vom Kampf und von meinem Sieg, rief mir zu: »*In einem kühnen Herzen muss Gott wohnen! – Es gibt nichts, was dem Willen widerstehen könnte.* Bei Gott! Geradeso hat David Goliath geschlagen – ach, was sage ich, ein David fünf Goliaths!«

Lange hielt ich inne. Ich war erfüllt von Freude und Triumph. Mein Pferd stand ruhig. Unsere Ruhe teilte sich den Leuten mit. Nach und nach verstummten sie. Dafür stieg die Spannung immer höher.

Alle Augen ruhten auf mir. Nun senkte ich meine Lanze langsam, mit der Gebärde einer huldigenden und grüßenden Hand – und legte die Krone vor Miriams Füße.

Für dich, meine Taube, dachte ich, für dich, mein Mond.

Die Jüdin! Eine Woge des Erstaunens, noch nicht einmal ein Ruf, nur eine Bewegung ging durch die Menge. Doch wagte es niemand, das heiligste Recht des Siegers anzutasten. Vielleicht waren alle auch einfach zu überrascht. Es gab kein Gesetz, das eine Jüdin von der Ehre einer Festkönigin ausschloss – daran hatte noch nie jemand gedacht. Auch die Herolde waren vollständig überrumpelt – sie ließen ihre Trompeten ertönen. Hell schmetterte der Klang über den

Platz, in die Lüfte empor. Und damit war es besiegelt und niemand konnte es ungeschehen machen: Miriam war die Königin des Festes, heute, morgen und übermorgen, denn die Herolde bedrohten, nach alter Sitte, jeden mit Strafe, der es wagen sollte, ihr den Gehorsam zu versagen.

Aber was dachte ich an Gehorsam, was dachte ich an Strafe! Ich dachte doch nur daran, Miriam allen in dem Glanz zu zeigen, in dem sie mir erschien.

Charles de Fortis ließ sich auf seinen Sitz zurückfallen. Er hob die Hände und schüttelte den Kopf. Er verstand die Welt nicht mehr. Aber auch er wusste sehr wohl, dass es nicht in seiner Macht lag, die Dinge zu ändern. Und der Unmut unter den christlichen Damen war besonders groß, ich spürte ihn und ich spürte, dass er wuchs.

Jedoch – zu meiner Freude – jetzt ergriff das Volk meine Partei. Ich glaube, die schlichten Leute freuten sich einfach darüber, dass ich es gewagt hatte, den Adligen, den Herren so einen Schlag zu versetzen. Denn das war eine Herausforderung! Ihr Jubel galt nicht Miriams Erhöhung, sondern der Erniedrigung der vornehmen Damen. Man rief: »Lang lebe die Königin des Festes!«

Ich hörte es und war stolz.

Zamet rief mir zu: *»Übermut und Klugheit sind feindliche Brüder!«* Ich ahnte, was er meinte, aber in diesem Augenblick war es mir egal. Ich hätte der ganzen Welt getrotzt.

Miriam saß stumm da, sie bewegte sich nicht. Ihre gefalteten Hände ruhten in ihrem Schoß.

Prinz Jean befand sich in einer nicht geringen Verlegenheit. Niemand sagte ihm, was er nun machen sollte – weil jeder sich überrumpelt fühlte, sogar Graf de Coline. Endlich winkte der Prinz. Man brachte ihm sein Pferd. Er stieg die Stufen hinab und schwang sich in den Sattel, mit jener Leichtigkeit und Eleganz, die ihm eigen war. Er ritt an, er hielt kurz vor Miriam und neben mir. Er neigte hochmütig sein Haupt nur mit einer Andeutung und bemerkte zu seinem Gefolge: »Dieser Ritter, dem es beliebt, unbekannt zu bleiben, hat zwar bewiesen, dass er die Waffen zu führen versteht. Doch zeigt er uns, dass er nur mäßigen Geschmack besitzt und die Tugend der Höflichkeit ihm vollends fremd ist. Wie dem auch sei, ich jedenfalls anerkenne die Gesetze des Turniers.«

Miriam stand auf, wie von seinem Blick emporgezogen, sie beugte sich herab, um die Krone aufzunehmen, und nun stand sie vor dem Prinzen, inmitten der Menge, still und ein wenig verlegen.

Sogar ihn mochte dieser Anblick rühren. Seine Stimme war etwas milder, zumal er glaubte seiner Pflicht Genüge getan zu haben. Er sagte zu ihr: »So bekränzt Euch also mit dem Zeichen Eurer Herrschaft, Königin des Festes. Und möge Euch diese Wahl zum Glück und nicht zum Unsegen geraten.«

Langsam, wie unter einem Zwange, zog Miriam das gelbe Tuch von ihrem Haupt und schüttelte die schwarze Flut ihrer Haare. Dann setzte sie sich den Reif auf. Sie erschien mir schöner denn je.

Das mochte auch der Prinz empfunden haben. Er hatte nun fast Freundlichkeit in der Stimme, als er die Festkönigin einlud: »Kommt zu meinem Bankett aufs Schloss. Wir möchten die Dame gern näher kennen lernen, unter deren Herrschaft wir morgen wohl oder übel stehen werden.«

Miriam vermochte nichts zu erwidern. Dafür ergriff ihr Vater das Wort. »Edler Prinz«, sagte er, aber seine Stimme zitterte ein wenig. Er wusste, dass seine Worte dem Prinzen missfallen würden. »Edler Prinz, meine Tochter versteht es noch nicht, auf solche Artigkeiten und eine so hohe Gnade recht zu antworten. Sie kann nicht an Eurem Bankett teilnehmen. Auch ich kann es nicht und Ihr kennt die Gründe. Wir müssen Eure Einladung mit Dank ablehnen, wie ehrenhaft sie auch immer sein mag. Aber da es nun einmal gekommen ist, wie es kam, und wie ich es weder wünschte noch voraussah, so wird Miriam morgen hier den Platz einnehmen, den ihr dieser Ritter zuerkannt hat.«

»Auch gut«, sagte der Prinz. »So führt morgen diese stumme Herrscherin zu ihrem Thron. Versäumt das nicht, bei meiner Ungnade! Und ich will doch sehen, wer es wagt, hier unritterlich zu sein und der Dame ihren Rang zu neiden.«

Dann drehte er sich mir zu: »Ihr wenigstens, Herr Ritter, werdet doch hoffentlich an meiner Tafel teilnehmen?«

Doch ich entschuldigte mich ebenfalls, schützte Ermüdung vor und notwendige Vorbereitungen für den nächsten Tag.

»Ihr selbst werdet einen guten Kampf sehen wollen! Es würde Euch, mein Fürst, keine Ehre machen, wenn die Ritter müde in den Sätteln wanken.«

»Nun«, entgegnete stolz der Prinz, »ich bin es gewiss nicht gewohnt, ständig abschlägige Antworten zu erhalten. Aber wir werden trotzdem versuchen unser Mahl so gut zu verdauen, wie es geht, auch ohne den Ritter und seine Festkönigin.« Mit unterdrücktem Ärger wandte er sich um und verließ die Schranken mit all seinen geputzten Affen. Damit gab er das Zeichen zum allgemeinen Aufbruch.

Nun ging alles auseinander. Auf den verschiedenen Wegen sah man die Menschen über die Ebene, über die Wiesen und Wege dahinziehen. Weitaus die meisten strömten Casora zu, andere in ihre verstreut in der Landschaft liegenden Höfe und Bauernhäuser. Miriam und Zamet kehrten in ihr Haus zurück. Mein Vater erhob sich ebenfalls, begleitet von seinem kleinen Gefolge.

Ahmad erwartete mich am Eingang der Schranken. Er strahlte über meinen Sieg – vielleicht sage ich besser: über mein Glück. Doch lag auch Sorge in seinem Blick. Er erwartete mich mit dem Pferd, das mir Zamet geliehen hatte. Ich klopfte dem Tier den Hals, schlug mein Visier zurück und rieb meine Nase an der seinen. »Ich danke dir«, flüsterte ich. Zu mehr war ich jetzt nicht fähig. Ahmad führte beide Tiere auf den Hügel. Neben meinem Zelt pflockte er sie an, gab ihnen Wasser und Hafer und rieb sie trocken und versorgte sie. Nun hatte ich also zwei Pferde, aber nur eines gehörte mir wirklich. Schwer zu entscheiden, welches das schönere war. Aber schließlich hatte ich ja keine Wahl. Zamet erhielt das seine zurück. Ich konnte glücklich sein, dass es nicht verwundet worden war.

Ich ging in mein Zelt. Laut klangen vom Festplatz die Stimmen der Diener zu mir herüber, welche die Kissen und Decken von den Sitzen räumten, dabei lachten und sich um die Reste des Weins und der Nahrungsmittel stritten, die von den Zuschauern liegen gelassen worden waren. Von den Schmieden klangen die Hämmer. Dort glühten die Feuer. Die Meister hatten nun die ganze Nacht damit zu tun, die Rüstungen auszubessern. Ich dachte, dass sie auch durch mich Arbeit bekommen hatten, und lachte darüber.

Viele Bewaffnete umstellten die Schranken. Sie bewachten den Festplatz und wurden im Wechsel mehrmals in der Nacht abgelöst.

Vor meinem Zelt drängten sich bald Knappen und Pagen. Sie boten mir ihre Dienste an, wollten mir die Rüstung abnehmen, Kleider herbeiholen oder ein Bad bereiten. Ich glaube, ihr Eifer kam nicht nur von der Hoffnung, der Sieger des Tages würde besonders großzügig sein und sie verschwenderisch entlohnen, sondern auch von der Neugierde. Nicht nur sie selbst wollten wohl hinter mein Geheimnis kommen – manchen mochte auch sein Herr geschickt haben. Wer war der heimatlose Ritter? Das war die große Frage, über die alle rätselten.
Ich schickte alle davon und war dabei nicht immer sehr höflich. Sie waren oft gar zu aufdringlich. Ich ließ die Leinwand meines Zeltes zuschlagen und war froh, dass Ahmad bald die lästigen Kerle verscheuchte. Er nahm mir die Rüstung ab, setzte mir Wein, Brot und Wurst vor und rief: »Freund, ich kann dir gar nicht sagen, wie erleichtert ich bin. Wirklich, ich dachte nicht, dass du das überstehen würdest. Manchmal sah es gar nicht so aus. Nun, zum Glück, das ist vorüber!« Er seufzte. »Ach, ich habe bei jedem Waffengang mitgelitten. Jeden deiner Lanzenstöße habe ich mitgeführt, jeden Schlag mit dir geteilt. Ich habe nur mein Geschick verflucht, dass es mir nicht erlaubt, selbst im Sattel zu sitzen, selbst mitzukämpfen, Seite an Seite mit dir!«
»Aus dir hätte ein Ritter werden können!«
»Schweig davon. Es geht nicht und das kränkt mich.«
Von draußen näherten sich Geräusche. Wir hörten Menschen und Pferde. Ahmad trat schnell vor das Zelt. »Herr« – denn so hatten wir ausgemacht, dass er mich anreden sollte, wenn andere ihn hören konnten, »Herr, es wünschen Euch fünf Knappen zu sprechen. Und jeder führt ein Streitross mit voller Rüstung am Zaume. Unter uns –«, und das

flüsterte er –, »unter uns, es ist ein Anblick, bei dem mir das Herz lacht.«

Rasch schlüpfte ich in ein langes Gewand und schlug die Kapuze über den Kopf. So war mein Gesicht fast völlig verdeckt. Ich trat vor das Zelt. Das Zwielicht ging schon in Dunkelheit über.

Mich erwarteten die Knappen der Roten Ritter. Jeder führte das Streitross seines Herrn und darauf, im Sattel, die leeren Rüstungen.

Der größte von ihnen sprach mich an: »Herr Ritter ohne Namen, ich – der Knappe des Barons Philipp de Drohorst – biete Euch das Streitross und die Rüstung meines Herrn an. Und zugleich auch die Pferde und Rüstungen der anderen Ritter. Euch ist es nun überlassen, ob Ihr sie behalten oder ein Lösegeld dafür bestimmen wollt.«

Ich hatte mir meine Antwort schon überlegt und sagte: »Für euch, ihr Knappen, die ihr nicht gesprochen habt, habe ich nur eine gemeinsame Antwort: Sagt euren Herren, es würde nicht recht von mir sein, wenn ich sie ihrer Rosse und Waffen beraube. Leider kann ich es nicht dabei bewenden lassen, denn ich bin wahrhaftig ein heimatloser und besitzloser Ritter. Deshalb ersuche ich eure Herren, wenigstens ihre Rüstungen auszulösen, weil mir die, welche ich getragen habe, nicht gehört.«

»Wir sind beauftragt«, erwiderte der Knappe Philipp de Drohorsts, »jeder fünfzig Gulden als Lösegeld für Pferd und Rüstung anzubieten.«

Ich sagte nur: »Das ist hinreichend. Gebt mir die Hälfte der Summe und teilt den Rest unter euch und den Herolden, Turnierknechten und den anderen Bediensteten auf.«

Die Knappen dankten erfreut. Mit so viel Großzügigkeit

hatten sie nicht gerechnet. Sie rissen die Kappen von den Köpfen und verbeugten sich. Ich hörte Ahmad in meinem Rücken unwillig schnaufen. Er fand wohl, ich sei zu freigebig gewesen. Ich aber sprach nach einer kleinen Pause weiter: »Von den Herren Philipp de Drohorst und Victor de Firment nehme ich weder Waffen noch Lösegeld. Sagt ihnen, unser Streit ist noch nicht beendet. Er ist es nicht eher, bis wir mit Schwert und Lanze, zu Fuß oder zu Pferde, noch einmal miteinander gefochten haben. Auf Leben und Tod! Sie selbst haben mich durch ihre Schandbarkeit und die Verächtlichkeit ihrer Taten dazu herausgefordert. Ich kann sie weder vergessen noch vergeben. Versteht jedenfalls, dass ich mich gegen diese Herren nicht mit der gleichen Höflichkeit benehmen kann wie gegen die anderen, denn ich betrachte sie als meine Todfeinde.«

»Mein Herr weiß Unverschämtheit mit Unverschämtheit und Schlag mit Schlag zu vergelten«, rief nun Victor de Firments Knappe aufgebracht.

»Das soll mir nur Recht sein. Und nun geht!«, herrschte ich ihn an.

»Wenn Ihr nun von den beiden Herren kein Lösegeld annehmen wollt«, sagte Philipps Knappe mit unterdrückter Wut, »so müssen wir ihre Pferde und ihre Rüstungen hier lassen, denn sie werden sie wohl nie wieder verwenden.«

»Nehmt sie trotzdem mit! Wenn eure Herren sie nicht zurückhaben wollen, weil sie jetzt keine ruhmreichen Erinnerungen mit ihnen verknüpfen, so schenke ich sie euch.«

Und damit wandte ich mich um und ging in mein Zelt. Ich überließ es Ahmad, wie es üblich war, das Geld in Empfang zu nehmen. Danach kehrten die Knappen zu ihren Rittern zurück, mit reichlicher Münze im Beutel und mit zwei Pferden, auf denen die hohlen Rüstungen klapperten. Ihre Herren würden die Zurückweisung als Beleidigung empfinden. Nun, so hatte ich es ja auch gedacht.

Als Ahmad mit meinen Gulden im Beutel zurückkehrte, machte er ein verschmitztes Gesicht. »Jetzt sind wir reich«, sagte er.

»Du vergisst, dass ich Schulden habe!«, antwortete ich. »Jedenfalls hat die Ritterschaft von Venproce heute durch mich keine Schande erlitten.«

»Und ich habe für einen Schweinehirten die Rolle eines Knappen nicht übel gespielt.«

»Für das erste Mal ging es«, hänselte ich ihn gut gelaunt. »Nur manchmal fürchtete ich, wir würden doch erkannt werden.«

»Mich erkennt keiner«, rief Ahmad. »Arne, der Narr, wäre noch der Einzige. Er ist klüger, als er scheint.«

»Mag er denken, was er will, wenn er es nur für sich behält«, sagte ich. »Doch nun haben wir Wichtigeres zu tun. Nimm diesen Beutel. Seinem Gewicht nach enthält er mehr als hundert Gulden. Ich vertraue ihn dir an. Ich selbst darf ja den Kampfplatz nicht vor dem Ende des Turniers verlassen, es sei denn tot oder verwundet . . .«

»Mal den Teufel nur nicht an die Wand«, brummte Ahmad. »Im Übrigen weiß ich, was du jetzt von mir erwartest, ich soll ihn Zamet bringen.«

Ich nickte.

»Übrigens – sehr klug war das nicht, was du heute gemacht hast«, fuhr mein Freund fort.

»Was meinst du?«

»Du weißt es schon! Wäre es nicht besser, deine Liebe zu verheimlichen, statt sie an die große Glocke zu hängen?«

»Möglich! Doch jetzt geh, meine Schulden drücken mich.«
»Schade, denn so viel Gold auf einmal haben wir selten in der Hand. Nun, wie du meinst. Wenn du erlaubst, reite ich auf Zamets Pferd. Es ist zu schön. Wenigstens einmal möchte ich in seinem Sattel gesessen haben.«
»Aber dann bist du auf dem Rückweg zu Fuß!«
»Das macht doch nichts. Dann habe ich ja nichts mehr, was man mir nehmen könnte. Aber jetzt muss ich mich beeilen. Die Nacht kommt schnell. Ich hoffe, wenn ich wiederkehre, hast du noch einen Becher Wein für mich – oder darf ich das nicht sagen als dein Knappe?«
»Dummkopf! – Die Frage ist nur, ob ich dann nicht fest schlafe.«
Ahmad verließ mich stolz auf dem Pferd, das mich heute so gut getragen hatte. Ob mich das neue des Prinzen wohl auch so sicher im Sattel halten würde?
Noch war die Nacht nicht hereingebrochen. Noch leuchtete der Abglanz des Lichtes auf den Wolken. Rings um mein Zelt hörte ich abendliche Geräusche, Stimmen, das Klingklang der Hämmer, das Schnauben der Pferde und das Klopfen ihrer Hufe.
Ich ging hinüber zu meinem Tier. Ich fasste seine weiche Schnauze, legte meine Stirn an seinen Hals. Sein feines Fell war warm. Ich dachte an Miriam. Ich schob meine linke Hand unter mein Gewand, hinauf zur Halsgrube. Ich berührte die drei Amulette. Meine spielenden Finger suchten den sechseckigen Stern. Ich umschloss ihn ganz. Wohin soll das führen, dachte ich, o meine Taube, o mein Mond? Und König Bertrand – wo mochte er jetzt sein? Der Abendstern strahlte. Daneben stand die Mondsichel.
Ich kehrte ins Zelt zurück, legte mich nieder und schlief ein.

32

Etwas weckte mich. Ich schreckte empor und hörte zu meiner Erleichterung Ahmads vertraute Stimme. Er sagte leise: »Keine Sorge, ich bin es!«

Ahmad war erregt in das Zelt getreten. Er rückte das Lämpchen auf dem Tisch zurecht, in dessen mildem Schein ich geschlafen hatte. »Ich weiß, es ist spät und du musst ausruhen – aber ich ersticke fast an meinen Neuigkeiten!«

Ich sprang auf, warf mir den grauen Mantel über, setzte mich auf mein Lager und wies Ahmad an, sich auf dem Hocker niederzulassen: »Ich bin ausgeruht, erzähle!«

»Ich habe viel erlebt, auch Prügel habe ich bezogen«, er lachte. »Aber ich habe alles wieder mitgebracht.«

»Du hast das Geld wieder mitgebracht?«, fuhr ich auf. »Du solltest doch bezahlen.«

Er lachte wieder. »Ich habe bezahlt, danach überfielen mich Räuber und trotzdem bringe ich dir viel Geld zurück. Das ist ja gerade das Wunder. Ehrlich gesagt, ich verstehe das alles auch nicht. Vielleicht kannst du dir einen Reim darauf machen, wenn ich der Reihe nach erzähle.«

»Gut«, sagte ich. »Gieß uns Wein ein, dir auch, natürlich!«

Ahmad setzte sich auf einen kleinen Hocker an den niedrigen Tisch, darauf standen zwei Becher und die Lampe, den Weinkrug stellte er auf den gestampften Boden. Die Lampe gab ein mildes, flackerndes Licht. Unter dem spitz zulaufenden Zelt saßen wir wie in einer goldgelben Glocke.

Ahmad begann: »Ich ritt also auf diesem wunderbaren Pferd von Zamet – herrlich! So wollte ich immer im Sattel sitzen! Ich fühlte mich wie dafür geboren. Ich kam an den letzten Heimkehrern vorüber und war bald in der Stadt. Dort war alles aus dem Häuschen, viele Menschen drängten sich auf den Straßen. Aus den Wirtshäusern klang Geschrei und Musik. Man feierte das Turnier und ich hörte nur Bewunderung für dich, den heimatlosen Ritter. Und natürlich rätselten alle, wer du seiest, es gab die wildesten Vermutungen.« »Weiter!«

»Also, ich hielt mich nirgends lange auf, der Beutel brannte mir unter dem Mantel wie Feuer. Trotz der Dunkelheit fand ich den Weg leicht, ich klopfte an Zamets Tor, es wurde geöffnet, Knechte nahmen mir das Pferd ab, sie führten es in den Stall und ich war zufrieden, diesen Teil meines Auftrags so gut ausgeführt zu haben. – Ein anderer Diener führte mich über die Hintertreppe in das Haus. Zamet hielt sich mit seiner Tochter im Wohnzimmer auf. Er war wohl froh, als ich eintrat und ihm sagte, das Pferd stände wohlbehalten in seinem Stall und ich brächte das Geld für die Rüstung und für alles, was er für uns ausgelegt hatte – und noch einen kleinen Gewinn dazu. Er fasste mich an den Oberarmen und rief, ich sei ein braver Kerl, und fragte, wie viel es sei, und ich sagte, wohl über hundert Gulden. Er meinte, das sei mehr als genug, und er zählte den Inhalt des Beutels nicht einmal und gab mir fünf Gulden für meine Dienste. Ich sage dir, er war einerseits erleichtert, natürlich, des Geldes wegen, aber irgendwie hatte ich den Eindruck, er sei außerdem bedrückt . . .«

»Du berichtest so umständlich wie ein Märchenerzähler. Geht es nicht ein wenig schneller?«

»Wenn ich nicht genau erzähle, verstehst du nur die Hälfte.«

»In Gottes Namen also!« Ich lehnte mich zurück, begierig, von Miriam zu hören.

Ahmad fuhr fort: »Er kam dann auch schnell zu dem, was ihn

beschäftigte – sagen wir ruhig: was ihn belastete. Er drückte es mit irgendeinem Spruch aus, der sehr bedeutend klang, den ich aber nicht behalten habe, es kam etwas von Hochmut darin vor und dass man den Löwen nicht wecken solle, wenn er gerade mal schläft. Er meinte, es sei nicht sehr klug von dir gewesen, Miriam zur Königin des Festes zu wählen, es sei ja sehr ehrenhaft, gewiss, aber dies alles könne auch üble Folgen für sie haben.«

»Ich hoffe nicht!«, rief ich. »Das ist das Letzte, was ich wünsche! – Aber ich mag jetzt nicht daran denken. Es verdirbt mir die Laune und nimmt mir die Kraft für morgen.«

»Also gut. Zamet überlegte aber doch, und das musst du wissen, ob sie morgen überhaupt zum Fest kommen sollen, ob es nicht besser sei, eine Erkrankung vorzuschützen. Freilich, man würde ihm auch das sehr übel auslegen und besonders der Prinz sei so unberechenbar . . .«

»Sie kommen?«

»Sei beruhigt: Sie kommen!«

»Dann bin ich zufrieden!«

»Du bist unbelehrbar!«

»Vielleicht! – Ich fühle mich, als ob ich es mit der ganzen Welt aufnehmen könnte.«

»Nun, das musst du ja auch fast.«

»War das alles, was du mir zu sagen hattest?«

»Um Himmels willen, es kommt ja erst!«

Ergeben schloss ich meine Augen. Ich wusste schon, dass Ahmad nicht zu bremsen war, wenn er einmal ins Erzählen kam.

»Unbemerkt war Miriam indessen aus der Stube geschlüpft. Zamet sagte, er wünsche dir so sehr Glück, morgen würde es sicher noch schwerer als heute, denn deine Gegner seien nun voller Hass auf dich. – Also, er begleitete mich zur Tür. Ich trat hinaus. Im Gang war es dunkel. Ein Diener mit einer Öllampe leuchtete mir, führte mich aber nicht hinaus, sondern ging um eine Ecke. In einem Winkel stand Miriam, sie legte ihre Finger auf die Lippen und schickte den Diener fort. Dann reichte sie mir einen Beutel, schwer wie der erste, sie sagte, darin sei ihr Schmuck . . .«

»Ihr Schmuck?«

»Ja. Und du sollst ihn nehmen, denn du brauchst doch Geld, auch nach dem Turnier.«

»Miriam gab mir ihren Schmuck?« Ich war wie betäubt.

»Du kannst dich auf mich verlassen. Mir selbst gab Miriam auch noch zwei Gulden. Ich wollte eigentlich nichts nehmen, aber ich konnte es nicht ablehnen, schließlich hatte sie doch auch Recht. Ich dachte mir, ich werde dir alles bringen und du selbst kannst dann entscheiden, was du damit machen willst. Hier ist es!« Ahmad öffnete seinen Umhang, nahm den Beutel und setzte ihn auf den Tisch. Er klang schwer.

Ich öffnete. Der Beutel war gefüllt mit schimmernden Steinen, mit Perlen und Ketten und Ringen und Armbändern. Es war nicht sehr hell in unserem Zelt, aber der Schmuck funkelte, schimmerte, blitzte. »Miriam!«, murmelte ich. »Meine Taube, mein Mond!«

»Was sagst du!«

»Ach nichts!« Ich verschloss den Beutel wieder. Ich gab ihn Ahmad zu treuer Verwahrung. »Also«, sagte ich, »du hast bezahlt und nun hattest du den Schmuck und dann sagst du, du wurdest von Räubern überfallen und bringst doch alles wohlbehalten hierher . . . das soll einer verstehen!«

Ahmad meinte: »Das ist wirklich eine sonderbare Geschich-

te, von der man dies und jenes denken kann. Mir war es gar nicht recht, dass ich nun diese Schätze bei mir hatte, die Nacht war ja fortgeschritten, es war sehr dunkel. Ich war allein und musste zu Fuß gehen, da war ich leicht angreifbar.«
Er sprach schnell weiter: »Miriam ließ mich hinaus, ich ging durch die finsteren Straßen, noch immer waren sie erfüllt von Lärm, überall wurde gefeiert, hinter vielen Fenstern brannte Licht. Viele Leute kamen mir entgegen, manche wankend, viele liefen in der gleichen Richtung wie ich. Ich hielt mich an den Hauswänden, schaute mich um, lief schnell, kam glücklich aus der Stadt und atmete auf. Hier – dachte ich – konnte ich einen Gauner früher bemerken, ihm ausweichen oder schneller davonlaufen. Ich war recht vergnügt sogar, denn Zamet hatte mir ja schon fünf Gulden gegeben, nun gab mir Miriam noch zwei, das sind sieben an einem Tag – bald kann ich mich freikaufen! Dann bin ich so frei wie der freieste Mann auf Erden, lege mein Horn und den Hirtenstab nieder, nehme das Schwert und folge dir, ohne mein Gesicht verbergen zu müssen.«
Ich fuhr auf: »Daran brauchst du nicht zu denken! Du weißt, was ich dir versprochen habe!«
»Alles recht, reg dich nicht auf, junger Ritter! Ich glaube dir ja. Aber ich hätte meine Freiheit gerne mir selbst verdankt, wenn du das verstehst, außerdem muss man ja auch mit den Launen des Schicksals rechnen. Was ist, wenn dir etwas geschieht, was Gott verhüten möge!«
»Für diesen Fall gebe ich dir heute schon das Geld«, rief ich. »Jetzt kann ich es . . .«
»Lass mich weiter berichten«, unterbrach mich der Freund. »Ich ging also über das Feld und es war finster, ja es war sogar stockdunkel, und ich kam dann an diesen Hohlweg, auf

beiden Seiten Haselnuss- und Holunderstauden, der Weg war holprig genug, von den Fuhrwerken verdorben, ich stolperte also vor mich hin, die dichten Zweige ließen ja nicht einmal die Mondstrahlen hindurch. Ich wünschte mir, ich wäre mit meinen Schätzen schon bei dir. Ich dachte auch, es gibt doch eine Menge Diebe, Wegelagerer, Geächtete, die einen einsamen Knappen mit einem Sack voll Gold wohl in Gefahr bringen können. Ich ging also so schnell wie möglich, und gerade als ich das Ende des Hohlwegs fast erreicht hatte, dort, wo das Unterholz am dichtesten ist, sprangen vier Männer, zwei von jeder Seite, auf mich zu und packten mich. ›Gib her, was du hast‹, rief einer von ihnen, ›wir sind Leute, die jedermanns Bürde tragen können.‹ Ich erwiderte: ›Das soll euch bei mir nicht leicht werden‹, denn ich wollte nichts freiwillig hergeben. Als die Männer merkten, dass ich nichts gutmütig herausgab, dachten sie, dass sie Verstärkung brauchten . . .«

»Oh, komm zum Ende«, rief ich ungeduldig.

»Bin schon dabei«, sagte Ahmad. »Aber schließlich wird es jetzt erst richtig spannend, auch für dich. Die Kerle schleppten mich nun fort, durch ein dichtes Gebüsch, ich weiß nicht, wohin. Ich kam auf einen etwas freieren Platz mitten im Walde, hier war es etwas heller, denn der Mond beschien die Lichtung. Dort warteten noch andere, ich weiß nicht, zehn oder zwanzig mögen es gewesen sein, sie trugen Tücher um die Köpfe und Masken, ich konnte keines der Gesichter erkennen. Einer, wohl ihr Anführer, herrschte mich an: ›Wie viel hast du?‹ Ich fing erst an zu lügen, erzählte von den Gulden, die ich verwenden wollte, um mich freizukaufen, aber sie tasteten mich ab und fanden den Beutel, ja, und dann erzählte ich alles, die Wahrheit, nur die

Wahrheit, nämlich von dir und dem Juden Zamet und von Miriam und dem Beutel. Und, was soll ich dir sagen, das machte den Hauptmann nachdenklich. Er fand die Wahrheit so phantastisch, dass er sie glaubte. ›Der heimatlose Ritter hat ja auch die schöne Jüdin zur Festkönigin gewählt . . .‹, meinte ein anderer. ›Stimmt, stimmt‹, sagte der Hauptmann. ›Woher stammt der Ritter?‹ – ›Er will nicht, dass man es weiß‹, antwortete ich, ›daher werdet ihr es von mir nicht erfahren.‹ Der Hauptmann überlegte: ›Ich finde, dein Herr ist zu nachsichtig mit den besiegten Rittern und ihren Knappen gewesen. Er hätte ihnen mehr abnehmen sollen.‹ Für einen Augenblick fassten sie mich etwas weniger fest an. Ich riss mich los, kriegte einen Stock in die Hand und es begann eine Rauferei, bei der ich Prügel bezog, denn ich konnte ja nicht einfach davonlaufen und den Beutel in ihren Händen lassen. Der Hauptmann trennte mich und seine raufenden Kameraden. Er befahl, mir den Beutel wiederzugeben. Er sagte auch wörtlich: ›Der heimatlose Ritter darf von uns nicht beraubt werden. Sein Schicksal ähnelt dem unseren zu sehr. Wir nehmen nichts von ihm. Hunde sollen keine Hunde hetzen, solange es noch Wölfe gibt. Und gegen die Wölfe kämpft er so gut wie wir, scheint mir. Ich sage euch, er gehört zu uns. Hat er nicht Philipp de Drohorst und Victor de Firment zu Boden geworfen, so wie wir es tun würden, wenn sie vor unsere Klingen kämen? Ist er nicht der Todfeind dieser beiden, die auch wir hassen, und nimmt er nicht Partei gegen den eitlen Prinzen?‹ – Er redete noch viel in dieser Art und schließlich konnte der Hauptmann seine Kameraden überzeugen. Dann sagte er zu mir: ›Du kannst nun gehen. Zwei meiner Freunde führen dich aus dem Wald, es ist auch zu deinem Schutz, denn in einer solchen

Nacht wimmelt es von Gesellen, die wir nicht kennen. Aber nimm zum Schluss diesen Rat: Versuche nicht zu erforschen, wer wir sind. Es könnte dir sonst schlechter gehen als heute.«

»Vielleicht halten sie auch zum König«, überlegte ich.

Ahmad beendete nun seine Erzählung. »Also, wie du dir denken kannst, hatte ich nichts Schnelleres zu tun, als mich für die Güte zu bedanken. Man nahm mich in die Mitte, brachte mich durch den Wald aufs Feld, auf eine kleine Anhöhe, von der aus ich das vom Mond beleuchtete Kampffeld sehen konnte, die Sitzreihen, die schimmernden Zelte, und ich die Gesänge der Wachen hörte. Nun ließen mich die Räuber allein. ›Wehe, du redest‹, riefen sie und stupsten mich voran, sodass ich fast noch auf die Nase gefallen wäre. Ja, und hier bin ich. Und trotz der rauen Warnung habe ich dir alles erzählt.«

»Ich danke dir!«

»Dann gehe ich jetzt!«

»Wohin?«

»Vor das Zelt natürlich, deinen Schlaf bewachen!«

»Warte noch!«

»Nein, ruh dich aus!«

»Ich kann doch nicht schlafen. Ich möchte noch etwas von dir wissen.«

»Über mich? Da gibt es nichts!«

»Aber ja! – Niemand kann sagen, wann wir wieder einmal so ungestört zusammenkommen. Wenn erst das Turnier vorbei ist, wer weiß, wie es mir dann geht, wohin es mich verschlägt. Und du musst nach Fortis zurück. Sprich also, was ist geschehen? Wieso bist du zum Schweinehirten herabgesunken? Das sieht sehr nach einer Bestrafung aus.

Mein Vater mochte dich doch immer. Er nannte dich liebevoll ›mein kleiner Sarazene‹! Dann zauste er deine wirren Haare. Ich glaubte, er würde dich bald freigeben . . .«

»Also gut. Es stimmt! Einmal wirst du es doch erfahren. Dein Vater strafte mich, ja, er strafte mich hart, sehr hart. Er ließ mich schlagen. Dann saß ich zwei Wochen bei Wasser und Brot im Hundezwinger. Danach musste ich die Schweine hüten. Und weißt du, es machte mir nichts aus. Die Schweine stoßen dich nicht, sie prügeln dich nicht, sie lassen es dich nicht spüren, dass du nur ein Sklave bist. Und Bull, der Hund, auch nicht. Im Wald mit den Schweinen war ich frei.«

»Du muss meinen Vater sehr erzürnt haben!«

»Mehr! Er war tief enttäuscht von mir. Er dachte, ich sei ihm nicht dankbar. Er dachte, ich hätte ihn nicht gern. Er dachte, ich sei geflohen . . .«

»Und?«

»Nun – ich bin Christ geworden!«

»Ich höre wohl nicht recht?«

»Doch, ich ließ mich taufen.«

»Ich weiß nicht, was ich sagen soll! Aber das wäre für meinen Vater doch eher ein Grund gewesen, dich aus der Sklaverei zu entlassen!«

»Mag sein. Und eben das wollte ich nicht. Ich wollte nicht, dass man mir nachsagt, ich sei nur deshalb Christ geworden, um die Freiheit zu erlangen. Niemand weiß davon, auch dein Vater nicht. Außer jetzt du!«

»Aber wie? – Ich meine, wie kam es dazu? Wie hast du es gemacht?«

»Das ist es ja eben. Ich war heimlich drei Wochen fortgelaufen. Niemand wusste, wohin. Dein Vater hat getobt. Er

machte sich sogar Sorgen um mich. Er dachte, ich sei ermordet oder verschleppt worden.«
»Wo warst du?«
»In deinem Kloster. Der Abt unterwies mich . . .«
»Der Abt? Wer ist das?«
»Du kennst ihn als Bruder Ansger. Er ist Abt geworden.«
»Ach, mein Lehrer! Er ist jetzt der Abt! Das ist gut!«
»Ja, er macht es einem leicht, an Christus zu glauben. Er unterwies mich. Ich lernte eure Gebete. Er taufte mich auf den Namen Martin.«
»Martin!« Ich starrte ihn an. »Aber . . . warum . . .«, fragte ich. »Du warst doch ein Muslim!«
»Natürlich! Doch ich war noch ein Kind, als ich aufgegriffen und verkauft wurde. Was hatte ich schon von meinem Glauben erfahren?«
»Das verstehe ich. Trotzdem, das war doch nicht alles?«
»Ja . . . nein, wenn du es unbedingt wissen musst. Du weißt, wir stritten uns sehr, bevor du mit dem König wegzogst. Du hast mir aber auch vieles über deinen Glauben gesagt. Und als mein Zorn verraucht war, dachte ich darüber nach. Ich dachte mir, wenn du bereit warst, für diesen Glauben zu sterben, dann . . . dann . . . dann kann er nicht schlecht sein. Und nun wollte ich mehr darüber wissen. Wenn du zurückkehrtest, was ich mir so sehr wünschte, dann sollte es nicht noch einmal zu einem Streit darüber kommen. Und dann: Ich lebe nun einmal unter Christen und werde wohl immer hier bleiben.«
Ich war bewegt. »Trotzdem hättest du es meinem Vater sagen müssen.«
»Ich hätte es auch wohl getan. Aber er war so wütend. Und als er mich so hart strafte, wurde ich trotzig.«

»Nun trägst du noch immer diesen entwürdigenden Halsring!«
»Es kommt noch einmal eine Gelegenheit! Und sprich mit niemandem, versprich mir das. Es ist allein meine Sache!«
»Es ist gut . . . Martin!«
»Vorläufig heiße ich auch weiter Ahmad, hörst du?«
»Es ist gut, Ahmad. Aber wie bist du ins Kloster gekommen?«
»Ach, das war leicht! Es waren doch oft Mönche in Fortis, die für deinen Vater Schreibarbeiten erledigten, Urkunden, Berichte, Briefe, mit denen sprach ich. Dann ließ mich Vater Ansger kommen . . .«
»Ich sähe ihn gern wieder!«
»Jetzt solltest du wirklich schlafen.«
»Ich hoffe, ich kann es.« Wir standen beide auf. Ich begleitete Ahmad vor das Zelt, wo er sich in Felle einwickelte und vor den Eingang legte. Die Nacht war klar und mild. Ich sah den Mond und den Stern. Das Schlaflied von Zarissa fiel mir ein: »Der Mond ist eine schmale Sichel, aus Silber in die Nacht geschmiedet . . .«
»An was denkst du?«, fragte Ahmad. »Du bist so still!«
»Mir ging ein Lied durch den Kopf aus dem Heiligen Land.«
»Merkwürdig«, antwortete er. »Mir auch . . .«
»Ein Mädchen sang es mir vor, ich hatte sie sehr gern.« Aber ich scheute mich, von Zarissa und ihrem schrecklichen Ende zu sprechen. Die Scham über die Grausamkeit meiner Glaubensbrüder brannte in mir und schmerzte.
Über den Hügeln verstreut, vor den Zelten der Ritter, loderten einzelne Lagerfeuer. Andere waren zu roter Glut herabgebrannt. Die Schmiede hämmerten noch. Manchmal wieherte ein Pferd.

33

Der Morgen war heiter und klar. Als ich aus dem Zelt trat, war Ahmad schon auf den Beinen. Er striegelte mein Schlachtross. Ich strich dem edlen Tier über die Flanke und sagte zu ihm: »Heute hängt viel von dir ab! – Aber wie heißt du? Ich werde dir einen Namen geben. Ich nenne dich Feuervogel!«

Noch hatte sich die Sonne erst wenig über den Horizont erhoben. Alles glänzte und funkelte. Über die Ebene kamen schon die Leute aus der Stadt, um sich ihre Plätze zu sichern. Es waren Gruppen voll Fröhlichkeit und Erwartung.

Ahmad sattelte mein Ross. Danach legte er mir im Zelt die Rüstung an. »Sie hat mich gestern gut beschützt«, meinte ich, »sie wird es auch heute tun.«

»Das wünsche ich«, sagte Ahmad.

»Ich trage sie jedenfalls heute mit besseren Gefühlen als gestern, denn jetzt gehört sie mir. Und wenn sie Beulen und Schrammen bekommt, so schädige ich niemanden.« Meine drei Amulette hingen unter meinem Baumwollhemd.

Die Marschälle und die Herolde waren als Erste in den Schranken. Dann kamen die Ritter. Sie trabten über den Platz und suchten sich ihre Partei.

»Was für ein Gedränge«, murmelte Ahmad.

Ich nickte: »Heute sind fast noch mehr Zuschauer da als gestern. Gestern war es ein Kampf Mann gegen Mann, aber die Massenturniere sind beliebter. Sie sind auch gefährlicher. – Jedoch, genug, ich muss fort.«

Ich schwang mich auf Feuervogel und trabte zum Kampfplatz, den Helm geschlossen. Heute begleiteten mich freundliche Rufe. Mancher Ritter, mancher Knappe wünschte mir Glück.

Die Ritter wurden von den Marschällen getrennt und so verteilt, dass die Parteien gleich groß waren. Als Sieger des gestrigen Tages wurde ich zum Anführer der Blauen Ritter bestimmt, während mein Gegner, Philipp de Drohorst, die Roten Ritter in den Kampf führen sollte. Es mochten etwa fünfzig Ritter auf jeder Seite zusammengekommen sein.
Schon kündigte eine Fanfare den Einritt des Prinzen an. Er war von einem noch größeren Gefolge umgeben als gestern, um seine Pracht und Macht zu zeigen. Ich musterte sie alle, doch blieben meine Augen immer wieder an Baron Philipp und dem Templer Victor hängen, meinen gefährlichsten Gegnern.
Auch mein Vater kam wieder, umgeben von Freunden, Vasallen und Dienern. Der Narr Arne tänzelte um ihn herum, schnitt Faxen und schlug auf dem Feld Purzelbäume. Mir kamen seine Späße jetzt sinnlos vor. Nicht einmal ein Hund hätte sich darum gekümmert.
Mein Vater nahm auf den oberen Reihen der westlichen Galerie Platz.
Bald entstand eine Bewegung am Eingang. Umgeben von zahllosen Neugierigen, die dennoch einen gewissen Abstand wahrten, traten Zamet und Miriam ein. Wenn es möglich war, so erschien mir Miriam heute noch lieblicher. Wie sehr hatte ich sie erwartet. Ich zügelte mein Pferd und widerstand nur mühsam dem Wunsch, sie zu begrüßen.
Die Marschälle wiesen Prinz Jean auf ihre Ankunft hin. Er lenkte sein Pferd zu ihr, sein Gefolge tat es ihm nach. Der Prinz sprang aus dem Sattel und näherte sich ihr mit übertriebener Freundlichkeit. Wenn er etwas beherrschte, dieser Prinz, so waren es die Formen. Er rief: »Ich huldige der Festkönigin. Ich selbst führe sie zu ihrem Thron.« Er wandte

sich dann an die Damen, die in der Nähe waren, und an diejenigen, die sich dazu überwinden konnten, herbeizukommen: »Folgt der Festkönigin, wenn Ihr nicht meinen Unwillen erregen wollt. Gott hat es gefallen, auch dieses Mädchen zu schaffen. Dem Sieger hat es gefallen, sie zu erwählen. So werden wir sie auch für die nächsten Stunden unter uns aufnehmen können.«

Er hielt Zamet mit einer herrischen Gebärde zurück und führte Miriam, ihre Hand auf seinem Handschuh, zu ihrem Thron. Zamet schaute der Tocher voller Bedenken nach. Dann ging er zu seinem Platz, wo er auch gestern gesessen hatte. Heute machte man ihm Platz, doch rückte man von ihm ab.

Viele vornehme, herausgeputzte, aber auch manche schöne Dame war nun in Miriams Gefolge. Bei den Feiern, die gestern Abend in allen Gasthöfen, Häusern und Burgen mit Musik, Tanz, Wein und Fröhlichkeit, oft bis zum Morgen, stattgefunden hatten, hatte man sich dazu entschlossen, Miriams Wahl als einen Scherz zu nehmen und ihr die allgemeine Geringschätzung durch eine auffällig übertriebene Höflichkeit zu beweisen. Ein Spiel war es, doch das Getränk, das dabei gereicht wurde, sollte gallebitter sein. Miriam spürte es kaum. Sie hielt die Augen gesenkt und achtete nicht auf das, was um sie vorging. Wenn ihre Blicke jemanden suchten, so war dies ich.

Als der Prinz sie zu ihrem geschmückten Sitz geleitet und sie sich niedergelassen hatte, winkte ein Marschall. Es ertönte eine festliche Fanfare, die Menge jubelte, denn der Beginn des Kampfes rückte näher. Die Rüstungen blitzten, Pferde tänzelten, vom Schenkeldruck nur mühsam beherrscht. Die Tiere warfen die Köpfe, die Geschirre und Panzer klirrten, Schnauben und Wiehern klangen scharf durch den Lärm. Die Herolde geboten Ruhe. Die Turniergesetze wurden verlesen, der Kampf sollte mit spitzen Lanzen und scharfen Schwertern geführt werden. Nicht jeder Ritter würde mit heilen Gliedern, mancher vielleicht überhaupt nicht mehr nach Hause kommen. Die Herolde schlossen die Proklamation mit den Worten: »Kämpft ritterlich, tut euer Bestes und verdient die Gunst der Königin des Festes und aller anderen edlen Damen.«

Die Ritter trabten in langem Zug in die Schranken. Wir stellten uns an den beiden Enden auf und ordneten uns in einer doppelten Reihe. In der Mitte jedes Zuges hatte der Führer seinen Platz. Die Pferde schoben sich umeinander, sie traten vor und mussten zurückgedrängt werden, sie schnaubten, warfen die Köpfe, stampften mit den Beinen. Ich führte die Blauen Ritter an. Hoch aufgerichtet standen sie vor mir, in schimmernden Rüstungen, mit Federbüschen und Helmzier, die Lanzen steil nach oben gerichtet, die Schilde mit den blauen Wappen vor der Brust; die Pferde geschmückt mit Eisenplatten und blauen Schabracken und Vogelfedern über den Stirnen.

Ich betrachtete jeden Einzelnen, sie glichen sich sehr. Nur einer fiel mir auf, er trug eine besonders gut gearbeitete Rüstung aus dunkelblauem Stahl, fast schwarz, ein seltenes und kostbares Material. Der Ritter selbst war von großer, hünenhafter Gestalt. Er war mir unbekannt. Er rührte sich nicht unter meinem Blick. Sein Visier war geschlossen. Sein Schild wies kein Zeichen auf.

Nun – da die Reihen geordnet waren – erwarteten die Reiter das Zeichen zum Angriff. Die Fähnlein an den Lanzen flatterten. Trompetenklang zerschnitt die Luft, unsere

Speere senkten sich, viele hieben die Sporen in die Flanken ihrer Pferde, mir genügte ein leichter Schenkeldruck. Jeweils die Vorderreihe einer Partei stürmte in gestrecktem Galopp auf die andere los, ein kurzer Wirbel der Hufe, dann der donnernde Zusammenprall, ein Knall, ein Krachen, Schlag, Blitz und Donner, ein vielfacher Aufschrei.
Eine dichte Staubwolke umhüllte alles, ich war wie betäubt, aber unverletzt. Feuervogel tänzelte seitwärts, trat auf Gestürzte. Erst nach und nach, als der Staub sich wieder senkte, konnte ich erkennen, dass etwa die Hälfte der Ritter auf jeder Seite abgeworfen worden war. Viele lagen auf der Erde, manche wurden von ihren Pferden, mit dem Fuß im Steigbügel hängend, zur Seite geschleift. Andere waren schon wieder auf den Beinen und suchten im Fußkampf ihre Gegner. Zwei oder drei bemühten sich ihr Blut zu stillen und humpelten vom Kampfplatz, wo ihre Knappen am Rande warteten.
Erst als auch die Liegenden hinausgetragen worden waren, zogen wir die Schwerter. Die Lanzen waren zersplittert. Der Tumult wurde nun größer, da jetzt auch die zweiten Schlachtreihen in den Kampf eingriffen. Hieb folgte auf Hieb, Schwert auf Schild, Schild gegen Panzer, Schild gegen Schild und dann Schwert gegen den Helm . . . Dieses Keuchen, Stöhnen, Aufschreien, Sichanfeuern, das Donnern der Hufe, die dumpfen Schläge auf den Boden, ihr Wiehern, gepresstes Atmen – dazu das Hin- und Herwogen . . . ständig war ich umringt von Gegnern, die mich einkreisten, mürbe machten und mich sowohl von Baron Philipp als auch vom Templer abdrängten. Ich erkannte diese Taktik wohl, es war ein abgekartetes Spiel. Ich sollte müde gemacht werden, meine Kräfte verlieren, ehe ich mit meinen eigentli-

chen Gegnern zusammentreffen konnte. Es gelang ihnen nur zu gut. Keinen Jubel hörte ich mehr von den Rängen, kaum wurde ich das Stöhnen derer gewahr, die sich wehrlos unter den Hufen unserer Pferde wälzten, wie Schwertklingen tönte mir das Schmettern der Trompeten, Staub und Blut klebte auf den Rüstungen, die aufgeschlagen, aufgerissen waren. Helmbüsche flogen zerfetzt wie Schneeflocken durch die Luft und der Schaum sprühte von den aufgerissenen Mäulern unserer Pferde.

Meine Kräfte ließen nach, meine Schläge verloren an Wucht, meine Bewegungen wurden langsamer, dabei stand mir doch das Schwerste erst bevor. Nur meine Wut hielt mich noch aufrecht. Oft war ich nur noch um eine Schwertlänge von den beiden entfernt, da drängte sich schon ein anderer Ritter dazwischen.

Doch nach und nach kämpfte ich mich frei. Die Reihen lichteten sich und es gab Raum für eigene Bewegungen. Die Blauen Ritter waren aber im Nachteil. Unsere Reihen waren gelichtet, die Kämpfer zerstreut. Wohl war dies bei den Roten Rittern gleichfalls so, aber Philipp de Drohorst und Victor de Firment beherrschten dort gemeinsam das Feld, von einigen wenigen Rittern abgesehen, die kaum noch in den Kampf eingriffen. Auf unserer Seite war ich allein übrig geblieben und diese Ehre schmeckte mir im Augenblick nicht. Zwar trabte hinter mir noch ein anderer Ritter, eben jener Unbekannte in der Rüstung aus dunklem Stahl. Er zeichnete sich aber nicht durch Angriffslust aus, es schien eher so, als schenkte er dem Ganzen keine besondere Aufmerksamkeit. So befand ich mich für kurze Zeit allein in der Mitte des Platzes, denn Victor und Philipp hatten sich jeder in eine Ecke zurückgezogen und schienen an weiteren Kämpfen nicht mehr interessiert zu sein. Doch ich irrte mich. Von allen unbemerkt ließ sich Philipp de Drohorst von seinem Knappen, im Austausch gegen sein Schwert, eine neue Lanze reichen. Damit war er mir gegenüber im Vorteil. Ich war unschlüssig, zu welchen von beiden ich zuerst reiten sollte, um ihn zum Zweikampf zu fordern. Da gaben sie auf ein vereinbartes Zeichen gleichzeitig ihren Pferden die Sporen und stürmten auf mich zu, im wilden Galopp, und sie hätten mich durch diesen Doppelaufprall unfehlbar aus dem Sattel geworfen.

Da brauste der gleichgültige Ritter heran. Seine dunkle Rüstung war wie eine Wolke, die von der Sonne angestrahlt wird. Er riss einem anderen im wilden Galopp die Streitaxt aus dem Gürtel und wirbelte sie hoch über seinem Helm mit dem dunklen Federbusch. Mit ungeheurer Wucht warf er sich zwischen den Templer und mich und schleuderte diesen aus dem Sattel. Und ich schrie: »Hei!« und »Danke!«, doch Philipp de Drohorst war gleichzeitig auf meiner Rechten und seine Lanze fuhr mir in die Seite, ich spürte den lodernden Schmerz, wie ich nie etwas gespürt hatte. Voll Hass schlug ich und traf. Philipps Helm flog auf den Boden, sein Gesicht blutete und zwei Marschälle galoppierten herbei und trennten uns. Sie erklärten den Kampf für beendet.

Niemand hatte erkannt, dass auch ich getroffen war, selbst Ahmad nicht. Wie durch einen Nebel hörte ich den Beifall und den Jubel von den Rängen. Meinen Retter, den gleichgültigen, sah ich nicht mehr. Rings um mich machten sich Knappen zu schaffen, die ihren Herren aufhalfen, sie stützten, fortschleiften und mit größtmöglicher Sorgfalt zu ihren Zelten brachten. Auch Ahmad eilte zu mir, doch ich nahm ihn kaum wahr. Ich spürte Feuervogel nicht, mein Pferd, und nicht das Gewicht der Rüstung, mir war, als ob ich schwebte, wie in einem Nebel, einem Nebel aus Licht und Getöse. Alles schien fern, sehr fern. Ich wusste nur, der Kampf war zu Ende und ich hatte gesiegt. Mein einziger Gedanke – wenn ich überhaupt einen Gedanken hatte –, mein einziger Gedanke war Miriam.

Es war nun des Prinzen Pflicht, den Sieger auszurufen. Er zögerte und blickte suchend. Er bevorzugte wohl den dunkelblauen Ritter, schon aus Abneigung gegen den unbequemen Sieger vom Vortag. Zum Erstaunen aller war dieser aber nirgends mehr zu finden, heimlich, von niemandem bemerkt, hatte er offenbar gleich nach dem Kampf den Platz verlassen. Einige Zuschauer wollten gesehen haben, wie er dem Wald zuritt, und zwar mit derselben nachlässigen Gleichgültigkeit, mit der er gekämpft hatte. Zweimal wurde er durch Trompeten und Rufe der Herolde aufgefordert sich zu melden. Umsonst! Nun hatte Prinz Jean keine andere Wahl mehr, als mich zum Sieger zu erklären.

Ich glitt, so gut es eben ging, aus dem Sattel. Fast wäre ich zusammengebrochen, als ich den Erdboden berührte. Ich hielt mich mit letzter Kraft aufrecht. Ahmad stützte mich und fragte besorgt: »Fehlt dir auch wirklich nichts?« Mühsam erwiderte ich: »Nein, nichts!« Vielleicht glaubte ich es sogar. Zwei Marschälle führten mich über den vom Blute schlüpfrig gewordenen Boden, auf dem verwundete Pferde lagen und stöhnten, neben jenen, die bereits tot waren. Man brachte mich vor den Thron des Prinzen. »Heimatloser Ritter«, sprach mich dieser an, aber er sah über mich hinweg, als sei ich Luft für ihn, höchstens eine Wolke, »nun erkennen wir Euch zum zweiten Mal den Siegespreis zu. Ihr habt jetzt das Recht, aus den Händen der Festkönigin die

Ehrenkrone zu fordern. Das verdankt Ihr Eurer Tapferkeit!« Er spuckte diese Worte so aus, als ob sie ihm Ekel bereiteten.

Ich antwortete nicht, neigte nur leicht mein Haupt, die Trompeten erschallten, Jubelrufe brausten auf, Tücher wurden geschwenkt. Die Marschälle führten mich quer über den Platz, aber ich konnte ihnen nur schleppend folgen, meine Füße schleiften. »Es ist nur Erschöpfung, Müdigkeit . . .«, murmelte ich. So erreichte ich das Fußende des Thrones, auf dem Miriam saß. Aber sie saß schon nicht mehr, sie hatte sich erhoben, als ich näher kam, und all die Damen rings um sie standen gleich ihr. Auch hinter mir drängten sich die Menschen. Sie waren von der gegenüberliegenden Galerie, dort, wo der Prinz, wo mein Vater, wo Zamet ihre Sitze gehabt hatten, über die Reihen geklettert und rannten über den Platz. Alle wollten die Zeremonie aus der Nähe sehen.

Ich kniete an der unteren Stufe von Miriams Thron nieder. Ich spürte ihre Anwesenheit wie betäubt. Mit Würde und Anmut schritt sie herab und kam mir über die Stufen entgegen. Sie hob den Kranz, um ihn mir auf den Helm zu setzen. Doch da riefen die Marschälle befehlend: »Nicht doch!« – Miriam zögerte. »Der Kopf muss entblößt sein!«, forderten die Marschälle. Ich wollte abwehren, doch es kamen wohl nur unverständliche Worte aus meinem Helm. So schüttelte ich nur leicht den Kopf.

War es nun Neugierde oder weil es die Sitte so verlangte, die Marschälle kümmerten sich nicht um mein Widerstreben. Sie nahmen mir den Helm ab, indem sie mir die Helmbänder und den Kragen lösten. Ahmad hatte sich herbeigedrängt, ohne auf den Unwillen derer, die er zur Seite stieß, zu achten, und übernahm meinen Helm. Alle konnten jetzt mein Gesicht sehen. Meine Haare fielen herab. Ich war bleich wie der Tod.

Miriam stieß einen schwachen Schrei aus. Doch sie fasste sich schnell, schritt zitternd vorwärts und drückte mir den Ehrenkranz auf den schweißnassen, verschmierten und verklebten Kopf. Sie sagte so leise, dass man sie kaum verstand: »Lieber Ritter! Ich reiche dir als Preis für deine Tapferkeit diesen Kranz. – Und nie schmückte dieser Lohn edler Ritterlichkeit eine würdigere Stirn!«

Ich konnte gerade noch mein Haupt neigen und die Hand küssen. Es sah zunächst aus, als wollte ich mich noch tiefer vor ihr verbeugen, doch sank ich besinnungslos zu ihren Füßen nieder.

Die Marschälle nahmen mir den Brustpanzer ab. Die Lanzenspitze des Barons war durch das Armstück meines Harnischs gedrungen. Sie hatte mir eine gefährliche Wunde beigebracht.

Drittes Buch

Turm und Pfeil

34

Mich umgab Bewusstlosigkeit, tiefe, vollkommene Finsternis. Ich sah nichts, ich hörte nichts, ich spürte nichts. Was in den folgenden Tagen mit mir und um mich geschah, nahm ich nicht wahr. Und doch muss ich all das erzählen, was man mir später berichtet hat.

Ich beginne mit dem Prinzen.

Es war kaum bekannt geworden, dass der heimatlose Ritter in Wahrheit Leon, der Sohn von Charles de Fortis, sei, der als Knappe mit König Bertrand ins Heilige Land aufgebrochen war, da flog diese Neuigkeit schon von Mund zu Mund, von Ohr zu Ohr. Nicht lange und auch der Prinz erfuhr davon. Ängstlich sah er sich in seinem Gefolge um, laut aber sagte er stolz: »Ich hatte immer schon das Gefühl, der Günstling meines Bruders sei in der Nähe.«

Ein Höfling wisperte vorschnell: »Philipp de Drohorst wird sich wohl jetzt darauf einrichten müssen, dass er niemals Lehnsherr von Fortis wird. Dieser Leon hat Kraft genug, das Erbe seines Vaters zu verteidigen.«

Schneidend erwiderte der Prinz: »Philipp de Drohorst ist ein Mann, der eher drei Herrschaften verschlingt, als dass er eine davon fahren lässt. Übrigens erwarte ich, dass mir niemand in diesem Kreis das Recht streitig machen will, Kronlehen an die Männer zu verteilen, die mir treu ergeben sind und die stets bereit sind, für mich in den Kampf zu ziehen.

Ich verzichte auf solche, die sich in fremden Ländern herumtreiben und mit Ansprüchen zurückkehren, die mir nicht dienen.«
Da die Höflinge von den Rechten des Prinzen profitierten, fiel es ihnen nur allzu leicht, das Versprechen ihrer Treue zu erneuern.
Ein Ritter, der an dem Turnier teilgenommen hatte, warf ein: »Ritter Leon wird Euch wohl keine Sorgen mehr machen. Ich hörte, dass er sehr schwer verwundet ist. Philipp de Drohorst kann sich unbesorgt auf seinen neuen Besitz freuen.«
Prinz Jean presste die Lippen zusammen. »Es tut gut, dies zu hören«, murmelte er. »Doch was auch immer aus ihm werden mag, er bleibt der Sieger des Turniers. Und wäre er zehnmal unser Feind oder der treu ergebene Diener meines Bruders, was vielleicht dasselbe ist, so müssen seine Wunden doch untersucht werden. Mein Wundarzt soll ihn behandeln.« Es ist schwer zu deuten, was den Prinzen zu einer solchen Großzügigkeit veranlasste. War es echte Ritterlichkeit? Oder war es auch die Furcht, sein Bruder Bertrand könnte ihm meinen Tod anlasten, käme er jemals zurück und wieder an die Herrschaft? Oder wollte er mich gerade deshalb seinem Wundarzt anvertrauen, weil er wünschte, dass ich nie wieder das Bewusstsein erlangte?
Doch bald schon kehrten seine Diener zurück und meldeten, dass der Verwundete bereits fortgetragen sei und sich in guter Pflege befände.
»Damit wollen wir uns für den Augenblick zufrieden geben«, meinte der Prinz. Er war vielleicht doch froh dieser Sorge enthoben zu sein. »Wir werden hören, was sein Vater dazu sagt. Schickt also zu dem alten Dickkopf Charles, schickt ei-

nen ausgesuchten Boten und ladet ihn mit der größten Höflichkeit für heute Abend zu meinem Festmahl ein. Die Einladung muss so ausgesprochen werden, dass ihm eine Absage unmöglich ist, es sei denn, er nimmt meinen Zorn in Kauf.« Danach wollte der Prinz das Zeichen geben den Platz zu verlassen. Doch da jagte ein Mann heran, in braunem Ledergewand, jagte heran auf einem schäumenden Pferd und kümmerte sich nicht darum, dass ihm ein Herold den Eintritt auf den Platz verwehren wollte. Er ritt mit rasender Geschwindigkeit auf den Prinzen zu und einige Ritter des prinzlichen Gefolges lockerten schon ihr Schwert, da sie einen Anschlag auf ihren Herrn vermuteten. Doch der Mann zügelte sein Ross, sprang ab und näherte sich mit steif gerittenen Gliedern. Er war erhitzt und keuchte: »Mein Prinz!«

»Was wollt Ihr?«

»Ich bringe diese Botschaft. Sie duldet keinen Aufschub!« Er reichte dem Prinzen ein zusammengefaltetes, versiegeltes Pergament.

»Woher?«, fragte der Prinz kurz.

»Von Eurem Kundschafter, Herr. Mehr weiß ich auch nicht. Ein Reiter brachte es ins Schloss. Er sagte, dass er Tag und Nacht nicht aus dem Sattel gekommen sei, um diese Botschaft zu übergeben.«

»So versorgt und entlohnt ihn.« Der Prinz brach das Siegel auf und öffnete die Faltung mit Erregung. Kaum hatte er das Blatt gelesen, erbleichte er. Er sah zur Erde wie jemand, über den soeben das Todesurteil gesprochen wurde. Nachdem er sich von dem ersten Schrecken erholt hatte, nahm er seinen Rat, Graf de Coline, zur Seite:

»Die Botschaft lautet: ›Hütet Euch, der Teufel ist los!‹« Eine

Weile schwieg der Ratgeber. Dann meinte er: »Wenn dies stimmt, wenn nicht nur Ritter Leon, sondern auch Euer Bruder heimgekehrt ist, so ist es Zeit, Eure Getreuen um Euch zu versammeln. Was ich dazu tun kann, werde ich tun. Wir haben wohl nicht mehr viel Zeit. Doch noch ist es nicht zu spät. Wir müssen handeln.«

»Du hast Recht«, antwortete der Prinz düster. »Gehen wir!«

»Wartet!«, sagte Graf de Coline und er sprach jetzt mit aller Autorität desjenigen, der in Wahrheit die Fäden in der Hand hatte und ohne den nichts mehr geschehen konnte. »Denkt an das Volk! Niemand darf unzufrieden von hier weggehen. Auch darf man den einfachen Leuten ihren Teil des Festes nicht vorenthalten. Zu lange schon warten sie darauf. Sie haben sich gut vorbereitet. Mehr als jemals seid Ihr auf die Gunst aller angewiesen. Der Tag ist noch jung. Lasst die Bogenschützen wenigstens einige Male nach der Scheibe schießen und gebt dem Sieger den Preis. Das kann genügen und das fürstliche Versprechen ist erfüllt.«

»So mag es sein«, erwiderte der Prinz. »Doch soll uns das nicht zu lange aufhalten. Ich will den Platz verlassen. Unser Bankett muss heute Abend stattfinden und wäre es selbst die letzte Stunde meiner Macht.«

Der Prinz gab einen Befehl, die Trompeten schmetterten und riefen die Zuschauer zurück. Viele hatten bereits begonnen sich zu entfernen, in der Absicht, morgen wiederzukommen. Nun aber wurde bekannt gegeben, dass Prinz Jean, durch dringende Geschäfte abgehalten, das Fest abbrechen müsse. Er wollte jedoch nicht, dass so viele gute Bogenschützen nach Hause zurückkehrten, ohne ihre Kunst bewiesen, ohne eine Probe ihres Könnens abgelegt zu haben. Deshalb sollte der für morgen geplante Wettstreit heute schon stattfinden. Dem besten Bogenschützen wurde als Preis ein in Silber gefasstes Jagdhorn, gefüllt mit Münzen, versprochen. Mehr als dreißig Schützen versammelten sich. Es waren dies vor allem Jagdaufseher und Förster aus den königlichen Wäldern. Doch einer war darunter, bei dessen Anblick sich mehr als zwanzig zurückzogen, weil sie ihre Niederlage voraussahen. Der Ruhm dieses Bogenschützen war bekannt. Trotzdem waren es noch acht Männer, die zum Wettkampf antraten. Prinz Jean stand von seinem königlichen Sitz auf und richtete seine Augen auf den Fremden, der ihm einen herausfordernden Blick zurückwarf. Der Bogenschütze stand mit unerschütterlicher Ruhe vor ihm, machte aber keinerlei Anstalten, an dem Wettbewerb teilzunehmen.

»Bursche«, rief der Prinz, »du scheinst kein Freund unserer neuen lange Bögen zu sein. Ich sehe, dass du es nicht wagst, mit diesen Männern hier deine Geschicklichkeit zu messen.«

»Wenn Ihr erlaubt«, entgegnete der Bogenschütze, »ich habe noch andere Gründe, die mich vom Schießen abhalten. Zum Beispiel weiß ich nicht, ob diese Herren darin geübt sind, ein gleiches Ziel zu treffen wie ich.«

Prinz Jean winkte diesen Einwand beiseite. »Wie heißt du?«, fragte er.

Der Mann sagte: »Rosny, Herr.«

»Dann sollst du, Rosny, als Letzter dein Können zeigen. Wenn du den Preis gewinnst, bekommst du noch einen Golddukaten dazu. Schießt du aber schlecht, dann lasse ich dir deinen derben grünen Rock ausziehen und dich mit Bogensehnen vom Platz peitschen, wie es einem Prahlhans zukommt.«

»Das sind schlechte Voraussetzungen für einen ehrlichen Wettstreit«, meinte Rosny.
»Habt Acht auf ihn«, befahl der Prinz seinen Wachen. »Ihm ist das Herz in die Hose gefallen. Wahrscheinlich wird er jetzt versuchen sich aus dem Staub zu machen.« Dann wandte er sich an die anderen Bogenschützen: »Und nun schießt! – Habt ihr den Preis gewonnen, so erwarten euch Wein und Braten im Überfluss.«
Der Prinz, das Gefolge und die Schützen versammelten sich am unteren Ende des Platzes. Von dort wurden fünfzig Schritte abgemessen. Bei diesem Abstand von der Scheibe musste man noch mit einem Ausschwärmen des Pfeiles nach der Seite, mit einem so genannten Schwärmerschuss rechnen. Das Los bestimmte die Reihenfolge. Jeder Schütze sollte es dreimal versuchen.
Einer nach dem anderen trat vor und schoss. Von den vierundzwanzig Pfeilen trafen zehn die Scheibe. Die anderen staken so dicht daneben im Boden, dass man immer noch von einem sehr guten Schuss sprechen konnte. Und von den zehn in der Scheibe steckenden Pfeilen hatte ein Förster der königlichen Jagdreviere zwei in den inneren Ring geschossen. Der Prinz erklärte ihn zum Sieger. Dann rief er Rosny, der scheinbar unbeteiligt daneben stand: »Nun, willst du es immer noch mit meinem Förster aufnehmen?«
»Mir bleibt wohl nichts anderes übrig«, sagte Rosny. »Aber ich stelle eine Bedingung!«
»Oho – auch noch Bedingungen? So rede!«
»Wenn ich zwei Pfeile ins Ziel getroffen haben, soll Euer Förster verpflichtet sein, einen Pfeil nach dem Ziel zu schießen, das ich selbst angeben werde.«
»Es soll mir Recht sein«, antwortete der Prinz. »Doch jetzt

schießt, und solltest du den Förster noch übertreffen, so fülle ich dein Jagdhorn zusätzlich mit Silberpfennigen.
»Nur ein Lump verspricht mehr, als er kann«, brummte der Förster. »Mein Urgroßvater hat einmal so einen prächtigen Schuss getan, dass ihn in hundert Jahren keiner übertreffen konnte. Ich will seinem Andenken keine Schande machen.«
Die erste Scheibe wurde wieder entfernt. An ihre Stelle kam eine neue von gleicher Größe. Der Förster stand ruhig da, den Bogen in der Hand, den Pfeil auf der Sehne. Endlich trat er vor, hob den Bogen mit dem ausgestreckten Arm, spannte rasch, zielte genau und plötzlich schwirrte der Pfeil ab, traf den inneren Ring der Scheibe, doch nicht ganz den Mittelpunkt.
»Du hast den Wind nicht berechnet, Förster«, sagte Rosny. Und nun spannte er seinen Bogen. Er schoss den Pfeil so schnell ab, dass ein genaues Zielen eigentlich unmöglich war. Aber sein Pfeil saß um zwei Fingerbreit näher am weißen Mittelring.
Der Prinz rief: »Förster, du kommst an den Galgen, wenn du dich von diesem hergelaufenen Schuft übertreffen lässt!«
Der Förster hatte immer nur dieselbe Antwort: »Nur ein Lump verspricht mehr, als er kann. Wenn Ihr mich hängen lassen wollt, Herr . . . Indessen, mein Urgroßvater führte einen so guten Bogen, dass man . . .«
»Schweig und schieß!«, rief der Prinz ungeduldig.
Der Förster zielte, berechnete nun auch den Wind und schoss so gut, dass er genau in die Mitte traf.
»Bravo«, jubelten alle. Und der Prinz sagte: »Diesen Schuss, Rosny, kannst du unmöglich übertreffen.«
»So will ich ihm wenigstens eine Kerbe in den Pfeil machen«,

entgegnete Rosny. Er zielte diesmal sorgfältiger, ließ den Pfeil schwirren und spaltete den Pfeil des Försters.
»Das muss der Teufel selbst sein«, flüsterten sich die Schützen zu.
Es war nun klar, dass es zwei Meisterschützen gab. Jetzt übte Rosny das ihm erteilte Recht aus, selbst ein Ziel zu bestimmen. Er riss von einem Busch am Rande des Platzes einen Zweig ab, maß vom südlichen Ende des Platzes, wo die Schützen standen, hundert lange Schritte ab, kümmerte sich nicht um die verwunderten, ungläubigen Zurufe, steckte den Zweig aufrecht in den Boden und kehrte zurück.
»Herr!«, rief der Förster aus, »und wenn mein Urgroßvater ein noch so guter Schütze gewesen ist – nur ein Lump verspricht mehr, als er kann! Und ich bin kein Lump. Niemand kann dieses Ziel treffen.«
Da wandte sich der Prinz an Rosny: »Hund, schieß! Und triffst du dein Ziel, dann erkläre ich dich zum besten Schützen, den ich je gesehen habe. Aber wehe, wenn du uns enttäuschst!«
Da zuckte Rosny mit den Achseln. Er antwortete mit den Worten seines Gegners: »Nur ein Lump verspricht mehr, als er kann, mit oder ohne Urgroßvater!« Der Pfeil ruhte auf der rechten Hand, er zog die linke mit der Sehne weit hinter das Ohr zurück und zielte genau. Niemand wagte zu atmen. Der Pfeil schwirrte. Er zerschnitt die Rute so sauber, dass ihr oberes Ende zu Boden fiel.
Beifallsrufe und wildes Händeklatschen waren der Lohn. Selbst Prinz Jean vergaß seinen Ärger. Er erkannte, was ein solcher Mann ihm nützen könnte. »Der Golddukaten ist dein, wie auch das Jagdhorn mit den Silberpfennigen«, sag-

te er. »Du würdest sie noch oft erhalten, wenn du in meine Leibwache eintrittst!«

»Verzeiht mir, Prinz«, antwortete Rosny. »Ich habe ein Gelübde getan. Sollte ich einmal Dienst nehmen, so will ich dies nur bei Eurem königlichen Bruder tun. Und den Dukaten überlasse ich dem Förster, der heute genauso gut war wie einst sein Urgroßvater. Hätte auch er geschossen, so würde er den Zweig genauso gut wie ich getroffen haben.«

Der Förster schüttelte den Kopf, sowohl über dieses Lob als auch über das Geschenk. Der Prinz aber schaute Rosny mit einem Blick an, in dem alles Gift und alle Galle dieser Welt enthalten waren. Er rief: »Zum Teufel mit all Euren Gelübden. Es wird mir zu viel beschworen um mich herum. Du berufst dich auf das eine Gelübde, Ritter Leon auf ein anderes. Beide taugen sie nichts. Wer in drei Teufels Namen ist hier noch ohne Gelübde?«

Inzwischen hatte sich Rosny heimlich unter die Menge gemischt, ohne auf seinen Siegespreis zu warten. Es war ihm wichtiger, unbehelligt davonzukommen. Der Prinz aber hatte nach den Worten des Unbekanten jedes Interesse verloren. Er winkte seinem Ratgeber und befahl den zuverlässigsten Boten nach Casora zu senden. »Er soll den Juden Zamet aufsuchen. Sagt ihm, er soll mir gleich, noch heute vor Sonnenuntergang, fünftausend Dukaten senden und fünfundvierzigtausend weitere binnen drei Tragen. Oder ich leiste ein Gelübde, dass es ihm schlecht ergehen soll. Schicke ihm diesen Siegelring als Erkennungszeichen von mir. Und sagt dem Boten, er soll noch bei Tageslicht zurückkehren. Die Wälder sind voller Räuber.«

Danach stieg der Prinz auf sein Pferd, schwang sich leicht hinauf und ritt mit seinem Gefolge zu seinem Schloss. Auch die Menge zerstreute sich, die Ereignisse des Tages besprechend, den Sieg des heimatlosen Ritters, wie sein Geheimnis gelüftet wurde, genauso wie Rosnys wunderbaren Bogenschuss. Denn Ähnliches hatte man noch nie gesehen.

35

Kaum war ich zu Miriams Füßen zusammengebrochen, da beugte sie sich in höchster Bestürzung über mich. Zamet eilte mit fliegendem Kaftan quer über den Festplatz herbei und mit ihm viele Neugierige. »Ich bin des Ritters Knappe, meine Pflicht ist es, für ihn zu sorgen«, bedeutete Ahmad den Marschällen.

»Nein, ich werde es tun«, sagte Miriam entschlossen.

»Aber Kind, du weißt, dass wir keinen Christen behandeln dürfen«, rief Zamet bestürzt, jedoch mit geringem Erfolg. Er merkte, dass er sich nicht durchsetzen würde. Und so war es auch.

Die Marschälle waren froh, dass sie sich nicht um mich Ohnmächtigen kümmern mussten. Sie hatten genug zu tun.

»Ach«, seufzte Zamet. *»Lass die Sorge nicht zu deinem Herzen dringen, denn sie hat schon viele getötet!«* Dann gab er nach: »Wenn es denn schon sein muss, so wollen wir den Ritter rasch fortbringen, ehe er uns hier verblutet. Bei uns wird sich ein Arzt um ihn kümmern, der für seine Heilkunst berühmt ist. Sowie das geschehen ist, bringen wir ihn aber aus dem Haus!«

Er bemerkte nicht, dass mein Vater hinter ihm stand. Er hatte in mir seinen Sohn erkannt. Was sollte er tun, was konnte er tun? Er hatte mich doch verstoßen, verflucht, aus seinem

Herzen verbannt. Andererseits war er mein Vater und wollte helfen. Unschlüssig starrte er vor sich hin.
Den Knappen beachtete er gar nicht. Nichts lag ihm ferner, als seinen Schweinehirten hier zu vermuten. Ahmad war es lieb, dass sich Zamet und Miriam meiner annehmen wollten. Ihnen traute er noch am meisten. Er wusste, dass ich, der Schwerverletzte, bei Miriam in den besten Händen war.
Rasch wurde eine notdürftige Bahre aus Lanzen mit Decken hergerichtet. Mit aller Vorsicht legte man mich darauf. Ich wusste von nichts. Ein Wundarzt versorgte mich notdürftig, um die Blutung ein wenig zu stillen. Er presste Stoffe darauf und band eine Schärpe fest darüber. Dann trugen mich Knechte vom Platz. Die Last war nicht leicht, zumal ich ja auch noch die Rüstung trug. Zamet trieb sie zur Eile an. Mit lauten Rufen bahnten sie sich einen Weg durch die Menge, von Miriam und Zamet gefolgt.
Ahmad besaß Umsicht genug, in das Zelt zurückzukehren. Er packte meine Kleider und sämtliche Habseligkeiten zusammen, vergaß auch den Beutel mit Miriams Schmuck nicht, lud alles auf Feuervogel, bestieg sein Maultier und ritt den anderen nach. Er holte sie ein, als sie gerade vor Zamets Haus angekommen waren. Das Tor öffnete sich. Die Bahre wurde in das große Zimmer gebracht, in dem ich jenen Abend verbracht hatte, den ich nie vergessen werde, versunken in Miriams Anblick.
Ein Bote eilte hinüber zum befreundeten jüdischen Arzt. Aber die Kunde schien schon vorausgeeilt zu sein, denn dieser war bereits auf dem Weg. Ahmad und Miriam lösten die Schnallen der Rüstung und nahmen die Eisenteile ab, die Beinröhre, den Kniebuckel, das Bruststück, die Halsberge.

Da trat der Arzt ein. Als er das Hemd aufschnitt, lagen die drei Amulette offen vor aller Augen.
»Der Ritter hat sich dreimal geschützt«, murmelte der Arzt.
»Woher hat er den Davidstern?«, fragte Zamet. Miriam wurde blutrot. Der Arzt schaute schweigend von einem zum anderen. Dann tat er seine Pflicht. Er wusch die Wunde, legte Balsam auf und heilkräftigen Spitzwegerich, auch Mohn, der die Schmerzen stillte.
»Euer Ritter ist schwer verwundet«, erklärte er, »doch er ist außer Lebensgefahr. Ich bezweifle allerdings, dass er sein Bewusstsein vor morgen wiedererlangt. Man sollte ihn ruhen lassen, ohne Bewegungen, am wenigsten Stoß oder Schlag. Morgen mag es ihm schon besser gehen und er wird die Augen aufschlagen. In zwei Wochen, bei guter Pflege, kann er wieder aufstehen, freilich noch nicht kämpfen . . .«
»Ich werde ihn selbst pflegen«, erklärte Miriam. »Aber Kind . . .«
»Lass mich, Vater. Ich kenne die Kräuter, ich habe den Balsam!«
Der Arzt sagte: »Wenn ich als Arzt des Ritters spreche, so kann ich das nur gut finden. Als Jude und Freund jedoch . . .«
»Ich weiß, was Ihr sagen wollt«, war Miriams Einwurf, »aber Ihr könnt Eure Worte sparen!«
Zamet zuckte die Achseln. Er hob seine Hände mit dem Ausdruck der Hilflosigkeit.
»Sorge dich nicht zu sehr, Vater«, versuchte ihn Miriam zu beruhigen. »Sieh, er ist der Knappe des Königs gewesen. Der König mag selbst auch nicht mehr weit sein. Und er wird uns schützen, eben weil wir Leon geholfen haben, den er so liebt wie einen Sohn.«
Der Arzt verließ uns, von Zamet zur Tür begleitet.

Auf dem Festplatz war mein Vater aus seine Erstarrung erwacht. »Was soll ich tun?«, fragte er und der Narr Arne stand ihm am nächsten. Er antwortete gar nicht närrisch: »Wenn es um Leben und Tod des eigenen Sohnes geht, so werden auch Gelöbnisse und Schwüre nichtig. Euer Gelöbnis bezog sich auf den kräftigen, auf den gesunden Sohn, auf den Knappen des Königs. Jetzt aber liegt er schwer verwundet. Jetzt gilt es, ihm beizustehen. Ist er wiederhergestellt, könnt Ihr das Gelöbnis ja erneuern, dann mögt Ihr den Ritter wieder aus dem Hause jagen.«
Mein Vater hörte dies nur zu gern. Da bot sich ihm ein Schlupfloch. Seine Gewissensqual war beendet. »Er darf nicht bei den Juden bleiben«, erklärte er.
»Lasst ihn immerhin heute noch dort«, riet Arne. Der Schelm hatte Ahmad längst erkannt. Doch das verschwieg er. »Man wird ihn dort so gut pflegen, wie dies nur immer möglich ist«, schloss er.
»Nun, du Narr magst Recht haben«, antwortete mein Vater. »Aber mein Sohn darf doch nicht bei einem Juden bleiben. Ich werde ihn also heute noch aufsuchen und dafür sorgen, dass Leon uns übergeben wird.«
In diesem Augenblick überbrachte ihm ein Bote des Prinzen die Einladung zum Bankett. »Fehlt nur nicht, aus welchem Grund auch immer, man würde es sehr übel vermerken!«, fügte dieser hinzu.
»Ach, heute kommt auch alles zusammen!«, rief mein Vater. »Nichts täte ich mit größerem Widerwillen. Immerhin – vielleicht erfahre ich dort Dinge, die ich wissen möchte. Wo sonst, wenn nicht beim Prinzen, kann ich hören, ob König Bertrand ebenfalls heimkehrt. Ha, dann stünde die Herrschaft des prinzlichen Bastards auf tönernen Füßen!«

»Seid nicht vorschnell«, mahnte der Narr, der sich allerlei herausnahm, »es könnte ebenso gut sein, dass der König niemals wiederkehrt. Es ist doch kaum glaublich, dass Leon seinen König verlassen hätte, wenn dieser noch lebte.«

»Du hast leider Recht, gewitzter Narr! Also muss ich den Prinzen besuchen. Wird er gekrönt, dann hängt die Zukunft meiner Burg von seiner Gnade ab.«

Mein Vater war oft unschlüssig. Oft berieten ihn seine leicht erregten Gefühle falsch. Er neigte zum Jähzorn. Hatte er aber einmal einen Entschluss gefasst, so führte er diesen auch aus – dickköpfig wie er war. Er kehrte nun also mit seinem kleinen Gefolge in die Stadt zurück, wusch sich, kleidete sich in ein einfaches, dunkles Gewand und machte sich, geführt durch einen Diener, widerstrebend auf den Weg.

Inzwischen rang Zamet mit sich. »Lass uns zur Vernunft zurückkehren, meine Tochter«, sprach er sanft. »Der Ritter, an dem du so großen Anteil nimmst, wurde durch unseren Arzt so gut versorgt, wie es nur möglich ist. Ach, wirklich, ich wünschte, ich hätte ihn nie gesehen! Fluch sei der Stunde, die mich den Fuß in seines Vaters Haus setzen ließ. Denn von ihr kommt all unser Ungemach.«

»Sorgen hilft nicht und rettet nicht vor dem Tode«, erwiderte ihm Miriam, indem sie einen der väterlichen Sprüche benutzte.

»Wohl wahr. Aber es heißt auch: *Nie soll sich einer an den Ort der Gefahr begeben und sich sagen, es wird schon ein Wunder geschehen.* Wir können nun nichts mehr für ihn tun.« Er betrachtete mich, den Bewegungslosen, auf weichen Kissen Gebetteten. »Er darf nicht bei uns bleiben.«

Miriam schüttelte den Kopf. Schwer fiel es ihr, dem Vater zu widersprechen.

»So kommt Unheil über uns! Was, wenn der Ritter doch noch stirbt? Wem wird man die Schuld dafür geben? Und dann, wenn man den Davidstern auf seiner Brust findet, jene unbedachte Gabe! Dann wird unsere Schuld klar bewiesen sein. Nimm ihn ab, Tochter! Noch hat ihn niemand gesehen außer uns und dem Arzt. Und wir alle werden schweigen!«

Doch Miriam widersetzte sich auch diesmal beharrlich. »Ich werde ihn nicht des Schutzes unseres Glaubens berauben«, sagte sie.

»So ist uns nicht zu helfen«, seufzte Zamet.

»Warum sorgst du dich, Vater? Was kommen muss, das kommt. Er wird ja nicht sterben. Du hörtest doch, was der Arzt gesagt hat. Die Christen werden uns nichts vorzuwerfen haben.«

»Lehre mich die Christen kennen! *Schau nicht auf den Krug, sondern auf seinen Inhalt!* Wenn es so kommt, wie du sagst, und ich bitte Gott darum, dass es so kommt, dann wird man sagen: Der Ritter war nur ganz leicht verwundet, kaum eine Hautabschürfung, kaum ein Kratzer, eine kleine Ohnmacht, weiter nichts. Und nun wollen sich die Juden das Verdienst an seiner Heilung anrechnen. Seht, wie verschlagen sie sind. Was auch immer geschieht, es wird immer zu unserem Nachteil sein.«

In diesem Augenblick trat mein Vater ein.

»Diesen Mann schickt uns Gott«, murmelte Zamet. Er verbeugte sich, doch Miriam betrachtete ihn mit Zurückhaltung, ja mit Misstrauen.

»Euer Sohn ist gut versorgt«, sagte Zamet. »Ein tüchtiger Arzt hat ihn verbunden und heilkräftige Kräuter auf die Wunde gelegt. Mehr konnte man für ihn nicht tun.«

»Ich danke Euch«, erwiderte mein Vater, während er mich betrachtete. Ich lag mit blassem Gesicht und vielen Verbänden regungslos unter der gemusterten Decke. »Ich danke Euch«, sagte er ein zweites Mal. Verstohlen sah er sich in der Stube um. Er war bisher noch nie im Haus eines Juden gewesen. Er war ein wenig verlegen. »Versteht!«, murmelte er, »ich will meinen Sohn selber pflegen. Ich werde ihn holen lassen.«

»Nein!«, entfuhr es Miriam, die selbst über ihren Mut erschrak. »Verzeiht meine Bestimmtheit«, setzte sie hinzu, »aber der Arzt hat es verboten. Leon . . . Euer Sohn . . . verträgt jetzt noch keine Erschütterung. Die Wunde könnte wieder zu bluten beginnen.«

Mein Vater sah sie verwundert an. »Euch liegt an ihm«, stellte er fest. »Ach ja, er wählte Euch zur Königin des Festes. – Trotzdem, es kann nicht sein.«

»Ich habe es meiner Tochter schon gesagt«, pflichtete Zamet ihm eifrig bei, »verzeiht, sie ist noch jung, und verzeiht auch mir, da ich ihr Vater bin.«

»Ich habe nichts zu verzeihen, ich habe nur etwas zu verhindern. Und ich denke, Ihr wisst, was ich meine!«

»Nur zu gut! – Ich verstehe, aber es ist bitter!«

Er begriff, dass die Schwierigkeiten schon begannen, die er befürchtet hatte. Sein Bestreben, mich, den Christen, aus dem Haus zu bringen und so den Frieden seines Heims wiederherzustellen, wuchs.

Miriam wagte es nicht mehr, ihrem Vater zu widersprechen, so versuchte sie Zeit zu gewinnen. »Bedenkt, was der Arzt gesagt hat, es ist zu früh!«, rief sie. »Man kann ihn jetzt noch nicht so weit fortbringen, einen so schlechten Weg, durch den Wald, über Steine und Wurzeln, nach Fortis.«

Mein Vater überlegte. Dann fasste er einen Entschluss. Im Grunde kam er ihm sogar gelegen. »Heute Abend kann ich nichts mehr unternehmen«, erklärte er. »Ich muss beim Bankett des Prinzen sein. Es ist mir daher lieb, dass ich meinen Sohn noch in Eurer Fürsorge lassen kann. Morgen in der Frühe . . .«
Diesen Satz konnte mein Vater nicht mehr beenden. Denn ein Bote begehrte heftig Einlass. Er war schnell geritten. »Auf Befehl des Prinzen! Er fordert fünfzigtausend Goldgulden von Euch, fünftausend jetzt und fünfundvierzigtausend in drei Tagen. Hast du in drei Tagen keine fünfundvierzigtausend, wird es dir schlecht ergehen. Du wirst mehr verlieren als den Schutz meines Herrn!«, rief er ohne Umschweife aus.
Zamet erschrak über diese Forderung aufs Höchste. Er wusste wohl, dass er dem Befehl nachkommen musste, aber eine solche Summe übertraf bei weitem seine Möglichkeiten, vor allem in so kurzer Zeit. Er konnte nicht einmal hoffen, bei seinen Stammesgenossen diese Summe aufzutreiben. Er war bleich und rang die Hände, entnervt von allem, was diese Tage gebracht hatten. »Es ist unmöglich! Unmöglich!«, rief er verzweifelt.
Der Bote zeigte ihm den Siegelring des Prinzen. »Du kennst dieses Wappen?«
Zamet nickte.
»Dann weißt du auch, was dich erwartet!«, rief der Bote. »Doch genug jetzt. Für heute gibt sich der Prinz ja mit fünftausend Dukaten zufrieden.«
Zamet nickte. Nur Zeit gewinnen! Diesen Betrag konnte er jetzt zur Not noch zusammenbringen. Bis morgen dann konnte er nachdenken. Und der Christ, an dem Miriam of-

fenbar so viel lag, musste aus dem Haus. Das war gut, das war sogar notwendig, und »ja, ja«, nickte er meinem Vater zu, »morgen früh holt den Ritter nur ab und bringt ihn heim auf Eure Burg. So ist es recht, so ist es gut.« Nun muss es auch Miriam einsehen, dachte er, dass wir ihn nicht behalten können, dass er fort muss, denn auch wir müssen fort, ich weiß nicht wohin, aber fort müssen wir, es bleibt keine andere Wahl. Seine Gedanken überstürzten sich.

Nun hätte mein Vater eigentlich gehen können. Er wollte ja auch gehen. Aber etwas hielt ihn zurück. Vielleicht empfand er Mitleid mit Zamet, vielleicht war er gerührt von Miriams Verzweiflung. Diese galt ja nicht ihrem Vater, sondern ebenso seinem Sohn. Er hatte sie doch gesehen, die wechselnde Röte und Blässe ihrer Wangen, schon bevor der Bote kam. Er blieb also, wartete ab, bis der Kaufmann aus seinem Keller das Geld geholt hatte, mit eiligen, hastigen Schritten und klirrenden Schlüsseln. Diener beluden die Maultiere und des Prinzen Bewaffnete umringten sie. Der Bote ritt voran und so zogen sie davon mit fünftausend Dukaten.

Während Zamet draußen beschäftigt war, herrschte im Zimmer Schweigen. Mein Vater sah zu Boden, schaute auf die reich gewirkten Teppiche, dachte vielleicht auch an die kahle Halle daheim, an die Unwirtlichkeit seiner Burg. Er dachte auch an Zamets Notlage, was er an seiner Stelle wohl tun würde, und er sagte sich, dass ihm jede Vorstellung fehlte. Er achtete nur flüchtig darauf, dass ein glatt rasierter Sarazene ins Zimmer trat, um nach Leon zu sehen und beim Anblick des Gastes zurückschrak, die fünf Finger der rechten Hand auf seine Lippen legte und hastig den Raum wieder verließ.

»Wer war das?«, erkundigte er sich.

»Der Knappe des Ritters«, antwortete Miriam.
»Ein Sarazene?«, fragte mein Vater geistesabwesend. »Nun, wenn er der Knappe meines Sohnes ist, so soll er morgen mit uns kommen. Wir haben schon einen Sarazenen auf dem Hof.«
Zamet kehrte zurück. Alle Farbe war aus seinem Gesicht gewichen.
»Könnt Ihr das Geld aufbringen?«, fragte mein Vater.
»Man kann aus einem Brunnen kein Wasser schöpfen, dessen Spiegel bis auf den Grund gesunken ist«, sagte Zamet düster. »Nein, Herr, ich kann es niemals.«
Er klagte nicht, er jammerte nicht, er raufte sich nicht die Haare. Aber gerade das überzeugte meinen Vater und berührte ihn. »Es wird Euch schlecht ergehen«, meinte er.
»Wir müssen fort«, sagte Zamet. »Verratet uns nicht, um Eures Gottes Barmherzigkeit willen, wir müssen fort! Ist Euer Sohn erst in Euren Händen, dann gehen auch wir.«
»Wohin wollt Ihr?«
»Das weiß Gott!«, rief Zamet.
»Vielleicht«, sagte mein Vater, und nun war er ganz Herr Charles de Fortis, »vielleicht weiß ich das auch! – Doch lasst uns überlegen. Ein Fehler könnte tödlich sein. Warum braucht der Prinz so viel Geld . . .«
»Wofür er so viel Geld braucht? Ein Verschwender ist er, das ist gewiss. Aber jetzt geht es auch noch um anderes. Nichts weiß ich, aber ich vermute manches. Da liegt Euer Sohn, der Vertraute des Königs. Er ist zurückgekehrt. Ist dann der König selbst weit von hier? Nichts fürchtet der Prinz so sehr wie seine Rückkehr. Also braucht er Geld, weil er Geschenke machen muss, weil er gezwungen ist seine Macht zu festigen. Alles, was an Geschmeiß um ihn ist, muss er be-

stechen, damit man ihm die Treue hält und für ihn kämpft. Ohne Gold keine Macht, so denkt er . . .«

»Es liegt also in jedes ehrlichen Mannes Interesse, dass der Prinz das Geld nicht bekommt«, überlegte Charles, mein Vater. »Schade um die fünftausend Gulden, die Ihr schon zahltet. Nun, es ist geschehen. Hört, Zamet, uns trennen Welten. Und doch habt Ihr meinem Sohn Gutes getan. Ich lasse Euch nicht im Stich in der Not. Ich habe einen Plan: Ich muss heute Abend zum Festmahl des Prinzen. Ich werde versuchen zu ergründen, was wir beide wissen möchten: Kommt der König oder kommt er nicht? Morgen früh hole ich meinen Sohn. Ihr und Eure Tochter kleidet Euch unauffällig. Verhüllt Eure Gesichter und verlasst wenig später heimlich das Haus. Vor dem Stadttor treffen wir uns. Ihr werdet in mein Gefolge aufgenommen und kommt mit auf meinen Hof. Dort werde ich Euch verbergen. Meine Leute sind mir ergeben. Die Rückkehr meines Sohnes wird auch sie hoffnungsvoll stimmen. Der Prinz wird vergeblich zu Euch schicken. Wo niemand ist, kann er auch nichts holen und keinen strafen. Kehrt König Bertrand zurück, setzen wir unsere Hoffnung auf ihn. Kommt er nicht, setzen wir auf die Zeit und die Veränderungen, die sie bringt. Vielleicht lässt der Prinz Euer Haus verwüsten . . .«

»Ach, was sind Steine, was sind Mauern«, sagte Zamet. »Staub vor der Ewigkeit. Wenn wir nur atmen können. Denn der Atem ist es, der Steine und Mauern erschafft.« Er verbeugte sich tief vor meinem Vater, ergriff seine Hand und küsste sie schnell.

»Nicht doch«, rief dieser verlegen.

»Ich tat es für meine Tochter«, sagte Zamet.

Und dann verließ ihn mein Vater.

Zamet und Miriam waren allein mit mir. Zeit blieb ihnen nicht viel. Aber eine Frage belastete Zamet. »Wirst du dem Glauben deiner Väter nun untreu werden, meine Tochter? Sprich, Miriam, du Liebe meines Herzens.«

»Nein, mein Vater, das werde ich nicht tun«, sagte Miriam.

»Du wirst Leon aufgeben müssen oder deinen Glauben«, sagte Zamet.

»Mein Herz kann zerbrechen, Vater!«

»Mein Herz ist schon lange vorher zerbrochen, du meine Tochter, aber es dient mir immer noch.«

Dann schwiegen sie und taten, was noch getan werden musste, ehe sie ihr Haus verließen.

36

Der Berater des Prinzen, Graf de Coline, war ein Mann von großem Ehrgeiz. Er war hoch gestiegen. Jetzt hielt er alle Fäden in der Hand. In Wahrheit war er es, der die Herrschaft ausübte. Mächtiger konnte niemand werden, der nicht von königlichem Geblüt war. Er wusste aber auch, dass all seine Macht nur vom Prinzen kam. Wenn der Prinz fiel, stürzte auch er. Dann erwartete ihn wenigstens die Verbannung vom Hof auf seine Güter. Wahrscheinlicher war, dass er mit Kerker, vielleicht sogar mit dem Tod auf dem Schafott zu rechnen hatte, denn er hatte in vielfacher Hinsicht gegen den Willen König Bertrands verstoßen. Nun schlug auch seine Schicksalsstunde. Wie kein zweiter kannte er den Wankelmut und den schwachen Charakter des Prinzen. Der Prinz war zwar Pracht liebend, hochfahrend und herrschsüchtig, aber er schwankte auch wie ein Schilfrohr im Winde. Das machte ihn lenkbar. Heute Abend, wenn alle wichtigen Männer des Landes im Schloss zusammentrafen, musste er seine Trümpfe ausspielen. Jeder, der jetzt nicht offen für den Prinzen Partei ergriff, war bei den kommenden Unruhen und Kämpfen gefährlich.

Es musste gehandelt werden. Vor dem Bankett sprach Graf de Coline noch einmal eindringlich mit dem Prinzen und nahm dabei keine Rücksicht mehr auf Höflichkeit und Unterwürfigkeit. Er sagte: »Unterlasst heute alles, Herr, was Eure Untertanen gegen Euch einnehmen könnte. Seid höflich zu allen. Und vor allem müsst Ihr Charles de Fortis für Euch gewinnen. Ihr wisst, dass er König Bertrand, Eurem Bruder, zwar ergeben ist, die alte Eifersucht aber, dass dieser ihm seinen einzigen Sohn nahm, ist noch nicht beseitigt. Versprecht ihm Fortis . . .«

»Und Philipp de Drohorst? Er wird es nicht dulden!«

»Philipp de Drohorst ist schon zu tief verstrickt in Euer Schicksal, Herr, als dass er sich noch auf die Seite des Königs schlagen könnte. Zu groß sind seine Verbrechen, seine Übergriffe, seine angemaßte Macht. Wir müssen ihn auf andere Weise entschädigen. Charles de Fortis ist wichtig. Er gehört zu den angesehensten, ältesten Edlen des Landes. Sein Einfluss ist groß, auch im Volk. Die Seite, die er wählt, ist immer im Vorteil. Und gerade jetzt, wo alles am seidenen Faden hängt, könnte er das Zünglein an der Waage sein.«

»Ich kann ihn nicht leiden«, sagte der Prinz mürrisch. »Er ist mindestens so hochfahrend und jähzornig wie Philipp de Drohorst. Aber Philipp ist mir ergeben. Charles de Fortis nicht!«

»So müsst Ihr selbst um so überlegter handeln. Lasst Euch nicht zu unbedachten Handlungen hinreißen . . .«

»Ihr seid sehr kühn, Graf«, erwiderte der Prinz. »Ihr nehmt Euch sehr viel heraus!«
»Doch nur zu Eurem Wohl!«
»Das auch das Eure ist«, murrte der Prinz. »Jedoch, Ihr habt Recht. Wir haben schon zu lange gezögert. Ich will dem unguten Zustand ein Ende machen. Ich bin der ewigen Zurücksetzung müde. So lange ich lebe, hält man mir vor, dass ich nicht von ebenbürtiger Geburt bin. Wie viele Demütigungen habe ich deswegen erduldet. Was hat mein Bruder denn, was anders ist als bei mir? Was zeichnet ihn vor mir aus? Was macht ihn zum König und nicht mich? Doch nur eine Laune des Schicksals! Warum hat Gott mir das angetan? Diese Schmach kann nur durch meine Krönung in der Kathedrale von Lesar getilgt werden!«
Der Berater nickte zufrieden. So wollte er den Prinzen sehen.
Das Schloss lag auf einer Anhöhe, etwa eine Reiterstunde von Casora entfernt und in der Nähe des Festplatzes. Am heutigen Abend erstrahlte es im Glanz zahlloser Kerzen. Spiegel gaben den Schein vielfach wieder. Lebendig flackerte das goldene Licht über die Wandteppiche an den Wänden. Die darin verwobenen Jäger, Herren und Edelfrauen in ihren buntesten Kleidern schienen sich zu bewegen, als seien sie lebendig. Prinz Jean hatte befohlen alles aufzubieten, was in seiner Macht stand. Glänzen sollte diese Zusammenkunft der Edlen über den Abend hinaus, sie sollte alle Bedenken zum Verstummen bringen und der Prinz selbst sollte ein Teil dieses Glanzes sein.
Seinem Befehl gehorchend waren die Bediensteten, die Jäger, die Verwalter der Güter ausgeschwärmt und hatten an Leckerbissen herbeigeschafft, was nur zu bekommen war.

Die Menge der geladenen Gäste war kaum zu zählen. Da die Zukunft ungewiss war und man nicht wusste, ob König Bertrand jemals zurückkehren und jemals wieder die Krone tragen würde, kamen fast alle.
Der Prinz empfing Charles de Fortis wie seinen besten Freund. Baron Philipp de Drohorst und der Templer Victor de Firment hatten ihre Verletzungen behandeln lassen, hatten gebadet und festliche Kleider angelegt. Weit leuchtete das rote Kreuz des Templerordens auf Victors weitem Mantel. Fürstlich war der Scharlach, den Philipp über seinem Umhang trug. Mein Vater wirkte daneben bescheiden, er trug eine schlichte, braune Tunika und einen Rock aus braunem Leinen, der aber mit edlen Fellen umrandet war.
»Willkommen, Charles de Fortis«, begrüßte ihn der Prinz. »Schön, Euch hier zu sehen. Viel zu selten beehrt Ihr uns mit Eurer Anwesenheit. Die Zukunft wird dies zum Besseren ändern, hoffe ich. Und dann wird es auch möglich sein, Missverständnisse aus der Welt zu schaffen, die zu meinem Kummer entstanden sind.«
Der Gast verbeugte sich nur schweigend. Aber er glaubte aus diesen Worten herauszuhören, dass der Prinz seine Entscheidung, Philipp de Drohorst mit Fortis zu belehnen, vielleicht zurücknehmen werde.
Philipp de Drohorst stand in der Nähe. Auch er beachtete jedes Wort – und ein nachdenklicher, zugleich aber auch entschlossener Zug machte sein Gesicht nicht liebenswerter. Charles de Fortis erhielt als Vater des Siegers aus dem heutigen Turnier einen Platz, der genau dem Prinzen gegenüberlag.
Graf de Coline, der Ratgeber des Prinzen, setzte sich nicht. Er huschte hinter den Rücken der Gäste hin und her, be-

fragte sie nach ihrem Befinden, nach ihren Sorgen, nach ihren Wünschen. Das war ihm wichtiger als das reichliche Mahl.

Die Tafel bog sich unter der Menge der ausgesuchtesten Speisen. Die Gerichte waren von den Köchen so kunstvoll zubereitet, dass man nicht mehr erkannte, woraus sie bestanden. Es gab Pasteten und Rosinenkuchen, es gab Lerchen und Tauben, sogar Nachtigallen und Grasmücken. Und zur Würze die besten Weine, die das Land zu bieten hatte, auch die von Fortis. Und wie es Sitte war, wurde ebenso unmäßig gegessen wie über den Durst getrunken. Der Wein lockerte die Zungen und Graf de Coline versuchte herauszufinden, wie die Gäste dachten, was sie über das Turnier sprachen, ob sie den Bogenschützen bewunderten, Mutmaßungen über den geheimnisvollen, gleichgültigen Ritter anstellten, der sich jeder Ehrung entzogen hatte. Man war des Lobes voll über den heimatlosen Ritter, dabei fiel manch neugieriger Blick auf meinen Vater.

Dieser saß eher unbeteiligt auf seinem Platz, fühlte sich wenig wohl unter der glänzenden Gesellschaft und wäre lieber daheim unter den ihm vertrauten Menschen gewesen. Er hatte Sorgen und überlegte, wie er das Gespräch auf die Heimkehr des Königs lenken konnte.

Inzwischen wurde die Stimmung immer lockerer und lustiger. Das hätte dem Prinzen angenehm sein müssen, allein er war erfüllt von Angst, die sich im Laufe des Abends und unter dem Einfluss des Alkohols derart steigerte, dass er davon vollständig beherrscht wurde. Schließlich nahm er nur noch an dem Anteil, was unmittelbar um ihn herum vorging. Wurde er angesprochen, schreckte er auf, stürzte einen Becher Wein hinunter, als ob er sich Mut antrinken wollte, und warf ein paar Brocken in die Unterhaltung. Graf de Coline beobachtete ihn beunruhigt. Schließlich hielt er es für klug, seinem Herrn zu raten: »Trinkt auf den Sieger des Turniers. Man erwartet das von Euch! Es wird Charles de Fortis gefallen.«

Der Prinz nickte. Er erhob sich, schwankte ein wenig, stützte sich mit der Hand auf den Tisch und rief: »Freunde! Hebt mit mir diesen Becher auf das Wohl des Siegers! Leon de Fortis hat es verdient. Wir sind betrübt, dass dieser tapfere Mann Wunden davongetragen hat und daher nicht unter uns ist. Gern hätten wir von ihm gehört, welches Schicksal meinen Bruder daran hinderte, zu uns zurückzukehren . . .«

Sollte er wirklich nichts wissen, dachte mein Vater, oder ist dies nur eine List?

»Füllt Euren Becher noch einmal«, rief der Prinz, »auch Ihr, Herr Charles!«

Nun musste sich dieser ebenfalls erheben, doch er tat dies nur unwillig. Nicht dass er zu viel getrunken gehabt hätte – er trank immer mäßig und verachtete die Trunkenbolde –, sondern weil ihm die höfische Kunst der Verstellung zuwider war. Doch er wusste, gerade darauf kam es nun an. Er überlegte kurz und antwortete dann: »Ihr wisst wohl, hoher Herr, und auch Ihr, edle Ritter, wisst es, dass ich meinen Sohn enterbt habe, dass ich von ihm im Zorn geschieden bin.«

Einzelne Stimmen wurden laut: »Aber der Zorn darf nicht bleiben. Die Dinge haben sich geändert!«

Und der Prinz sagte: »Nun ist Euer Sohn verwundet. Er ist auf Eure Fürsorge angewiesen. Ich denke, Ihr werdet ihn bereits in Eure Betreuung genommen haben? Ich hatte meine Diener geschickt, denn mein Wundarzt sollte sich seiner annehmen, allein er war schon vom Platz getragen worden. Wo ist er?«

Meinem Vater war diese Frage nicht angenehm. Errötend suchte er nach Worten. Was sollte er sagen? Eine Lüge? Die scheute er, auch bestand die Gefahr, dass der Prinz es bereits besser wusste. War denn nicht ein Bote zu Zamet gekommen mit der Geldforderung des Prinzen? Er musste wohl die Wahrheit sagen: »Ihr wisst, dass mein Sohn Miriam, die Tochter des Juden Zamet, zur Festkönigin machte. Ihr habt gesehen, wie er zu ihren Füßen das Bewusstsein verlor. Nun – so hat ihn der Jude aufgenommen. Er ist in seinem Haus und wohl versorgt.«

Allgemeines Erstaunen war die Antwort. »Ich bitte Euch, Ihr Herren. Es ist nur für heute Nacht und in der ersten, größten Not. Es war schnelle Hilfe geboten. Morgen früh hole ich meinen Sohn zu mir und bringe ihn nach Fortis, wo er in meiner Pflege bleibt.«

Mein Vater bemerkte den Blick nicht, den ihm Philipp de Drohorst zuwarf, und noch weniger konnte er ahnen, was hinter dessen Stirn vorging. Der Prinz wandte sich erneut an meinen Vater: »Mein Bruder Bertrand nahm Euch den Sohn. Er hatte die Absicht, Leon aufs Neue mit Fortis zu belehnen . . .«

»Aber in der Zeit seiner Abwesenheit habt Ihr etwas anderes beschlossen«, warf mein Vater zornig ein. »Nicht so ungeduldig, edler Freund», entgegnete der Prinz. »Mussten wir nicht so entscheiden? Niemand hörte mehr von ihm oder wusste, ob er wiederkehren würde. Jetzt liegt die Sache anders und wird erneut zu prüfen sein. Pflegt Euren Sohn. Lasst ihn gesund werden. Wir vermissen einen so glänzenden Ritter in unserer Nähe.« Der Prinz schwieg. Er meinte, nun habe er genug getan, genug angedeutet, genug gesagt. Er hob seinen silbernen Becher, um auf mein Wohl, Herrn Charles' Sohn, zu trinken. Alle taten es ihm nach, sogar Philipp de Drohorst und Victor de Firment hoben ihre Trinkgefäße zum Schein an die Lippen. Mein Vater wollte sich danach wieder setzen. Doch da rief der Ratgeber des Prinzen: »Nein, wartet, würdiger Herr. Da Prinz Jean nun auf Euren Sohn getrunken hat, bitte ich Euch, uns einen aus dem Kreis der Edlen zu nennen, den Ihr für den würdigsten haltet und den Ihr mit einem Trinkspruch ehren wollt!« Und da er hinter dem Stuhl des Prinzen stand und ihn dieser nicht sehen konnte, deutete er mit dem Zeigefinger auf den Prinzen und nickte dem Angesprochenen unmissverständlich zu, wen er gemeint habe. Er glaubte, dies wäre die beste Gelegenheit für Charles, die Missverständnisse zwischen ihm und dem Prinzen auszuräumen und ihn auf den Prinzen festzulegen.

Mein Vater kniff die Augen zusammen. Er war schon immer eher mutig als klug und niemals verschlagen gewesen. Er ließ sich seinen Becher nochmals füllen. Er rief laut: »Gern tue ich das! Lang liegt es mir schon auf der Seele! Ein Name ist es, der es besonders verdient, hervorgehoben zu werden. Ich nenne den ersten an Rang und in Waffen, den besten und edelsten, ich leere diesen Becher auf das Wohl unseres Königs Bertrand, dessen baldige Rückkehr wir alle erhoffen!«

Der Prinz wurde aschfahl. Graf de Coline schlug sich verzweifelt die Hand gegen die Stirn, als wollte er meinem Vater zeigen, dass er wohl nicht recht bei Sinnen sei. Philipp de Drohorst lächelte dünn. Mit spürbarer Schadenfreude wanderten seine Blicke an den Sitzreihen entlang und blieben auf Charles hängen. Dann erst suchten sie den Prinzen. Dieser hatte sich so weit gefasst, dass er sich umwenden und seinem Ratgeber zuzischen konnte: »Eine kluge Idee war das von Euch! Jetzt ist es klar, auf welcher Seite der alte Dickschädel steht.«

»Nun, es ist gut, dass wir es wissen«, flüsterte der Graf de Coline in des Prinzen Ohr. »Doch viel mehr noch interessiert es mich, ob der Vater vom Sohne nicht mehr über den König erfahren hat, als er uns sagt. Vielleicht haben sie sich vor dem Turnier schon gesprochen! Warum wäre sonst der Vater so kühn? – Mein Prinz, es ist keine Zeit mehr zu verlieren. Noch heute Abend muss die Entscheidung fallen. Ich ersuche Euch dringend, hebt endlich Euer Glas und trinkt auf den König und sei es auch nur zum Schein! Ich will doch sehen, wie sich die anderen verhalten!«

Da er nun nicht anders konnte, erhob der Prinz seinen Becher und führte ihn an die Lippen, setzte ihn aber wieder ab, ohne getrunken zu haben. Gespannt beobachtete Herr de Coline die Versammlung. Viele hielten es für ebenso gewagt, dem Trinkspruch zuzustimmen, wie sich zu weigern. Die erfahrenen Höflinge ahmten einfach das Beispiel des Prinzen nach. Sie hoben die Becher bis an die Lippen und setzten sie dann nieder. Es gab aber auch solche, die riefen, von einem Gefühl der Treue ergriffen: »Lang lebe König Bertrand! Möge er bald wiederkehren!« Nur wenige, unter ihnen Philipp de Drohorst und Victor de Firment, ließen die Becher mit finsterem Gesicht unberührt vor sich stehen. Aber keiner war da, der es gewagt hätte, der Huldigung des Königs offen zu widersprechen.

Mein Vater spürte, dass er sich zu weit vorgewagt hatte. Doch nachdem es schon einmal so war, wollte er noch den nächsten, den wichtigsten Schritt tun. »Meine Herren!«, fragte er laut. »Weiß einer etwas über das Schicksal unseres Königs? Vermute ich recht, wenn ich glaube, der König kann nicht weit sein, wenn sein getreuester Gefolgsmann schon bei uns ist?«

»Nun«, rief der Prinz zornig. »Wir wissen alle, dass Euer Sohn der Liebling meines Bruders war.« Er lächelte hämisch. »Aber ich meine, Euer Sohn kam gerade deswegen allein zurück, weil mein Bruder nie wieder zurückkehren kann. Hätte Leon ihn sonst verlassen? Und was für einen Grund könnte Bertrand wohl haben, nicht unter uns zu treten und sich huldigen zu lassen, was, wie ich eben erlebte, viele nur zu sehr wünschten.«

Beide hatten nun erfahren, was sie wissen wollten. Keiner, weder der Prinz noch Charles de Fortis, konnten oder wollten Auskunft über den Verbleib des Königs geben. Mein Vater fand es an der Zeit, das Fest zu verlassen. Er konnte seine Lage jetzt nur noch verschlimmern. Mit steifen, ungelenken Worten bedankte er sich für die Einladung und verließ rasch den Saal. Der Prinz nagte an seiner Unterlippe. Dann winkte er seinem Ratgeber, der sich über seine Schulter beugte. »Das war der Erste, der mich verlässt«, murmelte der Prinz.

»So werde ich jetzt handeln«, versetzte der Ratgeber.

Eine Weile herrschte Verlegenheit an den langen Tischen. Einige hielten es für angebracht, ebenfalls aufzubrechen. Der eine oder andere machte Anstalten dazu.

»Es war alles umsonst«, seufzte der Prinz. »Sie haben die Fußspuren des Löwen entdeckt. Nichts wird ihnen den Mut zurückgeben.«

»Ich wollte, dass nur Ihr Euren Mut wiederfändet«, sagte der

Ratgeber. »Schon der Name Eures Bruders schüttelt Euch ja wie Fieberfrost.« Mit einer besitzergreifenden Handbewegung legte Graf de Coline beide Hände auf die Schultern des Prinzen. Auch er sah, wie wenige dem Prinzen zugetan waren. Er musste allen die Vorteile klar machen, die eine Regierung des Prinzen bringen würde. So erinnerte er sie an das, was sie jetzt schon genossen und später verlieren würden. Und er versprach jedem zusätzliche Güter, Begünstigungen und Reichtümer. »Wenn Bertrand zurückkehrt«, rief er laut, »dann kehrt er zurück, um seine verarmten Ritter, die mit ihm gezogen sind, auf Kosten derer zu bereichern, die auf ihren Besitzungen blieben. Wenn er zurückkehrt, wird er all jene zur Rechenschaft ziehen, die seine Abwesenheit zu ihrem Vorteil ausnützten, und die Anhänger seines Bruders, des Prinzen Jean, bestrafen. Es kann kein Zweifel mehr darüber bestehen, wer der Fürst ist, für den Ihr Euch entscheiden müsst. Gewiss, Bertrand wurde gewählt, weil es einmal richtig schien. Doch nun haben sich die Dinge geändert. Ihr könnt diese Wahl widerrufen, denn noch fehlt die göttliche Bestätigung, das unlösbare Siegel. Noch wurde Bertrand nicht gekrönt . . .«

»Das ist wahr!«, hörte man rufen.

Die Rede machte den gewünschten Eindruck. Sie fiel auf fruchtbaren Boden. Manche schauten nachdenklich vor sich hin. Andere riefen laut, dass sie für den Prinzen eintreten wollten. Philipp de Drohorst erklärte: »Mein Schwert gehört Prinz Jean! Und jeder, der dagegen ist, muss es mit mir aufnehmen!«

»Und ich stehe dafür ein, dass er die Unterstützung des Templerordens hat!«, rief Victor de Firment. »Wir haben mit Bertrand noch eine alte Rechnung aus dem Heiligen Land zu begleichen. Aber er vergaß, wie mächtig die Tempelritter sind!«

Rufe wurden laut: »Auf denn! Zur Krönung unseres Prinzen in Lesar! – Hoch lebe unser künftiger König und Herr!«

Graf de Coline beugte sich zum Prinzen nieder und flüsterte ihm zu: »Ihr habt gewonnen, Herr! Vergesst nicht, wem Ihr das zu verdanken habt!«

»Ich werde es nicht vergessen«, erwiderte der Prinz. Und ein Lächeln der Befriedigung zeigte sich auf seinen Lippen. Nach und nach entfernten sich nun die Gäste, nicht ohne dem Prinzen noch einmal ihre Ergebenheit zu beteuern.

Auch Philipp de Drohorst und Victor de Firment verließen den Saal, um ihre Gastgemächer aufzusuchen. Doch im Vorraum zog Baron Philipp den Templer in eine Nische, wo sie von keinem belauscht und gesehen wurden.

»Ihr habt gehört, Victor, dass König Bertrand zurückkehren wird, um sich krönen zu lassen!«

»Wie sollte ich nicht? – Doch er wird auf einen Widerstand stoßen, den er nicht erwartet hat.«

»Er ist kein Freund der Templer. Aber mit mir könnt Ihr rechnen, jedoch ich zähle auch auf Eure Hilfe.«

»Was habt Ihr vor?«

»Habt Ihr auch gehört, dass Charles de Fortis seinen Sohn morgen heimbringen lassen will? Lasst Euch von mir sagen: Leon wird nie nach Hause kommen und sein Vater auch nicht. Ich traue dem Prinzen nicht! Hat er dem Vater nicht in Aussicht gestellt, dass er ihm Fortis wieder zu Lehen geben will? Und kommt der König heim, dann wird dies desto eher der Fall sein, mag nun der Prinz gekrönt worden sein oder nicht. Was aber, wenn Charles de Fortis und Leon nicht mehr zu finden sind?«

»Was meint Ihr?«
»Die Wälder sind dicht. Sie sind voller Gauner, voller Diebe, Räuber und Mörder. Des Alten Sohn ist verwundet, er kann ihm nicht helfen.«
»Noch verstehe ich nicht ganz . . .«
»Aber das ist doch einfach! Ein Trupp von Strolchen wird den Zug überfallen. Der Jude ist uns schon entwischt und das verdanken wir Leon, er soll dafür büßen. Er wird uns nicht entkommen. Macht Ihr mit, Ritter Victor? Es ist leicht, unsere Leute in zerlumpte Kleider zu stecken. Je mehr wir sind, je besser wird es gelingen. Wir nehmen Charles und Leon gefangen. Wir bringen sie auf meine Burg. Meine Leute sind mir ergeben. Sie wissen, dass ihnen der Tod droht, wenn sie reden. Hinter Charles de Fortis und Leon werden sich die Tore schließen und sie werden für die Welt verloren sein, mindestens so lange, bis Fortis mir gehört!«
»Das ist ein kühner Plan, aber er ist gut«, sagte Victor de Firment.
Die beiden reichten sich die Hand. Anstatt ihre Kammern aufzusuchen, eilten sie die Treppe hinab, traten in den Hof, befahlen ihre Pferde zu satteln und ritten in die Nacht.

37

Der Morgen begann erst zu grauen. Langsam erhellte sich der Horizont. Genauso langsam bewegte sich unser Zug durch das Stadttor von Casora. Nur wenige Reiter auf Pferden begleiteten meine Bahre, einzelne auf Maultieren und dazu Knechte zu Fuß. Mein Vater hatte kräftige Leute gedungen. Denn sein eigenes Gefolge war zu klein.

Dunkel und drohend ragte die Silhouette der Stadt mit ihren Mauern empor. Der Himmel war bleich. Die letzten Sterne verblassten. Die erste Hähne krähten. Da und dort hörte man das Klappen von Fensterläden und erste Laute in den Gassen. Die Stadt erwachte. Es war kein strahlender, es war ein von Wolken verhangener Tag, der sich ankündigte, und dies war der erste Zug, der durch das Tor zog, das eben erst geöffnet worden war. Gähnend und unlustig versahen die Wachen ihren Dienst.

Etwas außerhalb der Stadt, am Rande eines Feldes, wo sich ein Stein mit dem Bild des Gekreuzigten erhob, ließ mein Vater anhalten. »Hier warten wir, wenn auch nur kurz. Ich hoffe, der Jude und seine Tochter versäumen sich nicht.«

Ahmad war bisher hinter meiner Bahre geritten, auf einem Maultier. Er führte Feuervogel am Zügel. Darauf hatte er meine Rüstung gepackt, in ihre Einzelteile zerlegt, dazu Kleider und andere Habseligkeiten. Die Bündel wölbten sich über dem Widerrist des Tieres und hingen beidseits herab. Noch hatte mein Vater Ahmad nicht erkannt. Er war mit wichtigeren Gedanken beschäftigt. Immer kreisten sie um den gestrigen Abend, um das Gastmahl des Prinzen, und seine Gefühle waren nicht gut.

Ahmad ging lange mit sich zu Rate. Konnte er hoffen, bis zur Rückkehr nach Fortis unerkannt zu bleiben? Das war ungewiss. Wenn es ganz hell wurde und wenn er redete, musste ihn mein Vater doch erkennen. Es war doch besser, wenn er den Stier bei der Hörnern packte und sich selbst stellte. Als nun also der Zug anhielt, trieb er seine beiden Tiere an und kam so neben das Pferd meines Vaters. Er sagte nur: »Auf ein Wort, Herr!« Und mein Vater erwiderte: »Die Stimme kenne ich doch!«

Alles andere hatte Ahmad schnell erzählt, in aller Bescheidenheit, ohne seine Verdienste herauszustreichen.
Mein Vater brauste auf: »Kerl! Wie konntest du das wagen? Das ist nun das zweite Mal, dass du dich vom Hof entfernt hast. Und diesmal hast du sogar doppelt gesündigt, indem du mir nicht sagtest, dass mein Sohn unter meinem Dache schlief.«
»Aber ich tat es nur, weil Euer Sohn mich brauchte und weil er mich darum bat!«
»Trotzdem«, sagte mein Vater.
»Ich würde es immer wieder tun«, meinte Ahmad wahrheitsgemäß und vertrauensselig.
»Du machst alles nur noch schlimmer«, knurrte mein Vater. »Dass du meinem Sohn geholfen hast, will ich dir immerhin anrechnen. Ohne Strafe aber kann ich dich auch nicht lassen. Ich werde daheim darüber beschließen. Jetzt aber bist du mein Gefangener!« Er übergab Feuervogel in die Obhut seines Haushofmeisters.
Es wurde nicht lange gewartet. Schon fühlte mein Vater Ungeduld in sich hochsteigen. »Wo sie nur bleiben?«, murrte er und schaute sich suchend um. Er überlegte, ob er einen Boten zur Stadt zurücksenden sollte, da kamen zwei Reiter, unauffällig in Grau gekleidet, mit langen Umhängen und die Kapuzen tief in die Gesichter gezogen. Sie waren so farblos wie der dämmrige Morgen. Unmöglich konnte man in ihnen Zamet und Miriam erkennen.
Mein Vater ließ sie herankommen und wies stumm mit der Hand zum Ende des Zuges. Dort reihten sich die beiden ein und hielten sich bescheiden zurück.
Mein Vater hob seine Hand. Es sollte wieder aufgebrochen werden. Auf den Feldern sah man die ersten Bauern, die ihr

schweres Tagwerk begannen. Da geriet alles wieder ins Stocken. Ein großer, schwarzer Hund sprang kläffend und angriffslustig um die Pferde herum. Mein Vater befürchtete, der Hund könnte zubeißen, er war besorgt, eines der Pferde oder Maultiere würde durchgehen. Er empfand auch den schwarzen Hund als ein schlechtes Vorzeichen. Wütend erhob er sich in den Steigbügeln und schleuderte seinen Wurfspeer nach ihm. Der Hund heulte auf, schmerzlich getroffen, und lag dann verendend auf dem Boden.
Ahmad, der mehrmals die Treue seines Hundes kennen gelernt hatte, murrte leise: »Was hat der arme Hund getan?«
Nun setzte der Zug seinen Weg fort. Gedankenversunken und verärgert ritt mein Vater dahin. Er dachte an die beunruhigende Beziehung, die offenbar zwischen mir und der schönen Miriam bestand. Sie war nicht nur nicht adlig, sie war auch noch jüdischen Glaubens. War es nicht vielleicht ein Fehler von ihm gewesen, das Mädchen bei sich aufzunehmen, anstatt uns so weit wie möglich voneinander zu trennen? Er verfluchte innerlich auch mehr als einmal das Turnier und den Prinzen, der es veranstaltet hatte. Er wusste auch, dass er am gestrigen Abend weit über das Ziel hinausgeschossen war und dass er sich den Prinzen, mehr als zuvor schon, zum Feind gemacht hatte.
In dieser Schweigsamkeit, die nur unterbrochen wurde durch das Schnauben und den Hufschlag der Pferde und durch gelegentliche Unterhaltungen der Knechte, legten wir ein gutes Stück zurück, jedoch nicht einmal die Hälfte des Weges, als die Sonne im Mittag stand. Der Zug hielt in der Nähe einer Quelle und in einem lichten Waldstück. Die Pferde mussten ruhen, die Träger noch notwendiger – alle hatten Hunger und Durst und drängten auf eine Rast.

Nun hatten wir den Wald erreicht, der zu Fortis gehörte. Mein Vater befand sich also schon auf eigenem Gebiet, doch noch lange nicht im Schutze des Gehöfts und seiner Knechte. Man ruhte etwa eine Stunde. Die Sonne brach flimmernd durch die Äste und färbte alles mit grünem Licht.

Dann ging es weiter. Der Zug bewegte sich nun auf dunklen, engen Pfaden voran. Ahmad war inzwischen mit sich ins Reine gekommen. Er wusste mich in guter Obhut. Es gelang ihm, seine Fesseln abzustreifen. In einem Augenblick, als ihn niemand beachtete, weil der Weg gewunden war, sich um einen Felsen schlängelte und jeder auf die Steine und Wurzeln des Weges schaute, glitt er von seinem Maultier, schlüpfte ins Gebüsch, duckte sich nieder und ließ den Zug davonreiten.

Der Pfad wurde enger. Im Zug konnte nur noch einer hinter dem anderen herreiten, für mehr war kein Platz. In dem engen Tal schlängelte sich ein Bach, der überquert werden musste. Das Ufer war sumpfig und mit kurzen Weidenbüschen bewachsen.

Die Pferde suchten sich unwillig ihren Weg über die großen Geröllsteine im Bachbett. Noch vorsichtiger tasteten die Träger nach Halt für ihre Füße. Charles wusste, dass dies eine gefährliche Stelle war. Er trieb die anderen an.

Zu spät!

Der Angriff erfolgte von vorne und im Rücken. Von allen Seiten ertönte Geschrei, unübersehbar schien die Menge der zerlumpten Männer zu sein, die aus dem Gebüsch, aus dem Wald hervorbrach. Es gelang meinem Vater zwar einen Angreifer mit seinem treffsicheren Speer an eine Eiche zu nageln, allein drei andere überwältigten ihn von hinten. Sie sprangen auf sein Pferd und rissen ihn herab.

Die Knechte waren durch die Enge der Stelle, durch das Gepäck, durch die Tiere behindert. Man war überrascht und bestürzt. Die Übermacht war zu groß. Alle gerieten in Gefangenschaft, auch Zamet und Miriam. Nur einer entkam, nämlich Arne, der Narr, der geistesgegenwärtig genug gewesen war, sofort hinter einem nahe gelegenen Busch zu verschwinden und sich gar nicht erst in ein Handgemenge einzulassen. Er verschwand im Wald. Ob seine Flucht nun bemerkt wurde oder nicht, für die Angreifer war es belanglos. Sie hatten ja, wen sie haben wollten, und den reichen Juden und seine schöne Tochter dazu.
Arne plagte aber gleich sein Gewissen. Was sollte er tun? Musste er nicht das Schicksal seines Herrn teilen? Schon dachte er daran, sich allein nach Fortis durchzuschlagen, um dort alles Weitere abzuwarten. Da wurde er leicht in den Rücken gestupst. Erschrocken fuhr er herum, auf einen Räuber oder ein wildes Tier gefasst. Es war aber nur Ahmad, der noch nicht weit gekommen war und den Überfall beobachtet hatte. Nun dachte er nur noch daran, seinem Herrn zu helfen.
»Jetzt sind wir zwei«, meinte er, »lass uns überlegen, was wir tun können.«
»Zwei gegen eine ganze Heerschar«, murmelte Arne. »Das ist doch hoffnungslos.«
»Was glaubst du, wer es war?«
»Räuber, Strauchdiebe, wie sie die Wälder eben unsicher machen«, meinte Arne. »Es wird um ein Lösegeld gefeilscht werden, denke ich, aber dann kommen sie wohl wieder frei.«
»Vielleicht hast du Recht, vielleicht auch nicht«, flüsterte Ahmad. »Ob wir nicht wenigstens Herrn Charles herausholen

können, indem wir uns anschleichen und seine Fesseln durchschneiden? Dann können wir zu dritt nach Fortis und Hilfe holen.«

»Unsinn!«, warnte Arne. »Das bringt uns selbst nur zusätzlich in Gefahr. Uns muss etwas anderes einfallen.«

»Ja, aber ich verlasse Leon nicht. Ich fürchte um sein Leben. Ich will doch sehen, ob ich nicht vielleicht mit den Räubern reden kann. Vorgestern Nacht hatte ich ein Erlebnis, das mich hoffnungsvoll stimmt. Wer weiß, wenn sie wissen, wer auf der Bahre liegt . . .«

Sie wurden jäh unterbrochen. Ein heftiger Stoß in ihre Rücken ließ sie gegeneinander prallen. »Schweigt!«, zischte jemand hinter ihnen.

»Wer seid Ihr? Einer von ihnen?«, fragte Ahmad verwundert, sobald er sich von seinem Schrecken erholt hatte. »Wenn ich Euch so ansehe, das gleiche zerrissene Gewand, die nämlichen Stiefel, die Maske über den Augen . . .«

Lächelnd zog der Fremde seine Maske ab. »Freilich!«, riefen Arne und Ahmad wie aus einem Munde. »Ihr seid der Bogenschütze . . .«

»Ich heiße Rosny«, nickte dieser. »Wartet hier auf mich. Ich werde mich als einer der ihren unter die Räuber mischen, vielleicht kann ich erfahren, wer sie sind und vor allem, was sie vorhaben.«

Er verschwand so schnell und geräuschlos, wie er gekommen war, und ließ Ahmad und Arne allein.

»Wollen wir wirklich hier bleiben?«, fragte Arne.

»Ja, ich glaube, dass es besser für uns und für die anderen ist.« Die beiden ließen sich im Gebüsch nieder.

Sie mussten nicht allzu lange warten, bis Rosny zurückkehrte. Seine Miene war finster. »Kommt«, sagte er. »Wir müssen fort. Man hat zwar nicht entdeckt, dass ich nicht dazugehöre, doch länger hätte ich auch nicht bleiben dürfen. Was ich erfuhr, ist schlimm genug und schlimmer, als ich befürchtete.«

»Aber wohin wollt Ihr?«, fragte Arne. Ihm widerstrebte es, sich weiter von seinem Herrn zu entfernen.

»Kommt«, wiederholte Rosny nur kurz und diesmal mit einer Stimme, die keinen Widerspruch duldete. »Ihr seid beide, wie mir scheint, treue Diener von Charles de Fortis. Deshalb bleibt bei mir, es gibt keine bessere Möglichkeit, den Gefangenen zu helfen.«

Er drehte sich um und ging in den Wald, ohne sich groß darum zu kümmern, ob sie ihm folgten.

»Also los«, flüsterte Ahmad Arne zu. »Unsere Köpfe stecken nun einmal in des Löwen Rachen.«

38

Seit meinem Zusammenbruch auf dem Festplatz hatte ich in vollkommener Ohnmacht gelegen. Nichts war zu mir gedrungen, kein Laut, kein Bild, kein Gedanke. Doch jetzt huschten manchmal graue Fetzen über mich hin, Andeutungen von Schleiern. Nebel. Schwaden näherten sich und entfernten sich wieder. Brodelndes Gewölk umgab mich und plötzlich war ich wie eingetaucht in dieses Licht, vom Golde übergossen, und es war mir, als ob ich zu schweben begänne, immer höher, wo sich die Äste zerteilten und die Baumwipfel unter mir zurückblieben und nur noch ein blaues Leuchten war.

Aber eigentlich war es doch mehr wie ein Flammen und

dann war es wie das Sonnenrad, aber es verwandelte sich vor meinen Augen in den Mond, nicht weniger strahlend, Maria saß in der Mondsichel, die Mutter Gottes, und sie hatte das Silberkleid übergeworfen, von ihren Schultern fiel es herab, sie war Licht und Trost in einem und der Glanz floss aus ihrem Haar, das Firmament drehte sich um sie, all die Sterne, wie ein großes Rad. Und ein Gesicht wurde daraus, es kam näher und beugte sich über mich und war doch so weit entfernt, dass es nur meine Sehnsucht erreichen konnte, ich erkannte die Augen Zarissas, gleich dunklen Rubinen, und sie wurden zu Mondsteinen, die taubenblau davonflatterten. Eine große Glut erfasste mich und hüllte mich ein, sodass mein ganzes Wesen aufging in dieser unermesslichen Wärme, die Liebe war.

Danach war wieder Dunkelheit um mich.

»Er ist noch nicht wieder bei Bewusstsein«, sagte Miriam zu ihrem Vater. Ihre Stimme klang besorgt.

»Nur Gott hat die Macht zu heilen«, erwiderte Zamet. Mehr und mehr tauchte ich aus dem Dunkel auf, das mich umfing. Aber immer wieder sank ich zurück, alles verschwamm im Nebel und wieder umgab mich Schwärze. Kam ich für kurze Zeit aus dieser Finsternis empor, spürte ich meinen elenden Zustand. Wo war ich, was war geschehen? Ich wusste nichts. Hie und da drangen Wortfetzen zu mir. Unterhaltungen von Räubern? In welcher Lage befand ich mich? Meine letzte Erinnerung war, als ich nach dem Turnier vor Miriam zu Boden gesunken war.

Allmählich erkannte ich, dass ich getragen wurde, dass ich mich in einem Wald befand. Ich konnte meinen Kopf nicht heben, konnte mich nicht umsehen, konnte kein Glied bewegen.

Wie lange lag ich hier schon? Einen Tag, eine Nacht oder mehr?
Einmal wurde meine Bahre abgestellt. Über mir standen die verschwimmenden Konturen grün schimmernder Äste. Schritte näherten sich. Ich hörte Stimmen . . . Kälte breitete sich in mir aus. Es war die Kälte des Schreckens. Denn diese Stimmen kannte ich. Und was ich hören musste, brachte mir qualvoll langsam zu Bewusstsein, was schließlich zur entsetzlichen Gewissheit wurde: Wir alle, mein Vater und ich, Miriam und Zamet, waren in der Hand meiner schlimmsten Feinde!
Ich glaube, dass ich vor Entsetzen über das, was ich vernahm, erneut die Besinnung verlor.
Schon stand die Sonne tief, da erwachte ich wieder. Fetzen eines Gesprächs klangen zu mir herüber. Doch diesmal war es mein Vater, der auf einen seiner Bewacher einredete. Er hielt diese Männer für Geächtete, für Verstoßene, für landlose Bauern. »Ihr wollt aufrechte Männer sein?«, flüsterte er eindringlich. »Und doch fallt ihr andere Leute an, die gleich euch königstreu sind? Wir sollten doch Freunde sein! Wann bin ich euch jemals feindlich begegnet? Ihr standet sogar unter meinem Schutz! Immer hatte ich Mitleid mit euch und eurem Elend und verfluchte wie ihr die vom Prinzen eingesetzten neuen Herren. Was wollt ihr von uns? Oder wozu könnte euch unsere Gefangenschaft helfen? – Redet, seid nicht stumm wie ein Tier!«
Ach, mein Vater sprach vergeblich. Diese Leute hatten wirklich gute Gründe zu schweigen. Und auch mein Vater musste das bald erkennen. Denn nun erschien, am Ende einer Allee, die altersgraue Burg von Philipp de Drohorst. Sie war nicht allzu groß und bestand vor allem aus einem wuchti-

gen, hohen, viereckigen Wohnturm, der von kleineren Gebäuden und Höfen umgeben war. Um den äußeren Wall zog sich ein tiefer Wassergraben. Da Baron Philipp in steter Fehde mit jedermann lebte, hatte er die Burg noch dadurch befestigt, dass er die äußere Mauer mit Türmchen versah, die sie von allen Seiten beschützten. Kaum erblickte mein Vater die moosbewachsene Mauer, die im Abenddämmer aus der Waldwildnis emporragte, erkannte er die Ursache unseres Unglücks. Nun verstand er auch das Schweigen der zerlumpten Männer.

Phillip stieß dreimal in sein Horn. Sofort ließen die Schützen, die auf dem Wall gewartet hatten, die Zugbrücke herab. Die Gefangenen, so weit sie beritten waren, mussten absteigen und wir wurden alle in den Hof gebracht. Dort loderten Feuer, an denen sich Knechte und Soldaten Wild brieten. Der Bratendunst lagerte zwischen den Mauern, Qualm erschwerte das Atmen.

Hatten wir gehofft zusammenbleiben zu können, so hatten wir uns getäuscht. Zamet flehte darum, dass Miriam nicht von ihm getrennt werde, er bot all seine Beredsamkeit auf. Aber höhnisch und schneidend kam die Antwort: »Wenn du das Loch kennen würdest, das auf dich wartet, läge dir ein solcher Wunsch fern! Nie würdest du wollen, dass deine Tochter es mit dir teilt.« Der Arme wurde fortgeschleppt und nur seine Wächter wussten, wohin.

Die Dienerschaft, das Gefolge meines Vaters und die Knechte, die er in der Stadt gedungen hatte, wurden innerhalb der Mauern in Ställen, die unbenutzt waren, untergebracht, dicht bei den Heuschobern. Von dort bekamen sie auch die Schütte, auf die sie sich betten konnten.

Meinen Vater sperrte man in den Turm. Die Kammer war

kahl, unwirtlich. Sie enthielt keine Möbel, nur einen Schemel und einen Holztisch. Später wurde noch ein mit Stroh gefüllter Sack für die Nacht hereingebracht. Man stellte ihm ein Talglicht auf den Tisch und einige Speisen.
Mein Vater rührte das Essen nicht an. Als die Kerze herabgebrannt war, legte er sich auf den Sack. Er schloss kein Auge. Dumpf brütend schaute er durch die Fensteröffnung, durch die der Bratendunst hereinkam, die lauten Stimmen der fröhlichen Knechte und der rote Feuerschein. Spät in der Nacht hörte er den Waldkauz schreien. Und als die Feuer im Hof nur noch rote Glut waren und kaum noch glommen, sah er einige wenige Sterne am Himmel. Das gab ihm ein wenig Trost.

Ich spielte die Rolle des Besinnungslosen und hielt die Augen geschlossen. Es fiel mir nicht schwer, wie ein Toter auf der Bahre zu liegen, denn ich hatte nicht die Kraft, auch nur ein Glied zu bewegen. Ich spürte brennende Schmerzen, doch waren sie nichts gegen die seelischen Qualen.
Nachdem sowohl mein Vater als auch Zamet aus der Halle gebracht worden waren, fassten zwei Knechte Miriam an beiden Armen, zwei andere packten meine Bahre. »In den nördlichen Turm«, hörte ich Philipp befehlen. Ich spürte mein Herz klopfen: War es möglich, dass Miriam und ich nicht auseinander gerissen wurden? Ich betete inbrünstig darum. Ich hatte die Augen noch immer nicht geöffnet und hörte nur die Schritte dumpf von den Steinwänden widerhallen.
Wir wurden in eine entlegene, abgesonderte Turmkammer gebracht. Dort wurde meine Bahre abgesetzt. Mein Gebet war erhört worden. Ich vernahm Philipp de Drohorsts La-

chen: »Herr Victor, hier lassen wir ihn, bei seiner Festkönigin. Woanders würde dieser lebende Leichnam nur stören. Mag sich die Jüdin um ihn kümmern. Stirbt er, umso besser, so wird man es ihr zur Last legen.«
Victor de Firment gab nur einen Laut der Zustimmung von sich. Danach verließen die beiden, die ich mich scheue, noch Ritter zu nennen, die Kammer. Der Schlüssel drehte sich kreischend im Schloss.
War ich mit Miriam allein? Ich wartete. Ich wagte einen Blick. Ich sah das Gewölbe der Decke, sah die Fugen, aus denen der Staub rieselte. Meine Augen wanderten. Und sie fanden Miriam, die schlanke Gestalt. Sie stand aufrecht, wie erstarrt, blickte zum Fenster, von woher das Licht kam.
Ich wollte mich ihr vorsichtig bemerkbar machen. Doch die Tür wurde ein zweites Mal geöffnet und ein Strohsack wurde hereingeworfen, für Miriam als Nachtlager. Man brachte ihr etwas zu essen, eine Schüssel, lieblos zusammengegossene Reste. Sie sah sie nicht einmal an, sie kauerte sich in eine Ecke der Kammer, umschloss ihre Knie mit den Armen, legte den Kopf darauf, erstickt von düsteren Gedanken.
Von den Stunden der Nacht weiß ich nichts. Ich versank erneut in eine Ohnmacht, die in Schlaf überging.
Zamet verbrachte die Nacht in einem finsteren Kellerverlies. Philipp de Drohorst und Victor de Firment aber feierten ihren Erfolg in der Halle. Sie ließen sich Fleisch von den Feuern schneiden und sprachen dem Wein reichlich zu. Lange tönte ihr Grölen, ihr Gelächter. Sie malten sich in den leuchtendsten Farben aus, welchen Vorteil sie heute errungen hatten. Allein der Jude Zamet, der ihnen schon einmal

entkommen war, würde viel Lösegeld einbringen, Philipp sah sich schon im Besitz von Fortis – Victor aber hatte einen ganz anderen Gedanken: Miriam!

39

Als ich erwachte, drang bereits helles Licht in die Kammer. Ein Sonnenfleck floss vom Mauerdurchbruch zum Söller über den Steinfußboden hinauf zur Wand. Er vergoldete sogar dieses düstere Gemach.

Doch was spreche ich davon. Das Strahlen kam von Miriam. Sie beugte sich über mich. Ihre Haare streichelten meine Wangen und ihre sanften Lippen lösten sich von meiner Stirn.

Ich schlug die Augen auf. »Miriam«, flüsterte ich, »meine Taube!«

»Wie nennst du mich?«

»Meine Taube! Mein Mond! Ein Liebeswort für den Tag, ein Wort für die Nacht!«

»Still! Wir dürfen nicht . . .«

»Ich weiß! – Wir sind in großer Gefahr. Doch selbst wenn wir frei wären . . . Dein Glaube und mein Glaube trennen uns.«

»Warum hat Gott das gewollt?«

»Ich glaube nicht, dass er es gewollt hat. Ich glaube, es sind die Menschen mit ihren starren Ansichten, ihrer Verachtung, ihrem Hass. Dies hat Gott nicht gemacht. Er lässt uns frei, dich und mich und alle anderen.«

»Wir haben eine Hoffnung.« Sie fasste meine Hand und hob sie an ihren Mund. Ihr warmer Atem strich darüber. »Geht es dir besser?«

»Ja, ich fühle mich viel wohler. Meine Kräfte kehren zurück. Aber ich möchte nicht, dass jemand davon erfährt. Nur wir zwei dürfen es wissen. Ich werde weiter den Kraftlosen vortäuschen, den Ohnmächtigen – bis ich wieder eine Waffe führen kann.«
»Aber das dauert noch eine Weile!«, sagte Miriam.
»Wie lange?«
»Zwei Wochen, denke ich. Doch vorher wirst du schon aufstehen und dich frei bewegen können. Du darfst nur noch kein Schwert führen.«
»Das Schwert! – Wie viel Unheil kann es doch bringen . . .«, ich seufzte und dachte zurück an meine Klosterzeit, als ich die Tage mit Büchern verbrachte. Dann erinnerte ich mich wieder, wo ich war.
»Setze dich etwas weiter weg. Wenn jemand kommt, soll man uns nicht miteinander reden hören. Ich werde so tun, als sei ich noch besinnungslos«, sagte ich zu Miriam.
»Aber wir haben vielleicht nur diese eine Stunde. Vielleicht nur diesen Augenblick. Gleich können wir auseinander gerissen werden. Nur jetzt kann ich dir sagen, dass ich dich liebe – vielleicht einmal nur!«
»Meine Taube, mein Herz!«
»Ich fürchte den Tod nicht. Er führt mich zu Gott. Ich will nicht mehr leben ohne dich.«
»Warte Miriam! Sei nicht so vorschnell. Der Tod ist ewig. Jetzt sollten wir an das Nächstliegende denken. Schau dich im Zimmer um. Was gibt es für Ausgänge? Dort draußen, der Söller, was ist da – und gibt es vielleicht einen geheimen Ausgang? Das ist nicht selten in diesen Türmen. Gibt es eine Falltür?«
Miriam erhob sich. Sie trat an die Wand. Ihre Hände wan-

derten an den Mauersteinen am Boden entlang. Sie untersuchte alles, dann kehrte sie zu mir zurück: »Die Wände sind dick und aus groben Steinen. Die Tür hat innen weder Schloss noch Riegel. Hier gibt es nichts, was als Waffe dienen könnte, nur einen alten, rostigen Schild. Es bliebe nur der Ausgang auf den Söller. Da ist eine kleine Plattform, die über den Turm hinausragt, eine Brustwehr mit Schießscharten. Darunter gähnt ein Abgrund. Wer hinunterspringen wollte, stürzt zu Tode. Man könnte nur zwei oder drei Armbrustschützen dort aufstellen, zur Verteidigung des Turmes.«

»Wer sollte die Burg schon angreifen!«

»Ja, es gibt wohl keine Hoffnung für uns.« Sie sagte es leise. Es lag viel Mutlosigkeit in ihrer Stimme.

Wir hörten Schritte. Sie hallten die Wendeltreppe empor. Miriam strich sich das Kleid zurecht. Ich schloss die Augen. Der Schlüssel wurde umgedreht. Die Tür öffnete sich. Ich konnte es nicht unterlassen, durch den Spalt der heruntergesenkten Lider hervorzuschauen. Ein großer Mann trat ein. Er trug ein einfaches Gewand. Seine Kopfbedeckung war tief in die Stirn, bis an die Augenbrauen herabgezogen. Den unteren Teil seines Gesichtes verbarg er unter einem Tuch. Sorgfältig schloss er die Tür. Er versenkte den Schlüssel in seiner Tasche. Miriam wich vor ihm zurück. In der Meinung, dass es einer der Räuber sei, streifte sie zwei kostbare Armbänder ab und öffnete den Verschluss ihrer Halskette. Diese Schmuckstücke hielt sie ihm entgegen.

Er winkte ab.

»Habt Erbarmen«, flehte Miriam und ihre Stimme zitterte, »habt Erbarmen, nehmt Lösegeld!«

»Du bittest umsonst«, sagte der Mann, und jetzt, da er

sprach, wusste ich: Es war der Templer Victor, dessen Hände ich noch mit Zarissas Blut besudelt sah. »Warum sollte ich von dir ein Lösegeld verlangen? Dein Vater ist es, der zahlen wird. Baron Philipp sorgt bereits dafür. Er weiß Methoden, die ihn dazu bringen, Gold und Silber auszuspucken. Philipp de Drohorst kann selbst die Gitter eines Kerkers in Juwelen verwandeln. Ich glaube nicht, dass der ehrwürdige Zamet aus dieser Behandlung entlassen wird, ehe er nicht ausgepresst ist wie eine Zitrone, wie sie im Heimatland deines Volkes wachsen.«

Der Verruchte, dachte ich. Ich hielt meine Augen geschlossen, doch es fiel mir schwer bei dem, was ich hören musste.

»Du siehst, dein Bitten ist vergeblich«, fuhr der Templer fort. »Dein Lösegeld wird deine Schönheit sein, nicht mehr und auch nicht weniger!«

»Wer bist du? Kein Räuber würde Gold und Reichtum ausschlagen. Zeige mir dein Gesicht! Nimm die Mütze ab und schiebe den Schal herunter!

»Ich bin ein Tempelritter. Sieh hier das Kreuz meines heiligen Ordens.« Er warf seinen Umhang zurück und zeigte seine Schulter.

»Wagt Ihr Euch darauf zu berufen?«

»Du machst mich ungeduldig. Ich war bis jetzt mild zu dir. Doch anscheinend willst da lieber die Sprache des Eroberers hören. Vergiss nicht, du bist die Gefangene, und ich kann mir mit Gewalt nehmen, was ich von dir möchte.«

»Halt!«, rief Miriam. »Gewiss bin ich nicht kräftig genug, Euch zu besiegen, und der Beschützer, den ich hatte, liegt auf den Tod darnieder . . .«

»Ach der!«, rief der Templer verächtlich und warf mir einen

Blick der Verachtung zu. »Mit dem kannst du nicht mehr rechnen. Er ist schon verloren.«

»So werde ich Eure Schändlichkeit in aller Welt ausrufen und in die Winde schreien! Jedes Kloster, jedes Kapitel Eures Ordens wird erfahren, dass Ihr mit einer Jüdin gesündigt habt!«

»Gut ausgedacht«, erwiderte der Templer. Er wusste nur zu gut, wie die Gesetze seines Ordens lauteten. Die Strafen waren hart. Er konnte sogar aus dem Orden verstoßen werden. »Du bist klug! – Aber du musst schon sehr laut rufen, wenn deine Stimme außerhalb dieser Mauern gehört werden soll. Hier verhallen deine Klagen genauso ungehört, wie deine Rufe nach Gerechtigkeit und Hilfe. Überdies – wer wird dir schon glauben, wenn das Wort eines Tempelritters dagegensteht? Der falschen Anschuldigung wird man dich bezichtigen, der Zauberei und der Verschwörung!«

»Ich weiß wohl, dass wir Juden rechtlos sind«, sagte Miriam leise.

»Ergib dich in dein Schicksal!«

»Ergib dich in dein Schicksal . . .«, wiederholte Miriam flüsternd und nachdenklich. »Und was für ein Schicksal würde das sein? Nein! Der Gott Abrahams zeigt mir einen Ausweg!« Mit wenigen Bewegungen schlüpfte sie durch die Fensteröffnung und stand am äußersten Rand der Brustwehr über dem schwindelnden Abgrund. Als Victor de Firment ihr folgen wollte, rief sie: »Bleibt, wo Ihr seid! Noch einen Schritt und ich stürze mich hinunter. Ich will meinen Körper zerschmettern. Er wird dann keiner menschlichen Gestalt mehr ähneln. Das Opfer Eurer Gewalt werde ich nicht!«

Victor zögerte. Vielleicht verspürte er Bewunderung, vielleicht sogar Mitleid. Er senkte das Haupt und dachte nach. Das Schweigen lastete tödlich zwischen ihnen, und als er wieder aufschaute, hatte sich seine Stimme verändert. »Komm her«, sagte er mit einem sanfteren Unterton, »ich schwöre dir bei der Erde, dem Meer und dem Himmel, ich werde dich nicht berühren!«

»Ich glaube Euch nicht!«

»Du tust mir Unrecht, ich schwöre dir nochmals bei meinem guten Namen, bei dem alten Wappenschild meiner Väter: Es soll dir kein Leid zugefügt werden. Es stimmt: Manches Gesetz habe ich gebrochen, manchem Befehl nicht gehorcht, aber mein Wort habe ich stets gehalten!«

Miriam sah ihn an mit einem Blick, als wollte sie in sein Innerstes eindringen. Endlich erwiderte sie mit einem Seufzen: »Ich werde versuchen Euch zu glauben.« Sie trat zwei Schritte vor, stand aber immer noch nahe dem Abgrund. »Hier bleibe ich. Wagt Ihr nur einen Schritt auf mich zu, so werdet Ihr erfahren, dass ein jüdisches Mädchen lieber seine Seele Gott anvertraut als der Ehre eines Tempelritters. Ich danke dem Baumeister, dass er diesen Turm so hoch gemacht hat. Man kann von ihm nicht herabstürzen, ohne das Leben zu verlieren. Ich fürchte Euch nicht! Aber ich will nicht leben in der Welt, in der Ihr lebt! Sie hat weder Luft, weder Atem, kein Licht, keine Wärme und keine bestirnte Nacht.«

Noch ehe Victor darauf erwidern konnte, erschallte ein mächtiges Horn. Der Ton kam schneidend, drohend durch die Öffnung. Victor schrak zusammen. Gewohnt, das Schwert unverzüglich zu ziehen, zögerte er auch jetzt nicht. »Was bedeutet das?«, murmelte er. »Es kann nichts

Gutes sein. Wer kommt zu dieser abgelegenen Burg, in diese Wildnis und Einsamkeit?«
Schnell verließ er die Kammer, schloss von außen ab und polterte die Treppe hinab. Wir hörten seinen Schritt.
Als nun wieder Ruhe eingekehrt war, eine trügerische Stille, kam Miriam zu mir. Sie war aufgewühlt. Ich versuchte mich aufzurichten, aber sie drückte mich sanft zurück. Sie sagte leise: »Ich danke dem Gott Jakobs für den Schutz, den er mir gab. Und ich bitte um seinen weiteren Beistand, für dich, für meinen Vater, für mich – für uns alle!«
»Bitte und bete«, flüsterte ich, »aber töte dich nicht, niemals! Vertraue auf meine Hilfe, auf die Zeit – oder, wenn es nicht anders sein kann, vertraue auf meine Rache. Ich weiß, Gott wird mir die Kraft wiederschenken.«
Sie nickte und küsste mich auf die Wange. »Sei ruhig, Liebster, sei ruhig! Das Horn . . . ich weiß nicht, was es bedeutet, aber vielleicht ist die Rettung schon näher, als wir ahnen.«
»Wie sehr hoffe ich es«, erwiderte ich. Meine Gedanken gingen zu Gott – aber sie gingen auch zu meinem König und zu seinem mächtigen Schwert.

40

Was hatte der Hornruf zu bedeuten? War er ein Zeichen der Hoffnung oder ein neues der Bedrohung?
Ein Bote aus den Wäldern erschien vor dem Burgtor und verlangte eingelassen zu werden. Er rief zu den Wachen hinüber: »Öffnet, ich habe eine Nachricht für euren Herrn!«
Gleich vier Bewaffnete kamen heraus, nahmen den Boten in ihre Mitte und führten ihn in den Hof. Der Mann riskierte

sein Leben. Hinter ihm wurde das Fallgitter niedergelassen. Der Bote, gekleidet in der Tracht eines der Vogelfreien, die die Wälder unsicher machten, übergab einen Brief. Im gleichen Augenblick erreichten Philipp und Victor den Hof.
»Wer macht hier solchen Lärm?«, rief Philipp erbost. Er war gerade dabei gewesen, Zamet schreckliche Foltern anzudrohen, um ihm ungeheuere Summen abzupressen. Er ließ ihm von seinen gemütsrohen Folterknechten die Zangen und glühenden Eisen zeigen, die er zu spüren bekommen sollte, er ließ vor seinen Augen ein Holzkohlenfeuer unter einem Eisengitter entzünden, auf dem er Zamet rösten wollte. Wenn auch in schrecklichen Qualen, war der alte Mann doch standhaft geblieben und hatte sich mehr um Miriams, als um sein eigenes Schicksal gesorgt. Für ihre Befreiung aus Victor de Firments Händen hätte er alles hergegeben, was er besaß – aber die Forderungen Philipp de Drohorsts waren so maßlos, dass er nicht wusste, wie er die Summe jemals auftreiben sollte. Und Zamets Kraft begann zu erlahmen. Da erschallte das Horn. Nun war Philipp aufgebracht darüber, dass er vielleicht um seinen Erfolg gebracht worden war.
Auch der Templer war wütend, weil er seine schöne Beute so plötzlich verlassen musste.
»Hier ist ein Brief«, sagte ein Knappe.
»Her damit«, rief Philipp. »Was soll das? Und vor allem, was soll es jetzt?« Er nahm das Papier und drehte es unschlüssig in der Hand hin und her, als wollte er seinen Inhalt dadurch herausschütteln. Wie die meisten Ritter konnte er nicht lesen.
»Gebt ihn mir«, sagte der Templer. »Ich bin doch ein halber Priester.«

»Also, was bringt uns der Zettel?«, fragte Philipp ungeduldig. »Ich habe nicht die Absicht, hier lange herumzustehen. Ich habe wichtigere Geschäfte.« Er lachte höhnisch. »Auch Charles de Fortis wartet noch darauf zu hören, was sein Schicksal sein wird. Ich will doch sehen, was für ein Gesicht er machen wird.«

Victor vertiefte sich in die Schriftzüge, so unklar sie auch waren. »Dieser Brief wurde auf keiner guten Unterlage geschrieben«, brummte er. »Der Teufel hole dieses Gekritzel. Aber bei der Heiligen Jungfrau! Das ist eine freche Herausforderung. Wenn dies nicht ein Scherz ist, so ist es die sonderbarste Kampfansage, die jemals über eine Zugbrücke gebracht wurde.«

Philipp maß den Boten mit einem Blick, der seine ganze Verachtung ausdrückte: »Wer wagt es, sich mit mir einen Scherz zu machen?«

Der Templer hatte nun den Brief so weit entziffert, dass er ihn vorlesen konnte. »Hört: Ich, Arne, der Sohn des Witzlos, Narr des edlen Charles de Fortis, und ich, Ahmad, der Schweinehirt . . .«

»Seid Ihr toll?«, schrie Philipp.

»Beim heiligen Georg, so steht es hier! – Ich, Ahmad, der Schweinehirt von Charles de Fortis. Mit dem Beistand unserer Freunde und Verbündeten, die gemeinschaftliche Sache mit uns machen, namentlich des Blauen Ritters, auch der Gleichgültige genannt, und vieler Vogelfreier, tun wir Euch kund, Philipp de Drohorst, dass Ihr Euch ohne Grund und auf unrechtmäßige Weise der Person unseres Herrn Charles, seines Sohnes Leon, des jüdischen Kaufmanns Zamet und seiner Tochter Miriam bemächtigt habt sowie all ihrer Knechte und ihres Gefolges, ihrer Pferde und Maultiere. Wir verlangen, dass Ihr all diese Personen, Tiere und Sachen innerhalb einer Stunde nach Empfang dieser Aufforderung unbeschädigt und ungekränkt an uns ausliefert. Anderenfalls erklären wir, dass Ihr ein Räuber und Verräter seid. Wir werden Euch dann in offener Schlacht und Belagerung oder auf jede andere Art angreifen und Euer Verderben herbeiführen.« Unter dieses Dokument war eine Narrenkappe gezeichnet, daneben stand Ahmad, dann folgten die Worte »Der Blaue Ritter« und ein gezeichneter Pfeil beschloss das Ganze.

Die beiden Ritter schauten sich verblüfft an und wussten nicht, ob sie es mit einem dummen Scherz oder mit einer wirklichen Bedrohung zu tun hatten. Keiner von beiden konnte verstehen, was dieser Unsinn bedeuten sollte. Endlich murmelte Philipp de Drohorst: »Beim heiligen Michael! Diese Schufte wären nicht so unverschämt, wenn sie nicht von starken Banden unterstützt würden! Und wer ist dieser vermaledeite Blaue Ritter, dessen Waffen wir schon im Turnier zu schmecken bekamen? – Wahrhaftig, in den Wäldern gibt es genug Geächtete und Vogelfreie, die sich an mir rächen möchten. Vor kurzem ließ ich einen von ihnen an das Geweih eines Hirsches binden, der ihn in kurzer Zeit zu Tode stieß, und schon flogen die Pfeile um mich wie ein Wespenschwarm.«

Er wandte sich an einen der Wächter von der Mauer: »Sag, Bursche, hast du gesehen, wie viele es sind?«

»Nein«, antwortete dieser. »Aber ich denke mir, dass sie leicht hundert Mann oder mehr zusammenrufen können.«

»Schickt zu Euren Nachbarn«, schlug der Templer vor. »Sie sollen ihre Leute sammeln und uns beistehen.«

»Ihr macht Witze! – Zu wem sollte ich wohl schicken? Ich

kenne nur solche, die meinen Untergang mit Vergnügen sehen würden.«

»So ruft den Prinzen zu Hilfe. Schickt nach Casora! Wenn die Lumpen seine Wimpel flattern sehen, reißen sie aus, so wahr mir Gott helfe.«

»Und wer soll die Botschaft überbringen? Inzwischen sind sicher alle Wege besetzt. Da kommt kein Bote durch. – Doch ich habe eine Idee, Templer, Ihr könnt ja ebenso gut schreiben wie lesen. Setzt eine Antwort auf.«

»Ich gäbe sie lieber mit der Spitze meines Schwertes«, knurrte Victor. »Doch das kommt später.« Man brachte ihm ein Schreibzeug, er setzte sich nieder und schrieb: »Der Ritter Philipp de Drohorst und der Tempelherr Victor de Firment nehmen keine Herausforderung von Geächteten und Vogelfreien an. Auch der Blaue Ritter, genannt der Gleichgültige, hat keinen Anspruch auf unsere Achtung, da er mit solchem Gesindel gemeinsame Sache macht. Aber wir ersuchen Euch aus Erbarmen mit unseren Gefangenen einen Diener der Kirche zu uns zu schicken. Er mag ihre Beichte empfangen, damit sie ihre Rechnung mit dem Himmel machen. Es ist unser fester Entschluss, sie noch heute vom Leben zum Tode zu befördern. Wir werden ihre Köpfe auf den Zinnen aufstecken als Zeichen unserer Verachtung für Euch, die ihr Euch zu ihren Befreiern aufschwingen wollt.«

Philipp nickte sein Einverständnis. Der Brief wurde zusammengefaltet – und der Bote verließ die Burg wieder über die Zugbrücke.

Das Hauptquartier der Herausforderer befand sich unter einer großen Eiche, etwa drei Bogenschüsse von der Burg entfernt und verborgen durch viele dichte Bäume. Hier warteten Arne und Ahmad, hier wartete der Blaue Ritter, der eben auf seinem Weg durch den Wald dazugestoßen war, und Rosny. Ringsum lagerten zahllose Vogelfreie und Geächtete. Man konnte sie leicht an ihrer mitgenommenen Kleidung und ihren gebräunten Gesichtern erkennen. Es waren sicher mehr als zweihundert. Und immer mehr eilten aus den Wäldern herbei. Rosny war ihr Anführer, er unterschied sich von ihnen nur durch eine Feder an der Mütze. Diese aber war prächtig, flammend rot und so kühn gebogen wie sein Bogen, den er so meisterhaft zu führen verstand. Ihnen wurde der Brief ausgehändigt. Der Blaue Ritter nahm ihn und teilte den Inhalt seinen Freunden mit.

»Was?«, rief Arne. »Meinen lieben Herrn hinrichten? Beim heiligen Kreuz, da habt Ihr nicht recht gelesen, Herr Blauer Ritter!«

»Nun, ich habe die Worte so gedeutet, wie sie hier stehen.«

»So müssen wir die Burg einnehmen«, sagte Ahmad düster. »Selbst wenn wir die Mauern mit unseren Fäusten niederreißen müssen.«

»Sollen wir mit unseren Händen Steine und Mörtel zertrümmern?«, seufzte Arne.

»Lasst euch nicht ins Bockshorn jagen«, beruhigte sie Rosny. »Sie werden keine Tat begehen, für die wir nicht furchtbar Rache nehmen werden.«

»Gut wäre es, einer von uns könnte in die Burg hineinkommen, damit wir wissen, wie stark sie sind. Dass sie einen Geistlichen verlangen, könnte uns helfen. Ich habe noch eine Mönchskutte von meiner Wanderung in einem Sack auf dem Maultier. Wer könnte sie tragen?«, fragte der Blaue Ritter.

»Ich würde schon gehen«, rief Ahmad. »Wenn es gilt, mei-

nem Herrn zu helfen und meinem Freund Leon, ist es sogar meine Pflicht!«
»Du? – Aber man wird dich als Sarazenen erkennen!«
»Und wenn schon. Ich war einmal in einem Kloster. Weshalb und warum, das ist eine andere Geschichte. Jedenfalls verstehe ich eine Kutte zu tragen und mich in ihr richtig zu bewegen. Einige Sätze in lateinischer Sprache kann ich auch. Ich werde die Rolle schon gut spielen. Ich bin bereit den Gefangenen meinen geistlichen – und vielmehr noch –, meinen weltlichen Trost zu spenden. Vor allem das Letztere brauchen sie nötig!«
»Wenn es so ist! Dann versuchen wir es. Schlüpf also in meine Kutte und versuche herauszubekommen, wie viele Leute in der Burg sind und was sie zu ihrer Verteidigung unternehmen wollen. Wenn wir wissen, wo wir am besten angreifen, könnte das Unternehmen auch gelingen. Aber die Zeit läuft uns davon. Mach also, dass du fortkommst.«
»Nichts lieber als das!«, antwortete Ahmad. Er war schon in der Kutte. »Pax vobiscum«, rief er zurück und schritt so würdig aus wie ein Mönch, wobei er seine Hände in den Ärmeln seines Gewandes verbarg.
Als Ahmad in der Kutte, die Kapuze tief herabgezogen, vor dem Tor der Burg erschien, rief ihn der Wächter von den Zinnen an: »Bleib stehen, falls dir dein Leben lieb ist! – Wie heißt du und woher kommst du?«
»Pax vobiscum«, antwortete Ahmad, »man nennt mich Bruder Martin. Ich komme, um bei euch mein Amt bei den Gefangenen auszuüben.«
»Du hast Mut«, rief der Turmwächter. »Dass einer von eurer Zunft hierherkommt, hätte ich nie gedacht. Hier kräht bestimmt kein Hahn nach dir!«

»Lass mich ein und melde mich bei deinem Herrn. Er hat nach mir geschickt. Und der Hahn wird so krähen, dass man es in der ganzen Burg hört.«
Der Wächter brachte die Nachricht in die Halle, wohin sich die beiden Ritter zurückgezogen hatten. Hier spülten sie ihren Ärger mit Wein hinab. Sie hatten sich ganz richtig gesagt, dass es wenig sinnvoll wäre, mit ihren Gefangenen weiter zu verhandeln, solange die Bedrohung von außen nicht beseitigt war. Philipp befahl daher auch sofort, den Mönch einzulassen. Victor de Firment hatte bereits einen Brief an den Prinzen geschrieben und Philipp hatte seine Kreuze daruntergemacht. Dann war das Pergament gefaltet und versiegelt worden.
Kaum dass er eingelassen worden war, stand Ahmad auch schon vor den beiden Rittern.
»Wer und woher bist du?«, fragte Philipp.
»Pax vobiscum«, antwortete Ahmad. »Ich fiel in Euren Wäldern den Räubern in die Hände. Das Wenige, was ich als Wegzehrung bei mir hatte, haben sie mir abgenommen. Und nun schickten sie mich zu Euch. Ich soll Eure Gefangenen auf ihr Sterben vorbereiten.«
»Ganz recht! – Aber sage mir erst, wie viele Banditen draußen sind.«
»Mein Herr«, antwortete Ahmad, der unter seiner Kutte und der tief ins Gesicht gezogenen Kapuze nun doch ins Schwitzen kam, denn je mehr er redete, desto leichter erkannte man ihn an seinem Tonfall. »Es sind viele, sehr, sehr viele!«
»Sag mir genau ihre Zahl oder deine Kutte wird dich nicht schützen.«
»Ach, ich weiß es nicht, und wenn die Furcht mir auch den Atem abschnürt, ich denke, es sind fünfhundert oder mehr!«

»Wie?«, rief Victor de Firment und schaute erschrocken auf. »Schwärmen die Wespen schon so dicht? Umso eiliger wird es, dass wir unser Vorhaben ausführen.«
Er beugte sich zu Philipp de Drohorst und fragte: »Kennt Ihr den Priester?«
»Ich weiß nicht«, brummte Philipp, den die Aussicht auf fünfhundert Feinde rings um sein Schloss doch blass gemacht hatte. »Ich weiß nicht. Man kann ja vor lauter Kapuze kein Gesicht sehen. Komm einmal her, Bruder . . .«
Zögernd näherte sich ihm Ahmad, dem sein Herz bis zum Hals klopfte. Er dachte, entweder hänge ich in der nächsten Stunde, und zwar ohne Sinn und Verstand, nämlich ohne irgendjemandem geholfen zu haben, weder meinem Herrn noch meinem Freund Leon, oder der Himmel ist mir noch einmal gnädig. »Pax vobiscum«, murmelte er, weil ihm nichts anderes einfiel.
Philipp de Drohorst streckte seinen eisengepanzerten Arm aus und schlug Ahmad die Kapuze nach hinten.
»Das soll ein Mönch sein?«, rief er. »War ich denn umsonst im Heiligen Land oder bin ich blind geworden? Der Kerl ist doch ein Sarazene!«
»Das ist verdächtig –«, murmelte der Templer. »Andererseits würde man kaum einen Sarazenen als Mönch zu uns geschickt haben, wenn er es nicht auch wäre. So dumm sind die da draußen wohl nicht! – Ich weiß, dass es auch Leute seiner Abkunft in den Klöstern des Heiligen Landes gab. – Kerl, von welchem Orden kommst du?«
»Vom Orden des Heiligen Grabes«, murmelte Ahmad auf gut Glück.
»Nun vielleicht«, überlegte Victor de Firment. »Es gab ja Mönchsklöster mit den verschiedensten Namen. Außerdem

haben wir gar keine andere Wahl! Wenn er nicht zum Boten taugt, so haben wir doch keinen anderen. Wir müssen es mit ihm versuchen.«

»Das ist wahr«, knurrte Philipp de Drohorst, »trotzdem wäre es für mich keine Freude, wenn dieser Brief in falsche Hände geriete.«

»Jetzt ist nicht der Moment für Empfindlichkeiten«, drängte Victor. »Schickt ihn zu Charles de Fortis, um ihm die Beichte abzunehmen. So wahren wir wenigstens die Form. Aber er soll sich beeilen. Das Seelenheil von Herrn Charles ist mir herzlich gleichgültig. Ich wollte, der Mönch wäre schon wieder unterwegs durch die Wälder.«

Philipp zog dem Mönch mit einer ungeduldigen Bewegung die Kapuze wieder über den Kopf. Es war, als ob er sagen wollte: Du magst sein, wer du willst, es ist mir ziemlich egal. Er befahl den Bruder zu dem Gefangenen zu bringen. Während Ahmad ihm schon den Rücken zudrehte, sagte er noch: »Vielleicht weißt du, dass wir noch einen zweiten christlichen Gefangenen haben. Aber zu ihm brauchst du nicht zu gehen. Er ist nicht bei Besinnung und kann dich sowieso nicht hören. Also beeile dich mit diesem einen.«

Der Mönch nickte. Er machte keine Einwände, doch natürlich wünschte Ahmad nichts sehnlicher, als gerade zu mir geführt zu werden.

41

Endlich stand Ahmad als »Bruder Martin« vor seinem Herrn. Mein Vater war lange und immer ungeduldiger im Zimmer auf und ab geschritten, von Wand zu Wand, von Fensteröffnung zur Tür. Bald hatte er laut mit sich gesprochen, bald stumpf vor sich hin gebrütet.

»Pax vobiscum«, murmelte Ahmad, als er, begleitet von einer Wache, eintrat. »Der Segen aller Heiligen sei über Euch und mit Euch!« Er bemühte sich seine Stimme zu verstellen.

»Salvete et vos!«, erwiderte mein Vater. »Warum kommt Ihr zu mir?«

»Um Euch auf den Tod vorzubereiten!«

»Das ist unmöglich!«, fuhr mein Vater auf, »so frech und gemein diese Ritter auch sind, so werden sie doch eine solche Grausamkeit, die dazu noch dumm und töricht wäre, nicht wagen!«

»Ach«, entgegnete Ahmad, »sie durch menschliche Gefühle zurückhalten zu wollen, das wäre etwa so, wie ein durchgehendes Pferd mit einem Seidenfaden zum Stehen zu bringen. Denkt an Eure Sünden, denn noch heute werdet Ihr vor Eurem Richter stehen.«

»Nun denn, so werde ich als aufrechter Mann sterben!«, rief mein Vater. »Aber was wird aus meinem Sohn? – Was wird mit Zamet und seiner Tochter und all unseren Leuten?«

Ahmad hob die Hände zum Zeichen, dass er dies nicht wisse. »Denkt nun an Euch«, sagte er. Und da der Wächter immer noch neugierig in der Tür stand, drehte er sich um und fauchte ihn an: »Was machst du da noch? Weißt du nicht, dass ein Sünder und sein Beichtvater allein miteinander sprechen müssen? Verschwindest du nicht, dauert es nur länger und dein Herr wird noch ungehaltener werden, als er es sowieso schon ist.«

Der Mann erschrak, als er so plötzlich angefahren wurde. Er sah ein, dass der Mönch Recht hatte. Rasch ging er hinaus und schloss die Tür, aber diesmal, ohne den Riegel vorzuschieben. Seine Schritte klapperten die Treppe hinab.

Ahmad atmete auf. Und mein Vater sagte düster: »So beginnt also Euer heiliges Werk!«

»Nur noch einen Augenblick«, flüsterte jetzt Ahmad mit seiner unverstellten Stimme, »schaut lieber einmal scharf hin, ehe Ihr ins Dunkle springt!« Gleichzeitig klappte er seine Kapuze zurück.

Mein Vater öffnete den Mund, um einen Schrei der Überraschung auszustoßen, aber Ahmad war mit einem flinken Sprung bei ihm und verschloss ihm den Mund, indem er ihm die Hand auf die Lippen legte. »Verzeiht mir, Herr, aber es geht um Leben und Tod!«

»Du – Ahmad . . .«

»Ja, ich bin es! Herr, Ihr sollt nicht mehr lange hier bleiben!«

»Wie meinst du das?«

»Ich meine, Ihr nehmt meine Kutte und geht statt meiner aus diesem Gemäuer. Gebt mir Euren Mantel und Gürtel. Auch wenn ich nicht das Recht habe, sie zu tragen, so heiligt der Zweck doch die Mittel. Ich werde für Euch ins Dunkle springen.«

»Ich soll dich statt meiner zurücklassen?«, staunte mein Vater. »Sie werden dich aufknüpfen, ob sie nun den Schwindel bemerken oder nicht, armer Junge!«

»Sie mögen tun, was sie wollen, allein ich glaube, sie werden nicht so eilig damit sein, denn sie haben jetzt andere Sorgen. Und außerdem: Ich glaube, dass ich mit demselben Anstand wie Ihr in einer Kette hängen könnte!«

»Nein!«, rief mein Vater entschlossen, mäßigte aber sofort seine Stimme und wiederholte seine Worte nun leiser. »Nein, so ehrlos bin ich nicht!«

»Herr! Ich kam hierher, um Euch zu retten und um Leon nahe zu sein. Vielleicht kommt der Augenblick, wo ich ihm helfen kann.«
Mein Vater überlegte. Er neigte den Kopf und dann – wie, um das leiseste Zögern bei Ahmads Antwort zu erkennen – fragte er: »Gibt es Rettung von außen?«
»Das denke ich doch! Wenn Ihr dort meinen alten Rock anzieht, dann tragt Ihr den Rock eines Räuberhauptmanns. Denn das war ich. An die fünfhundert Mann stehen bereit. Seht, meine Mütze war ein Helm. Aber ich denke, es ist doch besser, wenn sie draußen statt meiner einen so erfahrenen Kämpfer wie Euch bekommen.«
»Mein lieber Sohn«, murmelte mein Vater gerührt und es war das erste Mal, dass er Ahmad so anredete, »wie sehr habe ich dir Unrecht getan! Wie treu, wie anhänglich bist du! Wenn wir lebend hier herauskommen, werde ich dir zeigen, dass auch ich zu danken vermag. Hätte ich nicht die Hoffnung, bei der Belagerung und Erstürmung dieser Burg hilfreich zu sein, ich nähme dein Angebot niemals an. Armer Ahmad!«
»Ich glaub's«, murmelte Ahmad. »Doch nun rasch! Lange haben wir nicht Zeit!«
Sie tauschten die Kleider, so schnell das möglich war, denn Charles verhedderte sich zunächst in den Ärmeln der Kutte und fand die Öffnung für den Kopf nicht. Endlich aber stand er als Mönch da und Ahmad trug seinen pelzverbrämten Mantel. Da kamen meinem Vater noch einmal Zweifel. »Wie soll ich mich als Klosterbruder benehmen?«
»Die Kunst liegt nur in zwei Worten! Mit Pax vobiscum beantwortet Ihr jede Frage. Mehr weiß ich auch nicht, doch es genügt. Die Wörtchen Pax vobiscum bringen Euch überall durch. Sie sind einem Mönch so natürlich wie der Besenstiel

der Hexe. Sprecht nur in ernstem, tiefem Ton und es kann Euch nichts widerstehen.«

»Woher weißt du das alles?«

»Das ist heute noch mein Geheimnis. Ich erzähle es Euch später.«

»Also gut! – So habe ich schnell die Priesterwürde empfangen. Pax vobiscum also auch dir. Doch bin ich jetzt nicht auf Frieden eingestellt. Ich brenne darauf, diesen Schurken das Fell über die Ohren zu ziehen und Feuer an ihre Burg zu legen! – Leb so wohl als möglich. Komme ich hier heraus, so werde ich dich retten oder zurückkehren, um mit dir zu sterben.« Mit einer seltenen Aufwallung herzlicher Gefühle umarmte mein Vater seinen Sklaven und Schweinehirten. Ahmad ließ es verwundert geschehen. Dann eilte mein Vater hinaus. Es war zur rechten Zeit, denn schon hatte Philipp de Drohorst die ersten Treppenstufen erklommen, um die vermeintliche Beichte abzukürzen. Er rief: »Wo bleibst du, Pfaffe? Die Zeit ist um. Hier bedarf kein anderer deiner Hilfe.«

Mein Vater zog sich rasch die Kapuze tief ins Gesicht und zwang sich zu einer Verbeugung. »Pax vobiscum«, murmelte er.

»Ist er bereit zu sterben?«, fragte Philipp.

»Er ist auf das Schlimmste gefasst«, murmelte mein Vater so stimmlos wie möglich.

»Und dir hat es offenbar die Stimme verschlagen. Nun, wie dem auch sei, ich will, dass du die Burg so schnell wie möglich verlässt. Du sollst mir noch einen Dienst erweisen.«

»Pax vobiscum«, wiederholte der Mönch flüsternd und verneigte sich abermals.

»Folge mir durch diesen Gang. Ich lasse dich durch die Hintertür hinaus. Dort wirst du hoffentlich unbemerkt entkommen können.«
Während sie durch die Gewölbe gingen, Philipp immer einen Schritt vor dem Mönch, der sich genau umsah, teilte er diesem mit, was er von ihm erwartete. »Wenn du diese Herde von Schweinen ohne Stall siehst, die so unverschämt ist, diese Burg zu belagern, erzähle, was du willst, aber übertreibe mächtig! Lüge ihnen vor von unserer Stärke, halte sie zwei Tage hin, wenn du das mit deiner Predigt kannst. Mach sie unsicher. Und eile nach Casora. Bringe diesen Brief . . . nein, halt, kannst du lesen?«
»Gerade mein Brevier und das kann ich schon auswendig.«
»Nun, umso besser. Bring diesen Brief zu Prinz Jean, sage ihm, er soll bewaffnete Männer schicken. Er wird uns wohlbehalten hinter unseren Mauern finden. Schlimm genug, dass wir uns vor Landstreichern verstecken müssen. Ich sage dir, versprich ihnen das Himmelreich, erfinde irgendeine List, die Leute hinzuhalten, bis unsere gepanzerten Freunde mit ihren Lanzen kommen.«
»Bei meinem heiligen Schutzpatron, Euer Befehl soll ausgeführt werden. Dort draußen wird sich keiner von der Stelle rühren.« Der Mönch krächzte, als ob er heiser wäre.
Mittlerweile erreichten sie die schmale Hintertür. Sie schritten über den Graben auf einem schmalen Brett und gelangten zu einem kleinen Brückenkopf, von dem eine versteckte Ausfallpforte in den Wald führte. Mein Vater prägte sich alles gut ein.
»Nun«, sagte der Baron, »führe meinen Auftrag aus, und wenn du wiederkommst, sollst du so viel Wein bekommen, dass sich dein ganzes Kloster betrinken kann.«

»Wir werden uns wieder treffen«, versetzte der Mönch vieldeutig.
Der Baron drückte ihm ein Goldstück in die Hand. »Hier, für dich«, sagte er, als sie sich an der Hintertür trennten, »doch bedenke, wenn du dein Versprechen nicht hältst, lasse ich dir die Haut samt der Kutte abziehen. Ich finde dich, glaube mir.«
Der Mönch entfernte sich eilig. Plötzlich drehte er sich noch einmal um, schleuderte das Goldstück dem Baron zu und rief: »Dein Geld komme mit dir um, du Schande des Rittertums!«
Dann lief er befreiten Schrittes auf das Unterholz zu und verschwand im Wald.
Philipp de Drohorst konnte diese Worte nicht recht verstehen, aber die Tat erschien ihm verdächtig. »Bogenschützen!«, rief er, »schickt der Mönchskutte eure Pfeile nach! – Doch halt! Es hilft nichts, wir müssen ihm wohl oder übel trauen. Wir haben keinen anderen Ausweg.« Er ging den schmalen Gang zurück. »Vielleicht sollte ich mich mit Charles de Fortis unterhalten. Wenn ich ihn hier nicht vermodern lasse, sondern ihm und seinem Sohn gegen ein gutes Lösegeld die Freiheit gebe, vielleicht ziehen sich dann die Belagerer zurück! Mindestens gewinne ich Zeit!« Diese Aussicht beflügelte ihn. Er rief einen Knappen: »He! Führe den alten Gefangenen in die Halle. Und stellt mir dort einen frischen Humpen Wein auf den Tisch. Ich muss den üblen Nachgeschmack dieser seltsamen Begegnung hinunterspülen.«
Seine Befehle wurden sofort ausgeführt. Als Philipp in die mit Wimpeln, Wappen und Fähnchen geschmückte Halle zurückkehrte, stand der Wein bereits auf dem Tisch. Und

schon wurde der Gefangene herbeigebracht, in seinem pelzverbrämten Mantel, die Mütze tief in die Stirn gezogen. Düster war das Licht in diesem Raum.

»Eben habt Ihr womöglich Eure letzte Beichte abgelegt, Nachbar«, stieß der Baron hervor. »Aber ich will mich noch einmal mit Euch unterhalten. Denn ich biete Euch die Freiheit an, wenn Ihr ein Lösegeld bezahlt, das angemessen ist. Charles de Fortis, ich verlange, dass Ihr und Euer Sohn alle Ansprüche auf das Gut Fortis und seine Ländereien aufgebt. Wenn nicht, lasse ich Euch an den Füßen an diesem Fenstergitter hängen, bis Raben und Geier Euer Skelett abgenagt haben!«

»Nicht einen Deut gebe ich!«, rief der Gefangene aus. Er konnte kaum seinen Triumph unterdrücken: Offenbar war seinem Herrn die Flucht geglückt!

»Wer bist du?«, schrie Philipp, der nun erkannte, dass dies nicht die Stimme seines Nachbarn war. Er riss Ahmad die Mütze vom Kopf. »Der Sarazene . . .«, brüllte er. »Ihr Hunde von Knechten, wieso bringt ihr mir den Sarazenen?«

»Bei Gott, das ist er!«, rief Victor de Firment, der eben in die Halle trat. »Und jetzt erkenne ich ihn auch wieder: Es ist der Schweinehirt, der zugleich der Knappe Leons war!«

»Nun wird auch er am Galgen hängen, wenn sein Herr nicht bezahlt!«, rief Philipp, der noch immer nicht ganz verstanden hatte. »Geht und bringt mir den richtigen Charles!«

Die Diener sahen sich zögernd und ängstlich an, kannten sie doch die Roheit ihres Herrn. »Dort oben ist kein anderer«, erklärten sie stockend.

»Was?«, schrie Philipp auf, »so hat er in der Mönchskutte gesteckt! Und ich Narr habe ihn selbst zur Tür gebracht!«

»Herr, mäßigt Euch!«, fiel der Templer ein. Nichts konnte er gerade jetzt weniger brauchen als einen rasenden Philipp, der keinen klaren Gedanken mehr fassen konnte.

»Und du, Knecht«, wütete Philipp weiter, »dir will ich die heiligen Weihen erteilen und den Schädel scheren. Zieht ihm die Haut über die Ohren und stürzt ihn kopfüber von den Zinnen«, rief er seinen Männern zu.

»So wartet doch«, sprach Victor auf ihn ein. »Wir sind nicht gerade in der Lage, die den Tod eines Hörigen von Charles de Fortis klug erscheinen lässt. Wartet ab – und unsere Rache wird umso lustvoller sein, wenn wir gesiegt haben!«

»Meinetwegen, sein Tod sei aufgeschoben, aber nicht aufgehoben. Schlimm aber ist, dass wir nun keine Hilfe mehr zu erwarten haben. Niemals wird Prinz Jean unsere Botschaft erhalten. Es bleibt uns wohl nichts anderes übrig, als augenblicklich die Verteidigung der Burg vorzubereiten.«

»Auf die Mauern also«, antwortete Victor, in düstere Gedanken versunken. Warum nur hatte er sich auf dieses Abenteuer eingelassen? Nun saß er hier mit diesem Hitzkopf in der Falle. Selbst bei der schönen Jüdin war ihm – wie es schien – kein Erfolg beschieden. Er trat ans Fenster, um sich, so gut das von hier möglich war, einen Überblick zu verschaffen.

Diesen Augenblick nutzte Philipp de Drohorst. Es passte ihm nicht, Ahmad für seine Dreistigkeit ungestraft zu lassen. Zu sehr fühlte er sich hintergangen. Er winkte einem Getreuen, befahl ihn ganz dicht zu sich heran und flüsterte ihm ins Ohr: »Höre gut zu! Führe diesen Kerl hinaus. Geh mit ihm in den hinteren Hof, wo euch keiner sieht, und schlag ihm dort den Kopf ab. Es braucht von unseren Leuten ja keiner zu wissen, dass wir einen angeblichen Beichtvater vom Leben zum Tod befördern. Mach es gut und mach es schnell. Ich will dich dafür belohnen.«

Der Knecht packte Ahmad und stieß ihn aus der Halle.

Victor hatte inzwischen mehr gesehen, als ihm lieb war. »Auf die Zinnen!«, rief er. »Philipp, geht Ihr auf die Mauern. Diese Schurken sollen eher die Wolken als diese Burg erstürmen. – Bei allen Heiligen, sie haben Schutzdächer und Schilde herbeigebracht. Und ihre Bogenschützen stehen am Waldrand wie eine schwarze Wolke vor dem Hagelschlag.«

Philipp trat zu ihm und schaute gleichfalls hinaus. »Mir ist nicht gerade wohl bei diesem Anblick«, schauderte er. »Ich habe böse Ahnungen. Sie hassen uns, Victor. Sie mögen die Templer nicht und mich – bei Gott – sähen sie lieber tot als lebendig.«

»Ach, zum Teufel!«, fuhr ihn Victor an, der nun die Geduld verlor. »Jetzt werdet Ihr auch noch sentimental! Beichtet ein andermal. Kämpft, wenn Ihr hier lebend herauskommen wollt!«

Das ernüchterte den Baron einigermaßen. »Templer«, sagte er, »Ihr geht zur östlichen Seite, wo die Mauern am niedrigsten sind. Ich selbst übernehme den Brückenkopf. Seid wachsam. Diese Wilden dort draußen kennen keine Schlachtordnung. Sie sind überall. Und sie sind unberechenbar. Aber sie tragen keine Rüstung, das ist unser Glück. Freilich sind sie dadurch auch beweglicher. – Männer! Ich will euch Beine machen! Haltet keine Maulaffen feil! Her mit dem siedenden Pech und dem kochenden Öl! Sorgt dafür, dass die Armbrustschützen genug Bolzen bekommen. Auf sie kommt es heute besonders an. Und lasst meine Fahnen mit dem Stierkopf wehen. Diese Lumpen sollen doch sehen, mit wem sie es zu tun haben!«

Victor stand am Fenstergitter. »Beim Glauben meines Ordens!«, rief er erschrocken. »Die Kerle rücken mit mehr Ordnung vor, als ich erwartet habe. Und wie geschickt sie sind! Baum und Strauch benutzen sie als Schild, um sich gegen Pfeile und Bolzen zu decken. Eine Fahne oder ein Feldzeichen sehe ich freilich nicht. Aber ich wette, dass sie ein Ritter anführt, und zwar einer, der aus Erfahrung weiß, wie man eine Burg belagert und stürmt. Ha! Da ist ja auch sein Helmbusch! Wie seine Rüstung schimmert. Da – dort – dieser Riese mit dem Zeichen der Blauen auf dem Schild! Ja, er führt die Bogenschützen, die Gott verdammen möge. Es ist wirklich derselbe, der uns beim Turnier zu schaffen machte.«

»Umso besser«, dröhnte die Stimme Philipps. »Er ist mir noch Genugtuung schuldig. Auch kämpfe ich allemal lieber gegen einen Ritter als gegen Strauchdiebe. Ja, ich freue mich, hier auf ihn zu treffen. Dieser Blaue Ritter wird sein blaues Wunder erleben.«

Es war leicht zu erkennen, dass die Belagerer vor der Burg ihre Plätze eingenommen hatten. Der Angriff stand nun wohl unmittelbar bevor. Victor de Firment und Philipp de Drohorst reichten sich noch einmal die Hände. »Gott sei mit Euch!«, wünschten sie sich gegenseitig, dann verließen sie eilig die Halle, um ihre Rüstungen und eisernen Handschuhe, ihre Helme und Brustpanzer anzulegen. Sie wussten, dass die Zahl ihrer Männer nicht ausreichte, um die Burg ringsum zu verteidigen, ja nicht einmal, um überall die Brustwehren zu besetzen. Auch plagten Philipp nun doch Zweifel, ob ihm all seine Leute auch so treu ergeben waren, dass sie bis zum Tode für ihn kämpfen würden. Ein allzu guter Herr war er ihnen ja nicht gewesen. Aber diese Überlegungen kamen jetzt zu spät. Umso entschlossener war er, um sein Leben zu kämpfen, wie er noch nie gefochten hatte. Und man weiß, dass der Fuchs niemals verbissener kämpft als bei der Verteidigung seines Baues.

Der Knecht Philipps hielt inzwischen Ahmad mit eisernem Griff fest. Dieser wusste wohl, dass es jetzt um Leben oder Tod ging. Er dachte daran, sich ihm zu entwinden, aber das war leichter gedacht als getan. Außerdem würde er hier auch nicht weit kommen. So stolperte er vor dem Gesellen her, bis sie durch einen Gang auf den Hinterhof gelangten. Hier stieß der Knecht Ahmad so heftig in den Rücken, dass dieser taumelte und niederfiel. Diesen Augenblick der Schwäche nutzte der Knecht. Mit einer raschen Bewegung zog er seine Streitaxt aus dem Gürtel. Er holte aus und hieb kraftvoll zu. Er zielte genau auf Ahmads Hals.

Er traf gut. Metall klirrte auf Metall. Eine tiefe Scharte holte sich die Schneide der Axt an Ahmads eisernem Halsring.

»Siehst du, Freund! Hast du mich nicht in der Kutte eines Mönchs hereinkommen gesehen? – Das kommt davon, wenn man einen heiligen Mann heimtückisch umbringen will!«, rief dieser geistesgegenwärtig. »Mir steht Gott bei!«

Der Knecht spürte den Aufprall des Schlages hart in seinem Arm. Er war wie versteinert über das vermeintliche Wunder. Er hob die Hände abwehrend, doch da hatte Ahmad ihm schon einen Hieb versetzt, mit all seiner Kraft und gegen das Kinn. Der Knecht stürzte, schlug mit dem Hinterkopf auf das Pflaster und blieb ohnmächtig liegen.

»Gut, dass wir hier unbeobachtet sind«, murmelte Ahmad und riss sich den Mantel ab. Es gelang ihm, den Knecht von seinem mausgrauen Oberkleid zu befreien, und er schlüpfte

hinein. Dann setzte er sich dessen rote Mütze auf und bewaffnete sich mit der Axt. »So war es doch einmal zu etwas gut, dass ich diesen Sklavenring trage«, brummte er.
Da man ihn in dieser Kleidung für Philipps Knecht hielt, gelangte Ahmad unbehelligt zur Hinterpforte und schlüpfte hinaus. Pfeile empfingen ihn, als er die schmale Brücke überquerte. Er winkte und rief – da hielt man ein mit dem Schießen. »Führt mich zum Blauen Ritter, führt mich zu Charles de Fortis«, rief Ahmad übermütig, schwenkte die rote Mütze und warf sie in hohem Bogen von sich. »Nie wieder will ich dieses Zeichen der Zugehörigkeit zu dem übelsten aller Ritter tragen«, jubelte er. Er war gerettet.

42

Miriam und ich wussten von nichts. Wir waren abgesperrt von allem, was um uns herum vorging, in unserer düsteren Kammer. Wir wussten nicht, dass es meinem Vater gelungen war zu fliehen. Wir wussten nicht, dass die Burg umstellt war, nicht, dass die Belagerer ihren Ring immer enger zogen. Wir waren uns nur bewusst, dass wir alle in höchster Gefahr schwebten, vielfach bedroht, fast ohne Aussicht auf Rettung. Und die Zeit verging uns quälend langsam.
Tröstlich war nur das Tageslicht, das durch die Öffnung am Söller hereinkam. Wir spürten auch, dass etwas vorging. Wir hatten das Horn gehört. Die Luft schien uns erfüllt von einer Spannung, die sich uns mitteilte. Unsere Augen waren ineinander versunken, doch es war nicht nur das starke Gefühl, das wir füreinander empfanden, es war auch die bange Frage, was aus uns werden würde. Ich streckte Miriam mei-

nen Arm entgegen. Sie ergriff meine Hand und drückte sie, sie streichelte meine schwachen Finger, dann glitten ihre Fingerspitzen zu meinem Handgelenk, sie fühlte meinen Puls und sagte: »Dein Herz schlägt ruhig und stark. Du hast auch kein Blut mehr verloren. Kräuter und Balsam wirken. Doch wir müssen den Verband noch lassen, wie er ist. Wenn wir ihn abnehmen, könnte sich die Wunde wieder öffnen.«

»Ich fühle mich auch besser«, antwortete ich. »Zwar schlug mein Herz noch nie so unruhig wie jetzt . . .«

Meine ganze Zuneigung lag mir auf der Zunge und wollte über meine Lippen. Alles, was ich fühlte, wollte ich Miriam sagen. Aber wieder wurde mir bewusst, wie tief der Graben war, der uns trennte. Ja, je mehr meine Kräfte wiederkehrten, desto stärker empfand ich dies. Stieß ich sie nicht in immer tiefere Verwirrung? Durfte ich von Liebe sprechen? Musste sie nicht Verzweiflung empfinden, je näher wir uns kamen, je deutlicher wir unsere Gefühle offenbarten?

Sie mochte Ähnliches denken, denn sie blickte mich an und ihre Augen waren hell, groß und ruhig, aber sie sog die Unterlippe ein und ich sah ihre Perlenzähne damit unsanft spielen. Es war eine rührende Gebärde der Hilflosigkeit. Doch unsere augenblickliche Lage lenkte uns ab von all dem, was uns trennte, von all dem, was uns bedrohte. Der Lärm in der Burg wurde jetzt immer lauter, wurde zu Getöse und Geschrei. Wir hörten schwere, eilige Schritte auf den Gängen und über die Treppen, hinauf und hinab, auch Rufe von den Mauern, von den äußeren Umgängen, von überall, verstärkt durch Hall und Echo. Miriam hob den Kopf, ohne meine Hand loszulassen, und fragte: »Was hat das alles zu bedeuten? Ach, dass wir so gefangen sind, dass wir nichts wissen, nichts sehen können. Die Worte unserer

Schrift kommen mir in den Sinn, die da lauten: ›Es rasselt der Köcher – es schimmert der Schild – die Stimmen der Hauptleute und der Schlachtruf ertönen.‹«

»Das ist es!«, rief ich aus. Ich hob den Kopf, so gut ich es in den Verbänden vermochte. »O Gott! Möge das doch ein gutes Zeichen für uns sein! Wäre ich nur draußen und könnte kämpfen. Wüsste ich wenigstens, was geschieht. Kein Bogen da, um nur einen Pfeil abzuschießen, keine Axt, um nur einen Streich zu führen. Dass ich so kraftlos sein muss ohne jede Waffe. Nicht einmal den Schild dort könnte ich jetzt heben.«

»Still!«, unterbrach mich Miriam. »Es wird plötzlich ruhig. Vielleicht kommt es gar nicht zum Kampf.«

»Hoffentlich irrst du dich«, seufzte ich. »Du kennst das nicht! Es ist wohl die Ruhe vor dem Sturm. Diese Todesstille beweist, dass jetzt alle auf ihren Plätzen sind. Gleich wird der Angriff beginnen. Was wir bis jetzt hörten, war nur das ferne Brausen. Aber gleich bricht das Unwetter los und ich hoffe in all seiner Kraft. Ach, könnte ich nur ans Fenster!«

»Bleib liegen, bleib liegen!«, rief Miriam angstvoll. »Du schadest dir! Dein Verband löst sich, du wirst wieder bluten! – Ich stelle mich an die Öffnung und versuche dir zu beschreiben, was ich sehe.«

»Vorsicht!«, rief ich. »Jede Öffnung wird das Ziel für einen Schützen. Komm zurück! Oder warte – nimm wenigstens den Schild, kauere dich dahinter.«

Miriam kauerte hinter dem Schutz des Schildes, den sie vor den unteren Teil der Öffnung stellte. So konnte sie einigermaßen sicher über seinen oberen Rand schauen.

»Was siehst du?«

»Es ist so, wie du gehofft hast. Die Burg wird angegriffen. Alles kann ich zwar nicht erkennen, aber ich sehe das Außenwerk. Es hat wohl den ersten Angriff abzuhalten. Ein Graben trennt diesen Brückenkopf von den übrigen Befestigungen. Wenn der Graben genommen wird, könnte man die Zugbrücke zerstören. Dann gibt es keine Verbindung mehr zum Hauptgebäude. Dort ist auch eine Pforte im Außenwerk und alles ist von Palisaden umgeben und mit dicken Brettern verstärkt.«

»Gut, gut, aber die Kämpfer, die Männer?«

»Es sind viele. Sie sind zur Verteidigung aufgestellt. Es wird nicht leicht sein, den Platz zu halten. Auch die Angreifer haben sich diesen Punkt zum Sturm ausgesucht.«

»Er mag der schwächste sein«, mutmaßte ich.

Sie rief: »Der Waldrand ist mit Armbrustschützen besetzt. Sie kommen aus dem Schatten der Bäume.«

»Was für eine Fahne siehst du?«

»Ich sehe weder eine Fahne noch ein Feldzeichen.«

»Wie ungewöhnlich«, überlegte ich laut. »Stürmt man eine solche Burg ohne fliegende Fahnen? Erkennst du einen Anführer?«

»Ich sehe einen Ritter. Er ist sehr groß. Er ist der Einzige, der von Kopf bis Fuß gepanzert ist. Ich denke, er leitet den Angriff.«

»Hat er ein Wappen auf dem Schild?«

»Ich kann es kaum erkennen. Es könnte eine eiserne Kette und ein Vorhängeschloss sein, schwarz, in einem blauen Feld.«

»Darauf kann ich mir keinen Reim machen. Eine eiserne Kette und ein Vorhängeschloss? Mein Gott, das könnte auf meine Lage passen. Ich kenne keinen Ritter, der ein solches

Zeichen führt. – Und ist sonst niemand da, der ein Hauptmann sein könnte?«

»Nein, niemand unterscheidet sich besonders. Doch sicher wird auch die hintere Seite der Burg angegriffen. Dort mag noch ein anderer Anführer sein. Überall rückt man vor! Gott stehe uns bei! Die erste Reihe der Angreifer trägt hohe Schilde aus Holz. Hinter ihnen folgen andere, die den Bogen spannen.«

Wieder ertönte der schrille Ton eines Hifthorns. Er gellte an die Mauern, durch die Fenster. Trotzige Trompeten antworteten von den Zinnen und der dumpfe Klang der Muscheln und Kesselpauken mischte sich in das Getöse. Die Parteien schrien, teils um sich selbst anzufeuern, teils um den Gegner einzuschüchtern. Der Lärm war unbeschreiblich.

Die Pfeile flogen hageldicht gegen jede Schießscharte und jede Maueröffnung, auch über Miriam schwirrte einer hinweg und prallte an die Mauer, wo er ein Stück vom Stein herausschlug.

»Miriam!«, rief ich. »Zurück!«

»Nein, jetzt gewiss nicht«, antwortete sie. »Sei unbesorgt. Ich sehe die Pfeile wohl kommen. Zwei oder drei Mann der Besatzung sind sicher schon getötet und manche sind verwundet. Da sind nun auch die beiden Ritter, Philipp de Drohorst und Victor de Firment . . .«

»Gott möge sie zerschmettern«, knirschte ich durch die Zähne.

»Sie kämpfen wild und geschickt.«

»Ich weiß es nur zu gut!«

»Der Pfeilregen von außen wird von den Mauern her erwidert. Es gibt auch Schleudern und andere Wurfgeschosse. Ach, die Angreifer sind bei weitem nicht so gut gedeckt. Aber sie lassen nicht nach.«

Ich rief: »Und ich muss hier wie ein Tagedieb von Mönch auf der Bahre liegen, während der Kampf, der uns Freiheit oder Tod bringt, von anderen ausgefochten wird«, stöhnte ich. »Miriam – setzt denn noch keiner zum Sturm an?«

»Ich sehe nichts als eine Wolke von Pfeilen, die fast die Bogenschützen verbirgt.«

»Das kann nicht lange dauern. Dann ist der Vorrat erschöpft. Wenn sie nicht entschlossen angreifen und mit den Waffen in der Hand die Befestigungen stürmen, werden sie nichts ausrichten können. – Was ist mit dem Ritter? So, wie der Anführer ist, so sind auch seine Leute!«

»Ich weiß nicht, wo er ist!«

»Was, hat er schon aufgegeben?«

»Aber nein! Jetzt sehe ich ihn. Er führte eine Gruppe dicht unter die unterste Palisade. Sie reißen die Pflöcke um. Sie hauen die Bretter mit den Äxten nieder. Sein hoher Federbusch flattert über all dem Gewirr. Er ist wie ein Rabe über dem Schlachtfeld. Sie schlagen eine Bresche in die Schranken. Sie dringen ein! Sie werden zurückgeworfen! Philipp de Drohorst führt seine Leute an.«

»Möge ihm der Kopf abgeschlagen werden!«

»Man kämpft Mann gegen Mann, Arm gegen Arm, Hand gegen Hand. Man flieht, man ringt, man tötet. Ich kann es kaum mit ansehen.«

»Wenn sie im Handgemenge sind, kommt die Entscheidung!«

Miriam rief: »Oh, ihr heiligen Propheten! Philipp und der riesige Ritter kämpfen gegeneinander auf der Brücke. Ihre Leute halten sich zurück. Alle schauen nur auf den Kampf dieser beiden. Alle warten darauf, wer unterliegen wird ... Oh, er fällt, er fällt ...«

»Wer fällt, Mädchen?«

»Der fremde Ritter! – Doch nein! Gelobt sei der Herr der Heerscharen, schon ist er wieder auf den Beinen und kämpft mit doppelter Kraft. Ach, sein Schwert ist gesprungen. Und jetzt reißt er einem anderen die Streitaxt aus der Hand. Schlag auf Schlag hämmert er auf Philipp de Drohorst ein. Ja, jetzt wankt er, wie eine Eiche unter der Axt des Holzfällers.«

»Philipp de Drohorst?«, fragte ich.

»Ja, Philipp de Drohorst. Aber nun kommen seine Leute ihm zu Hilfe. Der Templer führt sie an. Sie zwingen den Fremden zum Rückzug. Sie drängen Philipp in die Burg zurück, sie decken ihn.«

»Und kommen die Angreifer nach, durch die Palisaden?«

»Ja, ja, sie bedrängen die Belagerten auf dem äußeren Wall. Es werden Leitern aufgestellt. Sie klettern auf die Schultern der vor ihnen Stehenden. Man schleudert Steine, Balken, sogar Baumstämme auf ihre Köpfe herab. Man gießt Pech und Öl. Doch ebenso schnell, wie man die Verwundeten wegträgt, rücken die nächsten zum Sturm heran. – Großer Gott! Hast du wirklich den Menschen nach deinem Ebenbild erschaffen, damit er von seinesgleichen so grauenhaft verstümmelt wird?«

»Ach, denk nicht daran! Es ist jetzt nicht die Zeit zum Philosophieren. Sag mir, wer weicht zuerst, sag mir, wer flieht? Wer rückt vor?«

»Die Leitern werden umgeworfen«, keuchte Miriam. Ihr Atem ging so schnell, dass ich sie kaum verstehen konnte. »Viele Verwundete liegen in ihrem Blut und krümmen sich vor Schmerz. Die Leute in der Burg scheinen aber im Vorteil zu sein.«

Ich schickte ein Stoßgebet zum Himmel. »Ziehen sich die Leute aus den Wäldern zurück?«

»Nein, sie halten sich tapfer. Der riesige Ritter drängt gegen die Hintertür mit seiner Streitaxt. Man wirft Steine und Balken auf ihn herab. Er achtet so wenig darauf, als wären es Schneeflocken oder Daunenfedern.«
Mühsam richtete ich mich weiter auf: »Wer mag es nur sein? Ich glaube, es gibt nur einen einzigen Mann, der so zuschlagen kann.«
Miriam unterbrach mich: »Das Hintertor gibt nach. Es kracht, es splittert. Jetzt dringen sie ein! Das Außenwerk ist gewonnen! O Gott, sie stürzen die Verteidiger von den Zinnen, sie werfen sie in den Graben.«
»Die Brücke, die Brücke, haben sie die Brücke gewonnen?«
»Nein«, sagte Miriam. »Der Templer hat ihre Planken zertrümmert. Man kann nicht mehr hinüber. Aber nur wenige Verteidiger entkamen mit ihm in die Burg. Hörst du das Gewinsel, die Schreie!«
»Was tun sie jetzt, Mädchen?«
»Für den Augenblick scheint alles vorbei zu sein. Die Angreifer versuchen sich in dem Außenwerk festzusetzen. Es gewährt ihnen einen guten Schutz gegen die Geschosse. Doch auch diese sind weniger geworden. Nur von Zeit zu Zeit fliegen noch Bolzen und Pfeile.«
»Ach«, sagte ich, in einer Mischung zwischen Furcht und Hoffnung: »Unsere Freunde werden doch jetzt, wo sie schon so weit gekommen sind, nicht aufgeben? Wäre ich nur bei ihnen! Aber ich vertraue dem fremden Ritter. Er zertrümmert mit seiner Streitaxt wohl nicht nur das Eichenholz, sondern sogar Eisenstäbe!«
»Ja«, rief Miriam, »das ist nicht bloß Kraft. Der Ritter teilt jeden Schlag mit Leib und Seele aus.«
Ich dachte, dass Miriams Schilderung nur auf einen zutref-

fen konnte, und meine Ahnung verdichtete sich beinahe zur Gewissheit! War es denkbar? War es möglich, wollte es mein Glück, dass der Fremde kein anderer war als mein König?

»Ich wollte zehn Jahre Gefangenschaft erdulden, wenn ich nur diesen einen Tag an seiner Seite kämpfen könnte!«

Miriam verließ ihren Platz am Fenster. Sie kam zu mir, an mein Lager. »Deine ungeduldige Sehnsucht . . . dieses Kämpfen . . . dieses Auflehnen gegen deine Schwäche, all das ist nicht gut für dich. Es wirft dich zurück. Es schadet dir. Wie kannst du hoffen, anderen Wunden zu schlagen, solange deine eigenen noch nicht geheilt sind?«

»Du hast Recht, nein, du hättest Recht, ginge es nicht um unser aller Leben. Jetzt steht alles auf dem Spiel. Und ich schwöre dir, sollten wir hier lebend herauskommen, so werde ich meine Rüstung nicht ausziehen und mein Schwert nicht ablegen, bis Philipp und Victor ihre gerechte Strafe erhalten haben – und bis mein König wieder den Platz einnimmt, der ihm gebührt. Dann aber, danach . . .«

»Was dann?«

»Ach, es ist noch zu früh, darüber zu sprechen. Wenn das Haus brennt, muss man es löschen. Wie man danach darin leben will, ist eine andere Frage. Mich lockt kein Ruhm, mich lockt kein Sieg mehr. Zu tief habe ich erfahren, wie teuer beides erkauft wird. Nichts anderes ist mehr wichtig als unsere Befreiung, der Sieg unserer Retter, wer immer sie auch sein mögen. Ich bete mit aller Glut meines Herzens und flehe meine Amulette um ihre kraftvolle Hilfe an. – Meine Amulette! Trage ich sie noch, Miriam?«

Sie nickte und senkte den Kopf. Dann fragte sie: »Von wem sind die beiden anderen?«

»Das erste ist von meiner Mutter, das Kreuz.«
»Aber das zweite – es ist ein islamisches.«
»Zarissa gab es mir.«
»Wer war sie?«
»Ein muslimisches Mädchen.«
»Du hattest sie gern.«
»Ja, doch nicht so wie dich. Es kommt mir vor, als sei ich damals noch ein Kind gewesen. So viel ist in mir vorgegangen, so viel hat sich verändert.«
»Wo ist sie . . . Zarissa . . .?«
»Sie wurde vor meinen Augen erschlagen – von Philipp de Drohorst und Victor de Firment.«
»Jetzt weiß ich, warum du sie so hasst!«
»Ja«, sagte ich. »Sie sind die Schande des Rittertums. Dass ich ein Ritter bin, so ganz habe ich es noch nicht vergessen. Einmal war es mein Glück. Ich dachte, mein Ruhm sollte mein Grab überstrahlen.«
»Warum? Damit fahrende Sänger auf Jahrmärkten von deinen Taten singen?«
»Die wahre Ritterlichkeit hat auch ihren Zauber«, widersprach ich. »Man kann dieses Licht nicht einfach auslöschen. Es ist die höfische Vollkommenheit, wie sie im Lied der Troubadours gepriesen wird. Alles solle ein Vorbild sein, im Kampf, im Minnedienst. Doch es ist wohl nur eine Märchenwelt.« Erschöpft legte ich mich wieder zurück und schwieg. Von Zeit zu Zeit sah Miriam nach der Fensteröffnung, von wo wir die Freiheit erhofften.
Ich schloss die Augen und versank wieder in Besinnungslosigkeit.

43

Der Kampf wurde unterbrochen. Hitze flimmerte. Die Angreifer sammelten sich und erwogen einen neuen Plan. Das verschaffte den Männern in der Burg Zeit.

Geschützt von den Mauern trafen sich Philipp und Victor im Hof. Ringsum lagen Verwundete. Männer schleppten sich zu einem Platz, wo sie sich niederlassen konnten. Hoch ragte der Turm empor, gefügt aus dicken Bohlen und klobigen Mauern, versehen mit zahllosen Öffnungen, durch die Luft und Licht eindringen konnten. Dicht an ihn herangebaut waren die übrigen, niedrigen Bauten, die Waffenkammer, die Ställe, die Scheune, in der die gefangene Gefolgschaft Charles de Fortis', seine Diener und die in der Stadt gedungenen Knechte ausharrten und ihr Schicksal verfluchten.

Hell loderte ein Feuer im Hof. Darüber hing an eisernem Dreibein ein Kessel. In ihm wurde Pech erhitzt, das von den Mauern auf die Belagerer herabgegossen wurde.

Philipp und Victor waren erschöpft. Ihre Rüstungen wiesen Beulen auf. Sie waren verschmutzt, verschwitzt, die Federbüsche ihrer Helme geknickt.

»Es steht nicht gut«, sagte der Templer. »Was könnt Ihr berichten? Wie fochten die Schurken auf Eurer Seite?«

»Es sind Teufel!«, rief Philipp. »Die Hölle hat sie losgelassen und gegen mich ausgesandt. Sie beherrschen das Feld vor der Mauer vollständig!«

»Wer führt sie?«

»Der räudige Hund, der beim Bogenschießen den Preis gewann! Wäre ich nicht so gut gewappnet, hätte er mich schon mehrmals niedergeschossen. Aber seine Pfeile prallen an mir ab. Desto mehr Schaden richten sie unter meinen Leuten an.«

»Allerdings«, erwiderte der Templer, »es ist schlimmer, als ich dachte. Und es gibt keine Hoffnung auf Hilfe. Wir haben schon das Außenwerk verloren.«

Philipp knurrte: »Dort finden die Elenden Schutz. Umso mehr können sie uns schaden. Wenn wir nicht auf der Hut sind, nehmen sie einen der kleinen Türme, einen unbewachten Winkel oder eines der äußeren Fenster. – Von dort können sie über uns herfallen! Sie dürfen sich nirgends zeigen, ohne dass sie von Pfeilen eingedeckt werden, gerade so wie Zielscheiben beim Fest.«

»Ein Freudentag ist dies gerade nicht«, bestätigte Victor.

»Wäre es nicht doch besser, wir machten aus der Not eine Tugend?«, überlegte der Baron düster. »Erkaufen wir den Frieden, indem wir die Gefangenen ausliefern!«

»Seid Ihr von Sinnen?«, empörte sich der Templer. »Wir sollen unsere Gefangenen ausliefern? Dann werden wir zum allgemeinen Gespött! Sollen wir als Ritter besungen werden, die eine mächtige Burg nicht gegen eine Horde Wilder halten können, die von Schweinehirten, Narren und anderem Gesindel angeführt wird?«

»Ihr seid sehr waghalsig, Templer«, murmelte Philipp, »umso mehr, als es schließlich nicht Euer Gedanke war, Charles de Fortis gefangen zu nehmen, und dies ja nicht Eure Burg ist. Verzeiht! Ich glaubte schon, Ihr wolltet Euch aus dem Staube machen.«

»Wie kommt Ihr dazu, so über mich zu denken, Baron?«, entgegnete Victor beleidigt. Er schwieg einen Augenblick. Seine Augen schweiften aber zu dem lodernden Feuer, sie glitten über die niedrigen Gebäude, die Holzbalken, die Strohdächer, sie wanderten um den Hof empor zum Turm.

Philipp bemerkte es nicht. »Gut also, wieder auf die Mauern?«, sagte er. Er klappte seinen Helm zu. »Ach, ich wünschte, wir hätten noch ein paar Leute mehr. Dann könnten wir leicht standhalten.«

»Es ist, wie es ist«, entgegnete der Templer. Längst reifte ein Plan in ihm. Es kam ihm nur darauf an, Philipp weit weg zu haben. »Auf Leben und Tod denn«, rief er, scheinbar mit ihm einig.

»Auf Leben und Tod«, antwortete Philipp dumpf aus seinem Helm. Die beiden Ritter stapften davon. Ihre Rüstungen klapperten und klirrten. Sie kletterten auf die Mauern. Die Belagerer erstürmten bereits das Außenwerk. Noch trennte sie der sumpfige Graben von der Burg und ein Angriff auf das Haupttor war unmöglich, wenn man nicht den Burggraben überwand. Wahrscheinlich würden sie hier mit aller Macht anstürmen. Auch der rückwärtige Teil der Burg war gefährdet. Es galt, die wenigen Männer so zu verteilen, dass sie einander rasch zu Hilfe kommen konnten.

Victor de Firment hatte alles aufmerksam betrachtet. Entwarf er einen neuen Schlachtplan? »Verteidigt ihr das Haupttor«, sagte er zu seinen Leuten, »und zwar mit allen Männern, die ihr aufbringen könnt. Täuscht die Angreifer und lenkt sie ab. Sie sollen glauben, dass wir einen Ausfall beabsichtigen. Ich bleibe inzwischen mit zwanzig meiner besten Leute in der Reserve, um euch überall zu Hilfe kommen zu können.«

Vor der Burg bereitete man sich wirklich auf den letzten Sturm vor. Der Blaue Ritter sagte: »Und nun, Rosny, kommt das Gefahrvollste. Sagt, wollen wir nicht Charles de Fortis die Leitung übergeben?«

»Nein«, rief Charles energisch. »Ich kämpfe gerne unter den Vordersten. Aber ich habe zu wenig Erfahrung darin, Festungen zu erstürmen . . .«

»Dann übernehme ich die Bogenschützen«, erklärte Rosny. »Und Ihr könnt mich aufhängen, und zwar mit dem Kopf nach unten, wenn sich auf den Mauern und Wällen noch ein Mann zeigen kann, ohne dass er mit Pfeilen gespickt wird, wie der Schinken am Weihnachtsfest mit Gewürznelken.«

»Sehr gut«, sagte der Ritter. »Wenn Ihr mir folgen wollt, führe ich den Sturm an. Es ist nicht das erste Mal! Ich habe Übung darin.«

Nun wurde der erste Angriff vorgetragen. Der Brückenkopf wurde genommen. Die Nachricht flog von Mund zu Mund bis zu Rosny. Er musste jetzt die Verteidiger so in Atem halten, dass sie nicht zu einem Ausfall fähig waren. Denn dann wären die Angreifer womöglich unterlegen gewesen. Die Leute aus der Burg waren ja reichlich mit allem versehen. Da die Zugbrücke zerstört war, befahl der Blaue Ritter ein langes Floß zu bauen, eine Art schwimmende Brücke. »Es eilt!«, rief er. »Die Sonne sinkt. Wir wissen nicht, ob Prinz Jean nicht Verstärkung schickt. Dann würden wir im Rücken angegriffen und zwischen beiden Lagern zerrieben werden. An die Bögen, Rosny! Lenkt die da drinnen ab. Überschüttet die Mauern mit einem Hagel von Pfeilen! Rückt vor! Tut so, als ob ihr angreifen wolltet. Wir hier lassen das Floß in den Graben. Folgt mir! Zum Sturm! Wer dafür zu schlecht bewaffnet ist, schießt auf alles, was sich bewegt. Herr Charles, übernehmt Ihr die Nachhut?«

»Bei meiner Ehre, nein!«, rief Charles de Fortis. »Ich will nun einmal ganz vorne kämpfen oder noch im Grab verflucht werden. Dort, wo es am gefährlichsten ist, werde ich meinen Mann stehen!«

»Aber Ihr tragt weder Kettenhemd noch Panzer, Ihr habt nichts als einen leichten Helm und ein Schwert!«

»Desto besser, umso unbeschwerter kann ich auf die Mauern klettern, auch wenn ich nicht mehr der Jüngste bin.«

»In Gottes Namen denn und mit seiner Hilfe«, sagte der Blaue Ritter. »Werft die schwimmende Brücke in den Sumpf!«

Bolzen von Armbrustschützen prasselten auf die Angreifer hernieder. Doch die schwankende, unsichere Brücke lag im Wasser, das brackig über die Bohle schwappte. Sie reichte bis an den Fuß der Burgmauer. Nur zwei Männer konnten sie nebeneinander betreten, mehr fanden keinen Platz. Sie war schlüpfrig, leicht konnte man abgleiten. Wer hier stürzte, fiel ins Wasser und fand dort keinen Schutz vor den Armbrustschützen. Den Blauen Ritter gar musste seine schwere Rüstung auf den Grund ziehen.

Doch daran dachte er nicht. Er wusste, dass nun alles darauf ankam, den Feind zu überrumpeln. Er setzte seinen gepanzerten Fuß auf die Brücke. Charles de Fortis folgte ihm dichtauf. Glitt er ab und hielt er sich, einem Reflex folgend, an dem Blauen Ritter fest, so waren beide verloren.

Vom Ufer aus betrachtete man sie mit angehaltenem Atem. Von oben schwirrten die Bolzen. Aber nur einer traf den Ritter, es gab einen hellen, scharfen Klang und die Waffe glitt an der Rüstung ab.

Die beiden gelangten glücklich auf die andere Seite. Sie kletterten den schmalen Uferstreifen empor. Sie standen tief im Morast. Aber vor ihnen erhob sich das mächtige Tor,

schier uneinnehmbar. Der Blaue Ritter erhob seine Streitaxt. Seine Schläge dröhnten gegen die Balken.
Zwei andere Kämpfer wollten ihm folgen, doch sie wurden von den Armbrustschützen durchbohrt. Das Wasser im Graben färbte sich blutrot, unheildrohend. Rosny bemerkte die Gefahr, in der sich der Blaue Ritter und Charles de Fortis befanden. Ein einziger, von der Mauer herabgestürzter Balken musste sie unter sich begraben. Er befahl: »Angriff! Ihr Herren der Wälder! Auf! Hinein! Nur noch einen Sturm und die Burg ist genommen! Nieder mit diesem Schandmal!« Er spannte seinen treffsicheren Bogen. Sein Pfeil durchbohrte die Brust eines Verteidigers. Dieser war gerade dabei, ein Stück der Mauer auf die beiden Angreifer am Tor hinabstürzen zu lassen. Ein anderer nahm ihm das Brecheisen aus der erschlaffenden Hand. Doch auch ihn traf ein Pfeil in den Kopf.
Philipp de Drohorst sah, dass sich ihm jetzt die Gelegenheit bot, seinen gefährlichsten Gegner zu zerschmettern. Er packte den Hebel selbst. Das Stück, das er ausbrechen wollte, hätte nicht nur die Männer darunter, es hätte auch die schwimmende Brücke zertrümmert. Dann wäre viel, dann wäre vielleicht alles für ihn gewonnen gewesen! Mit atemloser Spannung sahen ihm alle zu. Er wurde mit Pfeilen eingedeckt, aber seine Rüstung konnten sie nicht durchschlagen. Selbst die Mutigsten unter den Angreifern wagten es jetzt nicht mehr, den Fuß auf das schwankende Floß zu setzen. Dreimal schoss Rosny, dreimal prallte sein Pfeil ab.
»Der Teufel hat diesen Panzer gemacht«, knurrte er. »Und wäre es nicht von einem Meister seines Faches geschmiedet worden, ich hätte ihn durchtrennt wie Seide. – Freunde! Herr Ritter! Herr Charles! Duckt Euch dicht unter das Tor.

Lasst erst die Steine herabstürzen!« Doch keiner hörte ihn. Die Schläge der Axt gegen das Tor übertönten alles.
Da sprang Ahmad auf das Floß. Er war noch außer Atem von seiner Flucht aus der Burg. Er wollte seinem Herrn beistehen, er dachte an nichts anderes, er folgte einfach seinem Gefühl. Leichtfüßig balancierte er über die Stämme, bis er meinen Vater erreicht hatte. Warnend stieß er ihn von hinten an die Schulter: »Duckt Euch! – Oder zurück! Schnell zurück!« Ahmad deutete nach oben. Sein Herr schaute sich um. »Ahmad! Wie kommst du hierher? Du bist entkommen?«
»Ja, aber jetzt ist nicht die Zeit für Erzählungen.« Vielleicht wären sie alle drei verloren gewesen. Doch jetzt hielt Victor de Firment seine Stunde für gekommen. Er hatte die Mauer erklettert, überschaute die Lage und packte Philipp am Arm, sodass dieser einen Augenblick innehielt in seinem Bemühen, die Steine aus der Mauer zu brechen.
»Jetzt gilt es!«, rief ihm Victor durch den Helm zu, »jetzt fassen wir sie. Führt Eure Leute hinab. Die Kerle sollen glauben, dass Ihr einen Ausfall wagen wollt. Sie werden Euch draußen erwarten. – Öffnet das Tor. Darunter sind nur drei Männer. Werft sie in den Graben. Das wird Euch leicht fallen. Ihr seid in der Übermacht. Dringt dann auf das andere Ufer vor – ich jedenfalls nehme einige meiner besten Leute und führe sie aus dem Hintertor. Es wird jetzt unbewacht sein, denn die Angreifer versammeln sich am Haupttor. Ich werde ihnen wie der Teufel in den Rücken fallen.« Philipp gefiel dieser Plan nicht. Er war bei etwas unterbrochen worden, das er für erfolgversprechend hielt. Ein dumpfes Gefühl warnte ihn. Und doch, er folgte dem stärkeren, entschlosseneren Willen des anderen.

»Rasch, rasch«, rief Victor. »Überrumpelt die Lumpen.« Er eilte die Stufen der Brustwehr hinab und ließ Philipp keine Zeit zur Antwort.

»Wenn es denn sein soll«, knurrte der Baron. Unwillig ließ er das Brecheisen fallen. Er rief seine kräftigsten Männer zusammen. Mit ihnen stürzte er zur Innenpforte. Zwischen ihr und dem Außentor lag ein dunkler, von Quadersteinen emporgewölbter Gang.

Draußen drang die Streitaxt durch die Balken, das Holz splitterte und das Eisen wurde sichtbar. Der Blaue Ritter stemmte mit aller Gewalt, trennt Bohle von Bohle. Inzwischen hatte Baron Philipp die Riegel der Innenpforte gelöst und das Tor aufgestoßen. Jetzt betrat er den Gang. Zwei Leute folgten ihm, stürmten voraus – zu spät, der Blaue Ritter war durchgebrochen. Mit mächtigen Schlägen brachte er die Männer zu Fall. Der Baron rief nach Verstärkung, doch keiner wagte es, ihm zu folgen. Er drohte, er brüllte . . .

»Es ist umsonst, Ritter Philipp«, dröhnte die Stimme des Blauen Ritters. Ihr Klang verstärkte sich im hallenden Gewölbe.

Da standen sich die beiden Riesen gegenüber, einander ebenbürtig an Kraft und Größe. Philipp riss sein Schwert aus der Scheide, mit einem Schrei der Lust, denn er war voll Kampfesmut, nun er seinen grimmigsten Gegner vor sich hatte. Der Blaue Ritter erhob die Axt. Ihm folgte mein Vater durch die Lücke in den engen Raum.

»Halt, Herr Charles!«, rief der Blaue Ritter, »überlasst diesen Mann mir!«

Die beiden Gepanzerten prallten aufeinander. Die Funken stoben. Nichts Trennendes stand mehr zwischen ihnen – nur ihr lodernder Hass . . .

Victor de Firments Plan war teuflisch. Nur ein Ehrloser konnte ihn ersinnen. Und nichts hätte ihn noch davon abhalten können. Er wollte lebend aus der Burg und er wollte Miriam entführen. Einige seiner Leute warteten wie befohlen auf seine Weisung. Er rief sie in den Hinterhof. Dort ließ er sich von seinem Knappen die schwere Rüstung abnehmen. »Sie hindert nur. Das Kettenhemd muss reichen!« Er befahl Pferde zu satteln und bereitzuhalten, auch sein Streitross. »Wartet auf mich!«, rief er und niemand wollte widersprechen. »Ihr rettet euch mit mir zusammen oder gar nicht!«
Darauf stürmte er durch den Hintereingang in den Wohnturm.

44

Nur langsam kehrte ich aus der Besinnungslosigkeit zurück. Ich war schwach und das Zimmer drehte sich vor meinen Augen. Nur undeutlich nahm ich meine Umgebung wahr. Miriam bemerkte, dass ich erwachte, sie erhob sich, um an mein Lager zu treten. In diesem Augenblick flog die Tür auf. Der Templer trat so stürmisch ein, dass Miriam davon überrumpelt wurde. Er lief rasch an ihr vorbei und verstellte ihr den Ausgang zum Söller. Dort breitete er die Arme aus. »Ich verlasse die Burg und du kommst mit mir! Alles ist vorbereitet! Folge mir!«
»Niemals!«, stammelte Miriam. Sie war zu Tode erschrocken, ihre Kräfte verließen sie. »Niemals! Aber wenn Ihr noch einen Funken Anstand habt, so helft Leon, befreit meinen Vater und alle anderen.«

»Wozu?«, lachte der Templer. »Die anderen brauche ich nicht. Du alleine bist es, die ich will!« Er trat auf sie zu.
»Rühre sie nicht an!«, rief ich und versuchte mich aufzurichten.
»Drohst du mir?«, höhnte Victor. »Hast du noch so viel Lebenskraft? Nun, ich werde das ändern! – Und du, Jüdin, hast keine andere Wahl. Einmal konntest du mich zurückhalten, ein zweites Mal nicht mehr.«
Er trat auf sie zu, das Gesicht verzerrt, die Augen drohend. Er versetzte ihr mit dem Kettenhandschuh einen Schlag in die Halsgrube. Sie stöhnte nur einmal, dann sank sie. Er fing die schlaffe Gestalt in seinen Armen auf, als wäre sie eine Feder. Er trug sie auf seiner Schulter hinaus. Ich wollte ihm noch einen Fluch nachsenden, allein es kam nur ein Röcheln über meine Lippen. An der Tür drehte sich Victor noch einmal um und rief mir zu: »Und du stirbst in dem Scheiterhaufen, den ich dir jetzt bereiten werde.«
Dann verschwand er mit seinem Raub. Ich hörte seine schweren Schritte noch auf der Treppe. Sie klangen mir wie Hammerschläge, mit denen ein Galgen errichtet wird.
Victor verließ den Burgturm. Er benutzte den Nebenausgang. Im Hinterhof warteten seine Leute. Einige standen noch neben ihren Pferden, andere saßen bereits in den Sätteln. Sein Streitross spielte mit den Ohren und stampfte mit der Vorderhand auf. Es wieherte.
Beißend trieben die Rauchschwaden herüber. Victor hob Miriam empor, der Knappe nahm die Ohnmächtige vor sich in den Sattel, halb liegend, halb sitzend. Dann befahl Victor einigen seiner Leute, die noch nicht aufgesessen waren. »Folgt mir!« Sie rannten zur Scheune. Jeder nahm so viel Stroh, wie er tragen konnte. Sie schichteten es im Gang des

Turmes auf, hinter der Tür. Danach gossen sie flüssiges Pech darüber. Victor ergriff selbst einen Holzscheit, zog ihn aus dem brennenden Haufen, aus dem die Flamme züngelte. Er schleuderte ihn in den Strohhaufen. Rasch loderte er auf. Die Flammen wurden noch genährt vom Pech. Dunkel stieg eine Rauchwolke empor, suchte ihren Weg über den Türstock ins Freie, wälzte sich ins Haus, erfüllte die Gänge und das Treppenhaus.

»Nun brennt, brennt alle!«, rief Victor. Das Feuer verbreitete sich rasch, fand Nahrung an den Balken. Er schleuderte einen zweiten Scheit auf das Dach der Scheune. Es entflammte womöglich noch rascher, noch gieriger. Das Feuer wanderte über die Dachsparren hinüber zu den Nebengebäuden, zu den Ställen, zu den Räumen, in denen die Leute eingesperrt waren.

Schon qualmte es aus den Fenstern, unter den Dachpfannen hervor.

Victor de Firment sprang auf sein Pferd. Er ließ sich das leblose Mädchen von seinem Knappen reichen. Fest hielt er sie vor sich im Sattel. Er befahl seinen Männern ihn zu umringen, zum Schutz und Schirm. Einer von ihnen öffnete die Hintertür des Burghofes. Dann sprangen auch diese auf: Mit Donnergetöse und im gestreckten Galopp ging es hinaus in den Wald.

Nur ein oder zwei Pfeile schwirrten hinter ihm und seinen Leuten her, verfehlten aber ihr Ziel, und der wilde Trupp war schon im Schutz der Bäume.

Auch Miriam war in Freiheit – geborgen wenigstens vor den Flammen, vor dem Rauch, der sich durch die Räume wälzte – dennoch: In was für einer Freiheit befand sie sich! Hätte sie nicht lieber einen raschen Tod gewählt?

Hinter dem Haupttor, in dem überwölbten Gang kämpften der Blaue Ritter und Philipp de Drohorst ihren Kampf um Leben und Tod. Der Blaue Ritter schlug mit seiner Streitaxt auf Philipp ein. Philipp erwiderte die Schläge mit dem Schwert und setzte selbst dem Blauen Ritter so zu, dass dieser sich mit seinem Schild decken musste. Schlag auf Schlag, jeder wie von einem Riesen an Kraft ausgeteilt. Wenn Eisen auf Eisen traf, sprühten die Funken. Philipps Rüstung begann unter des Ritters wuchtigen Schlägen zu klaffen. Er hatte Beulen, er hatte Wunden, er spürte, dass er nicht standhalten konnte. Endlich erhielt er einen Hieb, der ihm den Helm vom Kopf riss. Der nächste Schlag traf ihn in die Halsgrube. Blut quoll. Philipp stürzte. Der Blaue Ritter war über ihm und setzte ihm seinen gepanzerten Fuß auf den Brustharnisch. »Es ist aus, Philipp«, rief er. Er beugte sich über ihn.

»Wenn es schon auf den Tod gehen soll«, brachte Philipp mit gebrochener Stimme hervor, wobei ihm Blut aus dem Mund floss, »so sagt mir wenigstens, wem ich die Fahrt in die Hölle verdanke.«

Der Blaue Ritter öffnete kurz seinen Helm. Er zeigte Philipp sein Gesicht.

»Ihr seid es!«, röchelte Philipp. »So sterbe ich wenigstens nicht von der Hand eines Unwürdigen.«

»Ehe du gehst, deiner Strafe entgegen, die dir der Himmel zuteilen wird, sag: Wo sind die Gefangenen?« Der Blaue Ritter schlug sein Visier wieder herab.

»Leon de Fortis liegt oben im Turm, in der alten Wachstube, falls er noch lebt . . .« Mehr vermochte Philipp nicht mehr zu sagen. Er hatte sein wildes Leben ausgehaucht.

»Er fand ein Ende, das fast zu würdig für ihn ist«, bemerkte mein Vater, der nun mit Ahmad näher kam. Immer mehr Männer drängten nach, sie fanden nun kaum noch Widerstand. Die Kunde vom Tod ihres Herrn hatte sich ebenso schnell unter den Belagerten verbreitet wie die, dass Victor de Firment die Flucht geglückt war. Man warf die Waffen weg, verließ seinen Platz auf dem Wall, auf den Mauern, hinter den Schießscharten. Die Vogelfreien aus den Wäldern ergriffen die Leute und banden sie. Doch sie nahmen sich auch der Verwundeten an.

»Leon ist im Turm«, rief der Blaue Ritter.

»Hinauf – mein Gott, die Burg brennt!«

Schwarzer Rauch quoll aus den Fensteröffnungen.

»Mir nach!«, rief der Blaue Ritter. Er stürmte mit einer Gruppe beherzter Männer in den Turm. Unter ihnen befand sich nicht nur mein Vater. Da waren auch Ahmad und Arne und der unerschütterliche Rosny sowie einige ihrer besten Leute. »Ich schwöre bei allem, was mir heilig ist«, erklärte der Blaue Ritter, »jeder Mann dieser elenden Burg wird es mit seinem Leben bezahlen, falls Leon etwas zustößt, falls auch nur ein Haar auf seinem Haupt versengt wird. Zeigt mir sein Zimmer!«

Aber es hätte weder dieser Drohung noch der Aufforderung bedurft. Da war nun keiner mehr, der nicht ein Retter sein wollte. Gleich mehrere Leute des Barons boten sich an: »Die Treppen hinauf. Wir führen Euch!«

Ihrer eigenen Gefahr nicht achtend, denn da und dort brannten schon die Balken, die die Decken trugen, und brachen glühend herab, kamen sie durch den Gang, die Treppe hinauf und drangen in das von Rauch erfüllte Gemach.

Es war höchste Zeit. Kaum vermochte ich noch zu atmen. Ich hatte mich, nachdem Miriam meinem Blick entschwunden war, nicht mehr vom Fenster weggerührt. Ich war am Ende – am Ende auch meiner Kräfte.

Nun sah ich den fremden Ritter hereinkommen und ich sah nur seine große, gepanzerte Gestalt. »Denkt nicht an mich!«, rief ich ihm zu, von Husten gequält. »Verfolgt den Templer, er hat Miriam entführt!«

»Erst kommst du«, sagte der Ritter. Beim Klang dieser Stimme horchte ich auf. Er befahl mich wieder auf meine Bahre zu legen. Der treue Ahmad und Arne betteten mich sorgsam zurück, mein Vater reichte mir die Hand. Und so wurde ich aus dem brennenden Turm getragen. Die Gebäude ringsum standen schon in hellen Flammen. Sie schlugen aus den Fenstern und Schießscharten. »Vater, Freund Ahmad und auch du, guter Arne, wenn ihr schon Victor und Miriam nicht verfolgen könnt, setzt meine Bahre ab, rettet Zamet, denkt auch an die anderen Leute.«

»Schon geschehen, Freund«, antwortete Ahmad. »Ich sah vorhin, wie unsere Männer die Türen öffneten. Alle Gefangenen sind befreit, alle Pferde, auch dein Feuervogel, alles Vieh wurde ins Freie getrieben.«

»Und Miriams Vater?«

»Auch er ist in Sicherheit«, beruhigte mich Ahmad.

»Du sorgst dich sehr um den Juden und seine Tochter«, knurrte mein Vater.

»Ja«, antwortete ich. »Und ich schäme mich nicht deswegen.«

Er schwieg.

Wir kamen durch den gewölbten Gang zur Pforte. Knechte hatten den Leichnam Philipps beiseite gelegt. Wir kamen nun auch über die Brücke, die jetzt herabgelassen und notdürftig wieder hergerichtet worden war. Der Graben lag hinter uns. Das Feuer verbreitete sich schnell und immer schneller über alle Teile der Burg und sämtliche Ställe, Scheunen und Werkstätten. Die Flammen stiegen wie eine ungeheure Feuersäule zum Abendhimmel empor. Weithin war die Umgebung beleuchtet, der Schein flackerte hell über die Bäume. Turm auf Turm stürzte, Dächer und Gewölbe mit sich reißend. Niemand vermochte in dieser Hitze zu atmen, ganz zu schweigen von dem Rauch, der jeden Winkel erreichte. Alle trafen sich auf dem freien Platz vor dem Burggraben. Bis hierhin kamen die Flammen nicht. Das umspülende Wasser bildete ein natürliches Hindernis. Sieger und Besiegte, die Verwundeten auf dem Rasen gelagert, starrten mit Grauen in die lodernde Hölle. Alle Gestalten schienen zu glühen und in ihren Augen flackerte der Brand. Endlich stürzte der Wohnturm mit furchtbarem Getöse zusammen – es folgte eine Stille des Entsetzens. Manch eine Hand bewegte sich, um das Kreuz zu schlagen. Ich wusste nicht, wer um mich war, ich wusste nicht, wer lebend aus der Hölle geborgen wurde, doch vertraute ich den Worten meines Ahmad und ich war auch sicher, dass weder der Blaue Ritter noch mein Vater einen Unschuldigen hatten verbrennen lassen.

Es war Rosny, der Anführer aus den Wäldern, der das Schweigen brach. Er rief: »Hört mich, ihr Vogelfreien, ihr Geächteten! Die Höhle eines Tyrannen ist zusammengestürzt. Die anderen werden folgen!«

Ein Hochruf erscholl.

Rosny fuhr fort: »So wie Philipp de Drohorst, so wird es allen Feinden unseres Königs gehen. Das haben wir schon oft beschworen, ich beschwöre es in dieser Stunde aufs Neue.«

»Wir schwören, wir schwören!« Die Wälder hörten diesen Ruf, der zugleich eine Kampfansage war. Ich schaute auf den Blauen Ritter. Er rührte sich nicht, er stimmte auch nicht ein, er stand unbewegt und die Flammen tanzten über seine Rüstung, auch über seinen Helm.

Rosny fuhr fort: »Holt euch an Beute aus der Burg, was ihr noch finden könnt. Wenn euch heute noch die Flammen hindern, so verschiebt es auf morgen. Sorgt euch nicht, es wird noch genügend zu finden sein, vor allem, wenn ihr die Keller nicht überseht. Wir bleiben hier, es ist zu spät, als dass wir heute noch weiterziehen könnten. Die Nacht ist hereingebrochen, die Wälder sind finster. Diese mächtige Eiche ist unser Sammelplatz. Wenn es Tag wird, werden wir dort die Beute verteilen, wir werden über unsere Feinde urteilen und über unsere Zukunft beraten.«

Ahmad sah ich nicht, so sehr ich auch nach ihm ausschaute. Doch Arne brachte mir Wein in einem gebogenen Horn. »Trinkt, Freund meines Freundes«, sagte er. Mein Vater hatte sich zu Rosny und dem Ritter gesellt.

Ich atmete das erste Mal seit langem wieder frei. Und doch war ich voll Kummer. Ich dachte: Miriam, wo ist Miriam! Dann sank ich in Schlaf.

45

Als ich erwachte, dämmerte das Frührot. Die Tauperlen glänzten auf den Zweigen. Ganz entfernt führte ein Reh seine Jungen aus dem Farnkraut. Rasch verschwand es wieder im Grün.

Über mir, wenn ich die Augen nach rechts wendete,

schwelte die Ruine der Burg. Rauchfahnen stiegen in den Himmel. Brandgeruch lag in der Luft. Eine Stimme neben mir fragte: »Wie fühlst du dich, Leon?« Es war Ahmad. Er kauerte neben mir. Vielleicht hatte er sogar die Nacht neben mir verbracht.

»Du bist es!« Meine Stimme klang klar. Ich selbst empfand es. »Es ist gut, dich zu sehen«, fuhr ich fort. »Ich glaube, dass ich mich gesund geschlafen habe. Schau, wie ich meine Glieder recken kann, den Arm, den Kopf. Hilf mir – nein, es geht allein! Sieh her, ich kann mich aufrichten.«

»Es ist wie ein Wunder. Das verdankst du . . .«

». . . nur der Pflege Miriams und der Kunst des jüdischen Arztes, den Miriams Vater kommen ließ«, fiel ich ihm ins Wort. »Wie geht es Zamet?«

»Er liegt dort unter den Bäumen. Der Ärmste schläft. Er hat viel durchgemacht. Doch auch er wurde gerettet.« Ich ließ mich zurücksinken und dachte: Miriam! Ich musste sie befreien. Es befriedigte mich zwar, dass Philipp de Drohorst seiner Strafe nicht entgangen war. Doch es kränkte mich, dass er nicht von meiner Hand fiel. Umso grimmiger war mein Hass auf Victor.

Die Vogelfreien, denen wir alles zu verdanken hatten, lagerten um die Bäume. Dort hatten sie auch die Nacht verbracht und sich vom Kampf erholt. Viele hatten den Sieg mit dem Wein gefeiert, den sie aus dem Burgkeller geschleppt hatten. Sie lagen noch im Schlaf.

Ahmad erzählte: »In der Burg wurde vieles durch die Flammen vernichtet. Und doch konnten große Mengen Silber, die Philipp de Drohorst erpresst und ergaunert hatte, viele Waffen und einige kostbare Kleider erbeutet werden. Kein einziger dieser Leute hat sich selbst etwas angeeignet. Es herrschen strenge Gesetze im Wald. Sieh dort den großen Haufen . . .«

»Ich sehe, ein Hügel . . .«

»Ja, das ist die Beute. Der Hauptmann wird sie verteilen.«

»Der Hauptmann?«

»Rosny, der Bogenschütze.«

Wir spürten eine Bewegung, eine Erschütterung des Bodens. Eisen klirrte. Der unbekannte Ritter näherte sich meiner Bahre. Er war vollkommen gerüstet und trug seinen Helm, den er geschlossen hatte. Er mochte seine Gründe haben. Ich ahnte wohl, wer sich hinter dem Visier verbarg. Auch Ahmad mochte es mutmaßen, denn als der Ritter kam, stand er auf, verbeugte sich und machte ihm seinen Platz frei.

Der Ritter legte mir die Hand auf die Schulter. Er sagte mit leiser, freundlicher Stimme: »Ich bin froh, dich wohlbehalten zu sehen.«

Ich erhob mich und er half mir, indem er mir unter die Arme griff. Ich sagte: »Ich sollte niederknien . . .«

»Das wirst du schön bleiben lassen«, antwortete er mit einem Lachen. »Was immer du denkst, behalte es für dich, bis ich mein Geheimnis selbst lüfte.«

Meine Augen wanderten in der Runde. Sie fielen auf Zamet. Er lag mit zerrissenem Mantel und wirren Haaren zusammengekauert auf einem kleinen Hügel, abgesondert von den anderen, den Kopf in den Armen geborgen, von den Qualen des letzten Tages gezeichnet und von den Sorgen um seine Tochter zerfressen. Und als ich ihn sah und als ich an Miriam dachte, legte sich wieder der dunkle Schatten auf mich und ich atmete mit Beklemmung.

»Der jüdische Kaufmann geht dich mehr an, als du zugibst?«, fragte mich der Ritter.

Ich nickte.
»Und wohl viel mehr noch seine schöne Tochter.«
Ich nickte wieder.
»Das ist nicht gut, mein Freund«, sagte er. »Und du weißt es wohl.«
»Sie haben mir das Leben gerettet . . .«
»Es soll ihnen gedankt werden. Doch damit genug.«
Wir wurden unterbrochen von Rosny. Er bat den Ritter und auch meinen Vater zu sich. Der tapfere Mann lehnte an der Eiche. Er wies dem Blauen Ritter den Platz an seiner Rechten an, Charles de Fortis den zu seiner Linken. Mit meinem Vater hatte ich nicht mehr gesprochen. Da er sah, dass der Blaue Ritter mit mir redete, hielt er sich zurück, vielleicht auch gehemmt durch sein Gelübde, das ja noch immer wie eine Mauer zwischen uns stand. Ganz teilnahmslos aber mochte er auch nicht scheinen. Er winkte und nickte mir zu, ehe er sich niederließ.
Rosny sagte, und ich konnte seine klare, kräftige Stimme gut verstehen: »Vergebt mir meine Freiheit. Aber in diesen Wäldern bin ich der König. Dies hier ist mein Reich. Doch zur Sache. Wir können nicht hier bleiben. Wenn der Tod Philipp de Drohorsts und die Eroberung seiner Burg bekannt wird . . .«
»Das wird nur zu bald geschehen«, unterbrach ihn mein Vater. »Einer seiner Knechte könnte sich zur Stadt durchgeschlagen haben und die Trommel gegen uns rühren.«
»Ja und dann werden die Soldaten des Prinzen sich an unsere Fersen heften. Hier sind wir nicht sicher. Wir müssen fort. Wir ziehen uns wieder in die Wälder zurück. Hört, Charles de Fortis, die Beute soll in zwei Teile geteilt werden. Wähle du den einen, um deine Leute für alles zu

entschädigen, was sie erlitten haben. Sie haben es verdient.«
»Freund Rosny«, entgegnete mein Vater und in seinen Worten klang Zorn. »Ich hätte Euch schon verlassen, wenn ich nicht auf meinen Sohn und auf mein Gefolge hätte Rücksicht nehmen müssen. Nun aber gehe ich bald. Die Teilung der Beute wollte ich gewiss nicht abwarten. Ich werde kein Stück davon anrühren. Alles gehört Euch. Aber es geziemt mir, Euch Dank zu sagen und zu erklären, dass ich tief in Eurer Schuld stehe. Ihr habt mir und meinem Sohn Leben und Ehre gerettet. Meine Leute werde ich selbst belohnen.«
Da meldete sich Arne lachend zu Wort: »Nun, viele waren vielleicht klug genug, sich selbst zu bedienen. Es tragen ja nicht alle die Narrenkappe des Großmuts!«
»Dann haben sie recht getan«, meinte Rosny. »Unsere strengen Gesetze gelten nicht für Euch!«
»Nachdem dies geklärt ist, muss ich etwas tun, was mir am Herzen liegt«, rief mein Vater. Er wandte sich Ahmad zu und schloss ihn in seine Arme. »Wie soll ich dich belohnen? Du bist für mich ins Gefängnis gegangen, du wolltest für mich sterben. Auch auf dem Floß hast du mir das Leben gerettet.« Tränen standen in seinen Augen.
Ahmad schaute verlegen zu Boden. Diese plötzliche Zuneigung seines strengen Herrn überwältigte ihn. Er wusste nicht, was er tun sollte, selbst ergriffen von aufgewühlten Gefühlen. »Ich tat doch nur, was selbstverständlich ist«, sagte er, »und ich tat es auch für Leon.«
Mein Vater hatte ein Lächeln um den Mund. »So knie nieder«, forderte er seinen Sklaven auf. »Und dies ist mein letzter Befehl, den ich dir rate, unverzüglich auszuführen!«
Schon lag Ahmad, der Schweinehirt, mein Freund und

Knappe, zu seines Herrn Füßen. »Du bist nicht länger Sklave!«, rief Charles de Fortis. Er berührte mit seiner Hand Ahmads Schulter. »Du bist ein freier Mann, in der Stadt, auf dem Feld und im Wald, wo immer du dich befindest. Ich gebe dir zehn Äcker, fruchtbaren, guten Boden, dazu Wald, für dich und deine Nachkommen. Und Gottes Zorn soll auf dessen Haupt fallen, der dem widerspricht.«
Ahmad sprang auf. Die Freude zersprengte ihn fast. Nur wer jahrelang Knechtschaft gespürt hat und doch frei geboren wurde, vermag ihm dies nachzuempfinden. Er war nicht länger ein Sklave! Er war nun frei und hatte eigenen Grund und Boden. Er rief: »Ist hier kein Schmied? Her mit einer Feile. Ich will mir selbst das Band vom Halse lösen, wenn es mir auch einmal das Leben gerettet hat. Edle Herren! Mein Arm ist jetzt doppelt so stark. Doppelt werde ich für Euch kämpfen und für Leon, meinen Freund. Die ganze Welt ist wie verwandelt.«
Mein Vater drehte sich jetzt dem unbekannten Ritter zu. Er drückte ihm die Hand. »Ich weiß, dass Ihr irrenden Ritter Euer Glück nur auf den Spitzen Eurer Lanzen tragt. Das ist nicht viel. Ihr habt weder Land noch Güter. Aber das Glück ist launenhaft. Und auch ein Kämpfer braucht eine Heimat, in die er zurückkehren und sich ausruhen kann, selbst wenn sein Gewerbe das Wandern ist, denn ich glaube, dass Ihr ein fahrender Ritter seid. Aber Ihr habt Euch ein Anrecht auf einen Platz in meiner Burg erkämpft. Ich bin wohlhabend genug, auch für Euch zu sorgen. Alles, was ich besitze, will ich mit Euch teilen. Kommt daher nach Fortis, kommt bald, kommt nicht als Gast, sondern als Sohn, als Bruder.«
Ich jubelte innerlich, wusste ich doch, wen er ansprach und

dass ihm alles hundertfach vergolten werden würde. Ich war gespannt auf die Antwort.

Der Ritter erwiderte ernst: »Ihr habt mich bereits reich gemacht, reicher als Ihr ahnt. Jetzt kann ich Eure Einladung noch nicht annehmen, noch kann ich nicht nach Fortis kommen. Doch bald wird es möglich sein, mein Freund, ich hoffe, sehr bald. Jetzt liegen vor mir Aufgaben, die keinen Aufschub dulden. Nicht einen Tag! Vielleicht werde ich Euren Großmut auf eine härtere Probe stellen, als Ihr ahnt.«

»Jede Eurer Bitten ist schon gewährt, ehe Ihr sie aussprecht«, sagte mein Vater, »ja, sie ist gewährt, und solltet Ihr die Hälfte meines Vermögens fordern.« Er hielt dem Ritter seine Hand hin und dieser schlug ein.

Jetzt meldete sich Rosny zu Wort: »Wenn um mich herum so viel Großmut ist«, sagte er, »will ich nicht abseits stehen.« Er nahm das kostbare Horn und Wehrgehänge, das er bei dem Bogenschießen gewonnen hatte, von der Schulter und wandte sich ebenfalls an den Ritter. »Ritter und Freund, lehnt meine Gabe nicht ab. Nehmt mein Jagdhorn, ehrt mich, indem Ihr es nicht zurückweist. Tragt es zum Gedenken daran, dass wir gemeinsam kämpften. Solltet Ihr einmal in diesen Wäldern in Gefahr kommen, so blast in dieses Horn und Ihr werdet Hilfe erhalten.«

»Einen besseren Schutz als den Euren und den Eurer Männer würde ich wohl niemals finden«, erwiderte der Ritter.

Rosny verteilte nun die Beute unter seinen Leuten. Er tat es mit Gerechtigkeit und Umsicht. Er legte etwas zurück für Notzeiten und dachte auch an die Frauen und Kinder jener, die gefallen waren.

Inzwischen hatte sich auch Zamet aufgerafft, obwohl ihn der Schmerz fast zu Boden drückte. Nun näherte er sich

langsam. Rosny sprach ihn viel weniger freundlich an als alle anderen. »Bedenke, dass du noch nicht in Freiheit bist. Du bist nun unser Gefangener. Freilich ist unsere Gefangenschaft nicht halb so grausam wie die, aus der wir dich befreiten. Doch Lösegeld wirst du bezahlen müssen! Überlege dir dein Angebot gut.«
Zamet senkte sein Haupt. Er war im Augenblick vor Angst um Miriam und unter der Nachwirkung der überstandenen Qualen wehrlos. Ich wollte für ihn sprechen, da fragte der Blaue Ritter nach den Verwundeten und nach den gefangenen Knechten Philipp de Drohorsts. Vielleicht wollte er Zamet so Gelegenheit geben, sich seine Antwort zu überlegen.
Danach aber wandte sich Rosny erneut an Zamet: »Nun, Jude, was wirst du zahlen?«
»Der Baum, in den der Blitz einschlug, mag auch verbrennen«, murmelte Zamet. »Ich weiß, dass ich in Eurer Schuld bin. Aber nun ist mir mein Kind geraubt worden, meine Miriam. Wäre jedes Blatt dieses Baumes aus Gold und mein ganzer Besitz, gerne gäbe ich ihn hin, um sie zu befreien. Wenn ich nun also Euch bezahlen soll, was wird mir dann noch für die Auslösung meiner Miriam bleiben?«
»Glaubst du, der Templer gibt sie für Geld wieder frei?«
»Wenn nicht, soll mein Leben erlöschen!«
»Der Templer und das Mädchen sind mir gestern entwischt«, rief einer von Rosnys Leuten. »Ich hätte ihn zu gern mit meinem Pfeil erlegt, aber ich fürchtete doch, des Juden Tochter zu treffen.«
»Gottes Segen über dich!«, sagte Zamet. »Aber vielleicht wäre es besser gewesen, sie wäre tot als in den Händen dieses Ungeheuers.«

Ich wollte mich erheben und es gelang mir sogar einigermaßen, wenn auch mit Mühe. Doch der Blaue Ritter gab mir ein Zeichen. Er wollte die Verhandlungen Rosnys mit Zamet nicht unterbrechen. Rosny sprach zu seinen Leuten: »Freunde! Der alte Mann tut mir Leid. Sei aufrichtig, Zamet, würden dich tausend Gulden ganz mittellos machen?«
»Nein«, antwortete Zamet. »Wenn es bloß das wäre, was ich zu zahlen hätte. Aber Prinz Jean forderte bereits von mir eine Summe, die ich nicht aufbringen kann. Vor seiner Habsucht bin ich geflohen. Und nun muss ich vor allem an meine Tochter denken. Auch für sie werde ich zahlen müssen.«
Rosny überlegte. Seine Augen forschten lange in Zamets Gesicht. Schließlich sagte er: »Gut, ohne Geld kannst du dein Kind auch beim Templer nicht auslösen. Behalte es also vorerst. Ich denke, dass du den Templer im Ordenshaus findest. – Seid ihr mit mir einverstanden, Freunde?«
Die Vogelfreien gaben durch Zurufe ihr Einverständnis.
Zamet wollte Rosny den Rocksaum küssen. Es war ein Anblick, der mich beschämte. Doch der Blaue Ritter bedeutete mir abermals, mich zurückzuhalten. Rosny hob den alten Mann auf, indem er ihn unter den Armen fasste. »Nicht doch«, sagte er verlegen.
Nun hielt es mich nicht länger. Ahmad bemerkte es, er kam zu mir und stützte mich. Zu meiner großen Freude konnte ich die ersten Schritte an seinem Arm gehen. Ich wurde freudig empfangen. Ich sagte zu Rosny: »Ich zahle das Lösegeld für Zamet, wenn er schon der Einzige hier ist, der zahlen muss. Er hat sich meiner angenommen, ungeachtet der Gefahr, in die er sich dadurch brachte. Er nahm mich in seinem Haus auf, als ich in meinem Blute lag . . .«
Mein Vater rief: »Ich kam zu spät!« Dann senkte er das

Haupt: »Ja – mein Sohn hat Recht! Wir sind in des Juden Schuld.«
Ein Leuchten floh über Zamets Gesicht. Er konnte sich nicht erinnern, von Christen jemals so viel Güte erlebt zu haben. Er rief: *»Ein Mensch ohne Freunde ist wie die Linke ohne die Rechte.* Bei meinem Gott, ich will Euch dies vergelten. Ich werde Euch fünfhundert Ellen bestes Tuch geben für neue Röcke und hundert Stäbe Ebenholz, um neue Bogen daraus zu machen, und hundert Sehnen dazu, steif, rund und gut tönend.«
»Diese Gabe eines freien Mannes nehmen wir gern an«, antwortete Rosny. »Dennoch, auch ich bin besorgt um deine Tochter. Wir können ihr nicht helfen. Gegen die Macht der Tempelritter richten meine Bogenschützen nichts aus. Wir würden wie Spreu im Winde auseinander getrieben werden.«
»So will ich fort«, rief Zamet, »lebt wohl, die Ihr mir Gutes getan habt.«
»Warte«, sagte Rosny, »wir geben dir ein Maultier. So kommst du schneller voran.«
Der Blaue Ritter schwieg. Er hielt den Kopf gesenkt. Ich war verwundert, ja enttäuscht darüber. Ich wartete auf sein Wort. Aber vergeblich. Daher rief ich Zamet zu: »Geht! Reitet schnell! Es ist meine Qual, dass ich noch zu schwach bin, Euch zu begleiten. Aber ich werde für Miriam alles wagen, das sollt Ihr wissen. Noch bin ich nicht so weit. Doch ich werde die Hölle zu meinem Verbündeten machen, wenn es sein muss.«
Zamet reichte mir die Hand. Dann schwang er sich auf das bereitgehaltene Tier. Er trieb es an. Die Äste schlugen hinter ihm zusammen.

46

Der Blaue Ritter musterte mich durch den Schlitz seines Helmes, dann wandte er sich an Rosny: »Ich habe Euch lange und ruhig zugesehen. Ich bin erstaunt und erfreut darüber, dass so viel Ordnung unter den Leuten herrscht, die vom Schutz der Gesetze ausgeschlossen wurden – und sei es auch nur durch Willkür!«

»Schlechte Zeiten bringen nicht immer nur Schlechtes hervor«, antwortete Rosny. »Unter denen, die gegen ihren Willen zu Gesetzlosen gemacht worden sind, ist mancher, der es beklagt, solche Wege gehen zu müssen.«

»Und ich denke, ich spreche mit einem, der es beklagt.«

»Herr Ritter, ein jeder hat sein Geheimnis. Denkt von mir, was Ihr wollt, so wie ich über Euch meine Vermutung haben kann. Beide verraten wir die Wahrheit nicht, so wollen wir es bei unseren Geheimnissen belassen.«

»Nein, das wollen wir nicht«, erklärte der Ritter. Seine Stimme war so klar und kräftig, wie dies hinter seinem Helm nur sein konnte. »Ich will mein Geheimnis lüften. Ich habe Euch beobachtet und in schlimmer Lage kennen gelernt. Meine letzten Zweifel sind zerstoben. Ich vertraue Euch. Nicht nur das: Ich bin auf Eure Hilfe angewiesen!«

Er nahm seinen Helm ab. Da sah ich es wieder, das kühne, vom dunklen Bart umrahmte Gesicht.

»König Bertrand!« Ein Raunen ging durch die Reihen der Vogelfreien. Es bedurfte keiner Aufforderung dazu: Alle knieten nieder, einer nach dem anderen bezeugte dem König seine Ergebenheit, auch Rosny beugte sein Knie, mein Vater, Ahmad und Arne, der Narr. Nur ich stand aufrecht, doch war ich durch meine Schwäche entschuldigt.

Der König lächelte. »Erhebt euch, meine Freunde! Ich weiß, dass euch Unrecht geschah, und mit Gottes Hilfe werden wir diejenigen bestrafen, die dafür verantwortlich sind. Steht auf, versagt mir euren Beistand nicht, und Ihr, Rosny, seid sicher, dass ich ein treues Herz zu schätzen weiß.«

Der Jubel der Vogelfreien war nun so groß, dass Rosny sie zur Mäßigung mahnte. Man sollte nicht schon von ferne auf sie aufmerksam werden. Mit Leib und Leben und bis zum letzten Blutstropfen wollten sie für den König kämpfen.

Nachdem dies geschehen war, drängte König Bertrand zum Aufbruch. Zu mir sagte er: »Jeder Tag ist kostbar. Ich muss zur Burg der Dame Loon. Kann ich sie für meine Sache gewinnen, ist viel erreicht. Noch hat sie sich nicht entschieden. Zwar hält sie nichts von meinem Bruder, doch versprach er ihr eine gewaltige Vergrößerung ihres Gebietes.«

Mir schoss das Blut bei der Erwähnung dieses Namens in die Wangen. Da meldete sich mein Vater eilig zu Wort: »Ihr wisst, mein König, dass mein Sohn Leon von Kind auf Anabel, der Tochter der Dame Loon, versprochen ist. So Gott will, ist nun doch bald die Hochzeit.«

»Das freilich könnte vieles zum Guten wenden«, sagte der König und sah mich an mit seinem prüfenden, klaren Blick. Mir war, als könne er in meiner Seele lesen. Er sagte zu mir: »So wirst du mir folgen, sobald du wiederhergestellt bist?«

»Nein«, antwortete ich, und ich wunderte mich selbst über diese eindeutige Antwort. Ungern nur verließ ich meinen König. Seine Sache war auch die meine. Doch mein Herz war bei Miriam. »Erlaubt, Ihr Herren! – Mein König . . .«, ich fasste ihn am Arm und er folgte mir einige Schritte zur Seite. »Ihr wisst, wie froh ich bin, Euch wiederzusehen. Aber mein Herz ist schwer. Jetzt muss ich Miriam retten!«

»Warte noch, Leon«, sagte König Bertrand. »Du rennst bloß in dein Verderben. Vertraue mir! Ich werde nicht untätig bleiben. Ich weiß, dass der Großmeister der Templer ins Ordenshaus kommt. Vielleicht ist er schon dort eingetroffen. Ihm schicke ich einen Boten. Er wird dem König nicht versagen, was des Königs ist. Auch wird er es nicht dulden, dass ein Tempelritter ein Mädchen, noch dazu ein jüdisches, im Ordenshaus bei sich behält. So kannst du unbesorgt sein: Gleich drei gute Gründe gibt es, die Miriam retten können. Das Lösegeld ihres Vaters, des Königs Befehl und das Interesse des Großmeisters, sein Haus im Sinne der Gelübde reinzuhalten.«
»Mir fällt ein Stein vom Herzen«, sagte ich. »Und dennoch . . .«
»Ich weiß, du willst selbst etwas tun. Warte noch, Leon. Mein Wunsch ist, dass du mir auf die Burg Loon folgst und noch dort die Nachricht erhältst, dass Miriam bei ihrem Vater in Sicherheit ist. Dann kannst du mit freiem Herzen die Entscheidung treffen, die wir alle wünschen. Sie ist die einzig richtige!«
Ich äußerte mich nicht dazu. Ich sagte nur: »Gut, so reite ich mit Euch. Doch mein Feuervogel braucht eine festere Hand, als ich sie jetzt habe. Man soll mir ein sanftes Pferd geben, mit einer Gangart von Samt, aus dem Stall des unseligen Philipp. Von Pferden verstand er etwas.«
Ein Knecht rief: »Ich weiß eine Stute, Herr, die trägt Euch so gut, wie Christophorus den Herrn Jesus über den Fluss brachte.«
»Lasst dieses brave Tier sofort satteln!«
Alles geschah schnell. Viele eifrige Hände halfen. Ich kam in den Sattel, halb geschoben, halb gehoben. Ahmad schaute

mich unschlüssig an. War er nun noch mein Knappe? Er wusste nicht recht, wo er hingehörte.
»Komm mit mir.« Mit diesen Worten beseitigte mein Vater Ahmads Zweifel. »Ich reite nach Fortis und bringe meine Leute zurück. Ich zeige dir dein Land. Ist das geschehen, werden wir beide dem König und Leon folgen. Auch ich will bald nach Loon!« Er lächelte mich hoffnungsvoll an. Meine Erwiderung fiel etwas verlegen aus.
Ich winkte Ahmad zu mir: »Wenn du nach Loon kommst, vergiss nicht, meine beiden Beutel mitzubringen, den Schmuck Miriams und den anderen, den ich aus der Gefangenschaft beim Kalifen heimbrachte. Jetzt bewahre du sie noch. Ich bin noch zu schwach, um sie zu verteidigen. Sie sind bei dir besser aufgehoben. Aber vergiss sie nicht, du freier Mann, du Lümmel!«
Ahmad nickte lachend.

Viertes Buch

Lied und Krone

47

Wir ritten drei Tage. Zwei Nächte schliefen wir unter Bäumen. Wir fühlten uns sicher und wir waren sicher. Wir spürten, ohne dass wir sie sahen, die treuen Leute Rosnys im Wald und in den Büschen um uns.

Wir sprachen wenig, denn die Wege waren schmal, und wir ritten meist hintereinander. Farne streiften um unsere Füße. Ich spürte von Tag zu Tag, wie meine Kräfte zunahmen. Der stille Ritt durch die klare Luft tat mir wohl.

Die Wälder wurden lichter, freundlicher. Einmal ritten König Bertrand und ich nebeneinander. Ich sagte zu ihm: »Viel ist geschehen, seit wir uns trennten. Viel hat sich verändert.«

»Manches zum Guten und manches zum Schlechten«, sagte er. »Ich mache mir Sorgen um dich, Leon. Du bist ein Ritter, du bist mein Ritter . . .«

Ich wusste, was er meinte. Und ich dachte an das Leben, das mich erwartete. Einmal sollte ich Herr auf Fortis sein. Doch jederzeit musste ich mich bereithalten, die Rüstung anzulegen und für meinen König in den Krieg zu ziehen.

»Du weißt wohl, dass du auf die Jüdin verzichten musst«, sagte mein König. »Wir werden sie retten, das ist gewiss. Dafür verbürge ich mich. Ich werde nicht ruhen, bis sie frei ist. Doch dann seid ihr getrennt.«

»Wäre es nicht möglich . . .«

»Nein!«, sagte er hart. »Schlag dir das aus dem Kopf. So viel Macht hat selbst ein König nicht. Das Volk, mein lieber Leon, lebt in dumpfer Angst vor der Hölle, in einer Angst, die unsere Pfaffen schüren. Die Andersgläubigen spüren's, die Juden vor allem. Sie haben kein leichtes Leben bei uns. Nur manchmal werden sie geduldet, die Fürsten und Herren können sie unter ihren Schutz nehmen. Doch wenn der Zorn des einfachen Mannes entfacht wird, wenn Krankheiten wüten, die man ihrem Einfluss zuschiebt, dann brennen ihre Häuser, dann brennen vielleicht sogar sie selbst und ihre Frauen, Söhne und Töchter.«

»Aber Ihr habt Eure Macht von Gott!«, begehrte ich auf und spürte die Kraft meiner drei Amulette, die ich unter dem Hemd trug, »warum kann man nicht ein Gläubiger aller drei Religionen sein? Eine jede hat doch ihre Wahrheit.«

»Darauf gibt es keine Antwort, außer wir suchen sie uns selbst. Vielleicht finden wir sie im Laufe eines langen Lebens. Von unseren Priestern jedenfalls kommt sie nicht.«

»Doch!«, rief ich voll Zorn. »Sie werden sagen, alles, was wir beide lieben und was wir im Kalifat gesehen haben, das blühende Leben, die Weisheit, die Toleranz, all das seien Werke des Teufels. Geschaffen nur, uns zu versuchen und uns vom wahren Glauben abzukehren.«

»Wie jung du noch bist, Leon«, murmelte mein König. »Ich will sagen, du bist noch jung und daher auch sehr ungeduldig. Wie lange mag es wohl her sein, dass ich dich zum Ritter schlug?«

»Fünf Monate oder noch länger«, antwortete ich. »Damals waren wir auf dem Heimweg aus dem Heiligen Land.«

»Das Heilige Land . . .«, sagte der König und sann den Worten nach. »Dieses Land hat das Blut so vieler Menschen getrunken.

Das Blut der Sarazenen und auch das Blut meiner Freunde und Gefährten. Ich denke an so manchen Namen, ohne ihn auszusprechen, um den anderen nicht Unrecht zu tun. Es sind zu viele, als dass ich sie alle nennen könnte. Sie lagen erschlagen in ihren glühenden Rüstungen auf dem heißen Sand. Wo war da Gott, in dessen Namen wir aufbrachen, um die Orte, in denen unser Heiland geboren wurde, wirkte und für uns starb, von den Ungläubigen zu befreien, um dort Gottes Reich auf Erden zu errichten? Waren sie, die Ungläubigen, nicht stärker als wir? Waren sie es nicht, die gesiegt haben? War Gott nicht auf ihrer Seite statt auf der unsrigen? Und haben sie nicht eine viel höhere und feinere Kultur entwickelt . . . Formen des Umgangs, reiche Kleider, prächtige Häuser und Paläste, kluge Gelehrte und heilkundige Ärzte? Männer, die Bücher schreiben, deren Worte nach Rosen duften. Märchen voller Geheimnisse, Zauber, Liebe und Klugheit?«

Ich dachte an die große Bibliothek, die mir Hasdeu gezeigt hatte, an die Bücher der Weisheit, an das helle Licht, das durch die Fenster kam, an die Studenten, die sich über die Schriften beugten, an die Schreiber, an den Geruch von Leim, Pergament und Papier, an das leise Scharren der Federn. Und ein Schmerz erfüllte mich, eine Sehnsucht dorthin, in diese Welt . . .

»Wo war es doch?«, fragte mein König. »Wie hieß der Ort?«

»Medina al-Arus, die Stadt der Braut.«

»Die Stadt der Braut. Käme jemals einer bei uns auf den Gedanken, einer Stadt, einem Dorf, einer Burg solch einen poetischen Namen zu geben?«

»Der Kalif aber tat es!«

»Der Kalif! – Er wartet auf sein Lösegeld! – Du liebst die Bücher, Leon?«

»Ja, Herr!«
»Das ist gut. Aber man legt hier noch keinen Wert darauf. Ich sage dir, Leon, ein ungebildeter König ist ein gekrönter Esel! – Nun zu deiner Frage . . .«
»Zu welcher Frage, Herr?«
»Zu der Frage des rechten Glaubens. Weißt du, im Grunde liegt es mir nicht, mich mit solchen Dingen herumzuschlagen. Ich überlasse es lieber dir, darüber nachzugrübeln. Meine Aufgabe ist es, dem Land Frieden zu geben. Unsere Ritter – Philipp de Drohorst war ja keine Ausnahme – sind von wilder Kampfeslust erfüllt. Sie führen alle ihre privaten Fehden. Sie fallen über ihre Nachbarn her, töten oder verstümmeln deren Knechte, vernichten die Ernte und verwüsten die Weinberge. Sie sind schwer zu bändigen. Es war nicht gut für dieses Land, dass ich so lange fortblieb. Und noch trage ich nicht einmal die Krone, obwohl ich der König bin. Erst wenn man sie mir in Gottes eigenem Haus, in Lesar, aufs Haupt setzt, kann ich mein Werk beginnen. Aber bis dahin . . .«
Ich verstand ihn. »Es ist wahr, das Land ist von Aufständen und Empörung bedroht und niemand weiß, wo Ihr seid.«
»Nun«, antwortete er, »bald wird die Zeit reif sein und ich kann mein Geheimnis lüften. Ich sehe, es gibt viele Männer, die bereit sind, für mich zu kämpfen. Gewinne ich die Dame Loon auch noch, dann werde ich, wenn der Tag gekommen ist, an der Spitze einer Macht stehen, der mein ungetreuer Bruder nichts entgegenzusetzen hat. Ich hoffe den Sieg zu erringen, ohne dass ein Schwert gezogen werden muss. Und ich wünsche mir sehr, dass auch du deinen Teil zum guten Gelingen beiträgst, Leon. Deine Verbindung mit Anabel de Loon wäre ein unschätzbarer Gewinn. Ich kann dich

nicht dazu zwingen, aber es ist mein innigster Wunsch und das musst du wissen.«

Ich schwieg, verwirrt und betrübt. Welche Verantwortung bürdete mir da mein Herr auf, eine Verantwortung fast für sein ganzes Land. Doch seinen Wunsch zu erfüllen, verbot mir mein Herz.

Nun stand Loon vor uns. Die Sonne strahlte noch hoch am Himmel. Die alte Burg lag in einer lieblichen Landschaft, durch die sich ein sanfter Fluss schlängelte. Das ehrwürdige Gebäude erhob sich auf einer Anhöhe. Es war von einer kreisrunden Mauer umgeben. Viele Türmchen winkten von den Dächern. Der Anblick war schon aus der Ferne so schön, dass er froh stimmte. Auf Erkern, Spitzen und Giebeln flatterten Fahnen.

Um das Schloss herum herrschte das lebhafteste Treiben. Zahlreiche Menschen zogen den Hügel hinauf oder kehrten von dort zurück. Doch erst als wir durch das offene Tor in der äußeren Umwallung ritten, entfaltete sich die ganze Buntheit. Hier waren Köche damit beschäftigt, ungeheure Ochsen und fette Schafe am Spieß zu braten. Bierfässer wurden angezapft, Knechte bedienten die Leute. Bürger verzehrten ihr Fleisch, dessen Fett ihnen über die Hände tropfte. Auch an Bettlern fehlte es nicht. Händler legten ihre Waren aus, reisende Handwerker suchten Arbeit, Bettelmönche sprachen für jedermann, der es bezahlte, ein Gebet; fahrende Sänger entlockten ihren Instrumenten leiernde Töne. Gaukler und Possenreißer zeigten ihre Künste und erheiterten die anderen mit ihren Scherzen.

»Was feiert ihr heute für ein Fest?«, fragte mein König einen Knecht, indem er sich vom Sattel beugte.

»Den Geburtstag unseres Fräuleins«, war die Antwort. »Sie wird nun sechzehn Jahre alt . . .«
»So ist sie mündig und kann heiraten«, überlegte der König laut.
Ich sah ihm an, dass ihn das freute. Auf der breiten Außentreppe stand ein würdig aussehender, ganz in Schwarz gekleideter Mann. Es war der Seneschall der Dame Loon. Als er uns erblickte, kam er uns entgegen. Er verbeugte sich. Wir saßen ab. Knechte nahmen sich unserer Pferde an. Eine Dame trat aus der Tür, gekleidet wie eine Herzogin. Neben sich ein Mädchen, etwas kleiner als sie, schlank wie eine Birke, beweglich wie ein Wirbelwind, mit blonden Haaren, die sie sich energisch aus der Stirn warf. Ein heiteres Rot lag auf ihren Wangen, ihre Lippen lächelten fröhlich, ja frech, und ihre Augen waren wie dunkle Brunnen, auf deren Spiegel die Sonne tanzt.
Anabel!, dachte ich, oh, Miriam . . .

48

Pfeilschnell war die Botschaft durch die Wälder geflogen, dem Juden solle kein Leid geschehen, man solle ihn ungehindert ziehen lassen. Auf dem Maulesel aus Philipps Stall befand sich Zamet auf dem Weg nach der Stadt Beaulisier. Dort wohnte sein Freund Ben Nathan, vermögend und weise und immer hilfsbereit. Der Ritt war beschwerlich und anstrengend, denn Zamet war alt und sein Herz war schwer. Nur manchmal keimte in seiner Verzweiflung ein Fünkchen Hoffnung.
Ungefähr zwei Tagesritte von Philipps Burg entfernt, nicht

weit von der Stadt Beaulisier, lag das Ordenshaus der Tempelritter. Zamet hoffte die Stadt vor Einbruch der zweiten Nacht zu erreichen. Seine Kräfte ließen bereits nach, auch plagten ihn heftige Rückenschmerzen. Er trieb sein Maultier an. Das brave Geschöpf war unermüdlich. Es war schon dunkel, als der Alte in Beaulisier einritt. Sein Freund Ben Nathan empfing ihn herzlich. Als er sah, wie erschöpft Zamet war, drängte er ihn, sich sofort zur Ruhe zu begeben und erst morgen zu erzählen, was vorgefallen war. Schweren Herzens befolgte Zamet diesen Rat. Ben Nathan gab ihm einen beruhigenden Nachttrunk und dessen wohltuender Wirkung war es zu verdanken, dass er bald einschlief.
Dafür wollte er freilich in aller Frühe aufbrechen. Doch sein Freund widersprach: »Bleib, bis du ganz gesund bist. In deinem Zustand kannst du nichts bewirken. Ein schwacher Bittsteller hat auch keine Kraft für seine Wünsche!«
»Ach!«, rief Zamet. »Was ist Mattigkeit, was ist Stärke? Ich muss noch heute im Ordenshaus der Templer sein!«
»Bist du von Sinnen?«, rief Ben Nathan erschrocken aus. »Wir schlagen einen Bogen von drei Meilen um dieses Gebäude und danken Gott, wenn wir seine Mauern nicht sehen müssen!«
»Ich werde Gott danken, wenn ich sie sehe«, murmelte Zamet. »Ach, ich weiß nur zu gut, wie sehr die Templer uns Juden verabscheuen.« Er seufzte tief.
»Eben! Außerdem ist der Großmeister des Ordens eingetroffen. Man sagt, er ist ebenso mächtig wie grausam.«
»Gott straft mich härter, als ich es verdiene!«
»Der Großmeister kam unerwartet zu einer Inspektion. Er hat gehört, dass im Ordenshaus von Beaulisier die Disziplin nachgelassen habe. Nun will er wieder Ordnung schaffen

und die Nachlässigen bestrafen. Er soll sehr aufgebracht sein.«
»Ben Nathan, mein Freund, trotz allem – lass mich gehen!«
»So erkläre mir doch wenigstens, was du dort willst!«
»Ach, das ist eine lange Geschichte!« Und Zamet schüttete endlich sein Herz dem Freund aus. Ben Nathan hörte mit wachsender Besorgnis zu.
»Ich werde für dich beten«, sagte Ben Nathan gepresst. »Doch mach dich auf keinen leichten Gang gefasst! Meide den Großmeister und versuche dein Glück bei Victor. Er wird der Verlockung des Goldes nicht abgeneigt sein. Und er muss den Zorn des Großmeisters fürchten. Beides zusammen könnte dir vielleicht helfen. – Gott möge es geben, dass Miriam dich begleitet, wenn du zurückkommst.«
Zamet umarmte seinen Freund und bestieg sein Grautier. Nach einer halben Stunde befand er sich vor dem Ordenshaus. Die Stiftung der Templer lag im Grünen, zwischen Wiesen und Weiden. Sie war stark befestigt und gut zu verteidigen, zumal man einen Feind schon von weitem kommen sah. Die Zugbrücke wurde von zwei Hellebardenträgern in schwarzer Kleidung bewacht.
Zamet blieb vor dem Tor stehen und stieg ab. Er band sein Maultier an den dünnen Stamm eines Baumes und überlegte, wie er am besten zu Victor kommen konnte.
Zur gleichen Zeit hielt sich der Großmeister in einem kleinen Garten auf, der von hohen Mauern eingeschlossen war. Sein Bart war lang und grau, er verlieh ihm ein würdiges und gestrenges Aussehen. Buschige Brauen überwucherten die Augen, deren leidenschaftliches Feuer nicht erloschen war. Er war groß gewachsen und von aufrechter Haltung.

Der weiße Mantel zeigte auf der linken Schulter das achteckige Kreuz aus rotem Stoff, das so viel Angst und Schrecken verbreiten konnte. Der Großmeister unterhielt sich mit seinem Vertrauten, dem Ordensherrn Claude, der stets in seiner Begleitung war. Dieser hielt sich ehrerbietig hinter dem Großmeister. Die beiden sprachen über den unerfreulichen Zustand, in dem sie das Ordenshaus von Beaulisier vorgefunden hatten. Der Großmeister, ein Mann von unbarmherzigen Grundsätzen, war erzürnt über die lockeren Sitten, die sich in seinem Orden breit zu machen begannen.

»Es muss leider zugegeben werden, dass unsere Brüder hier ausschweifender leben als in unseren anderen Ordenshäusern«, murmelte sein Begleiter.

»Das kommt von ihrem Reichtum!«, rief der Großmeister. »Aber ich schwöre dir, dass ich in all jenen, die nicht nach unseren strengen Regeln leben, keine Brüder sehe! Unsere Statuten sind streng. Sie sagen, dass keiner Schmuck tragen soll, keine Büsche auf den Helmen, kein Gold am Zaum. Dabei läuft niemand so bunt und geckenhaft herum wie unsere armen Ritter des Tempels. Es ist ihnen verboten, mit Falken zu jagen! Es ist ihnen verboten, anderes zu lesen, als was ihnen ihre Oberen erlaubt haben. Und doch studieren sie die Geheimschriften der Juden. Sie sollen einfache Kost essen, Suppen, Wurzeln, Grütze – aber ihre Tische brechen unter der Last der ausgesuchtesten Leckereien. Höre, Claude! Ich bin aufgerufen die Werkstätten zu säubern. Ich will die morschen Steine ausheben oder der Orden des Tempels wird zerstört werden.«

»Das möge Gott verhüten!«, rief sein Begleiter. »Amen!«, schloss der Großmeister.

In diesem Augenblick betrat ein Knappe den Garten, verbeugte sich tief und sagte: »Ehrwürdiger Herr, ein Jude steht vor dem Tor! Er bittet darum, mit dem Bruder Victor de Firment sprechen zu dürfen.«

»Es war klug, mir diese Nachricht zu bringen«, rief der Großmeister. »Was hat ein so hoch stehendes Mitglied unseres Ordens mit einem Juden zu schaffen? Wir werden es gleich wissen. – Knappe! Bring den Juden zu mir!«

Der Bursche verbeugte sich wieder und entfernte sich schnell. Schon bald kehrte er mit Zamet zurück, der ihm nur zögernd folgte. Es war nicht sein Wunsch gewesen, den Großmeister zu sprechen. Was sollte er ihm sagen? Wie sollte er sich benehmen? Jedes Wort konnte falsch sein und Verderben bringen.

Der Großmeister winkte ihm näher zu treten, als er jedoch in drei Schritte Entfernung vor ihm stand, hieß er ihn stehen zu bleiben. Zamet kreuzte die Arme vor der Brust und neigte das Haupt.

»Versteh mich wohl«, begann der Großmeister. »Es gehört sich nicht für mich, mit einem Juden vertraulich zu reden. Fasse dich daher kurz, und ich warne dich, bleib bei der Wahrheit. Was willst du von dem Tempelherrn Victor?«

Zamet zitterte am ganzen Leibe. Die Angst um Miriam raubte ihm die Fähigkeit, klar und überlegt zu sprechen. Sagte er die Wahrheit, so war ihm der Weg zu Victor versperrt. Tat er es aber nicht, hatte er vielleicht noch weniger Aussicht, Miriam zu helfen.

Der Großmeister bemerkte seine verzweifelte Angst. Er ließ sich herab ihn ein wenig zu beruhigen. »Fürchte nichts für dich, so elend du uns immer erscheinen magst!«, sagte er. »Sei aufrichtig! Ich frage dich noch einmal und es soll das letzte Mal sein: Was hast du mit dem Ritter Victor de Firment zu schaffen? Sprich!«

»Herr!« Zamet spürte, dass er keine andere Wahl hatte, als dem Großmeister die Wahrheit zu sagen. Er betete still, Herr, du mein Gott, Adonai, du gütiger und gerechter, gewähre mir die Kraft und die Gnade, die rechten Worte zu finden. Vielleicht war ja alles gut so. Vielleicht vermochte der Großmeister etwas über Victor de Firment, mehr jedenfalls als er, Zamet, vermocht hätte. Er stammelte: *»Qualen läutern den Menschen von seinen Sünden. Und Sorgen trüben die Augen.* Verzeiht, ehrwürdiger Herr, aber ich möchte . . . ich muss von ihm meine Tochter Miriam auslösen, die er aus der Burg Drohorst entführt hat.«

»Was behauptest du da?« Der Großmeister starrte ihn ungläubig an. »Ist denn das Ordenshaus von Beaulisier eine solche Lasterhöhle?«

»Man hört«, sagte nun Claude zu Zamet, »dass deine Tochter Zauberkräfte besitzt. Das Volk glaubt, sie sei heilkundig. Sie soll sogar ihre Teufelskünste an einem christlichen Ritter ausgeübt haben. Er war auf den Tod verwundet.«

»Und?«, fragte der Großmeister.

»Er ist wieder wohlauf, Herr«, beteuerte Zamet rasch, bevor man auf den Gedanken kommen konnte, Miriam habe einen Ritter getötet.

»Woher hat sie ihre Kräfte?«

Da antwortete Claude: »Sie war die Schülerin einer Hexe, Ihr habt vielleicht von ihr gehört, sie hieß Rebekka!«

»Was?«, rief der Großmeister. Er war vor Zorn und Entsetzen wie versteinert. Er versuchte das Unglaubliche zu verstehen und fragte Zamet: »Und diese deine Tochter soll – wie du behauptest – die Gefangene Victor de Fir-

ments sein, eines hochgeachteten Mitglieds unseres Ordens?«
»Ja, gestrenger Herr. Und so viel Lösegeld, als ich nur immer aufbringen kann . . .«
»Schweig!«, unterbrach ihn der Großmeister. »Beleidige uns nicht! Wir sind nicht bestechlich! Rede: hat deine Tochter die Heilkunde ausgeübt?«
»Ach, gnädiger Herr, sie hat vielen geholfen, die Gnade Jakobs ruht auf ihr.«
Der Großmeister drehte sich mit grimmigem Lächeln zu Ritter Claude um: »Da hast du es, Bruder! Diese Hexe hat ihre Netze nach Victor ausgeworfen. Satan geht um. Er wird uns alle verschlingen.« Und er fragte, sich wieder an Zamet wendend, mit schneidender Stimme: »Deine Tochter bewirkt ihre Kuren wohl durch Siegel und Beschwörungen?«
Zamet spürte, dass er sich immer tiefer in das Verhängnis verstrickte. »Aber nein«, rief er verzweifelt, »aber nein! Sie wirkt nur durch einen Balsam aus Kräutern.«
»Woher hat sie das Geheimnis?«
»Es wurde ihr mitgeteilt . . .«
»Von Rebekka? – Sprich! Und wehe, wenn du lügst . . .«
»Rebekka hieß sie, ja, jedoch . . .«
»Von der Hexe!«
»Nein!« Zamets Gestalt straffte sich. »Nein! Sie war keine Hexe. Sie war eine weise Frau unseres Volkes.«
Der Großmeister bekreuzigte sich. »Wir hörten mit Abscheu von ihren Zaubereien. Sie wurden am Pfahl verbrannt, ihre Asche in die vier Winde verstreut, wusstest du das nicht? Und so soll es auch mit deiner Tochter geschehen. Ich werde sie lehren, Zaubereien über Streiter des heiligen Tempels auszusprechen. – Knappe!«, rief er. »Rasch!

Den Juden hinaus! – Und mit seiner Tochter werden wir so verfahren, wie es das christliche Gesetz und unser hohes Amt gebieten.«

So geschah es. Zamet wurde hinausgeworfen. Es blieb ihm keine andere Wahl – so groß seine Verzweiflung auch war –, als zu Ben Nathan zurückzukehren. Hatte er zunächst nur für Miriams Ehre gefürchtet, so fürchtete er nun auch für ihr Leben. Mit brennender Sehnsucht dachte er an jene Christen, die ihn erst kürzlich gerettet, und an die Nachsicht, mit der sie ihn im Wald behandelt hatten.

49

Im Ordenshaus befahl der Großmeister den Vorstand des Hauses zu Beaulisier, Ritter André, zu sich. Ritter André hatte es bis jetzt verstanden, die schlimmsten Mängel vor den scharfen Augen des unwillkommenen Gastes zu verbergen. Wäre der Besuch des Großmeisters nicht so unerwartet erfolgt, so hätte dieser nicht die geringste Spur mangelnder Disziplin gefunden. Ritter André hatte alle Strafpredigten seines Großmeisters mit Ehrfurcht aufgenommen und alles getan, Missbräuche so schnell wie möglich abzustellen. Es war ihm sogar gelungen, seiner weltlichen Freuden nur allzu zugeneigten Gemeinde einen Anstrich von Mäßigung und Frömmigkeit zu geben, um so den heiligen Zorn des Großmeisters einigermaßen in Grenzen zu halten. Aber diese Bemühungen wurden jetzt zunichte gemacht durch diese schlimme Nachricht. Er wurde mit unerbittlicher Strenge empfangen. Er hörte zu seiner Bestürzung, dass dem Großmeister das sorgsam gehütete Geheimnis enthüllt worden

war. Wie war das möglich? Man hatte das Mädchen doch in den abgelegensten Winkel des Gebäudes verborgen. Alles war getan worden, um ihre Spuren zu verwischen.
»Weshalb schweigt Ihr?«, fragte der Großmeister und in seinem Blick kündigte sich Unheil an.
»Ist es mir erlaubt, zu antworten?« Ritter André gab sich den Anschein tiefer Zerknirschung, obgleich er eigentlich nur Zeit gewinnen wollte, um seine Gedanken zu ordnen. Ritter André war ein enger Freund von Victor und er musste nun alles versuchen, um den drohenden Sturm von diesem ebenso wie von sich selbst abzuwenden.
»Sprecht, ich erlaube es, sprecht, kennt Ihr unsere Gesetze?«
»Wie sollte ich sie nicht kennen! Ich wäre doch sonst nicht meines hohen Amtes würdig.«
»Wie ist es dann möglich, dass Ihr das geduldet habt? Wie konnte ein Tempelherr mit einer jüdischen Zauberin dieses heilige Haus beflecken?«
»Eine jüdische Zauberin?«, wiederholte der Vorsteher André nachdenklich. »Der Himmel möge uns davor bewahren.«
»Ja, Bruder, eine jüdische Zauberin. Es ist eine Schande, dass man es aussprechen muss!«
»Eure Weisheit, hochwürdiger Herr«, erwiderte André, »hat die Finsternis meiner Gedanken erhellt. Ich wunderte mich schon, dass ein würdiger Ritter wie Victor de Firment so sehr von den Reizen eines Weibes betört werden konnte. Ich nahm sie eben deshalb auf, um den sicheren Fall unseres Bruders zu verhindern.«
»So ist also bisher nichts zwischen ihnen vorgefallen, wodurch er sein Gelübde gebrochen hätte?«
»Wie? Unter unserem Dach?«, rief der Vorstand André und

bekreuzigte sich. »Heilige Magdalena, nein! Wenn ich sündigte, indem ich sie hier aufnahm, so nur um die wahnsinnige Neigung unseres Bruders zu diesem Mädchen zu unterdrücken – eine Neigung, die mir so wild und unnatürlich erschien, dass ich sie einer Art Geistesverwirrung zuschreiben musste. Ich dachte sie eher durch Mitleid als durch Strenge zu heilen. Da Ihr aber in ihr eine Zauberin entdeckt habt, lässt sich sein Wahnsinn auch erklären!«

»Vielleicht habt Ihr Recht«, meinte der Großmeister. »Es mag sein, dass Bruder Victor mehr Mitleid als Züchtigung verdient, mehr Stütze als Strafe. Beten wir, dass wir ihn von seiner Verblendung heilen.«

»Es wäre sehr traurig«, gab Ritter André weiter zu bedenken, »wenn der Orden einen seiner besten Ritter verlieren müsste – und das zu einer Zeit, wo unsere Bruderschaft seiner Hilfe am dringendsten bedarf.«

Der Großmeister nickte. »So wollen wir mit himmlischer Hilfe allen Zauberkünsten entgegentreten. Unser Bruder soll die magischen Bande dieser Hexe zerreißen. Wir werden über sie Gericht halten. Und die schändliche Hexe soll des Todes sterben.«

»Aber bedenkt die Gesetze des Landes . . .«, wagte André zu entgegnen. Er war zwar erleichtert, dass des Großmeisters Rache sich von ihm und seinem Freund abwendete und ein anderes Ziel gefunden hatte. Er befürchtete jedoch, dass dessen Leidenschaft zu weit führen könnte.

»Die Gesetze des Landes?«, erwiderte der Großmeister. »Wer wollte es dem Großmeister des Tempelordens versagen, in seinem Hause Gericht zu halten? Bereitet alles vor. Die große Halle ist der rechte Ort dafür.«

Tief verbeugte sich Ritter André. Er ging, aber noch traf er keinerlei Anstalten, die Anordnungen des Großmeisters auszuführen. Etwas anderes war ihm wichtiger. Er suchte nach seinem Freund und fand ihn in seiner Kammer. Victor schäumte vor Wut. Er war eben von Miriam zurückgekommen. Wieder hatte sie ihn zurückgewiesen. »Diese Undankbare!«, rief er. »Ich habe sie aus den Flammen gerettet! Und nun wirft mir das eigensinnige Geschöpf vor, dass ich es nicht sterben ließ. Der Teufel gab ihrem Volk seine Kraft!«

»Ich glaube, ihr seid beide vom Teufel besessen«, versetzte André, der eben eintrat. »Gibt es denn nicht genug Christenmädchen, die es für eine Sünde halten würden, sich einem Ritter, wie Ihr es seid, zu verweigern? Bei allen Heiligen! Der alte Großmeister hat vielleicht doch Recht, wenn er behauptet, sie hat dich verhext.«

»Der Großmeister?«, rief Victor de Firment entsetzt. »Er weiß davon? Wo bleiben deine Vorsichtsmaßregeln?«

»Daran fehlte es nicht«, sagte André. »Aber der Vater des Mädchens sprach vor, um sie auszulösen. Trotzdem: Alles kann gut werden, wenn du Miriam herausgibst.«

»Niemals! Wer könnte einem Victor de Firment seinen Willen aufzwingen? Ich kann und will nicht mehr zurück. Dieses Mädchen beginnt mir Achtung abzuringen.«

»Nun, dann muss sie als Zauberin sterben.«

»Beim Himmel, das soll sie nicht!«

»Beim Himmel, das wird sie doch! Der Großmeister hat es sich in den Kopf gesetzt.«

»Und ich sage dir, dieser Greis ist des Teufels!« Victor ging wütend im Zimmer auf und ab. »Er will mir schaden. Er will mich in die Knie zwingen, denn er weiß, dass ich sein möglicher Nachfolger bin. Er aber möchte seinen Claude auf diesem hohen Posten haben, deshalb zerrt er diese Geschichte an die Öffentlichkeit!«

Plötzlich blieb er stehen. Er fasste André am Kittel unterhalb des Halses und zwirbelte den Stoff mit den Fingern. »Ich hab die Lösung: Du bist mein Freund! Du musst sie entkommen lassen!«

»Nein!«

»Wir bringen sie an einen sicheren Ort!«

»Nein! – Ich kann es nicht, selbst wenn ich es wollte. Jeder in diesem Hause wartet jetzt nur darauf, dem Großmeister zu gefallen. Es wimmelt von ergebenen Dienern. Selbst diejenigen kriechen vor ihm, die sich bisher keinen Deut um ihn gekümmert haben. Jeder möchte Vorteile für sich herausschlagen. Und ich – um ganz offen zu sein –, ich will nicht Kopf und Kragen riskieren. Ich habe schon zu viel für dich gewagt. Eine schöne Jüdin soll nicht der Grund sein, dass ich mein Amt verliere. Bedenke, Victor, deine Ehren, deinen künftigen Rang, noch kannst du dein Ansehen im Orden retten! Bleibst du bei deinem Starrsinn, so kann dir niemand helfen. Es sind viele da, die sich darüber freuen und nur darauf warten, an deine Stelle zu treten. Unser Großmeister klammert sich an seinen Würdenstab, auch wenn er ihn kaum noch in seiner zitternden Hand halten kann. Er weiß, dass du danach greifst. Er fürchtet nichts so sehr wie deine Kraft und deine Jugend, er fürchtet deinen Waffenruhm. Ich zweifle nicht daran, dass er dich zu Grunde richten wird, wenn du ihm eine so hübsche Gelegenheit dazu gibst. Lass ihn also gewähren, da du es ja doch nicht verhindern kannst, und mach das Beste daraus für dich. Noch hast du nicht verloren.«

Victor de Firment ließ das Gewand des Vorstehers los. Er

schlug ihm leicht gegen die Brust. »Du bist ein kaltblütiger . . .«
». . . ein kaltblütiger Freund«, fiel André schnell ein. »Ja, das bin ich, und daher umso mehr geeignet, dir zu raten. Das Mädchen ist nicht mehr zu retten. Also rette dich selbst. Geh zum Großmeister, wirf dich ihm zu Füßen und sag ihm, was er hören will . . .«
»Ich soll mich ihm zu Füßen werfen? Nein, beim Himmel, ins Gesicht will ich es ihm sagen, dass er ein blinder, wahnsinniger, wahrhaft vom Teufel besessener Narr ist . . .«
»Sag ihm das nur ins Gesicht«, antwortete André ruhig. »Sag ihm auch, dass du in eine Jüdin vernarrt bist. Du kannst nichts Besseres tun, um ihren Tod zu beschleunigen. Und vergiss nicht, gleichzeitig auf Macht und Ehre zu verzichten. Wenn du viel Glück hast, wirst du in Zukunft deine Lanze als niedriger Söldling eines kleinen Fürsten brechen.«
Diese Aussicht brachte Victor de Firment zur Besinnung. Die Argumente seines Freundes waren überzeugend. »Du hast Recht«, murmelte er. »Diesem starrköpfigen Graukopf darf ich keinen Vorwand liefern. Ich muss wohl das Mädchen seinem Schicksal überlassen. Es sei denn . . .«
»Nein, nein, keine neue Einschränkungen«, rief André. »Kein Weib ist es wert, dass wir unsere Ehre für es opfern. Doch ich muss gehen. Ich blieb schon zu lange bei dir . . . Man darf uns jetzt nicht zusammen sehen. Ich muss die Halle zum Gericht vorbereiten lassen.«
»Wie denn, so schnell?«
»Ja, ein Prozess beginnt rasch und geht schnell vorüber, wenn der Richter das Urteil schon im Voraus gefällt hat.«
Er ging und ließ Victor de Firment allein zurück.

Ein Reiter war unterwegs durch die Wälder, über die Wurzeln, auf schmalen Pfaden. Er trug eine Botschaft des Königs, ein versiegeltes Pergament, bestimmt für den Großmeister des Templerordens.

In der Halle, durch deren offene Fenster das Licht eines strahlenden Tages fiel, gab André die Anordnung, Sitzreihen aufzustellen und den Platz für das Gericht vorzubereiten. Und schon brachte ihm Ritter Claude den Befehl des Großmeisters, die Jüdin zur Untersuchung festzusetzen.
»Sie ist doch längst festgesetzt«, antwortete André. »Aber die Anklage steht auf schwachen Beinen. Gibt es denn genug Gründe für eine Verurteilung? Wird der Großmeister nicht selbst seine Meinung ändern, wenn er erkennt, wie gering die Beweise sind?«
»Wenn sie noch zu schwach sind, müssen wir sie eben verstärken«, antwortete Claude düster. »Versteht Ihr?«
»Nun«, erwiderte André, »das ist leicht zu verstehen. Aber es bleibt wenig Zeit, die richtigen Zeugen zu finden.«
»Sie müssen sich finden. Sucht nur! – Und hört: Wenn ein paar Dukaten ihr Gedächtnis klarer machen, so lasst es nicht daran fehlen. Zu Mittag soll das Gericht beginnen. Noch nie sah ich unseren Alten so ernst, seit er Hamed Alfagi zum Scheiterhaufen verdammte, jenen Bekehrten, der wieder zum Islam überging.« Damit verließ Claude den Vorsteher, der ihm stirnrunzelnd nachblickte.

Die Glocke hatte kaum die Mittagsstunde geschlagen, als Miriam auf der Treppe, die zu ihrem Gefängnis führte, das Geräusch von Schritten hörte. Es schienen mehrere Personen zu sein und das erleichterte sie beinahe, denn sie fürchtete die einsamen Besuche des jähzornigen Victor mehr als irgendein anderes Übel. Die Tür öffnete sich. Die Tempelherren Claude und André traten ein, vier schwarz gekleidete Wächter mit Hellebarden folgten.

»Steh auf und folge!«, redete sie André an.

»Wohin?«, fragte Miriam.

»Mädchen«, antwortete André. »Frage nicht, sondern gehorche! Du wirst vor den Richterstuhl unseres Großmeisters geführt. Dort werden dich deine Verbrechen selbst anklagen.«

»Meine Verbrechen? – Nun, da bin ich guten Mutes! Gelobt sei der Gott Abrahams«, rief Miriam, die Hände faltend, »der Name eines Richters ist für mich der Name eines Beschützers. Erlaubt mir nur, mich zu verschleiern.«

Langsam stiegen sie die Treppe empor, gingen eine Galerie entlang und traten durch hohe Flügeltüren in die große Halle. Die untere Hälfte des Saales war schon mit Knappen, Bauern und Bürgern gefüllt, die nun – einander anstoßend – den Weg freimachten. Miriam wurde inmitten der Wachen zu ihrem Sitz geführt. Als sie durch die Menge ging, wurde ihr plötzlich ein Stück Papier in die Hand gedrückt. Sie nahm es unbemerkt und hielt es fest, ohne es zu lesen. Sollte sie hier einen Freund haben? Das gab ihr Mut.

50

Die Richter versammelten sich auf dem erhöhten Teil am oberen Ende der Halle. Auf einem herausgehobenen Sitz, der Angeklagten direkt gegenüber, hatte sich der Großmeister niedergelassen, in einem weiten, weißen Gewand, das seine Würde noch stärker zur Ausstrahlung brachte. In seiner linken Hand hielt er den Stab, das Sinnbild seines Ordens. Zu seinen Füßen stand ein Tisch, an dem zwei Kapläne saßen. Sie hatten das Protokoll zu führen. Ihre schwarze Kleidung, die entblößten Köpfe und ihre demütige Miene bildeten einen krassen Gegensatz zu dem Hochmut der Tempelritter.

Außer Victor waren die Herren Claude und André erschienen. Man sah sie auf niedrigen Sitzen, während die einfachen Ritter auf Bänken zu ebener Erde saßen. Hinter ihnen standen, ebenfalls weiß gekleidet, die Knappen des Ordens.

Den unteren Teil der Halle füllten die Neugierigen, zurückgedrängt von den Wachen. Viele waren gekommen, um den Großmeister und die jüdische Zauberin zu sehen. Bei weitem die meisten von ihnen waren Dienstleute des Ordens. Aber auch den Landleuten aus der Nachbarschaft und den Bürgern der Stadt war der Zutritt gestattet worden, denn der Großmeister legte Wert darauf, seinen strengen Gerechtigkeitssinn in aller Öffentlichkeit zu zeigen. Niemand sollte später Zweifel äußern können. Er sah erhaben herab, ein heiliger Mann, der nur seiner Pflicht lebte. Und dennoch hielten viele seiner Ritter sein Auftreten für anmaßend und hochmütig. Vor allem die jüngeren vertraten längst freiere Ansichten.

Die Verhandlung wurde mit einem Psalm eröffnet. Die feierlichen Töne des Venite exultemus Domine hallten durch den Raum. Sie stiegen zu den gewölbten Decken empor und rollten unter den Bögen dahin. Die Klänge erfüllten das Publikum mit Frömmigkeit und Ehrfurcht, ja es schien den einfachen Leuten, dass diejenigen, die so erhabene Musik

zu machen verstanden, nur im Auftrag Gottes handeln konnten.
Nach dem Gesang ließ der Großmeister seinen Blick über die Versammlung gleiten, wie wenn er aus himmlischen Höhen in die Niederungen dieser Welt zurückgeholt worden wäre. Er bemerkte, dass einer der Plätze vor ihm leer war. Victor de Firment hatte sich nämlich auf dem äußersten Ende einer der Bänke niedergelassen, auf denen sonst nur die einfachen Ordensherren saßen. Mit einer Hand hielt er ein Stück seines langen Mantels hoch und verdeckte damit sein Gesicht, während er mit der anderen sein Schwert am Kreuzgriff gefasst hatte.
Dass Victor de Firment den seinem Rang zustehenden erhöhten Sitz verschmähte, nahm der Großmeister für ein Zeichen seiner Demut und Bescheidenheit, gleichsam, als stünde ihm ein erhobener Platz nun nicht mehr zu, da er doch gewissermaßen ein Mitangeklagter war. Das nahm den Großmeister für Victor ein. Er dachte, dass dieser doch ein unglücklicher Mann sei: So sehr kann der Zauber einer einzigen Frau einen Ritter verderben!
Endlich sprach er zu der Versammlung: »Ehrwürdige und mutige Männer! Meine Brüder und Kinder! – Nicht Mangel an Macht hat mich bewogen, diese Versammlung einzuberufen, denn mir ist mit diesem Stabe volle Gewalt verliehen, alles zu untersuchen, was das Wohl unseres Ordens betrifft. Aber wenn der Wolf in die Herde einfällt und eines der Lämmer reißt, so ist es die Pflicht des Hirten, seine Gefährten zu rufen und gemeinsam mit ihnen den Räuber zu verfolgen. Wir haben heute ein jüdisches Weib geladen. Ihr Name ist Miriam. Sie ist die Tochter des Juden Zamet aus Casora. Und wir bemerken mit Kummer, dass die-

se Stadt sich nicht scheut, so verruchte Ungläubige zu beherbergen. Wir klagen Miriam der Zauberei und der Hexerei an. Sie hat den Sinn nicht nur eines gemeinen Mannes, sondern eines Ritters, nicht nur eines Ritters, sondern eines Tempelritters, und sogar nicht nur eines gewöhnlichen Ordensritters, sondern eines besonders ehrenvollen Tempelherrn – eines der ersten an Rang und Würde – verwirrt. Bruder Victor ist uns als ein treuer Streiter des Herrn bekannt. Viele heldenhafte Taten hat er im Heiligen Land vollbracht. Auch wird seine Klugheit von seinen Brüdern so gerühmt, dass er zum Nachfolger in der Würde meines Amtes berufen werden könnte. Wie wir nun hören, lässt ein solcher Mann, ein Muster heiligen, gottgefälligen Lebens, plötzlich alle Rücksicht auf sein Gelübde und dazu noch all seine Aussichten wegen eines jüdischen Mädchens fallen – was können wir da anderes vermuten, als dass er von einem bösen Geist besessen ist?«

Der Großmeister schwieg. Er versank in seine eigenen Gedanken. Er hörte und spürte das Murren nicht, das leise durch die Reihen der Ordensritter ging. Einigen der jüngeren war sogar zum Lachen zu Mute, was sich freilich angesichts der Folgen, die diese Verhandlung für ein lebendes Wesen haben konnte, nicht frei entfaltete. Auch wurden sie schnell wieder ernst, weil sie die Ungnade des Großmeisters fürchteten.

Dieser kehrte aus seiner Versunkenheit zurück und sagte: »Groß müsste die Strafe für einen Tempelritter sein, der sich aus eigenem Antrieb so sehr gegen unsere Regeln versündigt. Wenn aber Satan Macht über den Ritter gewonnen hat, weil sein Auge sich zu lange in die Schönheit eines zauberkräftigen Weibes versenkte, so müssen wir seine

Schwachheit eher bemitleiden. Und wir können ihm eine Buße auferlegen, durch die er sich von seiner Schuld reinigt. Gegen das verfluchte Werkzeug Satans aber, das seinen Abfall bewirkt hat, wenden wir die ganze Schärfe unseres Gesetzes. Zunächst möge der Vorstand dieses Ordenshauses berichten, wie er über alles denkt.«
Ritter André stand auf. Er bemühte sich Victors Gefühle zu schonen, ließ aber andererseits durchblicken, dass dieser oft an einer Art Geistesabwesenheit leide, die keine natürlichen Ursachen haben könne. Voll gespielter Reue bekannte André seine Zerknirschung, Miriam in das Ordenshaus aufgenommen zu haben. »Aber zu meiner Verteidigung habe ich die Gründe bereits dem Großmeister dargelegt. Er weiß, dass sie redlich waren. Und dennoch werde ich mich freudig jeder Buße unterwerfen, die unser verehrtes Oberhaupt mir bestimmt.«
»Ich höre es«, antwortete der Großmeister, »und es ist gut gesprochen. Dreizehn Vaterunser sind nach unseren Regeln für die Morgenandacht und neun für die Vesper bestimmt. Du sollst sie aber verdoppeln. Dreimal in der Woche dürfen wir Templer Fleisch essen. Aber du sollst dich seiner eine ganze Woche enthalten.«
Der Vorsteher André verbeugte sich tief, froh, so billig davongekommen zu sein. Er setzte sich wieder.
»Wäre es nicht gut, meine Brüder«, fragte nun der Großmeister, »wir untersuchten das frühere Leben dieses Weibes ohne Vorurteile, um sicher zu sein, dass sie wirklich Zaubermittel und magische Beschwörungen angewendet hat?«
Ein alter Krieger, dessen Gesicht tiefe Narben von Sarazenensäbeln trug, stand auf, verbeugte sich und sagte: »Ich

wünschte, in aller Ehrfurcht, verehrter Herr, dass uns jetzt unser Bruder Victor selbst berichtet, wie er zu diesen Beschuldigungen steht und wie er heute seine Beziehung zu dem Mädchen betrachtet.«

»Du hörst es, Bruder Victor, ich befehle dir darauf zu antworten!«

Victor de Firment wandte sein Gesicht dem Großmeister zu, blieb aber still.

»Er ist auch noch vom Teufel der Stummheit besessen«, rief der Großmeister gereizt. »Hebe dich hinweg, Satan! Sprich, Victor, ich beschwöre dich bei den Symbolen unseres heiligen Ordens.«

Victor de Firment kämpfte mit seiner Wut. Musste er sich wirklich diesem verblendeten alten Narren beugen? War es denn möglich, dass ein Mann, der ein langes Leben Zeit gehabt hatte, diese Erde zu betrachten und die Menschen kennen zu lernen, der im Namen Gottes gestritten hatte, der das Morgenland und seine Wunder sah, dass er dennoch so gar nichts gelernt, so gar nichts erfahren hatte? All dies ging ihm blitzschnell durch den Kopf. Es gelang ihm aber, seine Gefühle zu unterdrücken. Er antwortete: »Victor de Firment erwidert nichts auf solche phantastischen Beschuldigungen. Wenn seine Ehre angegriffen wird, so wird er sie mit seinem Schwert verteidigen, das schon so oft für die Christenheit gefochten hat.«

»Wir wollen dir diese Antwort noch einmal verzeihen, Bruder, mit der du dich selbst eitel rühmst«, antwortete der Großmeister. »Aber ich nehme an, dass es nicht deine eigene Stimme war, die aus dir sprach, sondern die des Satans, der dich beherrscht.«

Victor de Firment hatte nur einen Blick der Verachtung für

den Großmeister, den dieser glücklicherweise nicht richtig deutete.
Da Victor nun beharrlich schwieg, fuhr der Großmeister fort: »Und nun lasst alle anderen vortreten, die noch etwas über die Zauberin zu sagen haben.«
Da entstand in dem niedrigeren Teil der Halle eine Bewegung. Der Großmeister schaute auf und fragte nach dem Grund. Man antwortete ihm, dass sich dort ein einfacher Mann befinde, der schwer erkrankt gewesen sei. Ihn hätte die Behandlung Miriams geheilt, sodass er seine gelähmten Glieder wieder gebrauchen konnte. Es war derselbe, der damals aus Zamets Haus gekommen war.
Der arme Mann, den nun fast der Mut verließ, wurde vor den Tisch gebracht. Er war voller Angst vor der Strafe, die er zu erwarten hatte, weil er sich von einem jüdischen Mädchen hatte heilen lassen. Vollkommen wiederhergestellt war er freilich nicht, denn er konnte sich immer noch nur auf Krücken bewegen. Stockend, fast unter Tränen, berichtete er, wie er von einer schmerzlichen Krankheit befallen worden war, sodass er nicht mehr arbeiten konnte und seine Kinder hungerten. Endlich hatte ihm Miriams Mittel, vor allem ein würziger Tee und ein duftender Balsam, den Gebrauch seiner Glieder einigermaßen wiedergegeben. Er gestand auch, dass ihm Miriam eine Büchse des Balsams und etwas Geld gegeben hatte, um seine Not zu lindern. »Und möge der hochwürdige Herr erlauben«, setzte er hinzu, »ich kann nicht glauben, dass mir das Mädchen etwas zuleide tun wollte, obgleich sie das Unglück hat, eine Jüdin zu sein. Auch sprach ich stets, wenn ich ihre Medizin gebrauchte, ein Vaterunser«.
Dieses Bekenntnis verärgerte den Großmeister. »Schweig!«,

herrschte er den Mann an. »Und geh! Solchen rohen Geschöpfen, wie du eines bist, mag es vielleicht wenig schaden, sich höllischen Kuren zu unterwerfen. Ich sage dir: Der Böse kann auch Krankheiten erzeugen in der Absicht, sie selbst zu heilen, um dann als Wundertäter dazustehen. Hast du die Salbe noch?«

Mit zitternder Hand zog der Mann eine kleine Büchse aus seinem Rock, auf deren Deckel einige hebräische Schriftzeichen eingraviert waren. Das allein genügte als Beweis, dass der Teufel seine Hand im Spiel gehabt hatte. Der Großmeister bekreuzigte sich, nahm die Büchse und las, da er die Zeichen verstehen konnte: »›Es hat überwunden der Löwe vom Stamme Juda‹! – Seltsame Gewalt des Satans«, sagte er. »Er verwendet sogar die Worte der Heiligen Schrift zur Lästerung. Er vermischt sein Gift mit unserer Nahrung.«

Der Mann bat um die Rückgabe der Medizin, allein der Großmeister fuhr ihn an: »Ich sage dir, dass es besser ist, ein Krüppel zu bleiben, als von einer Ungläubigen eine Wohltat anzunehmen. – Geh und halte dich in Zukunft daran.«

Der Mann, bekümmert darüber, dass er seinen Balsam eingebüßt hatte, zog sich zurück. Er blieb im Saal, da er am Schicksal Miriams Anteil nahm, obwohl er vor Angst zitterte.

Der Großmeister befahl nun Miriam sich zu entschleiern. Jetzt sprach sie zum ersten Mal und entgegnete mit Würde: »Ihr gehört zu den Ältesten Eures Volkes. So werde ich Euch das Gesicht eines Mädchens zeigen, dessen Schicksal in Eurer Hand zu liegen scheint.« Sie schlug den Schleier zurück. Eine Bewegung ging durch die Reihen, vor allem durch die Reihen der Ritter. Ihre Schönheit und Reinheit schlug alle in ihren Bann. Und so mancher dachte, dies könne unmöglich

ein Werk des Teufels sein – oder all ihre Ansichten über Satan und Gottes Allmacht waren falsch.
Die jüngeren Ritter gaben sich durch Blicke zu verstehen, dass Victor zu seiner Entschuldigung keiner Zauberei bedürfe – oder sie wären gleich ihm verzaubert. Auch auf den Kranken machte Miriams Anblick einen tiefen Eindruck. Er erinnerte sich an ihre Hilfsbereitschaft und Güte, wie er sie von adligen christlichen Damen noch nie erfahren hatte. »Lasst mich fort«, bat er die Wachen, »es würde mich töten, Zeuge ihrer Verdammung zu sein, da ich ja nun Teil an ihrer Ermordung habe.«
Doch man ließ ihn nicht hinaus.
Danach wurden zwei Zeugen gerufen, die der Vorsteher André mit Silber bestochen hatte. Es waren abgehärtete Bösewichte und dennoch rührte auch sie der Anblick von Miriam, bis sie einen strengen Blick des Vorstehers auffingen. Da rissen sie sich zusammen und schauten nicht mehr zu Miriam hinüber. Mit einer Genauigkeit, die selbst unbefangeneren Richtern verdächtig erschienen wäre, berichteten sie eine Fülle zum Teil erdichteter, zum Teil unwichtiger Dinge, die nur durch ihre Übertreibungen und Entstellungen ein verdächtiges Gewicht erhielten. »Und außerdem«, sagte der eine, »hört man die Jüdin in unbekannten Sprachen mit sich selbst reden, sie singt auch und diese Lieder bestehen aus unbekannten Tönen, die jedermann ganz sonderbar verwirren. Dann blickt sie zum Himmel auf, wie um eine Antwort zu vernehmen. Und beachtet ihre fremdartige Tracht: So kleidet sich kein gottesfürchtiges Weib! Sie trägt Ringe mit teuflischen Zeichen und auf ihrem Schleier sind magische Schriftzüge gestickt.«
Alles auch noch so Natürliche und Unbedeutende wurde als

Beweis gewertet und im Protokoll festgehalten. Mit der gleichen leichtgläubigen Begierde nahmen es die ungebildeten Zuschauer auf, die ja weder lesen noch schreiben konnten und geneigt waren, alles für bare Münze zu nehmen, was berichtet wurde. Der zweite Zeuge, ein Knecht aus Philipps Burg, sagte: »Ich habe gesehen, wie die Jüdin eine Kur an einem verwundeten Ritter anwandte, der zur Burg gebracht worden war. Sie hat über seinen Wunden Zeichen gemacht und Beschwörungen gemurmelt.« Er bekreuzigte sich und fuhr fort: »Gottlob habe ich ihre Worte nicht verstanden. Aber ich sah, wie sie einen Armbrustbolzen aus der Wunde zog, wie das Blut zu fließen aufhörte und wie sich die Verletzung von selber schloss. Bald konnte der Verletzte sich erheben. . .«

Hier unterbrach ihn der Großmeister. »Sag, denn dies ist besonders wichtig: Wurde der todkranke Ritter geheilt?«

»Es schien so«, sagte der Mann.

»Woraus schließt du das?«

»Ich sah ihn selbst am Tag nach dem Kampf um die Burg auf einer Wiese. Er konnte von seiner Bahre aufstehen und herumgehen, als sei nichts gewesen!«

Victor de Firment erbleichte bei diesen Worten. So war sein Plan, den Feind im Turm verbrennen zu lassen, nicht aufgegangen. Auch Miriam war betroffen. Freilich mit ganz anderen Gefühlen. Ihre Gestalt straffte sich, sie atmete freier. Aber sie knüpfte keine Hoffung daran. Sie wusste, in wessen Händen sie war und dass nichts sie retten konnte, weil ihr Tod beschlossene Sache war. Ihr Glück war, dass ich geheilt war und lebte. Und da sie dies erfahren hatte, fühlte sie, dass es ihr leichter fiel, zu sterben.

»So war Satan selbst im Spiel!«, rief der Großmeister.

Weniger als die Hälfte dieser so genannten Zeugnisse hätte gereicht, um ein hässliches, altes Weib zu überführen, selbst wenn es keine Jüdin war. Für Miriam aber war die Fülle all dieser »Beweise« erdrückend.

Der Großmeister sammelte die abgegebenen Stimmen. Da war keiner, der es gewagt hätte, sich seinen Unwillen zuzuziehen. Es war doch offenkundig, welchen Ausgang des Prozesses er wünschte. Er fragte Miriam, was sie gegen das Urteil einzuwenden habe, das er verkünden werde.

Sie sagte mit einer Stimme, die sich um Festigkeit bemühte, jedoch ihr Zittern nicht ganz unterdrücken konnte: »Um Euer Mitleid zu bitten würde ebenso nutzlos wie unwürdig sein. Auch hilft es mir wohl wenig, darauf hinzuweisen, dass es dem Höchsten Herrn unserer Religionen unmöglich missfallen kann, wenn man einem Kranken Hilfe leistet. Ebenso dürfte es nutzlos sein einzuwenden, dass die Dinge, die diese beiden Männern vorgebracht haben, so unmöglich sind, dass sie sich selber Lügen strafen, denn Ihr glaubt sie ja. Ihr wisst auch, dass meine Kleidung nur eine Eigentümlichkeit meines Volkes ist und nichts mit Zauberei zu tun hat, sowenig wie meine Sprache und die Schrift, die wir verwenden. Aber ich sage Euch, dass ich lieber zehn solcher Tode, wie Ihr sie für mich bestimmen wollt, erdulden will, als in die Schändlichkeiten einzuwilligen, die Euer Ritter von mir verlangte. Und trotzdem erhebe ich gegen ihn keine Beschuldigungen. Aber ich berufe mich auf ihn – ja, auf Euch selbst, auf Euch, Victor de Firment, berufe ich mich, Ihr könnt bezeugen, dass alle diese Anklagen ebenso falsch wie verleumderisch sind.«

Es entstand eine Stille. Alle Augen richteten sich auf Victor.

»Redet, wenn Ihr ein Mann seid!«, rief Miriam. »Und wenn

Ihr ein Christ seid, so sprecht, ich beschwöre Euch bei dem Gewand, das Ihr tragt, bei dem Namen, den Ihr entehrt, bei dem Rittertum, dessen Ihr Euch rühmt. Ich beschwöre Euch bei der Ehre Eurer Mutter, bei dem Grabe und den Gebeinen Eures Vaters, ich beschwöre Euch zu sagen, ob diese Beschuldigungen der Wahrheit entsprechen. Und vergesst nicht, dass Ihr für Eure Taten einmal von Eurem Schöpfer zur Rechenschaft gezogen werdet, nach Eurem eigenen Glauben.«

»Das ist stark«, rief da der Großmeister aus. »Die Jüdin beruft sich auf unseren Heiligsten Herrn. Antworte ihr, Bruder!«

Victor de Firment wurde von einander widerstrebenden, leidenschaftlichen Gefühlen durchtobt, ja zerrissen. Seine Züge waren verkrampft verzerrt. Und mit fast erstickter Stimme vermochte er, Miriam anblickend, nur die Worte zu stammeln: »Das Blatt! Das Blatt!«

Der Großmeister konnte mit diesen Worten nichts anfangen und schrieb sie dem verwirrten Geist zu, der den Templer beherrschte. Da fiel Miriam ein, dass sie immer noch den Zettel in ihrer Hand hielt. Sie warf schnell einen Blick darauf und las in arabischen Schriftzeichen: »Fordere einen Kämpfer!« Schnell nahm sie das winzige Blatt in den Mund, kaute und schluckte es hinunter.

Als das Murmeln sich gelegt hatte, rief der Großmeister noch einmal voller Zorn und Ungeduld: »Jüdin! Hast du noch etwas zu sagen?«

Miriam erhob ihr Haupt. Sie strahlte Würde und Kraft aus. Sie rief: »Nach Euren eigenen Gesetzen bleibt mir nur noch eines, mein Leben zu retten. Gott selbst gibt mir das Mittel dazu. Ich leugne alle Beschuldigungen. Ich weiß um meine

Unschuld. Alle Anklagen sind falsch. Ich fordere ein Gottesgericht! Den Kampf zweier Ritter.«
Des Großmeisters Gesicht verzerrte sich. Er konnte dieses Verlangen nicht abschlagen, nicht hier, nicht vor so vielen Augen und Ohren. Er war gefangen in seinen eigenen Schlingen. Er hatte die Öffentlichkeit gewollt, jetzt hinderte gerade sie ihn daran, einen raschen Schlussstrich unter dieser hässlichen Affäre zu ziehen. »Wer sollte wohl für eine Ungläubige eine Lanze brechen?«, fragte er schneidend. »Wer wird für eine Zauberin sterben wollen?«
»Gott wird mir einen Kämpfer schicken«, entgegnete Miriam. Jetzt war sie ihrer Sache ganz sicher. »Es ist undenkbar, dass in diesem schönen Land, wo so viele ihr Leben für die Ehre wagen, sich kein Einziger finden sollte, der bereit ist, es für die Gerechtigkeit einzusetzen. – Genug! Ich fordere den Zweikampf! – Hier liegt mein Handschuh als Pfand.« Sie zog den bestickten Handschuh aus und warf ihn vor den Großmeister auf den Tisch, mit einem Ausdruck der Verachtung, der so viel Teilnahme und Bewunderung hervorrief, dass sogar der Großmeister beeindruckt war.

51

Der alte Mann spürte eine eigenartige, seltene Rührung. Er erinnerte sich an seine Jugend. Damals war er weder grausam noch sehr streng gewesen. Aber im Laufe seines langen Lebens hatte er ein großes Pflichtgefühl entwickelt. Darin hatte ihn sein asketisches Leben noch bestärkt. Ja, dachte er, ich bin hart geworden, hart durch mein hohes Amt und durch die Aufgaben, die es mir auferlegt.

Für einen Augenblick verlor er den Ausdruck der Strenge, als er Miriam anblickte und ihre Schönheit empfand. Ihn rührte ihre Verlassenheit – da sie doch ohne einen Freund oder Beistand vor dem Gericht stand und den Flammentod vor Augen hatte. Mit Ruhe und Mut hatte sie sich verteidigt. Er bekreuzigte sich zweimal, wie um sich für seine Schwäche bei seinem Gott zu entschuldigen. Dann sagte er: »Jüdin, Mädchen, ich bedauere dich. Aber sollte auch dieses mein Gefühl das Werk deiner Zauberkunst sein, dann bist du noch dreimal so schuldig, wie ich dachte. Doch ich hoffe, dass es ein sanftes, erlaubtes Gefühl meiner Natur ist, einer Natur, die schmerzlich davon berührt ist, dass ein so schönes Geschöpf ein Gefäß des Schreckens sein soll. Deshalb rufe ich dir zu: Besinne dich! Prüfe dich! Bekenne deine Sünden, bekenne deine Zauberei – und gib deinen falschen Glauben auf! Ich halte dir dieses heilige Kreuz entgegen. Berühre es, nimm es in deine Hand. Dann kann alles für dich noch gut enden. Der Himmel wird auch dir gnädig sein. Folge meinem Rat. Sage mir: Was hat das Gesetz Moses für dich getan, dass du sogar dafür sterben willst?«
Miriam spürte den weichen Ton in seiner Stimme. Sie antwortete, von einem wunderbaren Gefühl der Kraft durchströmt: »Das Gesetz Moses ist das Gesetz meiner Väter. Aus den Wolken, unter Blitz und Donner wurde es ihm verkündet. Dies wisst Ihr doch auch und Ihr glaubt es mit uns, wenn Ihr Christen seid, denn so steht es auch im alten Buch Eurer Bücher. Ihr nennt es, glaube ich, das Alte Testament.«
Diese Berufung auf einen gemeinsamen Glauben missfiel dem Großmeister. Er verhärtete sich wieder. Er rief: »Unser Kaplan soll dieses Mädchen belehren . . .«
»Verzeiht, dass ich Euch unterbreche«, sagte Miriam mit

Sanftheit, aber auch mit Stärke. »Ich bin doch nur ein Mädchen. Ich habe keine Übung darin, mit Worten für meinen Glauben zu streiten. Aber sterben kann ich für ihn, wenn es denn Gottes Wille sein sollte. Sagt Ihr mir jetzt, ob es mir gestattet ist, nach einem Kämpfer zu suchen?«

»So gebt mir den Handschuh«, rief der Großmeister, erbost über Miriams Unbeugsamkeit. »Gebt mir den Handschuh. Was für ein schwaches Pfand für einen so todbringenden Zweck.« Er prüfte das feine Gewebe. »Siehst du, Miriam, wie dieser kleine, leichte Handschuh neben der gepanzerten Faust unserer Ritter verschwinden wird? So schwach verhält sich auch deine Sache zu der unseres Ordens. Denn unser Orden ist es, den du herausforderst!«

»So werft nur meine Unschuld auch in die Waagschale und mein seidener Handschuh wird schwerer sein als Euer eiserner.«

»So sei es denn – in Gottes Namen. Und möge unser Herr dem Recht zum Sieg verhelfen.«

»Amen!«, riefen die Ritter. »Amen«, stimmte die ganze Versammlung ein. Und das feierliche Wort hallte dumpf in den Gewölben.

»Brüder«, richtete der Großmeister nun das Wort an seine Ritter, »ihr wisst, dass wir die Gnade eines Gottesurteils auch verweigern können. Aber, obgleich sie eine Ungläubige ist, so ist sie doch auch schutzlos. Gott selbst verbietet uns, ihr diese Vergünstigung zu verweigern. Und außerdem sind wir ebenso sehr Ritter wie Brüder unseres Ordens. Es wäre wohl eine Schande, einen Zweikampf auszuschlagen. So liegen also die Dinge: Miriam, die Tochter Zamets von Casora, ist der Zauberei angeklagt. Ihr wisst, wessen man sie beschuldigt. Sie hat ihre Hexenkünste an unserem Bruder Victor de Firment frevelhaft ausgeübt. Zum Beweis für ihre Unschuld hat sie ein Gottesgericht gefordert. Wem, meine Brüder, sollen wir nun diesen Handschuh, das Pfand des Kampfes, geben? Wer soll unsere Sache zu seiner machen und gegen denjenigen antreten, der für sie kämpfen will?«

»Das kann nur Victor de Firment sein«, rief André. »Er allein weiß am besten, wie es um die Wahrheit steht.«

»Wenn aber nun unser Bruder Victor in ihrer Zauberei gefangen ist?«

»Hochwürdiger Herr, ich bin sicher, dass kein Zauberbann etwas über einen Ritter vermag, der sich zum Kampf in einem Gottesurteil stellt.«

»Ihr mögt Recht haben. Übergebt das Pfand also Victor de Firment – und ich befehle, dass er seinen Kampf männlich ausficht. Ich zweifle nicht daran, dass die gute Sache siegen wird. Dir, Miriam, sagen wir, dass du drei Tage Zeit hast, von heute an, dir einen Kämpfer zu suchen.«

»Das ist zu kurz«, rief Miriam. »Ich bin weit von meiner Heimat entfernt, wie soll ich hier so schnell jemanden finden?«

»Ich kann die Frist nicht verlängern. Der Kampf muss in meiner Gegenwart entschieden werden. Schon in drei Tagen aber muss ich abreisen.«

»So ist es Gottes Wille«, rief Miriam, »ich setze all mein Vertrauen in ihn. Denn für ihn ist ein Augenblick so viel wie ein Jahrhundert.«

»Sehr gut gesprochen, Jüdin«, sagte der Großmeister erstaunt. »Aber wir kennen alle die Künste des Satans, der sich gern den Anschein gibt, ein Engel des Lichtes zu sein. Er ist ja schließlich auch ein gefallener Engel. Es bleibt uns

also nur noch übrig, den Kampfplatz, der zugleich der Richtplatz sein wird, auszuwählen.«
André, der noch immer Miriams Handschuh hielt, sprach eindringlich auf Victor de Firment ein.
»Will er das Pfand denn nicht nehmen?«, fragte der Großmeister.
»O doch, er will es, er nimmt es, hochwürdiger Herr!«
André schob den Handschuh schnell unter seinen eigenen Mantel. »Ich glaube, zum Kampfe ist der freie Platz vor unserem Ordenshaus sehr geeignet. Er wird von uns zu Kampfübungen benutzt.«
»Gut«, schloss der Großmeister die Verhandlungen ab. »Miriam, dort muss dein Kämpfer erscheinen. Und wenn er nicht kommt oder wenn er im Gottesurteil fällt, so wird dir der Scheiterhaufen bereitet.«
Einer der Kapläne, die als Schreiber beschäftigt waren, trug das Urteil in das große Buch ein und las es noch einmal vor.
»Amen«, sagte der Großmeister und die Versammlung antwortete ebenso. Damit war alles beschlossen und unumstößlich. Miriam sagte nichts. Sie stand da wie in einer Art von Entrückung. Dann aber erklärte sie, dass man ihr nun erlauben müsste, ihre Freunde zu benachrichtigen.
»So wähle dir einen Boten, dem du vertraust!«, antwortete der Großmeister.
Miriam drehte sich um. Sie wandte ihr schönes Gesicht der Versammlung zu: »Ist jemand hier, der für die gute Sache oder für guten Lohn meine Botschaft überbringt?« – Da wäre schon mancher gern aufgestanden, es schwiegen aber alle, denn keiner wollte im Angesicht des Großmeisters die Sache einer Ungläubigen vertreten.
Für einen Augenblick verspürte Miriam beklemmende

Angst. Der Boden unter ihren Füßen schien zu wanken. Fand sie keinen, dann war ihre Sache von vornherein verloren. Noch einmal rief sie: »Bleibt mir denn in meinem Heimatland nicht einmal dieses Mittel, mich zu retten? Gibt es unter euch allen hier keine Menschlichkeit?«
Doch da meldete sich der Verkrüppelte. »Ihr habt mir geholfen«, sagte er. »Und Euch verdanke ich es, dass ich mich jetzt überhaupt noch bewegen kann. Ich werde Eure Botschaft überbringen und ich werde es so gut machen, als es ein Krüppel überhaupt kann. Ich wünsche dadurch mein Unrecht wieder gutzumachen, das Euch meine Zunge ungewollt zugefügt hat. Ich dachte nicht, Euch zu schaden, als ich Eure Güte pries!«
»Sei unbesorgt«, antwortete Miriam. »Auch das schwächste Werkzeug kann Gottes Willen erfüllen. Suche meinen Vater. Du kennst ihn ja. Du kennst auch unser Haus. Nimm diesen Golddukaten. Damit kannst du einen Boten und ein Pferd bezahlen. Und ich gebe dir ein Blatt, das ich schnell beschreiben werde, wenn man es mir erlaubt. Ich glaube fest an eine Rettung. Es wird einen Ritter geben, der für mich einsteht.«
Man erlaubte ihr, sich an den Tisch zu setzen. Sie benutzte das Schreibzeug eines der Kapläne und beschrieb einen Bogen in großer Eile, trocknete ihn, faltete ihn zusammen und gab ihn dem Mann, dem man immerhin den Weg zu ihr, durch die dicht gedrängte Menge, frei gemacht hatte. Viele hatten versucht ihm eine so verdächtige Sache auszureden. Aber er war entschlossen. Sein Mitleid mit ihr war so groß, dass er antwortete: »Ich bin sicher, dass dieses Mädchen meiner Seele keinen Schaden zufügt. Ich will einen guten Klepper von unserem Nachbarn ausleihen und

so schnell in Casora sein, als ein Pferd und ein Reiter es vermögen.«

Da sich niemand der Sünde schuldig machen wollte, ein Gottesurteil zu verhindern, ließ man ihn gehen. In diesem Augenblick kam einer der Ritter, die das Tor des Ordenshauses bewachten. Er war in Eile und verschaffte sich energisch Platz. Er hatte ein zusammengefaltetes und mit einem Siegel versehenes Blatt in der Hand. Er reichte es dem Großmeister und sagte ihm: Ein Bote brachte dies soeben, er sagte, es sei dringend.

Der Großmeister nahm den Brief und brach das Siegel. Er überflog den Inhalt des Blattes. Sein Gesicht wurde aschfahl. Er sah aus, als sei ihm soeben eine Unverschämtheit entgegengeschleudert worden. Er wollte etwas ausrufen, sich an die Menge wenden, besann sich aber und befahl den Saal zu räumen. »Auch meine Brüder, die Ritter vom Tempel, sollen gehen. Die Gefangene bringt in ihr Gemach. Ihr, Bruder André, seid mir dafür verantwortlich, dass sie nicht entwischt. Auch Euch, Victor, bitte ich uns jetzt allein zu lassen. Nur die Tempelherren André und Claude sollen bei mir bleiben!« Er sagte es mit einer solchen Strenge und mit einem solchen Ernst, dass seine Befehle sofort ausgeführt wurden. Trotzdem verging eine Weile, bis alle den Saal verlassen hatten. Der Großmeister versank währenddessen in düsteres Schweigen und die Herren, die er zum Bleiben aufgefordert hatte, wussten nicht, was sie davon halten sollten.

Endlich kehrte Ruhe ein. Die letzten Schritte verklangen. Die schwere Tür war geschlossen worden. Der Großmeister blickte die beiden Ritter an, einen nach dem anderen. »Dieses Schreiben ist vom König!«, erklärte er.

»Vom König? – So ist er nicht tot, so ist er wieder im Lande?«
»Ja, und er greift erneut nach seiner Herrschaft. Seine erste Handlung ist, dass er von mir die Herausgabe der Jüdin verlangt, und zwar mit dem Recht der Krone, dem die Juden unterstehen! Aber, meine Brüder, ich frage euch, können wir sein Verlangen erfüllen?«
Diese waren in Verlegenheit, was sie antworten sollten und was der Großmeister hören wollte. Ihnen kam eigentlich diese Wendung nicht ungelegen. Doch sie schwiegen.
»Ich will es euch sagen: Wir können es nicht! – Sollen wir eine Gefangene, über die wir soeben ein Urteil gesprochen haben, der Gerechtigkeit entziehen? – Können wir die Anmaßung eines Königs dulden, der uns auf unserem eigenen Boden Vorschriften machen will? – Nein und nochmals nein! Er beginnt mit einer Unverschämtheit. Und danach wird er immer frecher werden, bis wir nicht mehr Herr in unserem eigenen Haus sind! Wir müssen unsere Rechte verteidigen, denn alles andere wäre unser Untergang.«
Jetzt wagte es Claude, »sehr richtig« zu rufen.
»Wir würden vor uns selbst zum Gespött«, fuhr der Großmeister fort. »Und wir dürfen auch nicht unserem höchsten Gott, dem wir eben die Entscheidung anheimgegeben haben, zuvorkommen. Sein Wille steht über allem. Wir geben die Unwürdige nicht heraus! – Aber was machen wir mit dem Boten?«
»Verlangt der König eine Antwort?«, fragte Claude.
»Davon steht hier nichts. Er ist sich seiner Sache wohl so sicher, dass er nicht einmal eine Antwort erwartet.«
»Dann sollte man den Boten einige Tage bei uns festhalten.

In einer ehrenvollen Haft. Man soll ihn so bewirten, wie es einem Boten des Königs zukommt.«

»Was wäre damit gewonnen?«

»Zeit«, sagte Claude, »Zeit, die wir brauchen. Gleich nach dem Gottesgericht wollen wir ihn wieder entlassen. Dann kann er, mit dem Willen Gottes, das Mädchen mitnehmen und zum König bringen oder andernfalls dem König ausrichten, dass Gerechtigkeit geschehen ist.«

Der Großmeister nickte. Das war ein kluger Rat. Sollte die Hexe brennen, so gab es wohl keinen König, der ihr noch eine Träne nachweinte. Er hatte wohl auch die wichtigere Sorge, seine Macht wieder zu festigen. Da würde er keinen Streit mehr mit den mächtigen Templern wagen. Und die Ordensherren hätten bewiesen, dass sie die Herren im eigenen Haus waren. »Ich danke euch, meine Brüder«, sagte der Großmeister.

»Ich will dem Königsboten so viel Wein geben, dass er die Tage zu zählen vergisst, die er bei uns verbringt«, meinte André. Dann entfernten sich alle.

Den Großmeister überkam nun ein Gefühl tiefer Befriedigung, wie man es empfindet, wenn man einen schweren Beschluss gefasst hat.

Der Tag war besonders klar. Weit spannte sich der Himmel über das Land, der Miriams Boten wie ein Wunder Gottes erscheinen musste. In der Höhe rüttelten die Raubvögel. Der Mann war auf dem Weg zu seinem Nachbarn, um ein Pferd zu leihen, aber schon auf dem Weg dorthin, kaum eine halbe Meile vom Ordenshaus entfernt, sah er zwei berittene Maultiere auf sich zukommen. Die Reisenden trugen die Kleidung und die hohen gelben Mützen der Juden. Es waren Zamet und sein Freund Ben Nathan. Die beiden woll-

ten zum Ordenshaus, denn es war ihnen natürlich zugetragen worden, dass der Großmeister Gericht hielt über Miriam.
Zamet war vor Angst fast von Sinnen. Er brauchte alle Kraft seines Herzens, um sein Gottvertrauen nicht zu verlieren.
Nun sahen sie den Bauern, der auf seinen Krücken dahinhumpelte, und Ben Nathan rief ihm zu: »Brauchst du Hilfe, armer Mann? Kann dir ein Arzt helfen? Wenn du aber nur auf der Straße bettelst, gib uns den Weg frei.«
Der Bauer jedoch hatte bereits Zamet erkannt und reichte ihm das Papier in den Sattel: »Von Eurer Tochter, Herr!«
Zamet nahm erstaunt das Blatt und faltete es auseinander, aber die Buchstaben verschwammen ihm vor den Augen. Er reichte es Ben Nathan hinüber: »Nimm es und lies! O Miriam, warum muss der Kummer um dich mich ins Grab bringen? Warum muss ich in der Bitterkeit meines Herzens meinem eigenen Gott und Schöpfer fluchen!«
»Mein Freund«, beruhigte ihn Ben Nathan. »Dein Kind lebt doch noch!«
»Ihr könnt ihr noch helfen, Herr«, sagte der Mann bescheiden. »Doch wenn es Euch nicht gelingt, wird sie in den Flammen sterben!«
Zamet erbleichte. Fast wäre er vom Maultier gestürzt. Ben Nathan nötigte ihn abzusteigen und zunächst den Brief in Ruhe zu entziffern.
»Meine Augen sind blind vor Tränen und mein Herz ist schwarz vor Kummer«, flüsterte Zamet.
Ben Nathan aber las: »An Zamet aus Casora. Der Frieden und die Segnungen der Verheißung sollen in Fülle über dir sein. Mein Vater! Man hat mich verurteilt zu sterben, zu brennen für etwas, was meine Seele nicht kennt, für die Sünde der

Zauberei. Mein Vater, wenn sich ein Mann finden lässt, der mit dem Schwert in der Hand für mich in die Schranken treten will, am dritten Tag von heute an, und für mich kämpft, dann wird Gott ihm vielleicht die Kraft verleihen, meine Unschuld zu beweisen. Wenn dies aber nicht geschieht, dann trauere um mich mit deinen Freunden. Ich werde eine unter der Sichel des Schnitters gefallene Blume sein. Beeile dich, versuche, was du tun kannst. Denke an Leon de Fortis. Selbst wenn er noch zu schwach ist und kaum die schwere Rüstung tragen kann – schicke zu ihm oder sprich ihn selbst. Denn er hat Freunde, vielleicht findet er einen Ritter, der für mich kämpfen will. Eile! Es bleibt uns wenig Zeit. Und sage ihm, Vater, und nur ihm allein, dass Miriam, ob sie nun lebt oder stirbt, ganz frei von dieser Schuld ist, deren man sie anklagt, mag sie auch sonst mit Schuld beladen sein. Und sollte es der Wille Gottes sein, dass dir deine Tochter entrissen wird, so bleibe nicht länger in diesem Land, wo unser Blut vergossen wird, wo nur Grausamkeit dich umgibt. Geh nach Medina al-Arus, wo dein Bruder lebt, unter dem mächtigen Schutz des Kalifen.«
Zamet bemühte sich, seine Fassung zu bewahren und zuzuhören. Doch immer wieder wurde Ben Nathan unterbrochen, weil der Vater sein Schluchzen nicht unterdrücken konnte. Danach schlug er die Hände vor sein Gesicht und klagte: »Oh, meine Tochter, meine Tochter! – *Der Tau fällt vom Himmel, aber die Hilfe Gottes müssen wir erflehen!*«
»Fasse Mut«, rief Ben Nathan. »Dein Kummer hilft nichts. Rasch! Suche Leon de Fortis!«
»Ja, ich suche ihn«, sagte Zamet. »Ich vertraue ihm. Wenn ich ihn nur finde. Drei Tage sind eine kurze Zeit. Ich weiß, dass er meiner Miriam zugetan ist. Wenn daraus auch nur

Unheil erwachsen kann, so mag es für den Augenblick helfen. Ach, er wird noch keine Rüstung tragen können und ich zweifle, dass er einen anderen Christen findet, der für mein Kind kämpfen will.«

»Verbanne alle ängstlichen Bedenken!«, ermahnte ihn sein Freund. »Beeile dich nur! Ich werde auch nicht untätig sein. Auch ich werde nach einem Ritter suchen, niemals lasse ich dich und deine Miriam in dieser Not allein.«

»Versprich und gib, was du kannst, ich komme für alles auf!«, sagte Zamet. »Spare mit nichts! Und selbst wenn ich danach der Ärmste unter den Armen sein sollte. Was sollte mir mein Gold nutzen, müsste das Kind meines Herzens sterben.«

»So lebt denn wohl«, rief Ben Nathan. »Es soll dir ergehen, wie dein Herz es sich wünscht.«

Sie umarmten sich und wollten ihre Maultiere wieder besteigen. Da erinnerte sich Zamet des Mannes, der noch immer bescheiden, auf seine Krücken gestützt, am Wegrand stand. Zamet griff in seinen Mantel und gab ihm drei Goldstücke.

»Ich danke dir«, rief er ihm zu. »Ich danke dir, dass du Mitleid mit meiner Tochter gehabt hast. Möge es dir nicht zum Schaden sein. Aber verzeih, dass ich nun meine Zeit nutzen muss.«

Der Mann wog das Gold in den Händen. Selten hatte er so viel auf einmal gesehen. Er verbeugte sich so tief, wie es ihm mit seinen Krücken möglich war.

Die beiden anderen bestiegen ihre Maulesel und trieben sie an. Die braven Tiere fielen in einen gemessenen Trab. So verschwanden sie in einer Staubwolke. Der Mann blickte empor zum Himmel, wo er die Raubvögel stehen sah, nach Beute Ausschau haltend.

Es kam ihm in den Sinn, dass auch über dem jüdischen Mädchen die Raubvögel schon bereit waren auf sie herabzustoßen. Und er empfand Befriedigung darüber, dass er, der Geringste der Geringen, in diesem Spiel Gottes helfend mitwirken durfte.

52

Das Licht schwand aus der Kammer, die man Miriam zum Gefängnis gemacht hatte. Sie bemerkte kaum, wo sie sich befand. In stummer Verzweiflung suchte sie in ihrem Glauben Trost. Immer und immer wieder betete sie: »Adonai, Herr Du mein Gott, gewähre mir in Deiner Gnade, dass ich nicht brennen muss! Du weißt, dass ich schuldlos bin. Ich fürchte mich vor den grausamen Qualen, ich fürchte aber auch den Schmerz, den mein Tod meinem Vater zufügen würde. Sein Leben wird daran zerbrechen. – Ich danke Dir, Du Gütiger, dass Du Leon aus den Flammen gerettet hast. Aber warum, o Herr, hast Du es so eingerichtet, dass ich an ein Leben mit ihm nicht denken darf! Ich kann mir mein Dasein ohne ihn nicht vorstellen. Schicke Leon zu mir . . . aber nein, schicke ihn nicht zu mir, denn er würde im Kampf unterliegen und vielleicht getötet werden. Herr, o Herr, was soll ich nur bitten, was darf ich nur wünschen, öffne mir die Augen und öffne mir das Herz, dass ich Deine Weisheit verstehe!« Es gelang ihr kaum, ihren Seelenfrieden wiederzufinden. Langsam kam sie dann doch zur Ruhe. Da klopfte es. Das schreckte sie auf. Warum klopfte man? Konnte nicht jeder bei einer Gefangenen eintreten? Dennoch rief sie zögernd: »Herein!« Zu ihrer Bestürzung stand Victor de Firment auf der Schwelle. Ihre Gestalt straffte sich. Alles in ihr war auf Widerstand eingestellt.

Victor de Firment blieb stehen. Sein Anblick drückte Verwirrung, ja Beklommenheit aus. Er sah sie zwar an, doch hielt er dabei den Kopf gesenkt. »Mädchen«, sagte er, »fürchte mich nicht, du hast keinen Grund dazu, und jetzt noch weniger als jemals zuvor.«

»Ich fürchte Euch nicht«, antwortete sie. »Mein Vertrauen in Gottes Gerechtigkeit ist so groß, dass ich all meine Furcht verloren habe.«

»Auch ohne Vertrauen zu Gott besteht kein Anlass zu Besorgnis«, erwiderte er. »Ich bin weit entfernt davon, mich deiner zu bemächtigen. Außerdem brauchst du ja nur die Wache zu rufen.«

»Was also wollt Ihr, warum stört Ihr mich?«

»Gerne hätte ich dich mit meinem eigenen Leben beschützt«, brach es aus Victor hervor.

»Und ich erkläre Euch, dass das Leben nichts gilt für den Preis, den Ihr dafür fordert.«

»Aber ich leide Gewissensqualen!«

»Und doch war es nur Eure Leidenschaft, die mein Unglück herbeiführte.«

»Nein, nein, so war es nicht! Ich konnte nicht voraussehen, dass der Großmeister kommen würde. Und ich konnte nicht ahnen, dass dieser starrsinnige Mann dich hier entdecken und verurteilen würde.«

»Ihr wart doch selbst unter denen, die seinen Spruch mit ihrem Amen bestätigten. Und Ihr werdet auch noch antreten, um durch Euren Sieg meine Schuld zu beweisen!«

»Ruhe und Geduld! Deine Worte sind bitter. Ich will dir nur eines sagen: Von wem, glaubst du wohl, stammt der Rat, einen Kämpfer zu fordern? Er kam von mir!«

»Ach, Euch Ritter alle hat ein einfacher, kranker Mann aus

dem Volke an Teilnahme weit übertroffen! – Nein, Ihr gebt meinem Tod doch nur einen kurzen Aufschub! War das alles, was Ihr für ein Mädchen tun konntet, das Ihr an den Rand des Grabes gebracht habt?«

»Nein!«, rief er. »Das ist nicht alles! Hätte sich nicht der Vorsteher André eingemischt, so wäre die Aufgabe, für den Orden zu kämpfen, nicht mir zugefallen. Es hätte einen einfachen Bruder getroffen ... Und dann wäre ich, so hatte ich es geplant, als dein unbekannter Ritter erschienen, zur rechten Zeit, und es hätte keinen in diesem Land gegeben, den ich nicht aus dem Sattel geworfen hätte.«

»Das ist doch nur eitles Gerede! Wenn ... wäre ... hätte ...! Ihr habt ja anders entschieden. Ihr nahmt meinen Handschuh! Wie lächerlich! Wo bleibt Euer Verstand? Ihr kämpft gegen mich und erwartet, dass ich Euch als meinen Beschützer betrachte!«

»Miriam, wenn ich jetzt nicht für den Orden kämpfe, dann verliere ich Ehre und Rang, dann verliere ich alles, was mir das Leben teuer macht. Ich verliere die Achtung meiner Brüder, ich verliere die Hoffnung, einmal Großmeister zu werden, und das bedeutet Macht von einer Fülle, wie du sie dir nicht auszumalen vermagst. Es gibt kein Entrinnen. Wenn ich kämpfe, dann muss ich auch siegen, und wenn ich siege, dann stirbst du. Und es lebt kein Ritter, der es mit mir aufnehmen könnte, seit Philipp de Drohorst erschlagen wurde, außer vielleicht der König selbst.«

»Nun, da wäre doch noch Leon de Fortis ...«, erinnerte ihn Miriam.

»Er mag den Flammen entronnen sein«, sagte Victor düster, »aber er wird nicht kommen. Er kann seine Kraft noch nicht wiedererlangt haben. Außerdem hält er sich auf der Burg

Loon auf. Er ist bei seiner Braut Anabel. Glaubst du, er wird die Aussicht auf ein glänzendes Leben an ihrer Seite, auf ein so reiches Land deinetwegen aufgeben?«

Victor bemerkte nicht, dass Miriam bleich geworden war wie ein Leintuch. Die Nachricht hatte sie tief getroffen. Sie fasste an ihr Herz. Dann raffte sie sich auf. »Ich beneide Euch nicht um Eure Ehre, sie ist mit Blut getränkt. Ich beneide Euch nicht um Eure barbarische Abkunft von den Heiden des Nordens. Ich beneide Euch auch nicht um Euren Glauben, der zwar stets aus Eurem Munde, aber kaum jemals aus Eurem Herzen und aus Eurem Handeln spricht.«

»Beim Himmel!«, rief Victor. »Ich bin wirklich in einem Zauber befangen. Fast glaube ich, dieses alte Gerippe von Großmeister sprach die Wahrheit. Woher nimmst du den Mut, so mit mir zu sprechen? Und ich höre dir auch noch zu. Du armes Geschöpf! Du bist so jung, so ohne Furcht vor dem Tode und dennoch verdammt unter Qualen zu sterben. Ich hatte schon ganz vergessen, was Mitleid ist. Aber es muss sein. Nichts kann dich mehr retten. – Vergib mir wenigstens und lass uns nicht als Feinde scheiden.«

»So bürden die Menschen dem Schicksal die Folgen ihrer eigenen wilden Leidenschaften auf!«, rief Miriam. »Und trotzdem, obwohl Ihr die Ursache meiner Qual seid, will ich Euch in der letzten Stunde vergeben. Ihr habt einen starken Geist. Aber das Unkraut ist darüber aufgeschossen und hat die edleren Pflanzen erstickt.«

»Ja«, rief Victor, »ich bin wirklich, was du gesagt hast, unlenkbar und ungezähmt, und ich bin stolz darauf, dass ich unter einem Haufen eitler Toren und frommer Heuchler diese Kraft erhalten habe. Sie erhebt mich weit über sie. Ich bin von meiner Kindheit an ein Geschöpf des Kampfes gewesen, habe nur in Kämpfen und Schlachten gelebt. So bin ich hochfahrend, unbeugsam und unwandelbar geworden. Die Welt wird Beweise dafür bekommen. Aber, Miriam, vergibst du mir wirklich?«

»So sehr, wie ein Opfer seinem Henker nur immer vergeben kann.«

Noch einmal schaute Victor de Firment sie an, als wollte er ihren Anblick in sich einsaugen, um ihn nie mehr zu verlieren, und sagte: »Wie gerne würde ich dir nun zurufen: So leb denn wohl! – Aber jetzt kann ich dich nur noch der Gnade Gottes empfehlen.«

Danach verließ er die Kammer. Die Tür fiel hinter ihm ins Schloss. Miriam schlug die Hände vor ihr Gesicht, unfähig, die Fülle ihrer Gefühle zu bändigen. Vielleicht, dachte sie, war dies ihre letzte Unterhaltung mit einem menschlichen Wesen, und alles, was jetzt noch kam, waren nur noch Szenen eines schauerlichen Schauspiels: Noch einmal das Licht des Himmels um sie, auf dem Kampfplatz; die Blicke der Menge, das Warten auf ihren Erretter – dann das unausweichliche, fürchterliche Ende, das sie nur aus seiner grellen Mitte, aus Qualm und Flammen erleiden würde, ein lodernder Tod.

Draußen hatte der Vorsteher André gewartet, mit wachsender Ungeduld. »Du bist lange geblieben«, redete er Victor leise an. »Ich stand wie auf glühenden Kohlen. Was ist nun, Bruder. Du bist blass, du bist bleich wie ein Gespenst!«

Victor antwortete: »Ja, du siehst recht. Mir geht es so gut wie einem Elenden, der in einer Stunde sterben soll. Nein, beim heiligen Kreuz, nicht einmal halb so gut. Es gibt Menschen, die das Leben wie ein abgetragenes Kleid ablegen. Bei Gott, Freund, dieses Mädchen hat mich beinahe überwältigt. Halb und halb bin ich entschlossen zum Großmeister zu gehen, dem Orden abzuschwören und mich seiner Grausamkeit zu entziehen.«

»Bist du von Sinnen?«, rief André. »Dadurch richtest du dich nur selbst zu Grunde. Und das Leben Miriams rettest du trotzdem nicht. Der Großmeister wählt einen anderen Kämpfer und sie stirbt genauso.«

»Aber das ist falsch«, rief Victor mit Leidenschaft und alle Vorsicht vergessend. »Ich werde ja kämpfen, aber nicht für den Orden, sondern für das Mädchen. Und dann nenne mir einen im Orden, der mich besiegen könnte. Wer kann sich gegen mich im Sattel halten? Sprich, rede!«

»Du bist doch verrückt«, sagte nun André mit Bestürzung. »Du hast weder Zeit noch die Möglichkeit, einen so tollen Vorsatz auszuführen. Geh zum Großmeister, erkläre ihm, dass du dich von deinem Glauben entbunden fühlst, dass du ihm den Gehorsam aufkündigst, und sieh zu, wie lange er dir deine Freiheit lässt. Du hast noch nicht ausgesprochen, so befindest du dich schon als Gefangener hundert Fuß unter der Erde, in den tiefsten Kellern. Dann wirst du auf Stroh geworfen und an Ketten geschmiedet, mit Beschwörungen gequält und mit Weihwasser übergossen, um den Teufel auszutreiben, der von dir Besitz ergriffen hat. Und es wird keiner hier aufstehen, um dich zu retten – was ja auch völlig unmöglich wäre.«

Aber Victor schien ihm kaum zuzuhören.

»Du kannst nicht einmal fliehen«, André fasste ihn am Gewand. »Man wird dir nicht mehr erlauben das Haus zu verlassen. Versuche es, gehe zum Tor, befiehl die Zugbrücke herabzulassen und höre, was man dir antworten wird. – Du staunst? Du bist gekränkt? Und doch ist es so. Und außerdem, was wären denn die Folgen deiner Flucht? Dein Wappen wird zerbrochen, deine Ahnen entehrt und du selbst wirst aus dem Orden ausgestoßen. Überlege doch: Was für ein Schlag für uns alle, wenn du, einer unserer Besten, unter dem Hohn der Menge zum Abtrünnigen erklärt wirst!«

»Freund«, antwortete Victor nach langem Schweigen. »Ich danke dir. Vielleicht hast du Recht. Ich kenne mich selbst nicht mehr. Lass mich jetzt allein.«

Und wenn sich die Freunde jetzt auch trennten, so nahm sich André doch vor, Victor nicht aus den Augen zu lassen. So wenig vertraute er noch dessen Festigkeit. Was Victor de Firment wirklich empfand, wusste vielleicht nicht einmal er selbst. Zum ersten Mal in seinem harten Leben litt er, litt peinvoll und zweifelte an allem, am meisten aber an sich.

53

Die Burg zu Loon hatte uns aufgenommen. Wir begrüßten die Dame des Hauses und ihre Tochter mit aller Höflichkeit. Die Dame Loon meinte, wir seien müde vom Ritt, erschöpft und wünschten sicher zu baden und frische Kleider anzulegen. Mein König nickte.

Der Haushofmeister führte uns in das Gebäude, dessen Gänge breit, dessen Hallen geräumig waren. Überall herrschte Geschäftigkeit, überall waren Knechte damit beschäftigt, Dekorationen aufzuhängen, Fahnen zu entrollen, die Wände mit kostbaren Wandteppichen zu verkleiden. Wir wurden in den oberen Stock des weitläufigen Hauses geführt, dort bekam jeder von uns sein eigenes Gemach. Ein breites Bett war für mich bereitet, aus dem Bogenfenster hatte ich eine weite Aussicht auf das Meer, das goldschimmernd weit unter mir lag, sich grenzenlos ausdehnte, auf dem einige Schiffe mit geblähten Segeln kreuzten.

Sie erinnerten mich an unsere Meeresfahrt heimwärts, die dann in der Gefangenschaft endete – doch in einer Gefangenschaft, die vielleicht eher ein Glück denn ein Unheil gewesen war. Ich hatte aber nicht viel Zeit, mich solchen Gedanken hinzugeben, denn bald schon klopfte eine Magd und sagte: »Herr Ritter, Euer Bad ist bereitet.«

Ich folgte dem Mädchen über den Gang in eine Dachkammer mit schweren, braunen Balken. Hier roch es dumpfig nach Wasserdampf. In der Mitte stand ein großer Zuber auf einem Podest, zu dem drei Stufen hinaufführten. Wenn also Wasser aus der Wanne schwappte, so floss es auf den Boden und machte die Füße der Bedienenden nicht nass.

Ich war froh, dass mich die Magd verließ und zwei Badeknechte kamen. Sie trugen Kittelschürzen. Bei ihnen hatte ich keine Scheu, mich entkleiden zu lassen. Als die Knechte meine Wunde sahen, die zwar gut verheilt war, auf der aber noch der Balsam lag, beschlossen sie, mich nicht zu baden, sondern mich nur am ganzen Körper sorgsam zu waschen, meine Haare zu kürzen, in denen noch winzige Aststückchen hingen, auch meinen Bart zu stutzen. Danach bekam ich frische Kleider, die ausgebreitet auf einer Bank lagen.

König Bertrand hatte die ihm zuteil gewordene Pflege als eine Erholung genossen. Er trug nun eine Hose, einen hellfarbenen Überrock und einen scharlachroten Umhang als Zeichen seiner Würde. Er sah prachtvoll aus mit seinem gelockten Haar, dem gestrählten Bart und den buschigen Brauen über seinen entschlossenen Augen.

Trompetenstöße riefen uns zum Mahl.
Doch ich schweige davon, denn die Stunden waren zu reich an Bildern. Das Schloss Loon war eines der schönsten des Königreiches. Seine Güter und Ländereien waren die ertragreichsten und die Landschaft im Umkreis die lieblichste, mit sanften Hügeln, Pinien- und Zypressenbäumen. Es lag auf einem Hügel über dem Meer, von den Balkonen sah man weit hinaus auf die glänzende Fläche, die am Horizont mit dem Himmel verschmolz. Und ich verstand meinen König, denn dieses Loon war die südliche Eingangspforte des Landes. Wer Loon beherrschte, hatte den Zugang zu Venproce. Daher war die Dame Loon mit ihren Rittern und Kriegsknechten so wichtig. Mich, der ich nun schon so lange ein karges Leben geführt hatte, überwältigte dieser Hof. Verwirrend war die Fülle des Personals, die Kämmerer und Kammermeister, die Türhüter und Barbiere, die Schneider, Köche und Küchenmeister, die Speisenmeister und dazu noch alle die Leute, die zur Verwaltung gehörten, die Schreiber, die Kapläne und Hofmeister, der Marschall sowie die Schützen, Falkner und Jägermeister, aber auch Spielleute und ein Arzt, der meine Wunde untersuchte und Lobendes über die Behandlung sagte, die mir zuteil geworden war. Er fand mich beinahe geheilt. Es gab Knechte in großer Zahl, Läufer und Jungen, in den Ställen standen die Pferde, eines edler als das andere. Jeder der höheren Dienstleute hatte seine eigenen Reittiere.
Und wollte ich die Einrichtung beschreiben, so käme ich kaum zu Ende – mit goldenen Bechern und silbernen Schüsseln, mit Edelsteinen und Elfenbein, mit kunstvoll gewebten Goldborten an den Wandbehängen.
Die Edelleute trugen kostbaren Schmuck, sie kleideten sich

in Samt und Seide. An den Wänden hingen prunkvolle Teppiche, die Vorhänge waren mit Goldfäden durchwirkt. In der Waffenkammer stapelten sich die glänzenden Rüstungen, die Helme, Morgensterne und Schwerter, Sättel und Schilde mit Verzierungen, lange Lanzen mit seidenen Fähnlein.

Wir aßen an reich gedeckten Tischen, mit Weißbrot, Fleisch und Fischen, diese besonders reichlich, als Früchte des Meeres. Der Keller war gut gefüllt, doch hier gab es den Wein von Fortis nicht, denn Loon wurde selbst wegen seiner edlen Rebsorten gerühmt.

Am Abend unserer Ankunft zog sich die Dame Loon mit dem König zu vertraulichem Gespräch zurück. Aber so, wie wir bewirtet wurden und empfangen worden waren, konnte es kaum Zweifel daran geben, dass die Herrin dem König ergeben war. Es ging wohl nur noch um Einzelheiten, um die Menge des Kriegsvolkes, das Loon aufbieten würde, und um die Bestätigung von Privilegien und Rechten, um das Miteinander des künftigen Lebens, um die Stellung der Dame Loon am königlichen Hof. Vielleicht ging es auch um meine Verbindung und die von Fortis mit dem Hause Loon.

Ich sah Anabel nicht nur beim Mahl und sie gefiel mir. Sie war wie ein Wirbelwind, ganz Heiterkeit, ganz Lachen in all ihren Bewegungen, graziös und verspielt. Sie trug ein schlichtes Kleid, das ihre schmale Hüfte betonte und das von bestem Schnitt war.

Anabel war immer in Bewegung, sie mochte nicht still sitzen, sie wollte laufen und tanzen, sie jagte durch den Park und verlangte, ich solle sie fangen. Sie kümmerte sich nicht um ihr Gewand, wenn sie sich auf ihre Schaukel setzte, die am breiten, ausladenden Ast eines Baumes befestigt war, und verlangte, ich sollte sie schaukeln. Es ging ihr nie hoch genug, sie trieb mich zu immer heftigeren Schwüngen an. Ich tat ihr den Gefallen gern.

Ich schlug ihr ein Schachspiel vor, doch da verzog sie die Lippen und meinte: »Da muss ich still sitzen und nachdenken, das ist etwas für würdige alte Leute. Und ich bin nicht würdig und ich bin auch nicht alt. Oder denkst du etwas anderes?«

Wie hätte ich etwas anderes denken können? Sie ließ sich einen Ball bringen und warf ihn weit über den Rasen, er stieg in die blaue Luft und fiel mir zu, ich lief danach und schleuderte ihn zurück. So verbrachten wir eine Stunde oder noch mehr. Sie verging mir im Flug und ich dachte, dass ich keinen schlechten Fang mit diesem fröhlichen Kind gemacht hätte.

Einmal ließ mich die Dame Loon rufen und zog mich in eine Fensternische, von der aus man die Bucht mit den Schiffen übersehen konnte. Sie sprach zu mir: »Ich bin froh über deine Verbindung mit meiner geliebten Tochter Anabel, bin jetzt doppelt froh, seit ich dich wiedergesehen habe und weiß, was aus dir geworden ist. Damals, als das Verlöbnis mit deinem Vater besprochen wurde, um Loon mit Fortis zu verbinden, wart ihr beide noch Kinder, kaum den Windeln entwachsen. Nun weiß ich, ihr seid ein Paar, auf das wir stolz sein können und auf das auch der König stolz ist. Ich glaube an eine schöne Zukunft für euch. Es wird kaum ein Paar am Hofe geben, das euch gleichkommt an jugendlicher Schönheit und Kraft. Und natürlich auch an Macht, die euch durch eure Güter gegeben wird. Denn auch das versprach mir König Bertrand: Zu eurer Hochzeit will er die Baronie Drohorst mit Fortis vereinigen. Dieses Zugeständnis fiel ihm nicht leicht, denn mit Drohorst, Fortis und Loon zusammen gibt es keine vergleichbare Macht im Land. Nur weil er in dir seinen treuesten Gefolgsmann sieht, mochte er sich dazu überwinden.«

Ich schwieg verwirrt.

»Du sagst nichts? Du errötest? Du bist überwältigt von den Aussichten eurer Zukunft? Du hast sie dir so glänzend sicher nicht vorgestellt. Danke Gott, dass er euch so sichtbar bevorzugt und auszeichnet.«

Ich war unfähig zu einer Antwort. Ich beugte nur mein Knie und führte die Hand der Dame Loon an meine Lippen. Doch mein Herz war zerrissen. Treue zum König war meine erste Pflicht als Lehnsmann und Ritter. Mussten da nicht alle persönlichen Wünsche zurückstehen?

Zu meiner Freude kam der Abt des Klosters, in dem ich einen Teil meiner Jugend verbracht hatte, nach Loon, mein Lehrer, damals noch Mönch und Bruder, jetzt Vater Ansger. Er war ein schöner Mann, groß, mit heller Haut und rötlichem Haar, das schon die ersten grauen Strähnen zeigte. Sein asketisch schlanker Körper und seine Blässe verliehen ihm einen vergeistigten Ausdruck. Man konnte von ihm sagen: Er ist wie eine Stimme. Das Feuer des Geistes hatte vielleicht sein Fleisch aufgezehrt. Er war nur noch Wort. Und der bloße Anblick überzeugte seine Zuhörer, noch bevor er den Mund öffnete. Er trug sein schlichtes, dunkles Ordensgewand, keinen Schmuck, eine weiße Kordel als Gürtel und das goldene Kreuz vor der Brust. Mild waren seine Augen, herzlich sein Blick, von Gedanken gezeichnet sein feines Gesicht.

»Ich bin froh dich wiederzusehen«, sagte er und schloss mich in seine Arme. »Du warst mir ein lieber Schüler. Ich dachte, du würdest in unserem Kloster bleiben, ich wollte dir später einmal die Bibliothek anvertrauen. Du weißt ja, dass wir mit vielen anderen Klöstern korrespondieren, dass wir Schriften austauschen, unsere Gedanken mitteilen, dass unsere Mönche berühmt in der Kunst sind, Bücher zu illustrieren, sie mit Bildern zu versehen, prachtvolle Goldbuchstaben zu zeichnen und die Blätter mit Blüten und Ranken zu schmücken. Nun bist du ein Mann geworden ...«

Ich sagte: »Aber die Liebe zu den Büchern ist geblieben. Ja, vielleicht ist sie sogar noch größer geworden. Wirklich, verehrter Vater, im Grunde meines Herzens bin ich des Kämpfens und des Blutvergießens müde und sehne mich nach der Stille der Schreibstuben, nach der Klarheit der Gedanken.«

Er antwortete: »Und doch führst du nun ein ganz anderes Leben. Du bist ein Ritter geworden. Aber dass du ein Ritter bist, der lesen und schreiben kann, hebt dich über die meisten anderen Ritter hinaus, die für diese Dienste die Hilfe unserer Kapläne in Anspruch nehmen müssen.«

»Ich habe viel gesehen«, stimmte ich zu. Es war, als wir miteinander unter den großen Zypressen des Parks auf den gepflegten Wegen allein spazieren gingen. »Ich habe viel gesehen, vieles hat mich erstaunt, vieles hat mich verwundert, vieles verwirrt und manches zu Tode betrübt.« Ich berichtete von all den Grausamkeiten, die im Namen des Glaubens, auch unseres Glaubens, begangen wurden. Ich erzählte ihm auch von der Duldsamkeit und der Toleranz im Land des Kalifen.

Er dachte nach. Dann sagte er: »Es ist nicht der Glaube allein, der die Muslime im Kalifat duldsamer macht als die Christen hier. Es ist auch ihre lange Geschichte und es ist ihr gewachsenes Wissen. Unser Leben ist noch zu rau. Wo sol-

len da Verständnis und Bildung herkommen? Vielleicht entstehen sie gerade erst, vielleicht stehen wir an einem Anfang. Ja – wir müssen noch viel lernen. Ich meine, wir sind auf dem Weg dazu. Vielleicht werden wir Menschen immer nur auf dem Weg sein, bis an das Ende unserer Tage.«
Ich fragte: »Aber wo, Vater, ist der Unterschied zwischen diesen Religionen?«
Er antwortete: »Das weiß Gott allein. Wir lieben Christus und das Neue Testament bezeugt die Geschichte eines Menschen, der zugleich Gott war; es bezeugt sein Leben bis zu seinem Kreuzestod, den er zu unserer Erlösung erlitt – und bis zu seiner Auferstehung. Gewiss, auch die Religion der Juden beruht auf Geschichte, auf der Geschichte des jüdischen Volkes nämlich, mit ihren Königen und Propheten, mit David und dem Auszug aus Ägypten. Die Muslime haben Allah, sie haben ihren einen Gott und sie haben ihren Koran, ein Buch der Anbetung und ein Buch von Offenbarungen, von Geboten, die uns oft schwer verständlich, manchmal sogar widersprüchlich erscheinen. Die Juden haben ein Buch, die Thora, das Gesetz Gottes, das er ihnen gab, als dem von ihm auserwählten Volk. Es gibt ihnen ihre Kraft.«
Ich schwieg nachdenklich.
»Ja«, fuhr er fort, »wir Christen kennen auch die Angst, aber die Angst wird gemildert durch die Gewissheit. Unsere Angst ist die Angst vor der Gerechtigkeit am Jüngsten Tag. Sie wird durch den Glauben überwunden, durch die göttliche Gnade und durch die Hoffnung auf die ewige Seligkeit. Die Gnade ist unser Mysterium, die Gnade liegt im Glauben und sie kommt aus dem Glauben. Die Gnade ist die ruhige Gewissheit. Gottes Gnade ist immer in der Welt, aber wer

könnte sie verstehen, außer derjenige, der sie von Gott selbst erfahren hat. Vater unser . . . so lauten die ersten beiden Worte des Gebetes, das Jesus in der Bergpredigt gesprochen hat. In keiner anderen Religion verspüren wir so stark, dass Gott unser Vater ist und der Mensch sein Kind. Indem Gott selbst in seinem Sohn Mensch wurde, ist das Christentum auch die menschlichste aller Religionen.«

»Ja«, sagte ich nachdenklich, »und in keiner anderen umhüllt eine Mutter Gottes ihre Gläubigen mit ihrer Liebe.«

Vater Ansger sprach noch lange mit mir, auch über die Dreieinigkeit von Vater, Sohn und Heiligem Geist. Vieles verstand ich nicht gleich, doch indem ich Vater Ansger zuhörte, wurden alle Zweifel von mir genommen und alles wurde leicht und heiter. Ich sah die Kronen der Bäume über mir, ich hörte die Vögel darin singen, ich sah sie von Ast zu Ast fliegen, darüber spannte sich der blaue Himmel und ein großer Friede überkam mich – wäre nicht der Gedanke an Miriam gewesen, diese brennende Sehnsucht, diese Angst.

54

Ein neuer Morgen brach an. Er war grau und feucht. Nebelschwaden zogen über das Meer, doch alles war hell, blinkte silbrig und licht.

Mein Vater ritt in den Burghof ein. Er brachte eine große Schar von Knechten und Kämpfern, die in den Ställen und Scheunen, in den weitläufigen Gebäuden, aber auch in den umliegenden Dörfern untergebracht wurden. Er brachte Pferde und unter diesen meinen Feuervogel. Neben meinem Vater ritt Ahmad. Wie sehr hatte er sich verändert! Er trug ein ritterliches Gewand und saß im Sattel eines braunen kräftigen Pferdes aus meines Vaters Stall. Seine Gesichtsfarbe war dunkel, seine Augen waren dunkel, seine Haare waren dunkel, und dennoch: Alles an ihm war ein Strahlen. Er saß aufrecht und stolz im Sattel und hielt mit der Faust die zusammengeführten Zügel über dem Sattelknauf, nichts mehr an ihm erinnerte an die Zeit seiner Knechtschaft. Er schwang sich vom Pferderücken, hielt meinem Vater die Hand hin, dass er sich darauf stütze, und half ihm herab.

Wie es ihre Art war, wenn Leben sich rührte, wenn Besuch nach Loon kam, stand Anabel schon oben auf der Treppe und schaute hinab. Mein Freund begrüßte mich. Wir umarmten uns. Ahmad lachte und sagte: »Ich habe dir deine Beutel mitgebracht, den Schmuck von Miriam, den Ring aus Medina al-Arus, ich habe es nicht vergessen.« Dann schaute er empor zum Schloss, erblickte Anabel, und es war, als würde er von einem Peitschenhieb getroffen. Er zuckte zusammen, sein Arm lag noch auf meiner Schulter, er war wie erstarrt, sein Mund öffnete sich ein wenig, seine Augen vergrößerten sich, so weit das noch möglich war, sie waren nun schwarz und unergründlich wie die Nacht, und sein Atem ging rascher und so leicht, dass ich dachte, er atmete vielleicht gar nicht mehr. Sein Blick wurde von dem Mädchen angezogen und er konnte kein Auge von ihr lassen. Er schaute und starrte, bis ich ihm in die Hüften stieß und sagte: »Komm zu dir und benimm dich wie ein höflicher Mann!«

Zerstreut sah er mich an, nur kurz, dann waren seine Augen wieder bei ihr, während er murmelte: »Wer ist das?«

Und ich antwortete: »Anabel de Loon!«

Er schien schmerzhaft zu erwachen: »Deine Braut?«

Ich nickte. »Wir wurden einander versprochen, als wir noch Kinder waren.«
»So . . .«, murmelte er und zuckte die Achseln. Ein Ausdruck kam in seine Züge, den ich nur zu gut kannte, es war dieser Ausdruck der Hoffnungslosigkeit, des Kummers. Er hatte ihn immer dann gehabt, wenn er sich seiner Knechtschaft bewusst geworden war. Ich machte mir seinetwegen Gedanken, da ich ihm Schmerz zufügte, ohne es zu wollen, und selber nicht wusste, wie das alles ausgehen sollte.
Mein Vater trennte uns. Erstmals schloss er mich in seine Arme und klopfte mir auf den Rücken: »Mein Sohn, wie schön, dass du hier bist!« Und indem er seinen Arm um meine Schulter legte, führte er mich ein wenig zur Seite, dorthin, wo auch der König am Brunnen stand und wartete. Mein Vater sagte zu mir: »Froh wäre ich, wenn ihr bald heiraten würdet. Es wäre mein größter Wunsch! Und nichts stünde mehr zwischen uns.«
König Bertrand schwieg, aber er sah mich eindringlich an. Von Zweifeln geplagt, war ich unschlüssig, was ich antworten sollte. Doch da begrüßten mich Arne, der Narr, der heiter war wie selten zuvor, und der Haushofmeister Edmond, in all seiner zur Schau getragenen Würde. Der Hof fasste die geschäftigen Leute kaum, die durcheinander liefen, ihren Beschäftigungen nachgingen, Reittiere versorgten, um Unterkunft fragten und Erfrischungen gereicht bekamen.
Für den Abend hatte die Dame Loon zu einem Fest geladen. Es sollte der Geburtstag Anabels gefeiert werden, doch ich glaube, dies war nicht der einzige Grund. Vielleicht auch, so fürchtete ich, sollte meine Verlobung mit Anabel bekräftigt werden, indem man uns als Brautleute ausrief und die Hochzeit festsetzte. Und ich dachte bei mir: Warum lehnst

du sie ab, kann dir denn ein fröhlicheres Geschöpf beschert werden? Ich überlegte weiter: Eine Verlobung ist doch noch keine Hochzeit: armer Ahmad, den es so getroffen hat . . .
Der große Saal erglänzte im Schein der Kerzen, sie leuchteten wie die Gestirne des Himmels so hell durch das dämmrige Dunkel. Fideln erklangen, auf dem Horn wurde geblasen, auf Holz und auf Knochenflöten. Wir hörten den Dudelsack, eine silberne Harfe und sogar die Geige. Andere schlugen die Zimbel mit den Trommelstöcken, es wurde gelärmt und gesprungen.
Wir waren umgeben von diesem seltsamen, wie schwebenden Licht der flackernden Kerzen, der Fackeln an den Mauern, der leuchtenden Feuerkörbe mit ihrer roten Glut. Ringsum das Wogen der Menschen, ein heiteres Plaudern und über allem die Musik.
In meinem weiten Gewand unter dem Überwurf trug ich Miriams Beutel. Es schien mir zu gewagt, ihn bei der Menge der fremden Leute, der Fahrenden, der Spielleute, der Gaukler, der Possentreiber, in meinem Gemach aufzubewahren. Ich wollte ihn keiner Gefahr aussetzen und niemanden in Versuchung führen. Auch den anderen Beutel, den mir Hasdeu gegeben hatte, führte ich bei mir mit dem Auftrag, für den ich noch nichts unternommen hatte.
Es wurde getanzt und ich drehte mich mit der Dame Loon in feierlichem Schritt, ich neigte mich und sie neigte sich, sie fasste meine Hand und sagte: »Heute Abend, Leon . . .«, und sie lachte dazu.
Ich tanzte auch mit Anabel. Sie trug ein langes Kleid nach der neuesten Mode, das Oberteil verengt bis zur Taille, was ihr reizend stand. Das Kleid war aus schimmernder Seide, reich verziert, Goldschnüre waren hineingewoben und

Edelsteine, Goldplättchen waren aufgenäht, sodass es blitzte, wann immer sie sich bewegte, und wann bewegte sie sich nicht! Die Knöpfchen waren aus Edelsteinen und über das Kleid waren netzartige Perlenschnüre geworfen, die Säume mit Borten geschmückt und auch die Nähte besetzt mit Edelsteinen.

Wir tanzten in gemessenem Schritt, Anabel stand mir gegenüber, sie hob die Hand, und ich hob die Hand und unsere Handflächen und Fingerspitzen berührten sich leicht. So schritten wir umeinander, so bewegten wir uns rückwärts, neigten die Köpfe, ganz so, wie wir es einmal gelernt hatten, und ich fragte Anabel nach ihrem Vater.

Sie dachte wohl, ich wollte etwas über ihre Herkunft erfahren, und meinte: »Ich bin eigentlich ohne Vater aufgewachsen, ich war noch zu klein, um mich richtig an ihn zu erinnern, doch er hat mir auf dem Sterbebett das Wort darauf gegeben, dass ich keinen anderen Mann zu heiraten brauche als den, den ich liebe!«

Ich wusste nicht, sollte das nun eine Absage an mich sein oder eher das Gegenteil!

Wir stellten die Füße vor und ich sah ihre spitzen Schuhe unter dem perlenbesetzten Rocksaum. Und wir neigten die Köpfe und ihre Augen wanderten über die anderen Tänzer. Da stand einer an der Wand, der unsere Tänze noch nicht gelernt hatte. Das war Ahmad.

Ihre Finger spielten mit den meinen, nie konnten sie ruhig bleiben. Sie schüttelte die blonden Haare aus und sie knickte die Hüfte, wie es Sitte war, zur Musik und im Takt. Und wieder fragte ich mich: Warum wehrst du dich?

Ahmads brennende Augen ruhten auf uns, folgten uns, ließen nicht von uns. Ich ertrug es nicht länger. Ich fasste Ana-

bels Hand fester, führte sie zu ihm und sagte: »Nun tanz du mit ihr!«
Fast hätte er mich erschlagen vor Wut. »Warum machst du dich über mich lustig? Du weißt doch, dass ich nicht tanzen kann. Und du weißt auch, warum. Musst du mich daran erinnern?«
Ich erschrak. Das war mir ganz fern gelegen. Ich schüttelte nur das Haupt. Doch Anabel deutete einen leichten Knicks an, es war wie ein Lächeln, und lächelnd sagte sie auch zu ihm: »Versuche es nur! Es ist nicht schwer, ich lehre es dich. Schau auf mich und höre auf die Musik!«
Da ging er – zögernd noch und doch glücklich. Er konnte ihr nicht widerstehen. Sie zeigte ihm die Schritte und er machte sie ihr nach mit einer natürlichen Begabung, es war noch nicht vollkommen, doch es war schon ein Tanz und wurde es immer mehr. Sie ließen kein Auge voneinander, ihre Blicke hingen ineinander wie zwei gekrümmte Angelhaken, die nicht voneinander gelöst werden konnten.
Nach dem Tanz gab die Dame Loon den Musikanten ein Zeichen. Fanfaren schmetterten und Stille trat im Saal ein. Die Dame Loon stand auf einer etwas erhöhten Empore in ihrem weich fallenden, faltigen Gewand – eine Königin, und das war sie hier auch. Sie klatschte in die Hände, doch es war nicht nötig, denn Ruhe war bereits eingekehrt und alle warteten auf ihre Worte. Sie rief: »Heute, meine Freunde, feiern wir ein dreifaches Fest. Wir feiern meiner Tochter Geburtstag. Sie ist nun sechzehn Jahre und kein Kind mehr!«
Alle jubelten und wünschten Glück. Anabel dankte mit feierlichem Erröten.
Dann sprach die Dame Loon weiter: »Zum zweiten und nicht weniger beglückend feiern wir, weil unter uns heute

ein Mann weilt, den wir lange verloren glaubten. Er ist nun zurückgekehrt, dank Gottes Gnade. Ihm gebührt alle Ehre, die man ihm streitig machen will. Ich erkläre, dass ich mich als seine Vasallin betrachte, mit allem, was mir gehört. Ich spreche von unserem König Bertrand! Wir alle neigen uns vor ihm und huldigen ihm! Hoch lebe der König!«

Da ging ein Raunen durch den Saal, die Gewänder rauschten und die Damen sanken tief in sie hinein, die Herren beugten die Knie, ein einziger Jubelruf klang durch den Raum: »Hoch lebe König Bertrand!« So war es also besiegelt, mein König hatte die wichtigste Bastion genommen, er war nun nahe an seinem Ziel.

Die Dame Loon sprach weiter: »Und das dritte: Es ist mein Wunsch und der Wille des Königs, dass Loon und Fortis einmal vereint sein werden in unseren Kindern . . .«

Noch auf den Knien ruhend, spürte ich ein Zittern und ich schaute empor zur Dame Loon, zu meinem König, zu Anabel und zu meinem Vater, der über das ganze Gesicht strahlte. Ich aber biss mir auf die Lippen.

»Nun aber rufe ich zum Gesang, der uns erheitern soll und das Fest verschönt!«, rief die Dame Loon in den allgemeinen Jubel hinein.

Da trat Arne vor in seinem bunten Narrenkostüm: »Lasst mich der Sänger sein.« Und schon sprang er auf einen Stuhl und verbeugte sich dort mit gespieltem Ungeschick. »Ich weiß eigentlich kein richtiges Lied, sondern nur eines von einem, der nicht wusste, welches Lied er singen sollte, denn zu verschieden waren die Wünsche, die man an ihn richtete. Er zog von Burg zu Burg, von Hof zu Hof und vermochte die Leute wohl zu unterhalten, aber immer wieder schwirrte ihm der Kopf.« Arnes Gesicht war pfiffig und dann sang er mit krächzender Stimme ein Lied von des Sängers Not, er sang von den Hunderten von Liedern, die er kennen müsste, um alle Wünsche seines Publikums erfüllen zu können: »Wenn ich vor vielen Leuten singe, so will der Erste hören, wie Dietrich von Bern das Land verließ; der Zweite will hören, wo König Roter zu Hause war; der Dritte will vom Kampf gegen die Riesen aufgerüttelt werden; der Vierte von Ekkharts Not; der Fünfte von Kriemhilds Verrat; den Sechsten erfreut es mehr zu erfahren, was aus den Zwergen geworden ist; der Siebente möchte vom Kampf gegen Heime oder Herrn Wittrich gekitzelt werden, von Siegfrieds oder Herrn Eckes Tod. Und der Achte wieder will nur höfischen Minnesang; der Neunte findet alles langweilig; der Zehnte kann sich für nichts entscheiden, er will es bald so, bald so, bald hier, bald dort. Und außerdem will jeder vom Hort der Nibelungen hören und der wiegt schwer, so glaubt mir! Die Nibelungen dachten nur ans Gold:

Was soll ich nun singen,
es soll doch schön klingen,
doch kann ich's nicht wissen,
ich bin ganz zerrissen,
sing ich von Helden, von Liebe und Gold –
mir selbst ist niemals das Glück richtig hold!«

Man lachte über ihn, klatschte, viele Goldstücke wurden ihm zugeworfen und schon war er nicht mehr zu sehen, denn er duckte sich zwischen Menschen, zwischen die Röcke und Tischbeine, um seine Münzen aufzusammeln und auch keine zu übersehen.
Nach Arne sangen auch die Gäste. Es sangen Knappen und

Mädchen, Sänger und Spielleute, es wurde einzeln gesungen, zu zweit oder im Chor. Es gefiel mir, wie die hellen Stimmen der jungen Leute zu der geschmückten Decke emporstiegen und sich ineinander drehten und verflochten. Mädchenlieder wurden gesungen, die erst jetzt in Mode gekommen waren. Hirtenlieder und Romanzen oder Lieder bekannter Troubadours. Ich stand in Gedanken versunken daneben. Da rief mich die Dame Loon an: »Nun, Ritter Leon, du bist in so fernen Ländern gewesen, du hast so viel gesehen, erzähl uns etwas. Es sollte mich doch wundern, wenn du nicht etwas Spannendes wüsstest!«

Da dachte ich an den Beutel, den mir Hasdeu gegeben hatte. Und ich erkannte, dass dies die rechte Stunde war, die Gelegenheit, wie sie besser kaum jemals wiederkehren würde. Ich berichtete von Medina al-Arus, von Hasdeu und der seltsamen Geschichte von Alouette, dem unbekannten Ritter, Sänger und Mönch. »Hier ist sein Ring«, sagte ich und wühlte in dem Beutel. Dann hielt ich ihn hoch, sodass alle ihn sehen konnten.

Mein Vater war blass geworden. »Gib mir den Ring, Leon, nur einen Augenblick!« Er nahm ihn und betrachtete ihn genau. »Er ist es«, rief er aus. »Es ist der Ring meines Vaters. Er gab ihn meinem Bruder, wir entzweiten uns deswegen. Nun aber will ich ihm verzeihen. So wie ich meinem Sohn Leon verzeihe. Zum Zeichen der Versöhnung nimm den Ring, Leon, von deinem Vater!«

Beifall ertönte, ungläubiges Staunen. Auch ich war verwundert über diesen Ausgang der Geschichte. Dann erfasste mich Freude. Mein Vater hatte mir endlich ganz verziehen. Nun wollte er mir das Schmuckstück reichen. Da sagte die Dame Loon zu ihm mit leiser, fast unhörbarer Stimme:

»Nein! Lasst mich den Ring vorher einmal sehen.« Sie hatte ihre Augenbrauen ein wenig zusammengezogen. Alle Farbe war aus ihrem Gesicht gewichen, sie stand bleich da, regungslos, nur dass sie die Hand ausstreckte. Sie nahm das Schmuckstück und murmelte: »Ich bin nicht ganz sicher, aber es könnte auch der Ring meines Gatten gewesen sein, er trug ihn nicht oft, vielleicht weil er ihn an den Streit mit seinem Bruder erinnerte. Deshalb kenne ich ihn nicht so genau.«

»Das müsste sich doch klären lassen«, antwortete mein Vater, nun ebenso fassungslos, »vielleicht in Medina al-Arus, bei den Mönchen im Kloster, an meines Bruders Grab. Aber wenn es so wäre, dann wären wir ja schon lange Verwandte gewesen – und Anabel und Leon natürlich auch.« Diese letzten Worte gingen im allgemeinen Trubel unter. Auch ich erfasste ihre Bedeutung nicht gleich. Doch irgendwie stimmten sie mich froh. Und das Fest nahm weiter seinen heiteren Verlauf mit Spiel und Gesang. Zu meiner größten Verwunderung sprang Ahmad plötzlich auf einen Stuhl und bat um Ruhe, er rief: »Ich will hinter den anderen nicht zurückstehen. Zwar weiß ich kein Liebeslied und auch kein Lied von Heldentaten. Ich weiß keines von Rittern und ihren Abenteuern. Aber ich kenne ein Lied, das ich lange vergessen hatte. Meine Mutter sang es mit uns, mir und meiner Schwester, um uns zum Schlafen zu bringen. Mein Vater hat es geschrieben und niemand sonst auf der Welt kennt es. Wenn ihr erlaubt, werde ich es singen.«

Natürlich wurde er durch viele Zurufe dazu aufgefordert. Und mein Freund sang in einer schwermütigen Melodie, die mich an den sehnsuchtsvollen Gesang erinnerte, den ich nur dort, im Land der Sarazenen gehört hatte:

»Der Mond ist eine schmale Sichel,
aus Silber in die Nacht geschmiedet.
Der Abendstern daneben glänzt im Golde
wie eine Perle, die der Herrgott fasste.
Sind Bruder sie und Schwester uns am Himmel,
so seid ihr es auf Erden, meine Kinder!«

Ahmad schwieg und seine Augen suchten Anabel, die den Kopf gesenkt hielt. Da spürte ich ein Brennen in der Brust und rief ihm zu: »Aber du hast ein Wort verändert!«
»Was für ein Wort?«, fragte Ahmad verwirrt.
»Der Vers heißt: *Der Abendstern daneben glänzt im Golde wie eine Perle, die uns Allah fasste!*«
»Ja, ich änderte es, weil ich nun als Christ unter Christen lebe. Vater Ansger hat mich getauft. Bisher schwieg ich darüber. – Aber woher kennst du das Lied?«
»Ich weiß es von ihr – von deiner Schwester – von Zarissa.«
Tränen traten mir in die Augen. Ich hatte in Ahmad ihren Bruder wiedergefunden!
König Bertrand aber rief: »Aber dann ist Ahmad der Sohn jener Frau, die uns zwei Jahre lang so freundlich beherbergte, der wir so viel Gutes verdankten und die von Christen erschlagen wurde. So will ich jetzt tun, was ich mir für später vorgenommen hatte. Ich erhebe Ahmad zum Ritter. Führe ich jetzt auch kein Schwert bei mir, meine Hand taugt genauso dazu, diesen ehrenvollen Streich zu führen. Knie nieder, Ahmad!« Ahmad sank zu Boden. Der König schlug ihn mit der Hand auf die Schulter, so wie mir damals unter den Pyramiden mit dem Schwert, und sprach die Formeln. Mein Vater hatte alles mit Erstaunen angesehen. Jetzt erhob er sein Haupt mit den grauen, buschigen Haaren. »Aber Ihr

kommt mir zuvor«, rief er, »das ist nicht recht, denn nun scheint es, als würde ich mich aus kühler Berechnung auch noch anhängen wollen, wo ich doch die Absicht hatte, der Erste zu sein. Sei's drum! Meine Absicht war, wenn Leon einverstanden ist, Ahmad als Sohn anzunehmen. Einen Sohn habe ich bei der Jagd verloren, einen zweiten wiedergefunden, einen dritten, der an die Stelle des ersten treten soll, nehme ich nun in mein Haus.«

Der Jubel war groß. Mein König umarmte Ahmad und er umarmte meinen Vater, dann lagen Ahmad und ich uns in den Armen.

Und Ahmad schaute Anabel an und Anabel blickte zu Ahmad, und wer weiß, was sie dachten. Vielleicht waren sie auch unfähig zu denken, so stark waren ihre Gefühle. Ich glaube, sie bemerkten kaum mehr, was um sie herum vorging, sie sahen nicht mehr das Fest, nicht mehr die Menschen, nicht mehr die Ritter und Damen und sie hörten nicht die Musik.

Vater Ansger, der Abt, stand hinter ihnen. Ich weiß nicht, ob er lächelte. Ich meine wohl, er hatte leichtes Schmunzeln in den Mundwinkeln, denn er hatte scharfe Augen und ihm war vieles deutlich geworden, was für andere noch verborgen blieb. Er legte die Arme um Ahmads Schultern und um die von Anabel. Doch er sagte nichts.

Das war der Augenblick, in dem Ahmad seine Hand ausstreckte und Anabel ihre Hand in die seine legte. Gemeinsam traten sie vor, vor die Dame Loon, vor Charles de Fortis, vor König Bertrand. Ahmad beugte sein Knie und Anabel sank tief in ihr Kleid, Blüte im Kelch . . .

Ich weiß nicht, was weiter geschah, denn ein Diener des Hauses zog mich am Ärmel zur Seite und flüsterte mir zu:

»Herr, es duldet keinen Aufschub, nicht den Wimpernschlag eines Auges, hat er gesagt . . .«
»Wer hat es gesagt?«
»Ein übermüdeter, alter Jude. Er wartet am Tor auf Euch. Er ritt sein Maultier zu Schanden.«
»So gebt ihm ein neues!«, rief ich, aber da hatte ich den Saal schon verlassen. Erst spät in der Nacht wurde mein Fehlen entdeckt.

55

An diesem Tag, auf dem Platz vor dem Ordenshaus der Templer zu Beaulisier, sollte sich Miriams Schicksal entscheiden. Geschah kein Wunder, dann würden die Flammen prasseln, dann würden die schwarzen Rauchfahnen zum Himmel steigen, zu einem Himmel, der kein Erbarmen mit ihr gehabt hatte.
Es herrschte ein buntes Treiben, so als wären alle Bewohner der Umgebung zu einer Kirchweih oder zu einem anderen ländlichen, fröhlichen Fest gekommen.
Die Augen der Menge richteten sich immer wieder auf das schwere Tor des Ordenshauses, das in seiner Verschlossenheit düster und abweisend wirkte und hinter dem eine ganz andere, strenge Welt lag. Man wartete auf die Prozession, auf den Zug, in dem die Angeklagte zur Richtstätte geführt wurde. Man drängte sich um den sandigen Platz, jeder wollte vorne stehen und – nachdem er schon gekommen war – auch ja nichts versäumen.
Die Schranken waren aufgerichtet, man hatte den Boden sorgfältig eingeebnet und die Hufspuren der früheren

Schaukämpfe beseitigt. Die Stätte lag auf einer kleinen Anhöhe, von der aus man einen freien Blick auf die umliegenden Felder hatte. Sie war mit Pfahlwerk umgeben. Und da die Templer es gerne sahen, wenn zu ihren Waffenübungen Zuschauer kamen, die ihre Fähigkeiten bewunderten, gab es ringsum Galerien und Bänke.

Für den Großmeister hatte man am östlichen Ende eine Art Thron errichtet, der mit den Fahnen des Templerordens geschmückt war. Bänder flatterten und heitere kleine Wimpel. Nichts deutete auf den schrecklichen Vollzug eines unmenschlichen Urteils hin. Neben dem Stuhl des Großmeisters waren die Ehrensitze für die hohen Tempelherren – dahinter die Sitze für die anderen Ritter des Ordens. Über allem wehte das heilige Banner, das den Namen »Le beau séant«, das Feldgeschrei der Templer, trug.

Am entgegengesetzten Ende – sodass der Großmeister den schaurigen Ort unverstellt vor Augen hatte – war ein großer Reisighaufen um einen tief in der Erde befestigten Pfahl aufgeschichtet. Darüber war ein kleiner Raum für die Füße des Opfers, das mit eisernen Ketten an den entasteten Baumstamm gefesselt werden sollte – ein Baumstamm, dessen grün belaubte Zweige vielleicht noch gestern vom Zwitschern der Vögel erfüllt gewesen waren. Neben dieser Richtstätte standen vier Henkersknechte. Sie gehörten nicht zum Orden. Man hatte sie angeworben. Sie warteten ungeduldig, manchmal machten sie sich am Holzstoß zu schaffen. Man warf ihnen verachtungsvolle Blicke zu, denn obwohl man diese grausamen Strafen für gerecht hielt und kam, um voll schaudernder Lust Zeuge zu sein, erfreuten sich die Vollstrecker keiner Beliebtheit.

All diese Vorbereitungen machten auf das Publikum aber

doch einen bedrückenden Eindruck. Man sprach von den jüngsten Ereignissen. Ein Bürger fragte den anderen: »Hast du gehört, Nachbar, dass der Teufel den Ritter Philipp de Drohorst bei lebendigem Leibe geholt und in seinem eigenen Schloss verbrannt hat?«

»Nun, er hat sein Ende redlich verdient.«

Die mächtige Glocke auf der Kirche des Ordenshauses schallte laut. Die Töne folgten so schnell aufeinander, dass der Nachhall kaum verklungen war, als die Luft wieder von neuen Schwingungen ertönte, ein düsterer Klang, der eine schreckliche Botschaft verkündete. Ergriffenheit erfasste die Zuschauer. Und jeder hoffte, dass sich nun das Tor öffnen würde, um den Großmeister, den Kämpfer, die Würdenträger und Ordensleute mit ihrem Opfer zu entlassen.

Endlich war es so weit. Ein Ritter mit dem großen Ordensbanner, von sechs Trompeten begleitet, ritt durch die Mauern. Ihm folgte auf einem einfachen, schweren Ross der Großmeister. Hinter ihm ritt Victor de Firment, von Kopf bis Fuß in einer glänzenden Rüstung, doch ohne jede Waffe, weder Schild noch Schwert, die von zwei Knappen nachgetragen wurden. Victors Gesicht war fast ganz von einer wogenden Feder verdeckt, die von seinem Helm herunterfiel. Dennoch wirkte es verzerrt, Stolz, Hochmut und Unentschlossenheit stritten sich in seinem Herzen um die Herrschaft. Er sah geisterbleich aus, so als hätte er nächtelang nicht geschlafen. Und trotzdem führte er sein Schlachtross mit Kraft und Leichtigkeit. Sosehr man ihm seine heftigen Gefühle auch ansah, sein Anblick hatte doch etwas Großartiges, ja Gebieterisches; hochfahrend, finster und unbeugsam. Umso größer war die Erschütterung, die die ungewohnten Selbstzweifel in dem stolzen Ritter aus-

gelöst hatten, ihn bedrängten und ihm den Atem raubten. Ihm zur Seite saßen die Herren André und Claude in den Sätteln. Sie ließen ihn keinen Moment aus den Augen, als ob sie verhindern wollten, dass er sich zu einer unbedachten Handlung hinreißen ließ. Sie waren in die weiße Ordenstracht gehüllt. Ihnen folgten die anderen Tempelritter in einem langen Zug, auch schwarz gekleidete Knappen und Leibdiener, Anwärter der Ehre, einmal Ritter des Ordens zu werden. Den Schluss bildete eine Wache von Fußvolk, ebenso schwarz – und in der Mitte wiederum ging die Angeklagte, schneeweiß gekleidet, sie wirkte wie die leibhaftige Unschuld inmitten von so viel Schwärze. Mit langsamem, aber sicherem Schritt zog sie ihrem Schicksal entgegen. Man hatte sie all ihres Schmuckes beraubt, aus Angst, es könnte vielleicht ein Amulett darunter sein, das der Satan ihr gegeben hatte, um sie zu schützen. Ihr Kleid war aus grobem Leinen, in der Hüfte mit einem Strick zusammengehalten. Aus ihren Zügen sprachen ein mühsam bewahrter Mut wie auch Ergebenheit in ihr Schicksal. Selbst in dieser einfachen Kleidung, ohne jeden anderen Schmuck als den ihres wallenden, schwarzen Haares, berührte ihre Schönheit jedes nicht ganz unempfindliche Herz. Und viele beklagten, dass ein so edles Gefäß zum Werkzeug des Teufels geworden war.
Hinter der Angeklagten folgte noch eine Gruppe von Dienern, Mägden und Knechten des Ordens, mit gefalteten Händen, den Blick gesenkt.
Der Zug bewegte sich langsam die Anhöhe hinauf zum Kampfplatz. Dort hielt er und der Großmeister und seine Begleiter stiegen vom Pferde, ausgenommen Victor de Firment und seine Knappen. Die Rosse wurden gleich aus den

Schranken geführt. Miriam brachte man zu einem schwarzen Stuhl neben dem Pfahl. Mit dem ersten Blick, den sie auf diese Vorbereitungen für ihren qualvollen Tod warf, schauderte sie. Sie betete lange, dann öffnete sie die Augen und schaute sich um. Sie suchte ein bekanntes Gesicht in der Menge, und es schien jedem, als ob sie ihn forschend ansähe, und jeder fühlte sich schuldig und schlug die Augen zu Boden. Miriam suchte ihren Vater – und sie war froh, dass sie ihn nicht entdeckte. Sie wünschte innigst, dass er nicht Zeuge ihres Martertodes sein musste. Dann schaute sie entschlossen auf den Holzstoß, als wollte sie sich mit seinem Anblick abfinden. Danach wendete sie ihr Haupt langsam wieder ab.

Der Großmeister nahm seinen Sitz ein, hinter ihm die Ritter, je nach ihrem Rang. Dann verkündete eine Trompetenfanfare den Beginn des Schauspiels. Der Vorsteher André trat vor und legte Miriams Handschuh dem Großmeister zu Füßen. »Gestrenger Herr«, sagte er, »hier liegt das Pfand und hier steht unser Bruder, der Ritter Victor de Firment. Er hat sich durch die Annahme dieses Handschuhs verpflichtet, im Kampf zu beweisen, dass die Jüdin Miriam zu Recht durch das Gericht des heiligen Ordens des Tempels von Jerusalem verurteilt worden ist. Sie soll als Zauberin durch die Flammen zum Tode gebracht werden. Hier steht er, sage ich, er ist bereit, ritterlich und ehrenvoll zu kämpfen, wenn es Euer heiliger Wille ist.«

Der Großmeister fragte: »Hat er den Eid abgelegt, dass der Kampf ehrenhaft und gerecht ist? – Bringt das Kruzifix!«

»Hochwürdiger Herr«, rief André schnell dazwischen, »unser Bruder hat mir schon die Wahrheit unserer Anklage in die Hand beschworen. Anders darf er nicht vereidigt werden,

da seine Gegnerin eine Ungläubige ist und keinen Eid leisten kann.«
Zur Freude von André gab sich der Großmeister mit dieser Erklärung zufrieden. Der schlaue Vorsteher wusste genau, dass es große Mühe gekostet hätte, Victor de Firment im Angesicht dieser Versammlung zu einem solchen Schwur zu bewegen. Vielleicht hätte er es sogar abgelehnt. André hatte sich daher diesen Ausweg ausgedacht.
Der Großmeister befahl nun dem Herold seine Aufgabe zu erfüllen. Die Trompeten schmetterten wieder. Und der Herold rief laut: »Hört! Hört! Hier steht der edle Tempelritter Victor de Firment. Er ist bereit, mit jedem frei geborenen Ritter zu kämpfen, der gegen ihn antreten will, in diesem Kampf, der von der Angeklagten gefordert wurde, da sie sich selbst nicht stellen kann. Einem solchen Kämpfer bewilligt unser hochwürdiger Großmeister ein freies Kampffeld und den gleichen Vorteil von Sonne und Wind und was sonst zu einem gerechten Kampf gefordert wird.«
Die Trompeten ertönten wieder – dann folgte eine Totenstille. Lastende Erwartung. Alle schauten sich um und hofften ... oder hofften auch nicht ... eine Stille, in der Miriam die Hände faltete, vor die Brust führte und die Augen schloss.
»Es ist kein Kämpfer für die Angeklagte erschienen«, verkündete der Großmeister, seine Stimme war hart und entschlossen. Es war eingetreten, was er erwartet hatte. »Geh, Herold, frage sie, ob sie noch jemanden erwartet, der für sie kämpfen will!«
Der Herold schritt über die Wiese, allein auf dem weiten Feld. Er trat zu Miriam an den Stuhl. Auch Victor de Firment ritt zu ihr, obwohl ihm die Herren Claude und André heftig

zuwinkten, das doch zu unterlassen. So sagte der Herold zu Miriam: »Mädchen, unser hoch zu verehrender Großmeister fragt dich, ob du noch einen Kämpfer erwartest, der für dich eintritt, oder ob du dich seinem Urteil unterwirfst.«

»Sage dem Großmeister«, erwiderte Miriam, »ich bin unschuldig und wurde nicht gerecht verurteilt, ich müsste denn an meinem eigenen Blut zur Verbrecherin werden. Sage dem Herrn, der hier alle Gewalt hat, dass ich sehen will, ob nicht Gott, der den Menschen in der höchsten Not am nächsten ist, auch mir einen Retter schicken wird. Ist die letzte Frist aber vorüber, dann wird sein heiliger Wille geschehen.«

Der Herold ging, um dem Großmeister die Antwort zu überbringen. »Behüte Gott«, sagte dieser, »dass eine Ungläubige mich ungerecht nennen sollte. So lange, bis die Schatten von Westen nach Osten fallen, wollen wir warten. Senkt sich der Tag aber, so muss sie zum Tod bereit sein.«

Wieder schritt der Herold über die Wiese zu Miriam. Diese verneigte sich, kreuzte ihre Hände und schaute zum Himmel auf, als erflehte sie von dort oben eine Antwort, die ihr auf dieser Erde von keinem Menschen gegeben werden konnte.

Und wieder entstand eine lastende Stille. Da hörte Miriam die Stimme Victor de Firments. Es war nur ein Flüstern, aber es erschreckte sie mehr als die Worte des Herolds.

»Miriam«, sagte Victor, »Miriam . . .«

»Verlasst mich«, antwortete sie, »denn Ihr seid grausam und hartherzig!«

»Aber du verstehst doch, was ich sage. Deine Stimme klingt weh an meine Ohren. Kaum weiß ich, auf welchem Boden wir stehen, kaum weiß ich, warum wir hier sind. Dieser

Kampfplatz, dieser Stuhl – ja, ich kenne ihre Bestimmung, und doch erscheint es mir so unwirklich, wie das schreckliche Bild eines Traumes.«

»Mein Geist und mein Sinn erfassen den Ort und die Zeit sehr klar, ja überdeutlich«, sagte Miriam. »Und sie kündigen mir an, was meiner wartet. Ich brauche diesen Holzstoß nicht einmal anzusehen. Ich weiß, dass er da ist, und ich weiß, was er bedeutet. Er wird mit mir vergehen. Nur wird er die Qualen nicht spüren, die mich in eine bessere Welt führen sollen.«

»Rette dich, Miriam!«, flehte er, immer lebhafter werdend. »Schwing dich hinter mich auf das Pferd. Es ist das schnellste Reittier, das ich kenne. Ich gewann es im Zweikampf vom Sultan. Es wird uns beide tragen. Steig hinter mir auf und in einer knappen Stunde sind wir aller Verfolger ledig.«

»Ihr seid ein Versucher«, sprach Miriam. »Im Angesicht eines so qualvollen Todes . . . geht weg! Umgeben von Feinden, halte ich Euch doch für den schlimmsten, den schrecklichsten von allen. Ich sage Euch im Namen Gottes – hört wohl, im Namen meines Gottes, der doch auch Euer Gott ist – hebt Euch weg von mir!«

Der Vorsteher André wurde unruhig angesichts eines so langen Gesprächs. Er stand auf und kam näher. Er wollte diese Unterhaltung abbrechen. Er fragte Victor: »Hat Miriam endlich eingesehen, wie es um sie steht?«

»Sie ist wirklich entschlossen«, versetzte Victor düster.

»Also dann musst du, mein edler Bruder, wieder auf deinen Platz zurückkehren und warten. Die Schatten wachsen auf dem Sonnenzeiger. Komm, Victor, und erinnere dich, dass du die Hoffnung unseres Ordens bist, vielleicht bald dessen Haupt.« Er sagte dies in beruhigendem Tone und legte seine

Hand an den Zügel des Pferdes, so als wollte er Victor zurückführen.

Das brachte Victor in seiner augenblicklichen Verfassung in Wut. »Rühr mich nicht an!«, rief er und wenig hätte gefehlt, dass er nach André geschlagen hätte. Der Vorsteher zuckte nur die Achseln und murmelte: »Er ist wirklich verrückt!«

Victor ritt stumm zum anderen Ende des Platzes, dort saß er mit gesenktem Haupt. Starr, finster, unbeweglich. Kaum dass das Pferd sich einmal rührte.

Das Volk wurde ungeduldig. Die Richter waren schon zwei volle Stunden hier. Und noch immer wartete man vergeblich. Kein Kämpfer erschien. Das sei kein Wunder, raunte man. Ein junger Templer aber meinte: »Es ist doch hart, ein so schönes Geschöpf umkommen zu sehen, ohne dass ein Schwertstreich fällt.« Und wieder ein anderer: »Und wäre sie auch zehnmal eine Hexe und wäre nur ein Bissen Christenfleisch an ihr, dann sollte mein Kampfstock auf der Stahlhaube des Templers nur so tanzen, ehe es so weit käme.«

Schon war man der Ansicht, dass alles Warten nutzlos sei. Man machte sich bereit das Urteil zu vollstrecken. Die Ritter flüsterten sich ungeduldig zu, es sei Zeit, Miriams Pfand für verfallen zu erklären. Gerade wollte der Großmeister das Zeichen geben und die Hand heben, schon setzten die Trompeter, seines Winkes gewärtig, die Mundstücke ihrer Instrumente an die Lippen, schon griffen die Henkersknechte nach Miriams Armen, da endlich sprengte ein Ritter heran. Er ritt in vollem Galopp auf den Platz.

56

Staunen erfasste die Menge: »Ein Kämpfer! Ein Kämpfer!« Und plötzlich brach ein Jubel los.
Ich war die ganze Nacht dahingerast. Feuervogel, mein Pferd, hatte mit all seiner Kraft viele Meilen zurückgelegt. Jetzt taumelte es vor Erschöpfung. Ich selbst war kaum noch im Stande, mich im Sattel zu halten. Zwar war ich gerade noch rechtzeitig eingetroffen, aber wie sollte ich noch kämpfen? Der Aufforderung des Herolds, meinen Rang, meinen Namen und meine Absicht zu nennen, kam ich keuchend nach, so gut es ging: »Ich bin ein würdiger Ritter und komme, um mit Lanze und Schwert die Sache dieser Jungfrau, Miriam, der Tochter Zamets von Casora, zu verteidigen. Ich behaupte, dass das über sie gesprochene Urteil falsch und ungerecht ist. Ich fordere den Ritter Victor de Firment als einen Verräter, Mörder und Lügner heraus. Und das werde ich auf diesem Kampfplatz mit Gottes Hilfe und der Hilfe unserer Lieben Frau beweisen.«
»Dieser Ritter muss erst zeigen, ob er ein Freigeborener ist. Der Orden der Templer stellt keine Streiter gegen namenlose Leute.«
»Mein Name«, sagte ich und schlug den Helm auf, »ist wohl bekannt und meine Abkunft so edel wie nur irgend möglich. Ich bin Leon de Fortis, Ritter des Königs!«
Da rief Victor de Firment mit veränderter, hohler Stimme: »Mit Euch kämpfe ich nicht! Lasst Eure Wunde erst heilen und sucht Euch ein frisches Pferd. Dann halte ich es vielleicht für der Mühe wert, Euch die Prahlerei auszutreiben!«
Da vergaß ich alle Müdigkeit. »Seid nicht so stolz, Victor. Habt Ihr die Kraft meiner Lanze vergessen? Erinnert Euch an

das Turnier von Casora? Ich will Euch vor aller Welt für einen Feigling erklären, wenn Ihr Euch jetzt nicht zum Kampf stellt!«
Victor de Firment zuckte zurück. Noch einmal blickte er unentschlossen zu Miriam. Dann durchbohrten mich seine Augen und er rief: »Du Hund, nimm also deine Lanze und bereite dich zum Tode, nach dem du so begierig bist.«
»Gestattet mir der Großmeister den Kampf?«, fragte ich.
»Ich muss Eure Herausforderung wohl gelten lassen«, erwiderte dieser widerwillig. »Aber das Mädchen muss entscheiden, ob es Euch als ihren Kämpfer annimmt. Freilich wünschte ich einen gerechten Streit, in dem die Ritter an Kraft ebenbürtig wären. Auch seid Ihr einem König ergeben, der ein Feind unseres Ordens ist. Dennoch: Kämpft ehrenhaft!«
»Es ist ein Gottesurteil!«, rief ich, immer noch atemlos. »Seiner Gerechtigkeit empfehle ich mich.« Und ich fasste die drei Amulette auf meiner Brust. Ich spürte sie auf meiner Haut. Und sie fühlten sich an, als würden sie brennen. Ich ritt näher zu Miriam. Bei ihrem Anblick wurde mir das Herz schwer. Es war mir, als hätte ich sie fast verraten – im Schloss von Loon. Doch wie lange lag das jetzt schon hinter mir zurück. All meine Liebe legte ich in meinen Blick. Ich umfasste die zarte Gestalt mit den Augen. Wie zerbrechlich erschien sie mir. Und war sie es denn nicht? Noch atmete sie, noch färbte ein leichtes Rot ihre Wangen. Was aber, wenn ich unterlag? Und wie wollte ich siegen in dem Zustand, in dem ich mich befand? Wie aufrecht, wie kraftvoll erschien mir Victor de Firment. Er war mir weit überlegen. Jetzt bereute ich es, dass ich einfach losgeritten war aus Loon, kaum die Rüstung anlegte, besinnungslos davon-

stürmte, kopflos ... wäre es nicht klüger gewesen, das Fest und die mich bewegende Liebe Ahmads und Anabels zu stören, mich meinem König zu eröffnen, ihn an sein Wort zu erinnern? Dann hätte er seine ganze Macht aufgeboten. Freilich – war ich denn nicht auch so schon fast zu spät erschienen? Wäre der König aufgebrochen, und selbst noch in der Nacht, so schnell wie ich wäre er nie hierher gekommen. Viele Ritter bewegen sich schwerfälliger als einer. Dann wären wir zwar unüberwindbar gewesen – jedoch zu spät! Von Miriam hätte nur noch ein Häuflein rauchender Asche gezeugt.

Ich sammelte all meinen Mut. Was sollten diese Überlegungen? Ich war nun hier und musste kämpfen, mochte es ausgehen, wie es wollte. Mein Entschluss stand fest. Wurde ich besiegt und blieb ich dennoch am Leben, dann sollte mich ein Kloster aufnehmen für den Rest meiner Tage, in Buße und Gebet. Vielleicht fand ich dann dort meinen Seelenfrieden wieder.

Ich versenkte meine Blicke in die Miriams. Sie hatte ihr schönes Haupt erhoben. Ihre Augen waren ruhig und klar. Sie schienen zu sagen: Fürchte nichts, denn ich glaube, dass Gott uns vereinen wird. Wenn nicht auf Erden, so vielleicht in seinem Himmel. Dies dauerte nur einen Herzschlag lang, doch es schien wie eine Ewigkeit. Danach blieb nichts mehr zu sagen. Ich fragte nur noch, der Form halber: »Miriam, nimmst du mich als Kämpfer an?«

»Ich nehme dich an«, sagte sie, »mit meinem ganzen Herzen. Denn dass du gekommen bist, ist mir ein Zeichen. Gott hat dich mir gesandt. Ich vertraue auf ihn.«

Ich nickte und schloss mein Visier, dann drehte ich Feuervogel, sodass er dem Platz zugewendet stand. Victor de Firment tat es mir gleich. Sein Knappe allein bemerkte kurz bevor er sein Visier schloss, dass sein Gesicht, das bis dahin blass gewesen war, nun plötzlich von einer glühenden Röte überzogen war.

Als der Herold sah, dass wir uns auf unseren Plätzen befanden, rief er dreimal laut: »Kämpft! – Kämpft! – Kämpft!« Dann zog er sich zurück und verkündete, dass niemand es wagen dürfe, durch Wort, Ruf oder Tat sich in den Kampf zu mischen, bei Gefahr seines Todes. Der Großmeister hielt Miriams Handschuh als Pfand in der Hand. Das feine Gewebe lag so zart darin, so schutzlos preisgegeben wie Miriam selbst. Nun warf er den Handschuh auf die Wiese und rief die verhängnisvollen Worte: »Es soll geschehen!«

Die Trompeten erklangen. Aus dem Stand heraus in den Galopp, so sprengten wir aufeinander zu. Mein erschöpftes Pferd und auch ich – nicht minder erschöpft – unterlagen beim ersten Anprall. Wir stürzten. Wohl jeder hatte das von der guten Lanze Victors erwartet. Doch auch der Templer – obwohl meine Speerspitze kaum seinen Schild berührt hatte – wankte. Er verlor die Bügel und fiel wie ein Stein auf den Rasen.

Ich hatte mich rasch unter meinem gestürzten Feuervogel hervorgearbeitet und war schnell auf den Beinen. Nun musste ich mein Glück mit dem Schwert versuchen oder untergehen. Ich stand und wartete, mein Schwert auf die Spitze gestellt, den Schild erhoben.

Aber mein Gegner rührte sich nicht. Erbost setzte ich ihm den Fuß auf die Brust und die Schwertspitze an die Kehle. »Ergib dich«, sagte ich, »oder stirb augenblicklich.« Zu meinem Erstaunen gab er keine Antwort. Er regte sich nicht. Da rief der Großmeister: »Wartet!« Er stieg von seinem Thron.

Auch Miriam hatte sich erhoben, doch rührte sie sich nicht von ihrem Platz. Der Großmeister kam über das Feld, begleitet von Claude und André. Er beugte sich über den Templer. Dann befahl er, ihm den Helm abzunehmen.

Da sahen wir: Victors Augen waren starr, blicklos. Dunkle Röte lag auf seinem Gesicht. Was für ein Anblick! Sein Herz, zerquält und zerrissen, hatte ihm den Dienst versagt. Unverwundet, unbeschädigt von meiner Lanze, war er gefallen.

»Das ist in der Tat ein Gottesurteil«, sagte der Großmeister. Langsam ging er in die Knie. Er faltete die Hände und blickte zum Himmel. Und er fragte sich, ob er sich so in Gottes Willen geirrt haben konnte.

Auch die Herren Claude und André waren trotz ihres freieren Geistes unsicher, was sie von alldem halten sollten. Auf jeden Fall betrauerten sie den plötzlichen Tod ihres Bruders und Freundes.

Wir alle verharrten eine Weile – betroffen. Dann fragte ich den Großmeister: »Ist der Kampf nach Recht und Gesetz ausgefochten worden?«

»Das wurde er«, sagte er mit gepresster Stimme. »Ich erkläre, dass das Mädchen frei und schuldlos ist. Dir, als dem Sieger, sind die Waffen und der Leichnam unseres Ordensbruders verfallen.«

»Weder das eine noch das andere nehme ich an. Nicht ich, nicht eines Menschen Arm, hat ihn zu Boden gestreckt. Er hat für Euch gekämpft. Lasst ihn im Stillen beisetzen. Was Miriam aber betrifft, so wünsche ich, dass Ihr ihr Abbitte leistet . . .«

Wir wurden durch das Donnern von Pferdegalopp unterbrochen. Die Erde dröhnte. Wie eine stählerne Flut wogte es heran. An der Spitze der König, an seiner Seite mein Vater und Ahmad – Zorn und Empörung flammten auf ihren Gesichtern. Sie füllten die ganze Ebene um den Platz, es war ein Meer von Lanzen, Helmen und Schwertern. Die Waffen blendeten, die Fähnchen flatterten – das Königreich kam mit seiner ganzen Macht.

»Komme ich zu spät zum Kampf?«, rief mein König.

»Der Himmel, mein König, hat diesen Mann gerichtet!«, sagte ich.

»Nun, so sei Friede mit ihm«, sagte mein König und schaute auf die Leiche. »Victor de Firment war kühn und stolz. Besseres kann ich über ihn nicht sagen. Man bringe seine irdischen Überreste vom Platz.«

57

Es geschah, wie es der König befohlen hatte. Jeder spürte, wer jetzt hier der Herr war. Der König blickte sich um. »Wer ist der Vorstand dieses Ordenshauses?«, fragte er.

»Ich bin es«, sagte der Tempelritter André, indem er vortrat.

»So setze ich Euch im Namen der Krone fest, weil Ihr dieses Gericht entgegen meinem Befehl zugelassen habt.«

Der Großmeister war stumm vor Erstaunen und Wut. »Wer wagt es, einen meiner Ritter im Bezirk des Ordenshauses und in Gegenwart des Großmeisters in Gewahrsam zu nehmen?«

»Ich würde auch Euch verhaften«, sagte der König. »Dankt Eurem Schöpfer, dass Ihr nicht aus diesem Lande seid.«

Der Großmeister rief: »Ich widerspreche Eurem Urteil!«

»Templer, das könnt Ihr nicht. Schaut Euch um und seht,

dass auf den Türmen des Ordenshauses schon die königlichen Banner wehen. Es ist nicht mehr das Eure. Ich erkläre es zum königlichen Besitz. Seid klug! Versucht keinen Widerstand. Zu groß ist die Zahl der mir ergebenen Bewaffneten.«

Der Großmeister erbleichte: »König Bertrand! Ihr wagt es, die Freiheiten und Vorrechte unserer Gemeinschaft anzutasten?«

»So ist es«, erwiderte der König. »Und um Eurer eigenen Sicherheit willen, gehorcht mir. Löst dieses Haus auf und verlasst mit Euren Leuten das Land.«

»Ich weiche der Gewalt. Doch der Papst wird sein Wort sprechen. Mag sein, dass Ihr Eure Befehle noch bereut. Mich selbst soll es freilich nicht mehr kümmern. Ich werde mich in ein Kloster zurückziehen und versuchen Gottes Willen zu erkennen, den ich hier so sichtbar missdeutet habe.«

»Er gebe dir Frieden«, erwiderte der König.

Die Gefolgsleute des Großmeisters drängten sich um ihren Herrn. Viele blickten drohend. Sie zogen sich in eine dunkle Linie erhobener Speere zusammen. Man sah die weißen Gewänder der Ritter mit dem flammend roten Kreuz unter den schwarzen Kleidungen des Gefolges wie die lichthellen Säume eines schwarzen Gewölks.

Die Zuschauer staunten die gewaltige Zahl der Krieger an. Ein letztes Mal wandte sich der Großmeister an den König und sagte: »Wir entfernen uns, ohne das Schwert zu ziehen. Eurer Ehre vertrauen wir die Waffen und die Güter des Ordens an. Wir lassen sie hinter uns. Doch auf dein Gewissen wälzen wir alle Kränkungen, die du heute der Christenheit zufügtest.«

Er gab das Zeichen zum Aufbruch. Die Trompeten bliesen. Die Templer ordneten sich und ritten davon.
Schweigend sahen wir sie ziehen. Ich wendete mich meinem König zu, erschöpft und doch voller Freude. »Es macht mich froh, dass Ihr gekommen seid. Ich bin glücklich. Und es hätte doch so schlimm kommen können. Nur eines kränkt mich: Meine Feinde sind mir letztlich doch entkommen: erst Philipp de Drohorst, jetzt Victor de Firment.«
»So sieh auch du darin den Willen Gottes und gib dich zufrieden«, sagte mein König. Es lag ihm wohl noch mehr auf der Zunge, doch er wurde durch ein Ereignis unterbrochen, das wichtiger war. Ein Reiter mit kleinem Gefolge sprengte auf den Platz. Die Männer sprangen vom Pferd und warfen sich dem König zu Füßen. Der erste von ihnen war Prinz Jean, in ein einfaches Gewand gekleidet, bar jeden eitlen Schmuckes. Er hatte eingesehen, dass sein Spiel verloren war: »Vergebt mir, mein Bruder«, flehte er.
Düster sah der König auf ihn herab. »Du hast übel an mir gehandelt, hast viel Unrecht in meinem Namen begangen und du hast die Macht missbraucht, die ich dir verliehen hatte. Doch ich hätte wissen müssen, dass du zu schwach sein würdest der Verlockung zu widerstehen. Der König muss dich strafen, doch der Bruder wird die Strafe mildern.« So viel Güte hatte der Prinz nicht erwartet. Er senkte das Haupt.
»Wo ist Graf de Coline, dein verbrecherischer Ratgeber?«
»Er hat sich selbst gerichtet!«
Ich hatte dieser Szene mit Bewegung zugesehen. Dann aber drängte es mich zu Miriam. Zu lange hatte sie schon gewartet. Ihr Vater und sein Freund, Ben Nathan, die inzwischen

eingetroffen waren, hatten sich ihrer bereits angenommen. In ihrem weißen Gewand stand sie neben ihrem Stuhl, Zamet hielt ihr die Hand. So trat ich zu ihr. So schloss ich sie in die Arme. »Es soll uns nichts mehr trennen«, sagte ich, »mein Mond, meine Taube!«
Zamet wollte etwas sagen, vielleicht einen Spruch, doch ich hob meine Hand und bedeutete ihm zu schweigen. Der König hatte uns gesehen. Mit seinen engsten Vertrauten, mit Ahmad, mit meinem Vater, mit einigen Rittern kam er auf uns zu. Er fragte mich: »Und was mache ich jetzt mit euch, meine Kinder? Eine Ehe wäre nur möglich, wenn Miriam Christin würde.«
»Soll ich mein Glück darauf bauen, dass Miriam dem Glauben ihres Vaters abschwört«, sagte ich, »soll sie die Propheten und die Gesetze ihrer Religion verleugnen?« Ich zog unter meinem Hemd die drei Amulette hervor. Ich legte sie in meine offene Hand: »Diese drei Amulette haben mich begleitet, sie haben mich beschützt, jedes auf seine Weise und mit seiner Kraft. Ihnen verdanke ich, dass ich hier und heute vor Euch stehen kann und Miriam neben mir. Sagt mir, mein König, welches dieser drei ist das richtige?«
Da trat Zamet vor. »Gott hat eine Prüfung von mir genommen«, sagte er, »und es war die fürchterlichste Prüfung meines an Bitterkeit reichen Lebens. Ich danke ihm dafür, dass er mich davon erlöst hat. Aber nun stürzt er mich in neue Zweifel. Sollte ich mir nicht den Ritter Leon zum Gatten meiner Miriam wünschen? Wie gerne schlösse ich ihn in meine Arme. Und sollte ich mir nicht viele Kinder wünschen von diesen meinen beiden Kindern? Aber ich kann, und sollte ich auch darüber sterben, meinen Segen dazu nicht ge-

ben, und schon gar nicht in diesem Lande, unter diesem Volk, wo sie zeit ihres Lebens der Feuertod, mindestens aber die Missachtung ihrer Mitmenschen bedroht. Was also können wir für unsere Kinder tun?«, schloss er ratlos.

Nun ergriff Miriam das Wort: »Vater, du weißt, dass es heißt: *Ein Vater darf seine Tochter so lange nicht verheiraten, bis sie alt genug ist, um sagen zu können: Diesen Mann will ich!* Und ich sage dir: Diesen Leon will ich!«

Mein Vater aber seufzte: »Wüsste ich nur, wie dieser Knoten zu lösen ist. Ich würde es mit Freuden tun!«

»Aber er ist schon gelöst!«, rief ich. »Mein König, mein Vater, ich habe ein anderes Leben gewählt!«

Alle sahen mich erstaunt an.

»Ich habe meine Entscheidung getroffen«, fuhr ich fort. »Mein König, ich bin mit Euch durch das Heilige Land gezogen, ich habe gekämpft, Philipp de Drohorst und Victor de Firment sind nicht mehr. Meine Aufgaben als Ritter sind erfüllt. Meine Schwüre sind eingelöst, wenn auch nicht ganz aus eigener Kraft. Mein Vater hat jetzt in Ahmad einen neuen Sohn gefunden. Ich trenne mich schwer von Euch, doch ich nehme das Angebot des Kalifen und seines weisen Beraters Hasdeu an. Ich fasse Miriam als die mir von Gott geschenkte Braut an meine Hand. Mit Miriam, der Jüdin, wird der Christ Leon bei den Sarazenen eine neue Heimat finden. Die Stadt der Braut, Medina al-Arus, wird auch die Stadt meiner Braut sein.«

»Ich ahnte es«, sagte der König leise. »Und ich muss deine Entscheidung annehmen, weil ich mir selbst keinen besseren Rat weiß. Werde glücklich!«

»Auch ich wage nicht zu widersprechen, nach allem, was geschehen ist«, sagte mein Vater.

»In Medina al-Arus lebt mein Bruder, Miriams Onkel, er wird diesen meinen Kindern helfen!«, warf Zamet ein.
»So bleibt uns die Verpflichtung, dem Kalifen das Lösegeld zu schicken, wie wir es versprochen haben«, erklärte der König.
»Ich selbst werde es sicher zu ihm führen, wenn Ihr mir eine Schar tapferer Männer zur Seite gebt«, sagte ich.
Mein Vater rief: »Für das Lösegeld meines Sohnes komme ich selbst auf. Es ist zugleich ein Teil seines Erbes.«
Und Zamet versprach: »Wir Juden werden nach Kräften unseren Beitrag dazu leisten, das Lösegeld für den König aufzubringen.«
»Und ich bekräftige feierlich den Schutz der Juden und beschwöre ihn hiermit!«, rief der König. »Nehmt die gelben Hüte ab, Ihr braucht dieses Zeichen der Entwürdigung nicht mehr, solange ich König bin. Und ich werde einen Botschafter an den Hof des Kalifen entsenden. Wer könnte uns dort besser vertreten als Leon?«
Ich dankte dem König für diese hohe Auszeichnung.

Ich habe nicht mehr viel zu berichten. Da ich freiwillig in das Kalifat zurückkehrte, erließ mir der Kalif das Lösegeld. Er schenkte es mir. So waren Miriam und ich mit Mitteln gesegnet.
Berichten will ich aber noch von der feierlichen Krönung in Lesar. Der Abt Ansger setzte meinem König die Krone aufs Haupt.
Auch Zamet und Miriam war es nun erlaubt, an der Feierlichkeit teilzunehmen.
Die Krönung war gleichzeitig die Hochzeitsfeier meines neuen Bruders Ahmad, der jetzt den Namen Martin führte,

mit Anabel, der Schönen, Heiteren. Das Gotteshaus erglänzte im Licht Tausender von Kerzen. Mit großem Gepränge wurden die Krönung und die Hochzeit zelebriert.
Auf einem mit Samt belegten Podest war der Thronsessel aufgestellt. Auf ihm saß der König im scharlachroten Gewand.
Durch die Kirchenfenster leuchtete das in viele bunte Flecken aufgelöste Tageslicht. Auf dem Altar glänzte das goldene Kruzifix, funkelnd vor Email, verziert mit Gemmen und Perlen.
Psalmen erfüllten den Raum, wobei die Stimmen der Ritter und der Gäste mit dem Chorgesang der Mönche abwechselten.
Das Bauwerk, so groß es auch war, konnte die auf und ab wogende Menschenmenge kaum fassen. Die Jubelrufe der Bürger drangen von draußen in das goldstrahlende Gebäude.
Nach der Feierlichkeit schritten der König und das junge Paar an der Spitze eines prächtigen Zuges durch die Stadt, die mit Tüchern und bunten Girlanden geschmückt war. Immer wieder brachen die begeisterten Zuschauer in Hochrufe aus.
An die fünfhundert Ritter gaben meinem König das Geleit, darunter waren die mächtigsten Herren des Reiches und viele der einstmals Gesetzlosen aus den Wäldern, allen voran der Bogenschütze Rosny.
Die Straßen der Stadt waren verstopft. Scharen von Pilgern versuchten sich hindurchzudrängen. Überall Gruppen von Menschen, von Geistlichen und Edelleuten, unter ihnen auch die Dominikanermönche.
Ich dachte an die zurückliegenden Tage. Und ich drückte

die Hand meiner Miriam, von der mich nun nichts mehr trennen konnte. »Du wirst durch all meine Tage fliegen, meine Taube,« sagte ich leise, »du wirst durch all meine Nächte leuchten, mein Mond!«

Nachwort

Ich schrieb meine Geschichte auf der Höhe meines Lebens. Nun neigt es sich bereits seinem Ende zu. Vieles von dem, was ich heute weiß, wusste ich damals, als ich es erlebte, noch nicht auszudrücken. Die Zeit hat meine Gedanken geklärt. Ich blicke zurück auf ein erfülltes, ein liebevolles Zusammensein mit Miriam, erfüllt auch von meinen Aufgaben, erfüllt von geistigen Auseinandersetzungen. Gott hat mir viel Gnade erwiesen, ich habe meinen Entschluss nie bereut und ich weiß heute, dass das Glück der Völker, dass das Glück der Menschen abhängig ist von ihrer Duldsamkeit. Recht hat nur der, der sich nicht im Besitz des Rechtes wähnt. Die Vielgestaltigkeit des Glaubens, in der sich Gott auf Erden offenbart, ist eben das Göttliche. Wäre ich Religionsstifter geworden, so hätte ich eine Religion ihres demütigen Verehrens gestiftet.

Zu meiner Zeit herrschte die räumliche Vorstellung von der Dreiteilung der Welt. Oben über den Wolken ist der Himmel, wo der Herrgott mit seinen geflügelten Heerscharen wohnt und waltet. Unten ist die Hölle, die Unterwelt, das Reich des Satans, des abgefallenen, in den Abgrund gestürzten Engels. Und mitten darin ist unsere Erde, um die die Sonne kreist und deren Krönung der Mensch ist.

Ich glaube aber, dieses Bild wird sich wandeln. Und der Mensch wird seine Krone nur dann verdienen, wenn er sich bescheiden einfügt in das unausdenkbare Wunder der Schöpfung, dessen Herr er nicht war und nie sein wird, sondern – indem er dies erkennt – seinen bescheidenen Platz darin sucht.

Viele werden meinen, dass ich den Dingen des Glaubens eine sehr große Bedeutung beigemessen habe. Diesen sei gesagt, dass die Fragen des Glaubens unsere Zeit erschütterten. Sie übertrafen an Bedeutung bei weitem die Abenteuer mit Schwert und Lanze. Und sie haben uns mindestens so erregt wie die Abenteuer des Kampfes. Wenn ich also für etwas um Vergebung zu bitten habe, so ist es, dass ich nur einen Tropfen gab, wo sich ein unerschöpfliches Meer vor mir ausbreitete.

Andreas D. Hesse

Die letzten Magier

In der heutigen Zeit führen die letzten Magier nur für unsere Augen ein ganz normales Leben – im Verborgenen schützen sie die Menschen vor dunklen Mächten. Miras Vater ist Tobias von Taris, der Oberste des geheimen Magierrates. Als Mira sich in den jungen Magier Martin verliebt, versteht sie ihren Vater immer weniger: Warum verfolgt Tobias Martins Familie mit solchem Hass?
Ein außergewöhnlicher Fantasy-Roman um eine erbitterte Fehde unter Magiern. Ein Mädchen und ein Junge zwischen Liebe und Hass, zwischen moderner Realität und dem unsichtbaren Reich des Zwielichts.

304 Seiten. Arena-Taschenbuch. Band 2811.
Ab 12

Arena